JENNIFER B. WIND (H

EINMAL KURZ DIE WELT RETTEN

GMEINER

KRIMIS

Personen und Handlung sind frei erfunden.
Ähnlichkeiten mit lebenden oder toten Personen
sind rein zufällig und nicht beabsichtigt.

Immer informiert

NEWSLETTER

Spannung pur – mit unserem Newsletter informieren wir Sie
regelmäßig über Wissenswertes aus unserer Bücherwelt.

Gefällt mir!

Facebook: @Gmeiner.Verlag
Instagram: @gmeinerverlag
Twitter: @GmeinerVerlag

FSC
www.fsc.org
MIX
Papier aus verantwortungsvollen Quellen
FSC® C083411

Besuchen Sie uns im Internet:
www.gmeiner-verlag.de

Im Ehnried 5, 88605 Meßkirch
Telefon 07575/2095-0
info@gmeiner-verlag.de

1. Auflage 2022

Lektorat: Daniel Abt
Herstellung: Julia Franze
Umschlaggestaltung: U.O.R.G. Lutz Eberle, Stuttgart
unter Verwendung eines Fotos von: © stux / pixabay
Druck: CPI books GmbH, Leck
Printed in Germany
ISBN 978-3-8392-0128-2

JENNIFER B. WIND [Hrsg.]

EINMAL KURZ DIE WELT RETTEN

EINE MINUTE VOR ZWÖLF Was passiert, wenn Erdöl Luxusgut wird und sich die Menschheit nur noch Synthetiknahrung aus dem Labor leisten kann? Wie wird Wasser rationiert, wenn es ausgeht, und wo kommt es dabei zu Korruption? Welchen Krankheiten öffnen Regierungen mithilfe des Militärs Tür und Tor, um das Problem der Überbevölkerung einzudämmen? Welche Gefahren birgt die fortschreitende Digitalisierung, und wer entscheidet, wer es wert ist, rettende Medikamente zu erhalten, wenn diese knapp werden? Diese Fragen, die heute in der westlichen Wohlstandsgesellschaft absurd klingen mögen, werden spätestens in 30 Jahren unseren Alltag bestimmen, so prognostizieren es führende Wissenschaftler.

23 deutschsprachige Topautorinnen und -autoren zeichnen in spannenden, dramatischen, skurrilen, tiefsinnigen und schockierenden Kurzgeschichten ein Bild der Welt von morgen. Sie unterhalten, regen zum Nachdenken an und zeigen auf, wie eine Wende zum Guten (noch) möglich sein kann.

Die Bestsellerautorin Jennifer B. Wind ist in der Steiermark geboren und lebt mit ihrer Familie südlich von Wien. Die ehemalige Flugbegleiterin mit Klavier-, Gesangs- und Schauspielausbildung schreibt für alle Altersklassen Romane, Drehbücher, Songtexte, Theaterstücke und Kurztexte. Ihr Debüt-Thriller »Als Gott schlief« wurde zum Bestseller und war für den Wiener Nachwuchskrimipreis nominiert. Auch ihre weiteren Werke standen auf der Bestsellerliste und waren unter anderem für den Fine Crime Award 2020 nominiert. In ihrer Freizeit setzt sie sich aktiv für Umwelt- und Tierschutz ein wie beim Umweltfilmprojekt »Planet Life«. Darüber hinaus ist sie Mitglied bei »Writers for Future«. Mehr über die Autorin unter: www.jennifer-b-wind.com

Das Buch ist allen gewidmet, denn nur gemeinsam können wir die Welt in jeglicher Hinsicht zu einem besseren Ort machen.

INHALTSVERZEICHNIS

VORWORT DER HERAUSGEBERIN

Liebe*r Leser*in,

vielen Dank für Ihr Vertrauen und Interesse an diesem besonderen Buch, das mich einige schlaflose Nächte gekostet hat.

Seit vielen Jahren schlummerte die Idee zu dieser Anthologie schon in meinen Gedanken, Schubladen und Rechnern, aber vor allem in meinem Herzen. Seit meinem zwölften Lebensjahr bin ich dem Tier- und Umweltschutz verbunden und habe bereits als Teenager aktiv bei diversen Projekten mitgearbeitet. Mit vollem Enthusiasmus und viel Motivation. Ich habe damals geweint, wenn eine Tierart ausgestorben ist oder Lebewesen für medizinische oder kosmetische Experimente gequält wurden. Die Unsinnigkeit des Tragens von Pelz war mir als Kind schon klar. Ich kaufte von meinem Taschengeld ein Stück Regenwald und war ab da nicht mehr aufzuhalten. Von Jahrzehnt zu Jahrzehnt hat sich diese starke Motivation teilweise in Resignation verwandelt, weil ich mitansehen musste, dass sich nichts änderte, egal was wir Umwelt- und Tierschützer taten, egal was wir sagten. Im Gegenteil, Jahr für Jahr wird alles noch schlimmer ... nicht nur, was wir der Umwelt abverlangen, sondern auch, was wir einander antun.

Lange blieb dieses Herzensprojekt ein Wunschtraum, bis ich mich endlich entschlossen habe, an einen Verlag meines Vertrauens heranzutreten, und das mitten in einer Krise. Die Coronapandemie hatte die Welt im Griff (den sie seither nicht gelockert hat), andere Buchprojekte wurden verschoben oder komplett gestrichen.

Umso mehr freue ich mich, dass das Team vom Gmeiner-Verlag mich von Anfang an voller Tatendrang unterstützt hat.

Die meisten Autor*innen, die bereits vor Jahren zugesagt hatten, freuten sich, dass das Projekt nun tatsächlich zustande kam.

Herausgekommen sind 24 Geschichten, die auf sehr unterschiedliche Art und Weise die drängenden Themen unserer Zeit behandeln und verarbeiten. Nicht alle Geschichten zeichnen unsere Zukunft in Grautönen oder malen sie komplett schwarz, manche zeigen, wie es sein könnte, wenn wir echte Lösungen fänden und alle zusammenhielten, anstatt uns mit Scheinlösungen und ineffektiven Alleingängen zufriedenzugeben.

Können wir diese Welt noch retten? Das betrifft nicht nur das Klima und die Umwelt, sondern auch unseren Umgang miteinander. Werden wir jemals das Rechthaben, Streiten und Kriegeführen beenden? Werden wir aufhören, die Erde auszubeuten, ohne die wir nicht leben können? Wird es jemals möglich sein, dass Mensch, Tier und Umwelt koexistieren, ohne sich gegenseitig existenziell zu bedrohen? Ich muss zugeben, ich weiß es nicht. Aber ich werde die Hoffnung niemals verlieren. Denn ich wünsche mir nicht nur für meine Kinder, Enkel und Urenkel, dass sie die Chance bekommen, auf einer gesunden Erde in einer friedlichen Umgebung zu leben. Ich wünsche mir das für alle Lebewesen auf diesem Planeten.

In dieser Hinsicht: Lassen Sie uns noch heute anfangen, die Welt von morgen zur schönsten zu machen, die wir uns vorstellen können.

Mögen diese kleinen Geschichten nebst Unterhaltung eine Anregung zum Nachdenken, Weiterdenken und Umdenken sein.

Aber vor allem wünsche ich Ihnen spannende Lesestunden.

Ihre Jennifer B. Wind
© Oktober 2021

FEAR

Lying on stone bed
It's cold outside
Sky's full of shadows in red
Atomic clouds aren't white

People without faces
Just pale mugs
I can see many places
Full of a million bugs

Can't you hear poor children crying
Can't you see all life on earth is dying

Stalks and trunks not overgrown
The grass isn't green
No flowers, no blossoms blown
Most shocking picture I've ever seen

Although I know it's a nightmare
I feel the fear inside
Although I know it's only a nightmare
I feel the fear deep inside
I apprehend if people don't care
Day will turn into a long night.

Suddenly wake up
Aching hot forehead
I feel like a cup
Full of cold sweat

Looking out of the window
See the blue sky
There's no red shadow
Then I start to cry

You can't hear the voices of nature
But I feel the fear of every creature

Stalks and trunks not overgrown
The grass isn't green
No flower, no blossoms blown
Most shocking picture I've ever seen

Although I know it's a nightmare
I feel the fear inside
Although I know it's only a nightmare
I feel the fear deep inside
I apprehend if people don't care
Day will turn into a long night.

Although I know it's a nightmare
I feel the fear inside
I apprehend if people don't care
Day will turn into a long night.

Although I know it's only a nightmare
I feel the fear deep inside

©1991 Lyrics and Vocals by Jennifer B. Wind
Music by Martin Richter and Bernhard Nagel

»WUNDER« DER MEDIZIN

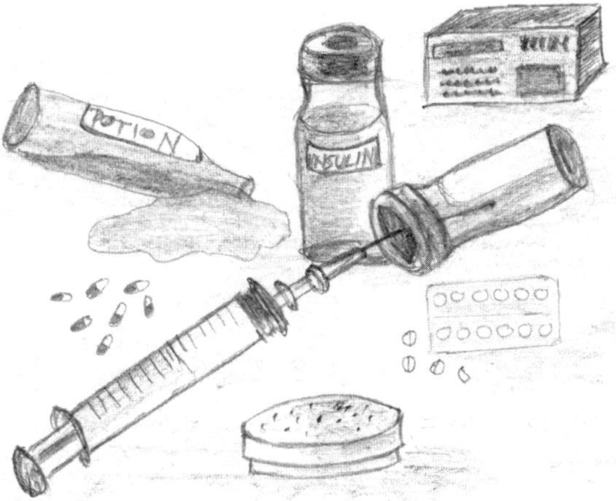

Wer sich keine Gedanken darüber macht, was die Zukunft bringen könnte, wird von ihr kalt erwischt! Mir hat die Herausforderung gefallen, einen Krimi für diese originelle Zukunfts-Anthologie zu schreiben – ich wünsche allen Fans viel Lesespaß.

– Katja Brandis

Jeder von uns sollte seine Talente dafür einsetzen, den Lebensraum Erde für unsere Kinder zu erhalten.

Als Autorin versuche ich, nüchterne Zahlen und Fakten in eine Geschichte zu packen, die LeserInnen emotional berührt und für sie nachvollziehbar macht, was auf uns zukommt. Auf diese Weise werden abstrakte Schlagworte zu Bildern, die sich im Kopf festsetzen und zum Handeln auffordern.

– Petra K. Gungl

BECKMEISTERS GESCHÄFTE

Von Katja Brandis

Gewidmet Sir Frederick Grant Banting und Charles Best, die das Insulin beim Menschen entdeckten und zum ersten Mal isolieren konnten.

Bayern 2052

»Was meinen Sie, Lunita, werden die Bauerntölpel im nächsten Kaff aus ihren Ställen kriechen, um uns Umsatz zu bescheren?« Quentin Beckmeister schnickte einen Staubfussel vom Ärmel seines Armani-Jacketts. Es tat ihm in der Seele weh, wie angeschmuddelt es inzwischen wirkte. Im letzten Ort hatte er zwar eine Reinigung gefunden, doch die war komplett ausgebrannt gewesen. Ärgerlich.

»Ist ... mir ... egal«, keuchte Lunita und trat kräftiger in die Pedale der Elektro-Fahrrad-Rikscha, die er in einem Anflug von Sentimentalität für seinen Kindheitshelden »Beckmobil« getauft hatte. Wegen des bedeckten Himmels zog der von Solarmodulen auf dem Dach gespeiste Motor nicht richtig, und seine einzige Mitarbeiterin war völlig verschwitzt. Ekelhaft. Und sie mochte das sogar, nannte es »fit bleiben«.

»Es sollte Ihnen nicht egal sein, schließlich zahlen diese Leute sozusagen Ihr Gehalt«, gab Beckmeister zu bedenken und hielt den Atem an, als sie an einer Wohnsiedlung vorbeikamen. Weil das Wasser- und Abwassersystem nur noch sporadisch funktionierte, hatten viele Leute sich in ihren Gärten Außenklos gebaut. Außerdem hing ein beißender Geruch nach brennendem Müll in der Luft.

»Nein, mein Gehalt zahlen *Sie,* und wo bleibt eigentlich die Erhöhung?«, fragte Lunita – sie war zehn Jahre jünger als er, noch nicht mal 30 – und strampelte weiter, ohne sich zu ihm umzuwenden. Was schade war, denn sie hatte ein Gesicht, das ihn an Marilyn Monroe erinnerte, und prachtvolle, wellige kastanienbraune Haare, die ihr über den Rücken fielen.

»Was für eine Gehaltserhöhung?«

»Die, die Sie mir versprochen haben, nachdem ich Sie letzte Woche rausgehauen habe. Als Ihnen dieser Typ auf den Fersen war, dessen Frau Sie ...«

»Ach so, das«, meinte Beckmeister und lehnte sich entspannt auf seinem Polstersitz zurück. »Na gut. Aber nur, wenn wir diesmal ordentlich Umsatz machen.«

Lunita-Aldi Drechsler – ihre Eltern hatten bei ihrer Geburt offensichtlich Geld gebraucht – war eine ehemalige Nachbarin. Früher hatte sie ein Taekwondo-Studio geleitet, das nach dem Großen Kollaps pleitegegangen war, und sie war gezwungen gewesen, sich umzuorientieren. So wie er selbst. Er hatte seine Arbeit als Pharmavertreter wirklich gemocht. Zu schade, dass es keine Pharmaindustrie mehr gab.

Beckmeister lehnte sich aus dem Fenster und sah zu, wie das Ortsschild vorbeizog. »Olching«. Eins dieser langweiligen Käffer rund um München. Er hakte den Namen auf seiner schon leicht zerfledderten Landkarte ab, damit er nicht versehentlich noch einmal hierherkam.

Nicht sehr schwungvoll parkte Lunita die Rikscha vor dem Gasthaus »An der Amper« und schleppte die Alukoffer mit ihrer Ausrüstung auf ihre Zimmer, während Beckmeister sich darüber informierte, was die Küche hergab.

»Wir haben heute *Ente«*, wisperte ihm die Wirtin zu, eine Frau mit kurzen grauen Haaren, die sie garantiert früher gefärbt hatte. Bestimmt platinblond oder aubergine. »Die meisten sind natürlich längst weggefangen worden, doch ein paar sind gestern auf dem Fluss gelandet. Mein Sohn hat sie gleich erledigt. 100 Euro pro Stück.«

»Wunderbar – ich nehme eine«, sagte Beckmeister; für gutes Essen gab er gerne Geld aus. »Für meine Kollegin genügt ein Teller Nudeln.« Er zog ein paar Scheine hervor, denn ohne Vorkasse ging längst nichts mehr.

Zum Glück hatte die Frau nicht »Pferdesteak« gesagt, von dem hatte er für längere Zeit genug. Da fast keine Autos mehr fuhren, war er zu Anfang stilecht in einer Pferdekutsche gereist, bis der Gaul sich auf einer Wiese an Äpfeln überfressen hatte und eingegangen war. Da war es Glück im Unglück gewesen, dass Lunita aus einer Metzgersfamilie stammte.

»Was machen wir, wenn's morgen Ärger gibt?«, brummte Lunita, während sie ihre Nudeln hinunterschlang und dabei abwechselnd seine Ente und ihn mit Blicken durchbohrte.

»Es wird keinen Ärger geben«, versprach Beckmeister und ließ ihre Blicke an sich abperlen, dabei löste er das Filet geschickt vom Knochen. Seine Mutter hatte sich so gewünscht, dass er Chirurg werden würde. Tja. Vielleicht war es besser, dass sie noch vor dem Großen Kollaps gestorben war – Brustkrebs, zu spät entdeckt, um selbst mit den tollsten Therapien noch etwas bewirken zu können.

»Ich check's noch mal«, meinte Lunita und holte die Karte hervor, um zu überprüfen, ob der Ortsname abgehakt war oder nicht.

»Mein Gedächtnis ist perfekt«, sagte Beckmeister eingeschnappt. »Ich war noch nie hier, ganz sicher.«

Das war ein wichtiges Element seines Geschäfts. In den

ersten sechs Wochen nach dem Großen Kollaps vor zwei Jahren hatte er endlich einen alten Traum wahr machen können – reich zu werden. Villa-mit-Pool-reich. Während die meisten Leute noch jammerten, klagten oder versuchten, mit der neuen Situation klarzukommen, hatte er die glorreiche Idee gehabt, Insulin zu verkaufen. Ohne das Zeug konnten Typ-1-Diabetiker – von denen es sehr, sehr viele gab! – schließlich nicht überleben. Bingo! Sie und ihre verzweifelten Angehörigen hatten jeden Preis für das Zeug gezahlt, das er ihnen anbot und das hauptsächlich aus Wasser mit etwas Desinfektionsmittel bestand. Seit das Internet nicht mehr funktionierte, verbreiteten sich Warnungen nicht mehr besonders schnell, und er hatte wenig Gegenwind bekommen. Leider waren nach sechs bis acht Wochen die meisten Typ-1-Leute weggestorben, doch für die Villa hatte es locker gereicht und Kranke mit anderen Leiden gab es nach wie vor reichlich.

Sicher auch hier in Olching, Oberbayern.

Am nächsten Morgen begaben Lunita und er sich früh zum Markt, der auf einem Platz neben der Kirche stattfand. Ohne Begeisterung blickte Beckmeister sich um. Dieser Brunnen aus Betonquadern hatte vor 50 Jahren bestimmt sehr modern gewirkt. Die Kirche aus rosabraunen und cremefarbenen Steinen sah ansehnlich aus, dafür wirkte die Hauptstraße abgewrackt, mit Geschäften, deren Schaufenster von Kleinunternehmern gekapert worden waren; Werbespots ihrer Holoprojektoren flackerten über dem Bürgersteig. Sämtliche Dächer waren mit Solarzellen und Regensammelgeräten zugepflastert.

»Sie bauen auf, Lunita, ja?«, bat Beckmeister seine Assistentin und drehte rasch eine Runde, um sich über die anderen Stände zu informieren. Die spannende Frage war wie immer – würde es den Stand eines richtigen Arztes geben?

Neben dem üblichen Obst, Gemüse und selbst geschlachteten Kleinvieh sah er einen Stand mit Gebrauchtpapier und einen mit Do-it-yourself-Gentechnik. Neben der üblichen Elektroschrott-Ecke betrieb ein frettchenhaft wirkender Mann einen Stand mit Fahrradteilen, Holoprojektoren, Batterien und Regenwasserfiltern. Seine auffallend muskulösen Oberschenkel in Kombination mit seinen dünnen Armen machten Beckmeister misstrauisch. So sahen Leute aus, die vom Richter zu mindestens 75 Kilowattstunden Stromerzeugung und damit bis zu 500 Stunden Strampeln auf einem Standfahrrad verurteilt worden waren. Auch der bärtige Kerl am Waffenstand nebenan wirkte nicht sehr vertrauenerweckend.

Unauffällig prägte Beckmeister sich ihre Gesichter ein und schaute sich weiter um. Eine drahtige Frau hatte ein Mobiltelefon und bot Anrufe oder Textnachrichten für fünf Euro das Stück beziehungsweise Tauschware im gleichen Wert an. Unter einem Sonnensegel hatte sich ein Geschichtenerzähler eingerichtet, der seinem Plakat nach eine mehrteilige Geschichte namens »Stranger Things« zum Besten gab.

Oh, verdammt. Ein Stück weiter hockte eine Ärztin – laut ihres Schildes »Dr. med. Andrea Bräuer, Allgemeinärztin« – hinter einem Klapptisch und sprach mit dem Patienten auf dem Stuhl daneben. Sie war etwa Ende 30 und hatte nackenlange blonde Haare; obwohl ihre Jeans löchrig war, hatte sie es geschafft, ihren Kittel halbwegs sauber zu halten. Die eingearbeiteten LEDs darin, die bestimmt mal eine Leuchtanimation für ihre Praxis gezeigt hatten, glommen nur noch matt.

Schade für dich, Mäuschen, dass du ein Namensschild aufgestellt hast, dachte Beckmeister, schlenderte zu seinem eigenen Stand zurück und setzte seine Maske auf (die verhinderte nicht nur, dass die Kranken ihm ein unschönes Souvenir bescherten, sondern praktischerweise auch, dass ihn jemand wiedererkannte).

»Konkurrenz vor Ort«, zischte er Lunita zu, die sich schon im Gasthaus in ihr Krankenschwestern-Outfit mit dem extrakurzen Rock geworfen hatte. »Einfach nicht reagieren, falls sie rüberkommt, klar? Ich mach das schon.«

»Klar«, knurrte Lunita, ebenfalls bereits mit Maske, über der ihre großen braunen Augen gut zur Geltung kamen. Dann verkaufte sie einem Mann, der ihr in den Ausschnitt starrte, innerhalb von zwei Minuten drei Fläschchen Wespengift gegen Haarausfall. Sie war *gut*. Schon war die Kundenschlange an ihrem Stand länger als die bei der deutlich weniger attraktiven und verbissen wirkenden Dr. Bräuer.

Die Kundinnen wandten sich meistens nicht an Lunita, sondern an Beckmeister, der keine Schwierigkeiten hatte, eine natürliche Autorität auszustrahlen.

»Haben Sie was gegen Herzrasen? Das bekomme ich hin und wieder, wirklich beängstigend«, sagte eine Frau im mittleren Alter, die ihrer schlaffen Haut nach früher mal dick gewesen war.

Beckmeister lächelte hinter der Maske. »Aber natürlich – wie wäre es mit ›Silexium D3 extrastark?‹« Er reichte ihr ein orangefarbenes Fläschchen, in dem er Löwenzahn-Extrakt – für den bitteren Geschmack, den man von Medizin erwartete – mit Wasser vermischt hatte. Das Etikett sah hochoffiziell aus. Gelobt sei der Placeboeffekt. Wahrscheinlich half das Zeug wirklich.

Zwei weitere Kunden kauften homöopathische Mittel gegen Schuppenflechte, Depressionen, Verstopfung, Covid-49 und diese seit einigen Jahren grassierende Katzenpest. Immer gerne. Die Fläschchen waren nicht teuer, für die Etiketten sorgte sein transportabler Laser-Farbdrucker und im

Beckmobil hatte er noch einen ganzen Sack Milchzuckerkügelchen, von denen er gestern im Gasthaus ein paar in Einzelportionen umgefüllt hatte. Dass ohnehin niemand damit rechnete, dass in dem Zeug irgendein Wirkstoff war, erleichterte die Sache. Da schadete es nicht, wenn alle Kügelchen gleich waren.

»Haben Sie auch was gegen Krebs?« Der Alte, der das fragte, sah erschreckend aus, das reinste Skelett in einer fusseligen blau-grauen Strickjacke. Seine Mutter hatte auch so ausgesehen, als sie schon überall Metastasen gehabt hatte. Mehr als einen Monat hatte der Kerl bestimmt nicht mehr. »Sitzt in der Leber, hat der Doc gesagt.«

»Natürlich habe ich was dagegen.« Beckmeister zauberte einen Tiegel hervor. »Eine Ginseng-Vitamin-D3-Kombination, sehr hoch dosiert. Die wird Ihnen auf jeden Fall helfen, ist aber leider nicht ganz billig.«

Mit zitternden Händen reichte ihm der Mann ein dickes Bündel Scheine.

Beckmeister setzte eine sorgenvolle Miene auf. »Hm, ich fürchte, das reicht nicht ganz, hätten Sie vielleicht noch Tauschware?«

Erschrocken blickte sein Kunde ihn an. »Hab nicht mehr viel … aber die hier noch … würde die reichen?«

Ungläubig sah Beckmeister, dass der Alte eine Rolex Oyster Perpetual hervorzog. Wow. Und sie funktionierte anscheinend noch. Zum Glück hatte er lange Übung darin, sich seine wahren Gefühle nicht anmerken zu lassen. »Schon ein bisschen älter, das gute Stück, was? Na gut, ich will mal nicht so sein, hier haben Sie die Medizin.«

Während er sich die Rolex umlegte und sie bewunderte, kam die Ärztin anmarschiert, die offenbar gerade von ihm erfahren hatte. Ihr Kopf war hochrot und ihre Augen funkelten vor Zorn. »Schämen Sie sich denn überhaupt nicht, Sie Quacksalber?«

Auf solche Vorwürfe ging Beckmeister grundsätzlich nicht ein, das schadete nur. Stattdessen hob er die Stimme. »Da ist sie ja wieder, die Rentnerkillerin Dr. Bräuer! Geht ruhig zu Doktor Tod, das ist billiger, da kommt ihr mit einer Behandlung aus!«

»Sie unverschämter …«

»Wer jetzt noch auf die Schulmedizin setzt, hat die Wahrheit einfach nicht kapiert«, legte Beckmeister nach. »Was tun Sie ohne Ihren Rezeptblock, Bräuer? Na? Überweisen Sie die Leute doch einfach zum Spezialisten, nur zu!«

»Ich rufe die Polizei!«

Lunita wedelte mit einem ganzen Stapel hervorragend gefälschter Genehmigungen und Expertisen. »Machen Sie das – wir verstehen uns prima mit der Polizei.«

Schäumend zog die Ärztin ab, und das Geschäft konnte weitergehen. Es lief blendend.

Gegen Mittag kam der Mann mit dem langen blonden Bart und den schwarzen Lederhosen vorbei, der am Stand nebenan Armbrüste, Knüppel, grob geschmiedete Messer und Elektroschocker aus alten Feuerzeugen verkaufte. Lunita setzte vorsorglich einen drohenden Blick auf, doch der Kerl beachtete sie nicht. Er knurrte Beckmeister zu: »Ich hab üble Kopfschmerzen. Gib mir was dagegen, los.«

Beckmeister überreichte ihm feierlich ein Röhrchen Nux vomica C12, nahm als Bezahlung dafür ein Stück geräuchertes Kaninchenfleisch und flüsterte Lunita zu: »Wir packen zusammen.«

Seine Assistentin kapierte sofort. Wenn der Typ merkte, dass die Kopfschmerzen nicht weggingen, konnte es zu einer unschönen Situation kommen. Also verstauten sie ihre Ausrüstung und machten sich im Beckmobil auf den Weg zum nächsten Ort.

Lunitas durchtrainierte Waden sorgten dafür, dass sie gut vorankamen, doch am Horizont ballten sich Wolken zusammen, die Beckmeister an teuflischen Blumenkohl erinnerten. Bald wurde auch über ihnen der Himmel immer düsterer. Als Lunita nach oben starrte – vermutlich um abzuschätzen, wann mit den ersten Blitzen zu rechnen war –, rumpelte das Beckmobil durch ein tiefes Schlagloch im Asphalt.

Dann bewegte es sich nicht mehr, obwohl Beckmeister ausstieg und Lunita alles versuchte, um die Rikscha wieder flottzumachen. »Ist die Achse, schätze ich«, meinte sie und wischte sich den Schweiß von der Stirn.

»Sehr ärgerlich. Hätten Sie nicht besser aufpassen können? Ich könnte Ihnen die Reparaturkosten vom Gehalt abziehen!«

Lunita verdrehte die Augen, sagte jedoch nichts. Vermutlich war ihr klar, dass er ihr rhetorisch haushoch überlegen war.

Mit gerunzelter Stirn blickte sich Beckmeister um. Sie waren auf einer Landstraße, um sie herum nur offene Felder. Ein aufgegebener schwarzer SUV stand am Straßenrand und träumte vielleicht von Zeiten, in denen er noch hatte Sprit saufen dürfen. Eine Pferdekutsche fuhr an ihnen vorbei.

Etwa einen Kilometer entfernt sah Beckmeister etwas, das wie ein Vierseithof wirkte. »Schauen wir mal, ob die uns helfen können, und ein ordentliches Mittagessen wäre auch nicht verkehrt«, sagte er und öffnete den Kofferraum.

Man durfte nichts über Nacht in der Rikscha lassen, seit dem Kollaps klauten die Leute wie die Elstern. Lunita band sich den Sack mit den Milchzucker-Kügelchen auf den Rücken, damit sie die Hände frei hatte für die beiden Koffer mit den Produkten. Schlecht gelaunt schleppte Beckmeister seine Reisetasche und den Klapptisch.

»Was ist mit meiner Tasche?«, fragte Lunita entgeistert. »Die könnten Sie doch noch nehmen.«

»Ach, die klaut doch sowieso keiner mehr«, sagte Beckmeister nach einem Blick auf das rissige braune Kunstleder. Doch vielleicht war das sogar ein Vorteil? Niemand, der sie ausrauben wollte, würde das Ding eines Blickes würdigen. Spontan holte er seine Kasse, nahm die Hälfte der Scheine heraus und verstaute sie in Lunitas Kunstledergepäck. »Das ist nur vorübergehend, verstanden?«, teilte er seiner Assistentin mit und marschierte inklusive Tasche los.

Der Bauernhof war eindeutig bewohnt, gerade ging das große Holztor auf, um die Pferdekutsche durchzulassen, die sie vorhin überholt hatte. Sie wurde von einem Mann und einer Frau mit dunkler Haut gelenkt und von einem Schimmel gezogen.

»He! Hallo!«, schrie Beckmeister, setzte sein freundlichstes Lächeln auf und winkte. »Könnt ihr uns helfen?«

Lunita sagte nichts. Sie hatte ihre nordrhein-westfälische Heimat sehr plötzlich verlassen müssen, weil sie sich an den Notvorräten einer anderen Familie bedient hatte, die sich als großer arabischer Clan herausgestellt hatte. Seither hielt sie sich im Umgang mit Fremden, denen sie nichts verkaufen wollte, eher zurück.

Die beiden jungen Leute, deren Job es war, die Tore zu schließen, zögerten und blickten neugierig in ihre Richtung. Das nutzte Beckmeister, um zu ihnen hinüberzuhasten. Inzwischen waren die beiden anderen Leute vom Kutschbock geklettert und blickten skeptisch zu ihnen und zur Rikscha herüber.

»Achsenbruch, was?«, meinte die Frau, die ihre langen ebenholzfarbenen Haare hinten zusammengebunden trug. Sie wirkte tough, ihr Blick war klar und entschieden. »Wir haben ein paar Werkzeuge, vielleicht kriegen wir das wieder hin. Vor dem Kollaps bin ich Taxi gefahren, mit Fahrzeugen kenn ich mich aus. Ach ja, ich bin übrigens Jennifer.«

»Xaver«, sagte der etwas behäbig wirkende Mann mit der hellbraunen Pudelfrisur, vielleicht der Bauer, dem der Hof gehörte. »Bei uns gibt's heute Kartoffelsuppe und gebratene Zucchini, ihr könnt gerne mitessen, wenn ihr wollt. Wir haben zwei Hektar Land, das reicht für eine halbe Tonne Gemüse, auch wenn uns leider viel vom Feld geklaut wird.«

»Danke, das ist echt nett.« Langsam schien Lunita aufzutauen, sie wagte sogar ein Lächeln. »Ich bin Lunita.«

»Dr. Quentin Beckmeister«, ergänzte Beckmeister huldvoll. Das »Doktor« vor seinem Namen hatte er sich nach dem Großen Kollaps gegönnt, es machte sich dort einfach gut.

»Hi, Doc. Übrigens hab ich gekocht – die Kartoffeln mussten dringend weg, die waren noch vom letzten Jahr, aber die Zucchini haben wir heute erst geerntet«, meinte ein junger Mann mit Rastalocken und lächelte sie an, während zwei Mädchen hinter ihnen die Torflügel zuschoben. »Wohin seid ihr unterwegs?«

Ein Instinkt ließ Beckmeister zögern, doch Lunita antwortete: »In den nächsten Ort, wo ein Markt stattfindet. Wir verkaufen Medizin.«

Sofort veränderte sich die Atmosphäre, wurde kühler. Verdammt. Leider war das Tor – drei Meter hoch mindestens! – gerade hinter ihnen eingerastet und von Xaver abgeschlossen worden.

»Aha«, sagte Jennifer nur, ging voraus ins Hauptgebäude und schob eins der Hühner, die um sie herumstolzierten, mit dem Fuß beiseite.

Eins der Seitengebäude war ein Stall, aus dem ein Duft nach Kuhdung hervordrang. Als sich Beckmeister umblickte, sah er durch die offen stehende Tür eines anderen Flügels nicht etwa weitere Ställe, sondern große Stahlbottiche, die mit Röhren verbunden waren. Brauten die hier ihr eigenes Bier? Oder hatten sie eine chemische Produktion irgendeiner Art?

Bevor er nachhaken konnte, brach das Gewitter los und Tropfen so groß wie Haselnüsse prasselten auf die festgestampfte Erde und den Küchengarten in der Mitte des Innenhofs nieder. Beckmeister beeilte sich, ins Innere zu kommen. Im Hauptgebäude roch es so appetitlich nach der Kartoffelsuppe, dass ihm das Wasser im Mund zusammenlief. Oh mein Gott, hatten die etwa Speck und Sahne aufgetrieben? Auch die Zucchini dufteten himmlisch.

Ein halbes Dutzend Leute, darunter eine Frau von etwa 80 Jahren, und die drei Jugendlichen ließen sich um den Holztisch nieder. Alle stellten sich vor, doch Beckmeister verzichtete darauf, sich ihre Namen zu merken – lange würden er und Lunita bestimmt nicht hier sein.

Seine Augen wurden groß, als er etwas Unerwartetes sah. Etwas, das er schon lange nicht mehr erblickt hatte. Eine schmächtige, jungenhaft wirkende und höchstens 20-jährige Frau, die sich »Kathi« genannt hatte, drückte sich eine Spritze in eine Bauchfalte und injizierte sich etwas. Eine Diabetikerin! Aber wieso lebte sie noch? Woher hatte sie das Zeug?

»Beckmeister …«, sagte Xaver nachdenklich. »Kommt mir irgendwie bekannt vor, der Name.«

»So nett von euch, uns einzuladen«, versuchte Beckmeister abzulenken. Er spürte, dass auch Lunita unruhig wurde. »Leider müssen wir wieder los. Dringender Termin im nächsten Ort.«

»Tja, mit der Achse können wir euch leider erst helfen, wenn das Gewitter vorbei ist.« Jennifer musterte ihn mit durchdringendem Blick und wünschte den anderen guten Appetit, schon hoben und senkten sich die Löffel. Notgedrungen setzte sich Beckmeister neben Jennifer, seine Assistentin ließ sich auf der anderen Tischseite nieder.

»Seid ihr alle verwandt? Oder wie seid ihr hier zu dem Hof gekommen?«, fragte Lunita, die sich ihre kastanienbraunen Haare hinter die Ohren klemmte und sich dann gierig über die Suppe hermachte. »Wow, das ist echt lecker!«

Der junge Rastamann lächelte ihr geschmeichelt zu.

»Moment mal«, unterbrach Kathi, die junge Frau, die sich eben Insulin gespritzt hatte, und warf Beckmeister einen Blick zu, der seine Speicheldrüsen *und* seine Geschmacksknospen dazu brachte, augenblicklich ihre Arbeit einzustellen. »Das Gesicht von dem Typen hab ich schon mal gesehen. Wartet mal.« Sie hatte ein Smartphone und wischte nun anscheinend durch ihre gespeicherten Bilder.

Nichts wie raus hier, dachte Beckmeister, doch eine feste Hand – nein, eine Pranke war es, eine Bärenpranke – drückte ihn wieder auf die Bank zurück. »Moment noch«, grollte Xaver.

»Da! Damals hat er sich noch anders genannt. Nollinger.« Kathi zeigte ihr Handy herum, und Beckmeister erkannte einen leicht unscharfen Schnappschuss von sich selbst. Dreck! »Der war es, von dem Mama damals in Bielefeld dieses angebliche Insulin gekauft hat.«

Beckmeister fragte lieber nicht, was aus ihrer Mutter geworden war. »Das war ich nicht, wie kommt ihr denn auf so was?«, versicherte er mit gespielter Empörung. »Ja, der Typ sieht mir ein bisschen ähnlich, aber das ist …«

Jennifer stand auf, und als Beckmeister ihren stahlharten Blick sah, hielt er den Mund. »Interessiert es Sie noch, wie wir hierhergekommen sind?«, fragte sie, und ihre Faust hatte sich um eine Gabel geballt. Eine Gabel mit scharfen, blinkenden Zinken, an denen Zucchinireste klebten.

»Unser kleiner Clan hier ist aus einer Selbsthilfegruppe entstanden.«

Noch bevor sie weitersprach, ahnte Beckmeister, was sie sagen würde. Und er irrte sich nicht.

»Einer Selbsthilfegruppe von Diabetikern«, fuhr Jennifer fort. »Eins der Mitglieder war meine Tochter.«

Oh Scheiße, Scheiße!

»Unser Vater war auch dabei«, sagte der Junge mit den Rastalocken und nahm die Hand eines Mädchens, das Beckmeister hasserfüllt anstarrte. Jetzt fiel Beckmeister auf, dass neben dem Jungen ein Ledertäschchen lag, in dem sich vermutlich ein Spritzbesteck befand.

»Und meine Schwester«, ergänzte Xaver, dann nickte er der alten Frau zu. »Meine Mutter ist zum Glück nur Typ 2.«

Beckmeister wusste, dass er in ernsthafter Gefahr war.

»Lunita!«, schrie er. »Los! Schnell! Mach schon!« Seine Assistentin hatte den dritten Dan in Taekwondo und war durchtrainiert wie einer von Charlies Engeln. Er hatte gesehen, wie sie Türen eingetreten hatte. Wenn ihn jemand hier rausbringen konnte, dann sie!

Doch Lunita rührte sich nicht. »Damals habe ich noch nicht für ihn gearbeitet«, meinte sie ruhig. »Was war das für Insulin, das er verkauft hat? Hauptsächlich Wasser, oder? Er hat auch Kügelchen im Angebot, Insulin D30. Sauteuer. Das ist auch so ein Bullshit, schätze ich.«

»Absolut«, sagte Xaver. »Es gibt kein homöopathisches Insulin, in welcher Potenz auch immer. Auf diese Art den Blutzucker zu senken ist nicht möglich.«

Vielleicht war er doch kein Bauer. Im gleichen Moment ging Beckmeister auf, was das da in der Scheune war. Vermutlich ein Bioreaktor mit genmodifizierten E. coli, die Insulin produzierten.

»Wenn das wegen der Gehaltserhöhung ist, Mädel, dann ...« Beckmeister konnte nicht fassen, dass sie ihn verriet – nach fast zwei Jahren in seinen Diensten!

Lunita würdigte ihn weder einer Antwort noch eines Blickes.

Jennifer und der Rastajunge hielten ihn fest, während Xaver seine Produktkoffer durchsuchte. »Tatsächlich, hier steht ›Insulin D30‹ drauf.« Mit spitzen Fingern hielt er das Röhrchen hoch. »Leider habe ich hier kein Spektrometer, um das zu analysieren.«

In der Zwischenzeit hatte diese verdammte Kathi eifrig Textnachrichten versandt, mit einem leisen Ping kamen Antworten rein. »Ein paar der anderen haben auch davon gehört, dass er eigentlich Beckmeister heißt und nicht Nollinger«, verkündete sie triumphierend. »Hier ist noch ein Foto. Es ist derselbe Kerl! Ich kann's nicht glauben, *wir haben ihn!«*

Ein tiefes, giftiges Schweigen senkte sich über die Küche.

»Lunita, möchtest du vielleicht gehen?«, fragte Jennifer, ihre Stimme klang ausdruckslos.

»Äh ... ja«, sagte Lunita und starrte Beckmeister an. Nie hatte er ihre schönen braunen Augen so voller Abscheu gesehen, und ihr Monroe-Näschen wirkte auf einmal gar nicht mehr so niedlich. »Ich kündige!«

»Gute Entscheidung«, sagte Kathi, auf ihren Wangen waren rote Flecken.

»Lunita!«, brüllte Beckmeister und fühlte, wie feucht das Hemd unter seinen Achseln war. Ihm wurde abwechselnd heiß und kalt. »Das kannst du nicht machen!«

»Ach ja?«, fragte Lunita. Sie verpasste einem seiner Produktkoffer einen Profi-Tritt aus der Hüfte, der ihm eine tiefe Delle bescherte, packte ihre Reisetasche – da war das Geld drin, verdammt! – drehte sich um und ging. Eins der Mädchen begleitete sie, wahrscheinlich, um ihr das Tor aufzuschließen.

»Was machen wir jetzt mit ihm?«, fragte Xaver, auch seine Stimme klang nun eisig. »Die Polizei rufen?«

Ganz kurz erlaubte sich Beckmeister ein Gefühl der Erleichterung.

»Vergiss es, solche Leute haben die Polizei in der Tasche«, sagte Jennifer, und ihr Blick fühlte sich an, als würde er ihm jeden Moment ein Loch durch Jackett, Hemd und Haut brennen. »Das war bei meinem Zuhälter damals auch so. Ihr wisst schon, dem, bei dem ich war, bevor das mit dem Taxischein geklappt hat. Der Kerl hätte mir ein Auge ausstechen können und wäre damit durchgekommen. Schließlich musste ich mich doch selber um ihn kümmern.«

»Hm … wie wäre es mit einer Überdosis Insulin?«, schlug Kathi mit flammendem Blick vor. »Das wäre der Klassiker und so was wie poetische Gerechtigkeit.«

»Nein«, sagte Jennifer und schnappte sich ein Küchenmesser mit handlanger Klinge aus einem Holzblock. »Das ist zu wertvoll, um es an den da zu verschwenden. Ich hab eine bessere Idee. Glaubt jemand, dass dieser Drecksack seine Bauchspeicheldrüse noch braucht?«

Ungläubig glotzte Beckmeister sie an.

»Aber wir haben kein Chloroform«, wandte die ältere Frau ein, die Mutter von Xaver und seiner toten Diabetiker-Schwester.

»Genau das war der Gedanke dabei«, sagte der Rastajunge.

Seine Schwester schloss kurz die Augen und klammerte sich noch fester an seine Hand. Dann sagte sie: »Was ist? Legen wir los?«

Xaver nickte. »In meinem Bücherregal steht irgendwo ein Anatomie-Atlas. Wir kriegen das hin.«

»Das könnt ihr nicht machen!«, brüllte Beckmeister und wehrte sich mit aller Kraft gegen die Leute, die ihn festhielten. Viel brachte das nicht. Zum ersten Mal tat es ihm leid, dass er die körperliche Arbeit immer Lunita überlassen hatte.

»Doch, können wir«, sagte Jennifer.

Nicken rund um den Tisch, nur ein oder zwei Leute zauderten, blickten sich gegenseitig an. Schließlich nickten sie auch.

»Ekelhaft, was manche Leute tun«, sagte die ältere Frau. Leider meinte sie nicht die Pläne der anderen, jedenfalls blickte sie ihn an, als sie es sagte. Blickte ihn an, wie man eine Kakerlake anblickt. Oder Hundekacke unter dem Schuh.

Beckmeister spürte seine letzte Hoffnung verdunsten.

»Alles klar«, sagte Jennifer grimmig. »Machen wir's am besten in der Waschküche. Wenn er Glück hat, überlebt er das Ganze sogar, wer weiß. Wenn auch nicht lange – von uns kriegt er jedenfalls kein Insulin. Aber er hat ja noch ganz viele Kügelchen D30.«

Beckmeister schrie und hörte, wie das Geräusch an den Mauern des Vierseithofs verhallte, als sie ihn zur Waschküche schleiften und dort festbanden.

Er schrie nur kurze Zeit.

Hintergrundfakten zur Geschichte

Falls aus welchen Gründen auch immer unsere hochkomplexe Zivilisation kollabiert, wird sich unser Leben drastisch ändern. Was ist dann mit denjenigen Menschen, die lebenswichtige Medikamente benötigen – gibt man sie einfach auf? Da meine Familie selbst davon betroffen ist, lag der Gedanke nicht fern, das in einer Geschichte anzupacken. Wenn die Apotheken dichtmachen, schlägt die Stunde der skrupellosen Quacksalber. Sie würden sicher davon profitieren, dass die meisten Menschen alles tun würden, um ihre Angehörigen am Leben zu erhalten. In Deutschland gibt es derzeit 8 Millionen Diabetiker, und da die Zahlen steigen, rechnet die Deutsche Diabetes-Hilfe damit, dass es im Jahr 2040 12 Millionen sein werden. Viele von ihnen könnten auch ohne Insulin auskommen und überleben, aber nicht die circa 341.000 Typ-1-Diabetiker. Was tun? Früher hat man Insulin aus der Bauchspeicheldrüse (Pankreas) von Schweinen gewonnen, nur war das nicht sonderlich gut verträglich und man brauchte das Pankreas von 50 Schweinen, um den Jahresbedarf eines einzelnen Diabetikers zu decken. Heute wird das lebenswichtige Hormon mithilfe von modifizierten Bakterien und Hefezellen hergestellt – ein sehr komplexer Prozess, für den man Fachwissen braucht. In meiner Geschichte schafft es eine Gemeinschaft durch ihren Biotech-Experten, kleine Mengen des kostbaren Hormons zu erzeugen. Gegenseitige Hilfe in der Community … das kann und wird auch für andere Probleme eine Lösung sein, da bin ich mir sicher.

VITA PRO VITA

Von Petra K. Gungl

Der Wind roch nach Regen, jede Böe drückte das Ziergras in eine tiefe Verbeugung, manche Halme blieben liegen, den Blütenwedel im Kies ausgebreitet. Tanja zog die Strickjacke vor der Brust zusammen und erhob sich von der Parkbank. Es war Zeit. Sanft strich sie über die Wölbung ihres Bauchs und lauschte in sich hinein. Bewegte sich Cilia oder schlief sie? Im Uterus blieb es ruhig und Tanja setzte sich in Bewegung, ein unangenehmes Kribbeln im Nacken. Natürlich sah der Gärtner ihr nach. Dafür kreuzten Schwangere viel zu selten in der Öffentlichkeit auf. Selbst hier am *Vita-pro-Vita*-Areal mit seinen hohen Mauern und Absperrungen gaffte das Service- und Wachpersonal oft ungeniert auf ihren Bauch.

Spontane Schwangerschaften traten dieser Tage mit derselben Seltenheit auf wie Eisbären am Nordpol. Denn parallel zu den Polkappen waren in den vergangenen Jahrzehnten die kleinen Schwimmer in den Hoden der Männer verschrumpelt. Allerdings nicht wegen der Erderwärmung, sondern vielmehr wegen der mannigfaltigen Umweltgifte, denen man nicht entkam. Im Wasser, in der Erde, in der Luft – der Mensch war Teil der Welt, die er erschaffen hatte, und in demselben Zustand. Kinder kamen mit Gendefekten zur Welt oder starben zuvor im Mutterleib. Die einzig sichere Möglichkeit zur Fortpflanzung war eine Befruchtung in der Retorte.

Vor der Klinik wartete eine hochgewachsene Frau in mondäner Aufmachung, die Augen mit ungeduldiger Nervosität auf den Garten zwischen ihrem Standort und dem gegenüberliegenden *Vita-pro-Vita*-Appartementhaus gerichtet. Tanjas Kehle wurde bei dem Anblick der Frau eng. Kaum hatte die penibel frisierte Blondine sie entdeckt, streckte sie den Arm in die Höhe zu einem aufgeregten Winken. Auf hohen Absätzen trippelte sie ihr einige Schritte entgegen.

»Da sind Sie endlich! Ich war bereits in Sorge«, rief sie und ließ ihren Blick über Tanjas Bauch gleiten. »Geht es Ihnen gut?«

Unwillkürlich legten sich Tanjas Arme schützend um den eigenen Leib, eine Geste, die sie mit dem Zurechtrücken der Jacke zu tarnen versuchte.

»Guten Tag, Frau Hohenborn.« Tanja zwang sich zu einem Lächeln.

»Sie sollen doch Ida zu mir sagen, Liebes.« Ida hakte sich in bemutternder Art unter und erweckte den Eindruck, sie wolle Tanja auf den letzten Metern in die Klinik tragen.

»Bei mir ist alles in Ordnung«, sagte Tanja und konnte Idas Arm trotzdem nicht abschütteln. Mittlerweile zog sich ihre Muskulatur im Unterleib zusammen und Cilia versetzte ihr einen Tritt gegen die Blase. Die Kleine spürte stets, wenn etwas nicht in Ordnung war. Ein liebevoller Gedanke an den Winzling entspannte die Muskeln. Nein, damit musste sie aufhören. Keine Namen für Babys. Das durfte sie nicht, das wusste sie doch ganz genau.

Geistesabwesend ließ sich Tanja von ihrer Begleiterin in die Klinik führen, steckte die Gesundheitskarte in den vorgesehenen Schlitz und durchlief die Desinfektionsschleuse. Von dort waren es nur wenige Meter bis zum Schalter der gynäkologischen Abteilung. Es genügte neuerlich, die Chipkarte einzuscannen, die Begrüßung der Computerstimme abzuwarten und sich im Wartebereich niederzulassen, der bis auf eine weitere Schwangere in Begleitung einer Auftragsmutter gähnend leer war. Ringsum strahlendes Weiß. Keimfrei. Der Bahnhof ins Himmelreich. Das Atmen fiel Tanja von Augenblick zu Augenblick schwerer. Ida erzählte ohne Unterlass von einem Event und ihrem Auftritt mit einem bekannten Sänger.

»Die ganze Welt hat zugesehen!«

Die Worte rauschten an Tanja vorbei. Alles, was sie im Gesicht ihrer Auftraggeberin entdeckte, war die kunstvolle Arbeit der Schönheitschirurgie, die Idas Gesicht glatt und attraktiv hielt. Es war unmöglich, ihr Alter zu erraten. Seit dieses genetisch maßgeschneiderte Anti-Aging-Medikament zugelassen worden war, wurden diejenigen, die es sich leisten konnten, doppelt so alt wie jeder Normalsterbliche. Tat es Tanja leid, nicht selbst zu den *Vampiren* zu gehören? Die landläufig verwendete Bezeichnung für die beinahe Unsterblichen traf die Situation ziemlich gut, fand Tanja. Die Reichen saugten das Leben regelrecht auf. Hingegen bedeutete Armut, früh zu sterben, und das mit schlaffer Haut und Krebsgeschwüren. Tanjas Fruchtbarkeit war ihr einziges Kapital. Ein Glück letztlich, unter kargen Verhältnissen auf einem Bergbauernhof groß geworden zu sein. Und die Eltern konnten sich dank der Zuwendungen ihrer Tochter die besseren Medikamente leisten, was ihr Leben deutlich verlängerte.

Tanja dachte an ihr Bitcoin-Guthaben. Diese letzte Leihmutterschaft musste sie bewältigen, dann würde sie genug beisammen haben für ein eigenes Kind. Die spezialgereinigte Nahrung, die aufbereiteten Samenzellen, die künstliche Befruchtung – das alles kostete ein Vermögen. Das nächste Baby gehörte ihr, ihr ganz allein. Niemand würde es ihr aus dem Leib reißen und davontragen, sie mit einer leblosen Schwärze im Bauch zurücklassen. Nur so konnte dieser Abgrund in ihrer Seele verschwinden und mit ihm der nagende Schmerz, der sie von innen heraus auffraß.

Cilia streckte ihr Beinchen. Die Beule wanderte über Tanjas Bauchoberfläche, ohne dass Ida etwas davon mitbekam. Tanja umschlang ihren Bauch, wollte das Kind darin festhalten, die Entbindung absagen, davonrennen. Ihre Haut spannte. Alles war viel zu eng – das Gelände mit seinen Mauern ringsum, die bewaffneten Wachen an den Eingängen. In-vitro-Babys waren wertvoll, wurden manchmal entführt. Die Wände schoben sich auf Tanja zu, die Luft wollte kaum durch die Lungen strömen. Die Muskeln vibrierten und sie war kurz davor abzuhauen, da schob sich die gegenüberliegende Tür auf und in Leuchtschrift blinkte Tanjas *Vita*-Nummer über dem Durchgang.

»Sehen wir nach, wie es meinem Baby geht!«, rief Ida. Ihre exaltierte Stimme hallte von den Wänden wider. Einen Augenblick später stand sie vor Tanja, zog sie hoch und drängte auf den Durchgang zu. »In drei Wochen bin ich Mutter – das ist das größte Abenteuer meines Lebens!« Zum Glück achtete sie nicht auf Tanjas Augen.

Oder auf irgendetwas.

Ein schmaler Mann in weißem Overall stand neben dem »DocScan«, dem voll automatisierten Gesundheitsanalysegerät, das menschliche Ärzte weitgehend abgelöst hatte. In diesem Klinikbereich herrschte die gleiche penible Sauberkeit, die Tanja bereits im Warteraum das Atmen schwer gemacht hatte. Selbst das Bedienungsfeld seitlich, wo sich Monitore und Hocker befanden, glänzte in sterilem Chrom.

»Geht es dir gut, Tanja?« Die dunklen Augen des Operators musterten sie mit gewohnter Intensität. Es war die vierte Schwangerschaft, bei der Oliver sie begleitete, ein Faktotum aus Freundlichkeit und Rücksichtnahme. Sie mochte seine

Adlernase, das rabenschwarze Haar, das er am Hinterkopf zusammengebunden trug, und vor allem mochte Tanja, dass er sie nicht überragte. Das Lächeln, das sie ihm schenkte, war voller Dankbarkeit, denn seine Gegenwart beruhigte das innere Zittern.

»Alles in Ordnung.« Kurz verschränkten sich ihre Blicke ineinander, bevor seine Augenlider zu flattern begannen und er sich geschäftig am »DocScan« zu schaffen machte.

»Du weißt ja – entkleiden und hier auf die Einschubfläche legen. Mit dem Laken kannst du dich bedecken. Gab es Probleme in der letzten Woche?«

Tanja trat hinter das Paneel, hängte die Jacke an den Haken und streifte ihre Schuhe ab. »Hin und wieder leichte Wehen.«

»Um Himmels willen! Und Sie haben nichts dagegen unternommen?«, kreischte Ida von ihrem Platz am Monitor.

»Das ist normal«, erwiderte Tanja und hoffte, damit ihre Auftraggeberin beschwichtigen zu können.

»Normal?«, fuhr Ida sie an. »Sie hätten sofort zur Untersuchung müssen – das ist vertraglich vereinbart!«

Ein Panikschauer loderte unvermittelt durch Tanjas Adern – kochendes Öl konnte nicht heißer sein. Dieser Fehler konnte eine empfindliche Pönale nach sich ziehen – dabei brauchte sie jeden einzelnen Bitcoin!

»Übungswehen sind vor dem Geburtstermin keine Komplikation, Frau Hohenborn. Der ›Medichip‹ unter Tanjas Haut hätte bei Problemen sofort Alarm geschlagen, seien Sie unbesorgt.« Olivers angenehmer Bariton im Zusammenspiel mit der Autorität seiner Operatoruniform nahm Ida sichtlich den Wind aus den Segeln.

»Zum Glück sehen wir gleich, was los ist«, knurrte sie und wandte sich wieder dem Monitor zu. Oliver trat neben sie ans Bedienungsfeld, aktivierte mit ein paar Knopfdrücken die Maschine, die surrend ansprang. Damit ließ er Tanja genug Privatsphäre, sich nackt auf die Einschubfläche zu legen und das Tuch über Brust und Leib zu ziehen. Gänsehaut breitete sich beim Kontakt mit der Glasplatte über ihren Körper aus. Sie atmete flach und schloss die Augen. »Ich bin so weit.«

Oliver ging um die Liege herum, kontrollierte ihre Position und betätigte einen weiteren Schalter. Fast lautlos fuhr die Platte in das Gerät hinein. An der Seite erschien Olivers Hand, die am Zipfel des Lakens zog und sie frierend in der Röhre zurückließ. Metallfühler legten sich klackernd um ihre Arme, Beine, ihren Bauch und ihre Stirn. Gleichzeitig erfüllte ein hochfrequenter Ton den Kokon. Auf dem Bildschirm über ihrem Kopf flackerte Cilias Abbild auf. Tanjas Atem stockte. Diese perfekten kleinen Finger, das süße Näschen, die angezogenen Beine – sie war ein Wunder.

Du wirst ein gutes Leben haben, dachte Tanja und versuchte dabei, den aufsteigenden Schrei abzuwürgen. Ein leises Krächzen entschlüpfte ihr dennoch.

»Ich sehe, es war deine eigene Eizelle, die zur Befruchtung herangezogen wurde, Tanja?« Olivers Worte drangen über den seitlichen Lautsprecher an ihr Ohr.

»Das ist richtig«, antwortete sie, »Idas Eierstöcke produzieren keine.«

Es blieb still.

»Ist alles in Ordnung mit Ci … mit dem Kind?« Tanjas Stimme klang in der Röhre ungewohnt schrill. Warum schwieg Oliver? Sonst plauderte er immer so nett mit ihr …

»Keine Sorge, dem Mädchen geht es prächtig.« Tanja meinte, erzwungene Sorglosigkeit aus seinen Worten herauszuhören. »Du bekommst jetzt die wöchentliche Injektion und damit sind wir fertig.«

Ein Piken an ihrem linken Arm folgte, die Fühler zogen sich zurück und die Liege fuhr mit leisem Sirren aus der Röhre heraus. Zuerst erschien das Laken, das Oliver ausgebreitet vor seinem Gesicht hielt und sogleich über ihre Blöße breitete, danach seine ernste Miene.

»Was ist los?« Tanja wickelte sich das Tuch um den Körper und stand Oliver gegenüber. Sah ihm in die Augen, konnte die schlechten Nachrichten darin sehen, ehe er sie aussprach.

»Das ist deine letzte Schwangerschaft, Tanja. Der ›Doc-Scan‹ hat rasch wachsende Krebsgeschwüre an den Eierstöcken festgestellt. Sie müssen beide entfernt werden. Und zwar gleich kommende Woche im Zuge des Kaiserschnitts. Es tut mir leid.«

Tanja starrte ihn an. Leere breitete sich in ihrem Kopf aus. Alle Opfer waren vergebens gewesen. Man würde Cilia aus ihrem Bauch schneiden, sie unfruchtbar machen und aus den Diensten von *Vita-pro-Vita* entlassen. Gesunde Spermien und Eizellen kosteten ein Vermögen und die erforderliche Leihmutter ein weiteres. Geld, das sie nicht hatte. Ihr Blick klammerte sich an Olivers Pupillen fest, denn der Raum verwandelte sich in ein Karussell, drehte sich in zunehmender Geschwindigkeit um Tanja. Die Mauern, die Wachen – es gab kein Entrinnen. Vorsichtig tappten ihre Füße Richtung Paneel, zu den Kleidern hin. Raus hier, sagte sie sich. Irgendetwas musste ihr einfallen … Oliver griff nach ihrem Arm, wollte sie stützen. Tanja zuckte zusammen. Mit einem schnellen Ruck riss sie sich los und verschwand hinter dem Raumteiler.

»Wenn ihr mich sterilisiert, gebe ich dieses Kind nicht her! Es ist meins!«, rief sie laut, glaubte, ein Paravent könne ihr Schutz bieten.

Absätze klapperten über den Fliesenboden. Ein wütendes Stakkato, das Tanja überrollen wollte.

»Wir haben einen bindenden Vertrag«, ertönte Idas Stimme von der anderen Seite. »Alle meine Termine sind auf den Geburtstermin ausgelegt. Das Kinderzimmer ist bereit, die Kinderschwester eingestellt. Ich bestehe auf meinem Kind.« Der Boden schwankte unter Tanjas Füßen. Der Vertrag, die Entbindung, die Sterilisation – Informationen rasten durch ihren Kopf, stießen zusammen und fingen Feuer. Hektisch versuchte sie, in die Hose zu steigen, gleichzeitig brannte es in ihrem Kopf. Letztendlich war die Bluse schief zugeknöpft, und in die Schuhe schlüpfte sie, ohne sich die Mühe zu machen, Strümpfe überzuziehen.

»Ich habe keine Zeit für Diskussionen, ich muss zu einer Probe«, hörte Tanja ihre Auftraggeberin zu Oliver sagen. Mit einem Mal traf sie die volle Wucht der Realität – Cilia war ihr letztes Kind. Die einzige Chance, nicht vom Abgrund verschlungen zu werden. Wenn Flucht unmöglich war, half vielleicht ... Tanja trat hinter dem Paneel hervor.

»Bitte – verzichten Sie auf dieses Kind! Ich bezahle Ihre Aufwendungen, alles – nur lassen Sie mir Cilia ...«

Idas Frostaugen versprachen weder Halt noch Hoffnung. Sie sahen auf Tanja herab mit jener selbstgefälligen Arroganz aller Vamps. »Mein Kind heißt Viktoria und mein Anspruch ist unanfechtbar.«

Die Dunkelheit in Tanja kroch aus den Fugen jener Mauer, hinter die sie ihren Schmerz aus drei früheren Schwangerschaften verbannt hatte. Das Licht im Raum wurde fahl, alles um sie herum schmutzig grau. Die Panik schloss ihre Faust um Tanjas Herz, zwang sie buchstäblich auf die Knie, machte, dass Tanja die schlanken Fesseln der Auftragsmutter umklammerte und Tränen auf die Lackpumps tropfte.

»Lassen Sie mir das Kind, ich flehe Sie an! Bitte, ich brauche es, ich kann nicht leben ...«

Idas Fuß hob sich, strampelte sie ab. Ein Tritt traf Tanja am Arm, sie ließ los und Ida brachte sofort einige Meter zwischen sich und sie.

»Sie kümmern sich um die Sache?«, herrschte Ida Oliver an. »Meinem Baby darf nichts geschehen.« Idas Tonfall zeugte von ihrem Willen, die eigene Macht auszuspielen.

»Natürlich, Frau Hohenborn, das ist schließlich meine Aufgabe«, beeilte sich Oliver mit dem nötigen Respekt zu antworten. »Gehen Sie ruhig zu Ihrem Termin. Ich kümmere mich um alles.«

Aus den Augenwinkeln nahm Tanja das knappe Nicken ihrer Auftraggeberin wahr. Sie machte sich nicht die Mühe aufzustehen. Wozu auch? Sie hatte verloren.

Alles.

Nun hallten die Absätze gleich Trommelschlägen von den Wänden wider, fort von ihr. Es wurde still.

»Geht es dir besser?« Oliver hockte sich vor sie, berührte ihre Hand, die Tanja sofort wegzog. »Ich bin verpflichtet, dich daran zu erinnern, dass du das *Vita-pro-Vita*-Gelände nicht verlassen darfst«, begann er in einem Tonfall, der sich kaum von dem eines Computers unterschied. »Es ist deine vertragliche Pflicht, von allen Handlungen Abstand zu nehmen, die dem Kindeswohl abträglich sein könnten. Ich werde dich ins Wohnheim begleiten und Sorge tragen, dass dir ein Pflegeroboter zugewiesen wird.«

Tanja bekam den Weg hinaus aus der Klinik kaum mit. Im Park, unter freiem Himmel, umgab sie eine feindliche Welt, die aus Überwachungskameras, Wachen und Mauern bestand. Die Wolken waren dunkel, der Duft der Blumen war verschwunden, das Gurren der Tauben verstummt. Cilia würde das letzte Kind in ihrem Bauch sein. Und einer anderen Frau gehören.

»Hier können wir sprechen, keine Kamera ist auf uns gerichtet.« Oliver ging an ihrer Seite, den Arm stützend um ihre Taille gelegt. »Du musst dich zusammennehmen. Deine Reaktionen werden allesamt protokolliert.«

Tanja nickte. Dem hatte sie zugestimmt. Genauso der unerschwinglich teuren Diät, die sich auf Nahrungsmittel beschränkte, die von sämtlichen Plastik-, Schwermetall-, Pestizid- und Herbizid-Rückständen befreit worden waren. Dazu kam der Verzicht auf das Verlassen des Geländes, Verzicht auf Sex, Verzicht auf alle Ansprüche gegenüber dem auszutragenden Kind.

»Warum willst du unbedingt ein eigenes Kind? Mit dem Geld kannst du dir ein schönes Leben machen – sogar ein *Vamp* werden.«

Tanja schüttelte kraftlos den Kopf. »Das verstehst du nicht, Oliver, du bist ein Mann. In mir ist Leben entstanden, mein Fleisch und Blut. Und ich habe es verkauft. Drei Mal. Du hast keine Ahnung, was mich das kostet. Keinen blassen Schimmer.« Tanja blieb stehen, um Oliver noch einmal direkt in die Augen zu sehen.

Er hielt ihrem Blick stand, ließ sie nicht los. Seine Pupillen weiteten sich und langsam atmete er aus. »Vielleicht bin ich *nur* ein Mann, aber glaub nicht, ich wünschte mir keine Familie. Was denkst du denn, warum ich hier arbeite?«

»Ich wollte nicht ...«, begann Tanja, doch Oliver winkte ab.

»Ich habe meine Spermien untersuchen lassen – auf natürlichem Weg ist nichts zu machen. Sie sind allesamt bewegungsunfähig und verkrüppelt. Wäre genetisch ein zu großes Risiko. Um Kinder zeugen zu können, hätte ich mich bereits viel früher für das Samenprojekt melden und auf kontaminationsfreie Ernährung umgestellt werden müssen. Wahrscheinlich hätten sie mich in dem verdammten Zuchtbullen-Programm ohnehin nicht aufgenommen, weil ich nicht dem erwünschten Männerbild entspreche.« Olivers Augen schimmerten feucht und für einen Moment presste er die Lippen zusammen.

»Es tut mir so leid, Oliver.« Tanja fühlte seinen Schmerz und musste instinktiv seinen Nacken streicheln. So nahe war sie seit Jahren keinem Mann gewesen. Sie genoss die Wärme der Umarmung, in die er sie zog, genoss das Eingehülltsein, sich in einer Schutzschicht zu wähnen, die sie scheinbar von der Außenwelt abschirmte.

»Das braucht es nicht. Du sollst bloß wissen, ich verstehe dich.«

Im Wohntrakt angekommen, erwartete sie das beruhigende Plätschern des Springbrunnens – einer Wasserinstallation unterhalb der Galerie, bestehend aus unterschiedlich langen Metallstäben, aus denen Wasser sprudelte, das im beleuchteten Boden zwischen Gräsern versickerte. Oliver ließ Tanja nicht die Treppe hinauf zur Galerie nehmen, wo die Türen zu den Wohneinheiten abgingen, sondern bestand darauf, dass sie den Lift benutzte. Er stand immer noch neben dem Springbrunnen, als sie oben angekommen war. Sein fast unmerkliches Nicken gab ihr das Gefühl, nicht völlig verlassen zu sein. Sie wandte sich ab, entriegelte die Zimmertür mit der Chipkarte. In einer Woche würden sie sich wiedersehen, wenn man ihr Cilia entriss.

Tanja ließ sich in die Kissen fallen. Unter ihr knisterten die Seiten des Vertrages. Sie hatte kein Schlupfloch gefunden. Die einzige Chance wäre Idas Verzicht gewesen. Ein Kampf vor Gericht war aussichtslos.

Tanjas Blick strich über die Kochnische, wanderte zum Schrank und weiter zum vergitterten Balkon. Ihre kleine

Wohnung würde sie in drei Tagen räumen – sterilisiert, ohne Hoffnung auf eine eigene Familie. Jetzt lebte eine kriechende Kälte in ihr, überzog die inneren Räume mit Frost und Dunkelheit. Schützend legte Tanja die Hände auf die Wölbung ihres Bauchs. Cilias Ferse wanderte unter der Oberfläche. Ihr kleines Mädchen wollte sie bestimmt damit aufmuntern. Tanjas Herz stolperte, verpasste einen Schlag. Auf keinen Fall würde sie Cilia aufgeben. Mühsam rappelte sie sich hoch, hielt kurz inne, um Atem zu holen. Die ganze Zeit über war ihr Blick auf die Kochnische gerichtet, genauer auf das Schneidbrett, den aufgeschnittenen Apfel und die 15 Zentimeter lange Klinge des Messers. Ein paar wenige Schritte waren es bis dorthin und doch lang genug, damit ein Plan in ihrem Kopf Form annehmen konnte. Kühl legte sich der Griff in ihre Hand, bohrte sich die Stahlspitze in den Zeigefinger der anderen. Ein Schmerzblitz durchfuhr sie und ein Tropfen Blut bildete sich, wuchs an, fiel auf das Fruchtfleisch des Apfels. Ida musste verzichten. So – oder so.

In Tanjas Kopf entstand ein alles beherrschendes Bild.

7 Uhr morgens, der Himmel von Regenwolken bedeckt. An der Gegensprechanlage ertönte ein Brummen. Sie war da. Wollte sich ihre Ware abholen. Tanjas Herz schlug gegen das Brustbein. Ohne nachzufragen, betätigte sie den Türöffner und wandte sich dann wieder ihrer Tasche zu. Sorgfältig steckte sie die Zahnbürste in ein Seitenfach und rückte den Griff des Messers so zurecht, dass sie es ungehindert herausziehen konnte. Die Überwachungskamera am Gang vor ihrem Zimmer hatte sie in der Nacht mit Kaugummi abgeklebt und vor acht würde niemand kommen, um den Schaden zu beheben.

Leises Klopfen an der Tür. Tanjas Muskeln vibrierten unter der Haut. Es war so weit. Ihre Finger umfassten den Messergriff in der Tasche, und zeitgleich zog sie die Tür auf …

»Oliver!«

Vor ihr stand der schmächtige Operator und sah sie verunsichert an. »Ich will dir beistehen – also … wenn es dir recht ist.«

War es nicht! Verdammt, er brachte ihren ganzen Plan zu Fall mit seinem Mitgefühl!

»Bitte geh, du hast bestimmt Dienst, und Ida wird jeden Augenblick …«

An der Gegensprechanlage ertönte erneut ein Brummen. »Verflucht noch mal, warum bist du gekommen?« Sie bekam kaum Luft.

Offensichtlich bemerkte Oliver ihre Kurzatmigkeit und machte einen Schritt auf sie zu. Sein Blick fiel auf ihre Hand in der Tasche. Er erstarrte. »Was hast du vor?«

Tanja sah nun selbst auf das Messer in ihrer Hand, blickte Oliver an und versteckte gleich darauf die Waffe in den Tiefen des Fachs.

»Tanja?«

»Du machst alles kaputt!«, keuchte sie.

Wieder brummte die Gegensprechanlage mit enervierender Dringlichkeit. Olivers Hand schnellte vor und drückte auf den Öffner. Zeitgleich wich alle Entschlossenheit aus Tanja. An die Wand gelehnt stützte sie sich auf den Schenkeln ab und ließ den Kopf sinken. Oliver stand dicht vor ihr, verströmte zu gleichen Teilen Besorgnis und Ärger.

»Es gibt keine Fluchtmöglichkeit, du kommst nicht durch die Absperrungen.« Obwohl Oliver leise sprach, bebte seine Stimme vor unterdrückter Wut. »Bloß lebenslänglich ins Gefängnis!«

»Aber mit meinem Baby!«

»Das ist das Erste, was sie dir wegnehmen – sei nicht dumm!«

Tanjas Kehle entrang sich ein tränenloses Schluchzen. Er hatte recht, es gab keinen Ausweg. In ihr breitete sich die Dunkelheit mit gefräßiger Geschwindigkeit aus und machte ihr eines klar: Es gab nur einen Weg, um mit Cilia vereint zu bleiben. Ehe Oliver sie abhalten konnte, rannte sie an ihm vorbei hinaus auf die Galerie. Idas Absätze hallten auf den Marmorstiegen, Schritt für Schritt kam sie näher.

»Du sollst doch nichts tragen«, rief sie Tanja entgegen, »lass mich die Tasche nehmen!« Dabei erreichte Ida den Treppenabsatz, die ausgestreckte Hand kam näher, wollte nach ihr greifen, ihr alles wegnehmen …

Tanja warf die Tasche von sich, schwang ein Bein über die Brüstung, sah die Wasserröhren, Speerspitzen gleich, unter sich hochragen.

Das wird reichen, war ihr einziger Gedanke, dann hob sie das andere Bein an, kippte vornüber …

Die Welt um sie war in Watte gepackt, dumpfe Laute drangen an ihr Ohr, sie ignorierte sie. Es gab nur diesen Weg, gemeinsam mit Cilia. Hände packten sie am Arm und spitze Nägel bohrten sich in ihr Fleisch. Gleichzeitig umschlangen Männerarme ihren Körper.

Nein, nein, nein! Sie durften sie nicht aufhalten! Übermenschliche Kräfte entfesselten sich, Tanjas Fäuste trafen auf Widerstand, die Umklammerung lockerte sich.

»Vertrau mir«, flüsterte Olivers Stimme nahe an ihrem Ohr, was sie für einen Moment innehalten ließ. Ida stand nahe bei ihr, direkt an der Brüstung. Die absurd hohen Schuhe zwangen die Füße auf die Zehenspitzen. Eine Hand hielt Ida vor dem linken Auge, sie hatte wohl einen Schlag eingesteckt. Olivers Bein schoss unvermittelt vor, zog Idas Füße weg und hebelte sie mit einem einzigen Hieb über die Brüstung.

Ida fiel, hielt die aufgerissenen Augen ungläubig auf Tanja gerichtet, der Mund ein Abgrund, in den Tanjas ganzes Leben zu passen schien.

Ein satter Ton, ein Stöhnen.

Türen wurden aufgerissen. Schwangere Frauen traten an die Brüstung, keuchten bei dem Anblick, der sich ihnen bot. Aufgeregte Gespräche entspannen sich – was war geschehen, fragten sie.

Oliver indes zog Tanja weg von der Brüstung, weg von dem rosa Wasser, das aus den Metallröhren sprudelte. Und von der einen Röhre, die aus Idas Leib herausragte.

»Was hast du getan?«, flüsterte Tanja. Ihre Arme und Beine spürte sie kaum. Nur Cilia trommelte gegen ihre Eingeweide.

»Das war doch dein Plan: Paragraf 89, Punkt 3«, zitierte Oliver mit heiserer Stimme. »Verstirbt die Auftragsmutter vor der Geburt des Auftragskindes, so obliegt es der genetischen Mutter zu entscheiden, ob sie das Kind selbst aufziehen möchte oder zur Adoption freigibt.«

Er hat den Mord auf sich genommen – der Gedanke kreiste in endlosen Schleifen durch ihren Kopf. Sie wehrte seine Umarmung nicht ab, so war sie vor den neugierigen Blicken der anderen Leihmütter abgeschirmt.

»Warum, Oliver?«

»Weil du es verdient hast. Weil … ich selbst eine Familie möchte … weil dein Kind zu dir gehört …« Olivers Kopf sank auf ihr Haar.

Jetzt realisiert er, dass er sich soeben jede Chance auf seine Träume genommen hat, erkannte Tanja in derselben Sekunde. Sachte erwiderte sie die Umarmung und spürte sein Zusammenzucken. Lag es an dem Stiefelgetrampel, das vom Portal her tönte oder an ihrer Berührung?

»Egal was kommt, du bist von jetzt an Cilias Vater«, sagte sie. »Vita pro Vita. Ein Leben für ein Leben.«

Ihre gewisperten Worte lösten in Oliver einen sichtbaren Wandel aus. Sein Gesicht schob sich vor ihres, überrascht und mit einem Schimmer Freude darin. Entschlossen zog sie seine schmale Hand auf ihren Bauch. Seine Finger zuckten zuerst zurück, umfassten jedoch einen Moment später die weiche Wölbung voller Enthusiasmus.

»Die Überwachungskamera hat nichts aufgezeichnet – und ich werde bezeugen, dass Ida über meine Tasche gestolpert ist, sie der High Heels wegen den Halt verloren hat und deswegen über das Geländer gefallen ist. Über uns gibt es keinerlei Dokumentationen einer Beziehung. Du hast also kein Motiv, bist nur hier, weil dich deine Operator-Pflicht gemahnt hat, dafür zu sorgen, dass ich in meinem angeschlagenen Zustand unbeschadet zur OP gelange. Ich, eine Hochschwangere, scheide aus, eine so viel größere Frau zu überwältigen.« Tanja sah ihn durchdringend an. »Vielleicht kommen wir damit durch, Oliver.«

»Du meinst …« Seine Stimme hatte nicht genug Hoffnung, um den Satz zu beenden.

»Vielleicht.«

Cilia bewegte sich so ungestüm, dass sogar Oliver den Tritt spürte.

Ihre Hände schoben sich ineinander, verbunden durch ein schreckliches Geheimnis.

Doch manchmal sind es die schlimmsten Geheimnisse, die Familien am stärksten zusammenkitten.

Hintergrundfakten zur Geschichte

Weltweit ist derzeit jedes sechste Paar von Unfruchtbarkeit betroffen. Die WHO gibt seit Jahrzehnten Normwerte für Spermiogramme bekannt, die im Jahr 1951 bei 120 Millionen Spermien pro Milliliter Ejakulat lagen und stufenweise bis zum heutigen Tag auf 15 Millionen herabgesetzt wurden. Nach Aussage des französischen Forschers André Cicolella wird bei gleichbleibender Entwicklung im Jahr 2040 die Spermienzahl bei null angelangt sein.* In China ist bereits 2013 gutes Sperma zur Mangelware geworden, die für 5.000 Dollar pro Samenspende am Schwarzmarkt gehandelt wurde.** Die Ursachen dafür werden in mannigfachen Umweltgiften und einem modernen Lebensstil festgemacht.

Auf der anderen Seite wird intensiv an einem Medikament gegen das Altern geforscht und es gibt vielversprechende Ansätze.***

Beide Entwicklungen gemeinsam scheinen sich ideal zu ergänzen, jedoch ist die Verteilungsgerechtigkeit, was den Zugang zu künstlicher Befruchtung beziehungsweise Anti-Aging-Medikamenten angeht, höchst fraglich.

In Sachen sozialer Ungerechtigkeit bleibt die Welt eben gern konstant.

---

* Toxique planète, André Cicolella, Édition de Seuil, 2013

** https://www.heise.de/tp/features/Steuert-China-auf-eine-Unfruchtbarkeitskatastrophe-zu-3362486.html

*** https://www.zeit.de/wissen/gesundheit/2019-07/medikament-alter-unsterblichkeit-verjuengung-jungbrunnen-ethikrat-peter-dabrock?utm_referrer=https%3A%2F%2Fwww.google.com; https://www.faz.net/aktuell/finanzen/rejuveron-will-das-altern-bremsen-17038106.html

WENN DAS EIS SCHMILZT

Seitdem ich schreibe, beschäftige ich mich in all meinen Romanen mit interessanten und spannenden Themen aus Wissenschaft, Natur und Umwelt. Nichts ist für uns Menschen wichtiger als ein gesundes, intaktes Ökosystem, und ich werde nie müde, dafür zu kämpfen.

– Uwe Laub

Das Thema der vorliegenden Anthologie ist mir sehr wichtig! Unsere Kinder und alle nachfolgenden Generationen haben es verdient, dass wir unsere Umwelt für sie bewohnbar erhalten.

– Claudia Schmid

NACH DER FLUT

Von Uwe Laub

Das Schlauchboot mit der achtköpfigen Tauchergruppe schoss über die sanfte Dünung der Ostsee. Die Sonne brannte von einem wolkenlosen Himmel und der Tag versprach großartig zu werden. Finn hielt sich mit einer Hand an einem der Haltegriffe fest und sah in Fahrtrichtung voraus. Der Wind zerrte an seinen Haaren, und immer wenn das Boot in ein Wellental eintauchte, spritzte Gischt in sein Gesicht. Eine willkommene Abkühlung, denn in seinem Neoprenanzug schwitzte Finn wie verrückt. Er warf Liam einen Blick zu und grinste. Liam hob lächelnd den Daumen. Offenbar war er ebenso gut gelaunt und voller Vorfreude auf ihren Tauchgang. Das war gut. Also wusste Liam nicht über ihn und Naomi Bescheid. Auf Streit mit seinem besten Kumpel konnte Finn gut verzichten. Zumal er noch nicht abschätzen konnte, ob diese Sache zwischen ihm und Naomi überhaupt eine Zukunft hätte oder ob es nur bei einer kurzen Bettgeschichte bleiben würde. Zwar plagte Finn durchaus ein schlechtes Gewissen, aber es war nun einmal geschehen. Außerdem war die Initiative von Naomi ausgegangen. Finn war einfach nicht willensstark genug gewesen, ihren Reizen zu widerstehen. Darüber beschweren wollte er sich nicht. Im Gegenteil. Er genoss jede Minute mit ihr. Eines Tages, bald, würde er Liam alles beichten. Nur war heute nicht dieser Tag. Vielleicht morgen.

Der Kapitän drosselte die Geschwindigkeit und kurz darauf dümpelte das Boot in der Dünung auf der Stelle. In die Taucher kam Bewegung. Liam griff nach seiner Ausrüstung und legte sie an. Finn folgte seinem Beispiel. Der Lungenautomat sowie die automatische Tarierweste der Leihausrüstung entpuppten sich als ein wenig in die Jahre gekommen. Auch der gelbe Tauchhelm mitsamt dem Kommunikationsmodul gehörte nicht der neuesten Generation an, aber Finn vertraute darauf, dass der Tauchklub die Leihausrüstungen vor jedem Ausflug überprüfte. Ein paar Minuten später saßen alle Taucher in voller Montur auf dem Gummischlauch des Boots.

Sven, ihr Guide, meldete sich zu Wort: »Ich gebe euch jetzt ein paar letzte Infos über den Verlauf des Tauchgangs. Wir werden heute durch Kiel tauchen; eine Stadt, die vor der großen Flut zu den wichtigsten Küstenstädten Deutschlands gehörte. Zum Zeitpunkt der Evakuierung im Jahre 2046 zählte Kiel knapp 300.000 Einwohner. Wir befinden uns über der ehemaligen Innenstadt, und zwar direkt über den Ruinen der Nikolaikirche. Hier starten wir unseren Tauchgang.«

Liam zwinkerte Finn aufmunternd zu, während Sven nach unten deutete und sagte: »Wir werden auf 25 Meter absteigen und immer mindestens fünf Meter über dem Meeresgrund bleiben. Nach dem Abstieg werden wir die Holstenstraße entlangtauchen – früher eine beliebte Einkaufsmeile – in Richtung des alten Rathausturms. Das ist unser Ziel. Der Turm war ursprünglich über 100 Meter hoch. Wie ihr euch denken könnt, wurde er schnell ein Opfer der Fluten. Während eines Orkans im Winter 2050 zerbrach er in einer Höhe von 19 Metern. Am Turm werden wir schließlich wieder zur Oberfläche aufsteigen.«

Eine Frau hob die Hand. »Gibst du uns die Koordinaten?«

»Ihr könnt es kaum erwarten, nicht wahr?« Sven grinste. »Der Turm liegt auf 10 Grad, 8 Minuten und 1 Sekunde östlicher Länge und 54 Grad, 19 Minuten und 27 Sekunden nördlicher Breite. Bitte gebt die Koordinaten in euer GPS ein. Falls wir getrennt werden, aktiviert ihr einfach die automatische Zielführung. Das Boot wird uns dort erwarten.«

Sorgfältig tippte Finn die Zahlen mittels Touchscreen in seinen Tauchcomputer ein.

Sven blickte in die Runde. »Weitere Fragen?«

»Was ist mit den Haien?«, wollte die Frau wissen.

Finn sah erschrocken auf. An die Haie hatte er gar nicht mehr gedacht. Mit jedem Grad, um das sich die Meere erwärmt hatten, waren die Haie weiter nördlich gezogen und mittlerweile waren praktisch alle Arten auch in Nord- und Ostsee heimisch geworden. Schon als Kind hatte Finn großen Respekt vor diesen anmutigen, aber verdammt gefährlichen Viechern gehabt.

»Macht euch wegen der Haie keine Sorgen.« Sven winkte ab. »Eure Tarierwesten sind mit ›Shark Shield‹ ausgestattet; einem Hai-Abwehrsystem, das elektrische Impulse aussendet. Das hält euch die Biester vom Leib. Solltet ihr trotzdem einen Hai zu Gesicht bekommen, geratet nicht in Panik und schwimmt einfach ruhig weiter. Das Tier wird Abstand halten.«

Beim Gedanken an einen Hai-Schwarm, der womöglich bereits neugierig unter ihrem Tauchboot kreiste, wurde es Finn flau im Magen. Er sah Liam an. Der musste den Anflug von Angst in Finns Gesicht erkannt haben, denn er grinste spöttisch.

»Dann macht jetzt den Buddy-Check«, befahl Sven, als keine Fragen mehr kamen.

Während Finn und Liam gegenseitig die Ausrüstung des jeweils anderen auf Vorhandensein und Funktion überprüften, sagte ihr Guide: »Noch ein letzter Sicherheitshinweis: Ihr alle wisst es, aber ich bin dennoch verpflichtet, euch darauf hinzuweisen, dass ihr unter gar keinen Umständen in Gebäude hineintauchen dürft. Kiel befindet sich seit Jahren unter Wasser und es kommt regelmäßig zu Einstürzen des Mauerwerks. Zu viele Taucher sind schon unter herabsinkenden Trümmern oder in irgendwelchen Gebäuden auf Nimmerwiedersehen verschwunden. Haben das alle verstanden?«

Reihum nickten Köpfe, ehe Sven endlich das Startzeichen gab. Finn zog seinen Tauchhelm über und ließ sich vom Schlauchboot rückwärts in die Ostsee fallen.

Blubbernd stiegen Luftblasen an Finns Sichtglas entlang nach oben, während er dem Grund entgegensank. Liam war direkt neben ihm. Das Wasser war überraschend klar. Alles lief nach Plan. Finn atmete ruhig und machte regelmäßig den Druckausgleich.

In elf Metern Tiefe kamen die ersten Gebäude in Sicht. Wie riesige, unheimliche Schatten schälten sich die Umrisse der Ruinen Kiels aus dem Dunkel. Finns Herz schlug schneller. Es war sein erster Tauchausflug durch eine versunkene Küstenstadt. Im letzten Jahrzehnt waren weltweit unzählige Dörfer und Städte dem rasant ansteigenden Meeresspiegel zum Opfer gefallen und in den Fluten untergegangen. Zwar hatte man aufgrund des immer dramatischer voranschreitenden Klimawandels seit dem Ende des 20. Jahrhunderts vor einem solchen Prozess gewarnt, nur hatte man damals noch gedacht, der Menschheit bleibe mehr Zeit. Als dann jedoch mehrere klimatische Kipppunkte kurz hintereinander unumkehrbar erreicht worden waren, war alles unfassbar schnell gegangen. Binnen drei Jahren war Grönlands gesamtes Eisschild abgeschmolzen. Das alleine hatte für einen Anstieg der Meere von über sechs Metern gesorgt. Die auftauenden und auseinanderbrechenden Eispanzer der Antarktis hatten für einen weiteren Anstieg von bis dato knapp 30 Metern gesorgt. Dieser Vorgang war als »Die große Flut« in die Geschichtsbücher eingegangen. Wenn die Antarktis in wenigen Jahren komplett eisfrei wäre, erwarteten Wissenschaftler einen Meeresspiegel von etwa 65 Metern über dem früheren Nullniveau.

Jetzt passierte Finn auf seinem Weg nach unten die ersten Gebäude. Wie in allen versunkenen Küstenstädten waren die Dächer sowie die oberen Stockwerke mehrgeschossiger Häuser vollkommen zerstört. Das Mauerwerk war überzogen mit Braun- und Kieselalgen, Schwämmen, Weichkorallen und roten Gorgonien. Unzählige bunte Fische schossen umher. Finn entdeckte sogar einen Hummer, der in einer Mauerritze kauerte. Alles erinnerte an ein künstliches Riff. Nur dass man diese Stadt nicht mit Absicht im Meer versenkt hatte, um Lebensraum für bedrohte Meeresbewohner zu schaffen. Ein Schauer lief Finn über den Rücken, als er sich vor Augen führte, dass hier noch vor wenigen Jahren Menschen gelebt hatten.

Die Taucher sanken tiefer und kamen an einer Reihe leerer Fenster vorbei. In den Räumen dahinter war es stockdunkel.

»Warte mal«, erklang Liams elektronisch verzerrte Stimme.

Finn sah, dass sein Kumpel vor einem der Fenster schwebte. Rasch drückte er auf die Stopp-Taste des automatischen Tariersystems. Es reagierte sofort und Finn schwebte nun ebenfalls an Ort und Stelle. Mit sanften Flossenschlägen schwamm er auf Liam zu.

»Was ist los?«, fragte Finn. »Hast du ein technisches Problem?«

»Nein. Ich glaub, ich hab da was gesehen ...«

»Was? Doch nicht etwa einen Hai?«

»Nein.« Liam zeigte mit dem ausgestreckten Arm auf das leere Fenster. »Da drin hat sich was bewegt.«

»Wir sollten bei der Gruppe bleiben«, meinte Finn, der nicht gerade scharf darauf war, mit einer Muräne oder einem anderen Raubfisch Bekanntschaft zu machen.

»Moment.« Liam schaltete seine Tauchlampe ein und leuchtete damit durch das Fenster in den Raum.

Finn sah den Oktopus sofort. Er drängte sich in eine Ecke und versuchte, sich so unauffällig wie möglich zu verhalten. Finn erschrak ob der Größe des Tieres. Die Tentakel mit den dicken Saugnäpfen waren sicherlich an die drei Meter lang.

»Wow!«, rief Liam aufgeregt und tastete nach seiner Unterwasserkamera. »Das schreit nach einem Selfie.«

Dem Oktopus gefiel die Störung nicht. Er veränderte seine Hautfarbe und gab sich Mühe, mit der tristen Umgebung zu verschmelzen. Unruhig schlingerten seine Tentakel hin und her. Finn fragte sich, ob ein Oktopus dieser Größe für einen Menschen gefährlich werden konnte.

Liam positionierte sich mit dem Rücken zum Fenster und machte einige Selfies. Auch Finn schoss ein paar Fotos mit seiner Unterwasserkamera. Einige Blitzlichter später ließen sie das Tier in Frieden und setzten ihren Abstieg fort.

Tief unter ihnen tauchte die Gruppe bereits gemächlich die alte Holstenstraße entlang. Die Lichtkegel ihrer Tauchlampen wanderten umher, während sie sich von Finn und Liam entfernten. Ihrem Guide schien nicht aufgefallen zu sein, dass die beiden zurückgefallen waren.

»Hey, Sven«, sagte Finn. »Warte auf uns.«

»Er kann dich nicht hören«, sagte Liam. »Unsere Kommunikation ist auf unsere beiden Helme beschränkt.«

»Wieso das? Sollte zum Guide nicht jeder Kontakt haben?«

»Frag mich nicht. Schätze, das hat was mit dem Buddy-Prinzip zu tun. Mach dir nicht gleich in die Hosen, sondern genieß den Tauchgang.«

Finn zeigte ihm das Zeichen für *Alles in Ordnung*. Liam hatte recht. Sie hatten so lange auf diesen Moment gewartet, da sollten sie ihn jetzt auch auskosten.

Sie erreichten ihre Zieltiefe von 25 Metern und das automatische Tariersystem stoppte den Abstieg. Hier unten kam deutlich weniger Sonnenlicht an, was den Einsatz der Tauchlampen unumgänglich machte. Von Sven und den anderen war nichts mehr zu sehen, aber dank des GPS würden Finn und Liam ihr Ziel auch ohne ihren Guide finden. Während sie inmitten hoch aufragender Häuserfronten einige Meter über dem schlickigen Meeresgrund die ehemalige Einkaufsmeile Kiels entlangtauchten, kam Finn aus dem Staunen nicht heraus. Der Anblick, der sich ihm bot, war atemberaubend. Er sah algen- und muschelbewachsene Häuser, durchzogen von leeren Fensterhöhlen, durch die immer wieder farbenprächtige Fische huschten, aufgeschreckt durch den hellen Schein der Tauchlampen. An manchen Gebäuden waren sogar noch Schilder über längst zerstörten Eingangstüren zu erkennen, auch wenn die Beschriftungen unter dem dichten Bewuchs nicht mehr lesbar waren. Finn tauchte unter gebogenen Straßenlaternen hindurch, an denen bunte Trichterschwämme und Krustenanemonen hafteten, und er entdeckte eine Languste, die sich im leeren Gehäuse einer Ampelanlage versteckte. Er wollte Liam, der ein paar Meter vor ihm tauchte, darauf aufmerksam machen. »Schau mal hier.«

Liam reagierte nicht.

»Hey, Liam!«

Nichts.

Finn schloss zu ihm auf und tippte ihm auf die Schulter.

Erschrocken fuhr Liam herum. Sein Mund formte Wörter, doch an Finns Ohren drang kein Laut.

»Ich kann dich nicht hören, Liam.«

Liam sah ihn fragend an und deutete auf seinen Helm.

Finn begriff. Eines ihrer Kommunikationsmodule war ausgefallen. Vielleicht auch beide. *Verfluchte Leihausrüstungen.*

Per Handzeichen verständigten sie sich darauf, jetzt noch wachsamer zu sein, und setzten ihren Weg fort.

Keine Minute später weckte eine Lichtreflexion Finns Aufmerksamkeit. Schräg unter ihm – vor einem breiten Loch, das früher einmal das Schaufenster einer Boutique oder eines Cafés gewesen sein mochte – blinkte etwas im Schein der Tauchlampe auf. Finn bedeutete Liam zu warten und schwamm neugierig darauf zu. Für einen Moment verlor er das Blinken aus den Augen, dann sah er es wieder. Ein paar Flossenschläge später schwebte er über dem Gegenstand, der zur Hälfte im Schlick steckte. Er erkannte, dass es sich um den Außenspiegel eines Motorradlenkers handelte. Die Versuchung, den Spiegel mitzunehmen, war groß, doch es war strengstens verboten, Relikte aus der Zeit vor der großen Flut an die Oberfläche zu bringen. Daher begnügte Finn sich mit einem Foto als Erinnerung.

Als er sich umdrehte und wieder zu Liam aufschließen wollte, stutzte er. Liam war verschwunden. Finn sah sich nach allen Seiten um und ließ den Lichtkegel seiner Lampe umherschweifen, doch sein Freund war nirgendwo zu entdecken. Die Überreste der Holstenstraße mitsamt den schmalen Nebengassen, die Finn von seiner Position aus einsehen konnte, waren menschenleer.

»Liam!«, rief er. »Wo bist du?«

Ihm fiel ein, dass Liam ihn nicht hören konnte, und fluchte leise. Wo zum Henker war der Kerl abgeblieben? Vor einer Minute war er direkt neben Finn gewesen. Irgendetwas stimmte da nicht. Finns Puls beschleunigte sich.

Dann sah er den Hai.

Es war ein großer Tigerhai. Das verrieten die charakteristischen Streifen am Rumpf des gut und gerne fünf Meter langen Tiers. Es tauchte wie aus dem Nichts aus einer der Nebengassen auf und schwamm scheinbar ziellos umher. Sofort schaltete Finn seine Lampe aus und blieb reglos auf der Stelle schweben. Unwillkürlich atmete er schneller. Tigerhaie gehörten zu den aggressivsten Haiarten.

Langsam, aber stetig schwamm der Hai in seine Richtung. Er hatte Finn zweifelsohne geortet, denn er änderte sein Verhalten und umkreiste Finn in immer engeren Bahnen. Sven, der Guide, hatte großspurig erklärt, dass das in die Tarierweste integrierte »Shark Shield« Haie auf Abstand halten würde, doch entweder hatte Sven übertrieben oder das hochgepriesene Haiabwehrsystem funktionierte nicht. *Verdammte Leihausrüstung*, dachte Finn zum zweiten Mal innerhalb weniger Minuten.

Wie aus heiterem Himmel stieß der Hai zu.

Zwei, drei Schläge seiner kräftigen Schwanzflosse reichten aus, um mühelos die Distanz zwischen ihm und Finn zu überbrücken. Reflexartig zuckte Finn zusammen, wobei er an den Auslöser seiner Kamera geriet. Ein Blitz erleuchtete die Umgebung und der Hai schwenkte einen Meter vor Finn irritiert ab.

Finns Herz hämmerte in seiner Brust. Schon wandte sich der Hai ihm wieder zu. Ein zweites Mal würde das Raubtier sich nicht auf diese Art und Weise überraschen lassen. Finn blieb nur eine Möglichkeit. Er drehte sich um, tauchte mit kräftigen Flossenschlägen auf das zerstörte Schaufenster zu, schwamm hindurch und rettete sich ins Gebäude.

Keine Sekunde zu früh. Er spürte die Druckwelle in seinem Rücken, als der Hai nur knapp hinter ihm am Gebäude vorbeijagte. Glücklicherweise war das Tier zu groß, um Finn durch das Loch in die Ruine zu folgen.

Die Minuten vergingen, doch der Hai verschwand nicht. Ebenso grazil wie bedrohlich zog er vor dem Schaufenster seine Kreise. Waren die Ruinen Kiels womöglich sein Jagdrevier? Der Gedanke, heute auf dem Speiseplan eines Tigerhais zu stehen, gefiel Finn ganz und gar nicht.

Gute zehn Minuten später hatte sich an der Situation nichts geändert. Finn war kurz vorm Durchdrehen, denn allmählich begann sein Sauerstoffvorrat zur Neige zu gehen. Alleine und verlassen drückte er sich im Dunkeln an eine Wand und fragte sich einmal mehr, wo Liam abgeblieben war. Vermutlich hatte er den Hai gesehen und sich in Sicherheit gebracht. Gut möglich, dass er den erfahrenen Sven zu Hilfe holte. Besser, die beiden beeilten sich.

Weitere zehn Minuten später gab Finn die Hoffnung auf Hilfe auf. Mittlerweile war er sicher, dass auch die anderen »Shark Shields« nicht funktionierten, weshalb sich niemand in die Nähe des Hais traute. Angesichts des schwindenden Luftvorrats musste Finn sich selbst helfen.

Ins Freie zu schwimmen schied aus. Ihm blieb notgedrungen nur der gefährliche Weg durch das stockfinstere Gebäude, in der Hoffnung, irgendwo auf einen Ausgang zu stoßen, der weit genug vom Hai entfernt war. Entschlossen schaltete Finn seine Tauchlampe ein. Ein paar kleinere Fische flitzten aufgescheucht davon. Dann erkundete er seine Umgebung.

Bei seinem Zufluchtsort handelte es sich tatsächlich um ein ehemaliges Kaufhaus. Die Wände wiesen den üblichen Algen- und Muschelbewuchs auf, der Boden war von einer dicken Schlammschicht bedeckt. Langsam tauchte Finn tiefer in das Gebäude hinein. Zwar lagen die hintersten Winkel des weitläufigen Verkaufsraumes nach wie vor im Dunkeln, doch zumindest einige Details waren nun im Lichtkegel der Lampe zu erkennen. Finn sah einen algenübersäten länglichen Tresen, auf dem eine erstaunlich gut erhaltene Registrierkasse stand. Um sie herum schwammen aufgeregt zwei bunte Fische. Vermutlich diente die halb geöffnete Kasse den beiden als Versteck und Brutplatz. Auf seinem Weg kam Finn an rostzerfressenen Umkleidekabinen vorbei und an Regalen, die man zurückgelassen hatte. Immer tiefer drang er auf seiner Suche nach einem Fluchtweg in die gespenstische, stockdunkle Bauruine ein. Dabei hallten Svens warnende Worte in seinem Kopf wider. Doch welche Alternativen hatte Finn? Keine.

Nach einiger Zeit tauchte rechter Hand eine Art Röhre aus dem Dunkel auf, die schräg nach unten führte. Es dauerte einen Moment, bis Finn die Röhre als ehemalige Rolltreppe identifizierte. Leider führte sie nur nach unten; der Weg nach oben war durch Trümmer versperrt. Unweit davon war ein quadratisches Loch in der Wand. Finn hielt darauf zu.

Das Loch war etwa zwei mal zwei Meter groß und dahinter befand sich ein vertikaler Schacht. Diesmal wusste Finn sofort, was er vor sich hatte. Womöglich war dieser Schacht seine Rettung. Er leuchtete in das Dunkel und spähte hinein. Unter ihm erstreckte sich ein tiefschwarzer Abgrund, dessen Ende beim besten Willen nicht zu erkennen war. Als er sich vorstellte, welche Tiere sich dort unten in der Finsternis aufhalten mochten, trieb es Finn den Schweiß auf die Stirn. Schließlich sandte er ein Stoßgebet gen Himmel, legte den Kopf in den Nacken und sah nach oben. Viele Meter über sich erblickte er sonnendurchflutetes, hellblau leuchtendes Meer.

Finn dankte dem Himmel. Der Aufzugsschacht war weder durch eine stecken gebliebene Kabine blockiert noch durch Trümmer versperrt wie die Rolltreppe. Vorsichtig glitt Finn in den Schacht und stieg in ihm Meter um Meter empor.

Während er dem Ausgang entgegenschwebte, dachte er unwillkürlich an Naomi. Um ein Haar hätte er sie nie wieder gesehen. Dieser Gedanke machte Finn traurig. Dies wiederum überraschte ihn und lenkte ihn ab, sodass er die Gefahr nicht bemerkte, die über ihm lauerte. Durch den bislang problemlosen Aufstieg und die nahende Freiheit vor Augen nachlässig geworden, achtete er nicht auf den tiefen Riss, der sich durch eine Wand des Schachts zog. Als Finn daran vorbeikam, schoss eine Muräne angriffslustig hervor. Ihre rasiermesserscharfen Zähne verfehlten Finns Kopf nur knapp. Allerdings erwischten sie den Sauerstoffschlauch und schlitzten ihn auf. Zischend und blubbernd entwich der Sauerstoff aus Finns Flaschen ins Meer. Die Muräne zog sich ebenso schnell zurück, wie sie erschienen war, und Finn schwamm hastig weiter in Richtung Schachtausgang.

Panisch versuchte er, den aufgerissenen Schlauch mit beiden Händen zu umfassen und zu verschließen, doch der Sauerstoff entwich in atemberaubender Geschwindigkeit. Finn bekam jetzt nur schwer Luft, und es war abzusehen, dass die Flaschen binnen weniger Minuten leer sein würden. Allzu schnell durfte er wegen der Dekompression jedoch nicht aufsteigen. Außerdem war irgendwo da draußen immer noch der Tigerhai, dem das Zischen und Blubbern sicher nicht entgehen würde.

Mit einigen kräftigen Flossenschlägen erreichte Finn den Schachtausgang, und einen Augenblick später fand er sich in den Weiten der Ostsee wieder. Eingehüllt in umherwirbelnde Sauerstoffblasen schwamm er der Meeresoberfläche entgegen. Er befand sich bereits einige Meter über den Ruinen Kiels, als das automatische Tariersystem seinen Aufstieg eigenmächtig abrupt stoppte. Eine Sicherheitsvorkehrung des Systems zwang Finn zu einem fünfminütigen Dekompressionsstopp. Finn fluchte. Er hatte keine Ahnung, wie er diesen Zwangsstopp umgehen konnte. Zu seinem Schrecken machte er zudem tief unter sich den Tigerhai aus, der weiter vor dem Schaufenster kreiste, wo er Finn offensichtlich noch immer vermutete. Und Finn sah noch etwas. Er sah Liam.

Liam schwebte vollkommen reglos etwa 30 Meter entfernt mitten im Meer und sah in Finns Richtung. Warum zum Teufel rührte er sich nicht? Er musste doch sehen, in welchen Schwierigkeiten Finn steckte?

»Liam!«, brüllte er. »Verdammt, hilf mir!«

»Sieht aus, als hättest du ein Problem«, erklang Liams erstaunlich ruhige Stimme. Offenbar funktionierte das Kommunikationsmodul wieder.

»Gott sei Dank, Liam. Hilf mir! Ich habe kaum noch Luft. Hörst du?«

»Ich kann dich schon die ganze Zeit über hören.«

»Was? Wie meinst du das?«

»Ich habe vorhin nur so getan, als würde ich nichts hören. Dazu habe ich lautlos meine Lippen bewegt, um dich glauben zu machen, wir hätten ein Funkproblem.«

»Aber warum?« Finn verstand die Welt nicht mehr.

»Du hättest nicht mit Naomi schlafen dürfen.«

Oh Scheiße, dachte Finn. Daher also wehte der Wind. Liam wusste Bescheid. Und wie erwartet war er deswegen verdammt stinkig.

»Mensch, Liam, lass uns später darüber reden. Das Tariersystem lässt mich nicht aufsteigen und mir geht die Luft aus!«

»Ja, das sehe ich.«

Liams frostige Stimme beunruhigte Finn mehr als alles andere. Was in aller Welt war mit diesem Kerl nur los?

Ein Alarm erklang in Finns Helm. Ihm blieb Luft für eine Minute. Viel zu wenig. Der erzwungene Stopp dauerte mindestens noch zwei Minuten, und bis zur Meeresoberfläche waren es 15 Meter. Verzweifelt versuchte Finn, die Verschlüsse seiner Tarierweste zu lösen, um sie mitsamt den Sauerstoffflaschen abzuwerfen und an die Oberfläche zu schwimmen. Doch in seiner Panik gelang es ihm nicht.

»Hilf mir, Liam. Bitte!«

»Du hättest jede haben können. Aber du musstest ausgerechnet mit meiner Freundin ins Bett steigen.«

»Ja und jetzt?«, brüllte Finn. »Willst du deswegen dabei zusehen, wie ich draufgehe?«

»Dich ersticken zu sehen war eigentlich nicht meine Absicht. Aber wenn das Schicksal es so will …«

»Arschloch!« Endlich gelang es Finn, die Verschlüsse zu öffnen. Er schälte sich aus seiner Tarierweste und nahm einen letzten tiefen Atemzug. 15 Meter bis zur Oberfläche. Das war heftig. Aber machbar. Er würde es schaffen!

Während er mit angehaltenem Atem und kräftigen Flossenschlägen der Oberfläche näher kam, vernahm er Liams Stimme: »Dass du dir den Sauerstoffschlauch aufreißen würdest, konnte ich nun wirklich nicht vorhersehen. Ich bin lieber auf Nummer sicher gegangen und habe beim Buddy-Check dein ›Shark Shield‹ deaktiviert. Oder dachtest du etwa, dieser Hai ist rein zufällig ausgerechnet hinter dir her?«

Hai? Siedend heiß fiel Finn der Tigerhai ein, den er in seiner Todesangst vollkommen vergessen hatte. Es waren noch knapp drei Meter bis zur Oberfläche, als Finn einer Eingebung folgend nach unten sah. Seine Augen weiteten sich in unermesslichem Entsetzen.

Aus der Tiefe schoss der Tigerhai rasend schnell auf ihn zu.

Einen letzten, schrillen Angstschrei gaben Finns Lungen noch her, dann verfiel er in Schockstarre. Er sah, wie der Hai unmittelbar vor dem Zustoßen seine Augen nach hinten verdrehte und sein riesiges Maul mit dem Furcht einflößenden Gebiss aufriss. Während er seine messerscharfen Zähne in Finns Oberschenkel schlug und das Bein mit einem kräftigen Ruck vom Rumpf trennte, vernahm Finn ein letztes Mal Liams Stimme in seinem Helm.

»Du hättest mir Naomi nicht wegnehmen dürfen.«

Hintergrundfakten zur Geschichte

Unser Klima verändert sich immer schneller, weltweit steigen die Durchschnittstemperaturen. Das Fatale dabei ist, dass sich die arktischen Landgebiete doppelt so schnell erwärmen wie die mittleren und niederen Breiten. Dieses Phänomen wird als »Arktische Verstärkung« bezeichnet.* Vor allem die Winter werden zunehmend wärmer. 2015 bis 2017 waren sie sogar außergewöhnlich warm. In einigen arktischen Regionen lagen die Temperaturen um vier bis sechs Grad Celsius über dem langjährigen Mittel von 1981 bis 2000; einzelne lokale Werte lagen sogar deutlich darüber. Dies führt – neben einigen weiteren Faktoren, die sich darüber hinaus gegenseitig ver-

* Blunden, J. und Arndt, D. S., (Hgg.), 2016: State of the Climate in 2015. Bull. Amer. Meteor. Soc., 97 (8), S. 1–275.

stärken – zu einem rapiden Abschmelzen des relativ dünnen arktischen Meereises.* In den letzten Jahren kommt erschwerend hinzu, dass auch Grönlands Eisschild und Gletscher in erschreckender Geschwindigkeit abschmelzen. Verschwindet sämtliches Eis von Grönland, steigt der Meeresspiegel um circa sieben Meter an. In der Warmzeit vor der letzten Eiszeit, vor ungefähr 120.000 Jahren, war genau dies der Fall.** Würde dazu sämtliches Eis der Antarktis abschmelzen, würde sich der Meeresspiegel sogar um weitere 60 Meter erhöhen.*** Da helfen dann auch keine Deiche mehr, und Tauchgänge durch die im Meer versunkenen Städte Kiel, Bremen, Hamburg, Hannover oder auch Berlin würden Realität. Auf www.floodmap.net kann jeder selbst spielerisch herausfinden, wie sich unsere Welt mit jedem Meter Meeresanstieg verändern wird.

---

* Stroeve, J. C. et al. (2012): The Arctic's rapidly shrinking sea ice cover: A research synthesis, Climatic Change 110, S. 1005–1027.

** Oppenheimer, M. et al. (2019): Sea Level Rise and Implications for Low-Lying Islands, Coasts and Communities. In: IPCC Special Report on the Ocean and Cryosphere in a Changing Climate, 4.2.2.

*** *Climate Change 2001: Working Group I: The Scientific Basis.* Intergovernmental Panel on Climate Change, Kapitel 11 *Changes in Sea Level*, Tabelle 11.3, S. 648.

DIE BIENENKÖNIGIN

Von Claudia Schmid

Rena lenkte ihr rotes Auto an den Flügeln des gigantischen Sperrwerks vorbei. An der Einfahrt zum Tunnel wurde ihre Zufahrtsberechtigung zur Stadt automatisch gescannt. Ihr Status war blau. Die höchste Stufe, weil sie Teil des Teams war, das den einzigen Zugang zur Stadt an der Ostsee wartete. Autos, in deren Bordcomputer keine Erlaubnis gespeichert war, wurden zur Umkehr gezwungen. Gäste durften nach Voranmeldung passieren.

Der Ringwall, der die Stadt umgab, schützte sie vor dem ansteigenden Pegel der Ostsee. Die Bewegungen der tektonischen Platte, die sich auch auf die Küstenregion auswirkten, beschleunigten den Anstieg zusätzlich. Beidem musste entgegengewirkt werden. Die Einfahrt zur Röhre befand sich auf einer künstlichen Erhebung, die bei Bedarf angepasst werden konnte. In Karlsruhe, wo Rena ihr Ingenieurstudium absolviert hatte, konnte man von vielen Stellen das gelb angestrichene Schloss sehen. Hier prägte der hohe Deich das Antlitz der Stadt. Ein Durchstich wäre eine Einbruchsstelle für ständige Erosion gewesen. Der Grundwasserpegel wurde mithilfe eines ausgeklügelten Entwässerungssystems reguliert.

»Klingt irgendwie verrückt, in unmittelbarer Nähe zum Meer einen Tunnel zu bauen.« Das war der Kommentar ihres Vaters gewesen, als sie ihm von ihrer neuen Arbeitsstelle erzählt hatte. Er war in seinem Erwerbsleben Steuerberater gewesen und hatte keine Ahnung von Ingenieurskunst. Sie hatte ihm geduldig das Konzept erklärt und es schließlich sogar geschafft, ihn als Laien davon zu überzeugen. Was für ihn auf Anhieb unverständlich geklungen hatte, war ein durchdachtes, ausgeklügeltes und sicheres System, das zudem von künstlicher Intelligenz unterstützt wurde.

In der bereits seit mehreren Jahren bestehenden Modellstadt zwischen Kiel und Heiligenhafen wurden wichtige Erkenntnisse gewonnen. Rena war beinahe seit Beginn dabei. In anderen Küstenstädten wurden enorm große Auffangbecken für Hochwasser gegraben oder dicke Betonwälle direkt an die Küste gesetzt. In einer etwas entfernten Nachbarstadt wurde mit einer Brücke über einen Deich gearbeitet. Dabei war jedoch die Auffahrt nicht flexibel anhebbar konstruiert und deshalb möglichen Überschwemmungen ausgesetzt. Sie waren immer noch mitten im Experimentieren. Einen Königsweg, mit der Flut umzugehen, hatte man noch nicht gefunden. Dabei drängte die Zeit. Der Wegzug der Menschen von den Küsten musste aufgehalten werden, um das Land nicht dem Meer preiszugeben.

Sie lenkte ihr Auto in die Tiefgarage ihrer Wohnanlage und dockte es wie gewohnt auf ihrem Parkplatz an der Ladestation an. Beim Aussteigen bemerkte sie auf dem Boden etwas Gelbes. Es sah aus wie das Einwickelpapier eines Bonbons. Da Kameras alle Bewegungen aufzeichneten, unterdrückte sie den Impuls, den Unrat unter das nächste Auto zu kicken, und ließ ihn liegen.

Sie blickte in das Kameraauge neben der Aufzugtür. Nach einem Scan ihres Gesichtes öffnete sich der Zugang. Dasselbe Prozedere wiederholte sich an der Tür zu ihrer Wohnung. Rena legte ihre Tasche auf die Theke in der Küche, drückte einen Knopf am Kaffeevollautomaten und streifte ihr rotes Chip-Armband ab. Außerhalb ihrer Wohnung trug sie es permanent. Man bezahlte damit. Außerdem wurden auf diese Weise sämtliche Gesundheitsdaten erfasst, die der Medizinische Dienst auslesen konnte. Ebenso war das Sozialkonto gespeichert, auf dem gesammelte Punkte begehrte Boni brachten.

Als Rena ihren Kühlschrank öffnete und inspizierte, legte sich ein erfreutes Lächeln auf ihre Lippen. Ihre automatisch nachbestellten Lebensmittel waren pünktlich aufgefüllt worden. Dies geschah über eine mit Code zu öffnende Klappe an der Rückwand, die in den Hausflur führte. Sie lugte in den zweiten Schrank, der auf dieselbe praktische Art funktionierte. Dort lagen ungekühlte Lebensmittel und Getränke. In der Stadt lagerten Vorräte für einen ganzen Monat, die stets frisch gehalten wurden. Das war für den Fall festgelegt worden, dass der Tunnel einmal für einen längeren Zeitraum geschlossen werden musste. Außerdem verfügte die Stadt über einen Landeplatz für Flugtaxis, falls jemand während einer eventuellen Schließung ausfliegen wollte.

Sie griff die Tasse von der Ausgabeplatte des Kaffeeautomaten, deren dunkler Inhalt anregend duftete, und ging auf den Balkon hinaus. Dort erfreute sie sich am Anblick ihrer lilafarbenen Bougainvillea. Die blieb, ebenso wie ihr Olivenbaum, das ganze Jahr über draußen. Im bunten Vogelhaus war schon lange kein Piepmatz mehr gewesen. Das Häuschen hatte, als sie ein Kind gewesen war, in einem Apfelbaum im Garten ihrer Großmutter gehangen. Sie vermisste das Singen der Tiere. Regelmäßig hatten in dem Baum Vögel gebrütet, bis sie eines Tages ausgeblieben waren. Sie hörte die Wohnungstür klappen und drehte sich um. Jens kam auf sie zu. Sie hatten sich vor drei Monaten zufällig kennengelernt. Als sie sich in der Bar, wenige Straßen weiter, getroffen hatten, waren ihr sofort seine blauen Augen aufgefallen. Er war zwei Jahre jünger als sie. Seine feingliedrigen Hände hatten sie spontan einen Pianisten vermuten lassen. Dabei arbeitete er bei einer großen Versicherung. Er sei vernarrt in Zahlen, hatte er erklärt, und sei deshalb Mathematiker geworden. Vor vier Wochen hatte sie seine biometrischen Daten in die Hausanlage einspeichern lassen. Außerdem hatte sie dem Amt für städtische Sicherheit das Kennzeichen seines Autos mitgeteilt. Von da an konnte er in die Stadt und außerdem jederzeit in ihre Wohnung, ohne dass sie ihn als Gast hätte anmelden müssen. Rena verließ sich komplett auf ihr Bauchgefühl. Sie vertraute ihrer großen Liebe blind, die sie endlich gefunden hatte, und bürgte für ihn, deshalb hatte er keine Überprüfung über sich ergehen lassen müssen. Seine eigene Wohnung in Kiel nutzte er nur noch gelegentlich.

»Du bist schon zu Hause?« Jens eilte zu ihr, legte seine Hände auf ihre Taille und küsste sie. Seine Lippen schmeckten nach Honig.

»Willst du einen Drink?« Rena zeigte zur Theke, auf der einige Spirituosenflaschen mit bunten Etiketten standen.

»Um diese Zeit? Sollen wir uns das nicht für später aufheben? Wie sehen deine Blutwerte denn aus?«

Sie zog eine Grimasse. »Wie ist es bei dir?«

Jens tippte auf seinem Armband und sagte dann: »Ich mixe uns etwas Alkoholfreies.«

Später, als sie aneinandergekuschelt auf ihrem Bett lagen, erwähnte er kurz vor dem Einschlafen, dass er morgen sehr früh aufstehen und die nächste Nacht in Kiel bleiben würde.

Als Rena am nächsten Morgen aufwachte, war Jens bereits weg. Während sie sich erhob, strich sie mit der Hand über sein Kopfkissen und wünschte sich, er wäre hier. Sie gab einen Löffel Vitaminpulver in ihren grünen Tee, öffnete die Balkontüren und schaltete ihr Laufband ein. Ihre Cholesterinwerte waren leicht erhöht. Mit Sport könne sie die regulieren. Die Anordnung stammte von der Ärztin, die einmal monatlich die Laborwerte der gesamten Belegschaft überprüfte und die Ergebnisse auf den Chip in den Armbändern übertrug. Wer ihre Ratschläge und gegebenenfalls die verordnete Medikation nicht befolgte, riskierte Abschläge bei den Boni zum Gehalt. Nach dem Training schaltete sie ihr Tablet ein. Eine kleine rote Lampe signalisierte Strombedarf. Dabei hatte sie es doch gestern aufgeladen. Oder hatte sie es sich lediglich vorgenommen und es dann doch vergessen? Sie legte das Tablet auf das Ladegerät. Bestimmt hatte sie etwas abgelenkt und sie hatte deswegen nicht mehr an das Aufladen gedacht.

Heute musste sie erst abends für die Bereitschaft zur Verfügung stehen und konnte deshalb tagsüber Zeit auf der Gemüsefarm verbringen. Damit erwarb sie Bonuspunkte, die sie bei Reisen einsetzte. Das Reisen war wegen des hohen Ressourcenverbrauchs reglementiert und Menschen vorbehalten, die sich aktiv in die soziale Gemeinschaft einbrachten. Nachdem sie sämtliche freien Hautstellen sorgfältig mit einer Sonnencreme mit Lichtschutzfaktor 50 eingecremt hatte, verließ sie die Wohnanlage in kurzer Jeans und einem ärmellosen Hemd. Die Luft lastete wie feiner Staub auf der Haut, es hatte seit Wochen nicht geregnet. Nach wenigen Schritten stieg sie in einen der autonom fahrenden Busse, der sie aus der Stadt brachte. Für die Rückfahrt musste sie sich mit ihrem Armband anmelden. Sie setzte sich auf einen der unbesetzten Plätze. Der Tunnel stieg außerhalb der Stadt an und mündete auf einer Art künstlichen Insel auf dem Festland. Eine komplizierte Hydraulik sorgte dafür, die Insel äquivalent zum Pegelstand der Ostsee anzuheben. Flexible Platten gestatteten den reibungslosen Übergang zu den Fahrbahnen in der Röhre und auf der anderen Seite zur Straße, die von der Stadt wegführte. An der nur wenige Minuten entfernten Endhaltestelle ging sie die letzten Meter zum Strand. Über eine App auf ihrem Smartphone rief sie ein fahrerloses Wassertaxi herbei und gab das gewünschte Fahrziel ein. Während sie wartete, tippte ihr jemand auf die Schulter. »Karo! Toll, du bist heute auch hier?«

Karo strich ihr halblanges Haar zurück und nickte. »Kann ich bei dir mitfahren?«

»Können wir machen. Wie lange willst du bleiben?«

»Ich dachte an drei Stunden.«

»Passt zu meinen Plänen.«

Nachdem das Boot gekommen war, stieg Rena ein. Karo landete mit einem Sprung neben ihr.

»He! Nicht so heftig.«

Das Boot fuhr auf die offene See, über ihnen kreiste einsam eine Möwe.

Karo legte ihren Kopf in den Nacken. »Bald wird es keine mehr geben.«

»Singvögel habe ich lange nicht mehr gesehen«, pflichtete ihr Rena bei. »Meine Oma hatte welche in ihrem Garten. Sogar in einem Sommer einmal eine Nachtigall. Allerdings waren Rotkehlchen ihre Lieblingsvögel. Sie mixte selbst weiches Futter für die zusammen. Eines pickte es ihr sogar aus der Hand.« Sie lächelte versonnen bei dieser Erinnerung.

Das Wassertaxi hielt direkt auf eine der Pflanzinseln zu, die wie Perlen einer Kette aneinandergereiht parallel zur Küste lagen. Sie waren mithilfe eines komplexen Systems verankert, das sich unterschiedlichen Pegeln anpasste. Auf etlichen arbeiteten bereits Menschen in gebückter Haltung. Einige von ihnen sahen hoch, als die Neuankömmlinge anlegten. Auf einer Schicht von Nährstoffen gedieh auf den Plattformen Gemüse. Holzplanken zwischen den Beeten machten die Anlage begehbar. Hauptsächlich wurde Soja angebaut. Die verarbeiteten Bohnen ersetzten Fleisch beinahe komplett. Eine ebenfalls schwimmende, aufwendige Entsalzungsanlage hinter der Inselkette bediente die Bewässerungsvorrichtungen. Sowohl der Anbau als auch die Ernte erfolgte durch speziell für die Inseln entwickelte Maschinen. Für die Pflege der Pflanzen wurden jedoch Menschen gebraucht. Es war bei den Küstenbewohnern sehr beliebt, sich für diese leichte Arbeit an der frischen Meeresluft zu melden und dabei Bonuspunkte zu sammeln. Es gab Kollegen und Kolleginnen, die gemeinsam gleich nach der Bürozeit hinausfuhren. Die beiden Frauen verließen an einem der Holzstege ihr Wassertaxi, das sich daraufhin entfernte, und blickten in eine Kamera.

»Nicht lächeln, sonst funktioniert die biometrische Erkennung nicht!«

Prompt musste Rena grinsen. Sie gab Karo einen scherzhaften Stups auf den Arm. »Fangen wir dort hinten an?«

»Meinetwegen.« Karo winkte zwei Männern zurück, die in gebückter Haltung an den Pflanzen arbeiteten. »Kommt dein Jens eigentlich auch hierher?«

»*Mein* Jens?«

»Er wohnt doch jetzt bei dir. Das ging für meine Begriffe ganz schön flott. Du scheinst dich echt Hals über Kopf verliebt zu haben und ihm zu vertrauen.«

»Kriegst du eigentlich irgendwas nicht mit?«

»Ich verwalte die Zugangsdaten der Wohnanlagen, erinnerst du dich?« Karo grinste ironisch. »Ich weiß sogar, dass du für ihn bürgst.«

Rena tippte theatralisch mit der Hand an ihre Stirn. »Wie konnte ich für einen Moment vergessen, wo du arbeitest.«

»Die Wohnung in Kiel behält er?«

Rena riss eine der Pflanzen aus und warf sie nach der Freundin. »Ist das ein Verhör, oder wie?«

»He! Das gibt einen Bonuspunkt Abzug für dich!« Karo hob die Pflanze auf und bettete sie sorgfältig in die Nährlösung zurück. »Ich war letzte Woche in Kiel.«

»Ja und?« Rena zog beim Sprechen die Vokale in die Länge. »Du warst also in Kiel. Sensationell!« Ihre Stimme klang ironisch.

»Ich war zur Präsenzschulung. Keine Ahnung, weshalb wir dorthin mussten. Von mir aus hätte das gut in einem virtuellen Raum stattfinden können.«

»Ist doch nichts Schlechtes dabei, mal rauszukommen. Ich wünschte mir manchmal, einen Termin woanders zu haben. In Malmö zum Beispiel. Das wäre echt toll.«

»Um von Kopenhagen aus über die Öresundbrücke zu fahren? Erinnerst du dich an unseren letzten Wochenendausflug dorthin? Warte. Wie lange ist das her?«

Rena richtete eine der Pflanzen auf und band sie fest. »Zwei Jahre, oder?«

»Wir könnten doch mal gemeinsam nach Kiel fahren und dort um die Häuser ziehen. Und bei Jens übernachten.«

»Was kommst du denn heute dauernd auf Jens zu sprechen? Was ist denn bloß los mit dir?«

»Mir geht eine Sache nicht aus dem Kopf. Ich weiß nicht so genau, ob ich dir das erzählen soll. Aber irgendwie ist es ehrlich, es zu machen. Wo wir befreundet sind. Ich bin hin- und hergerissen. Glaub mir, ich habe echt drüber nachgedacht. Ich finde, du solltest wissen, was ich beobachtet habe. Umgekehrt würde ich es mir nämlich von dir auch wünschen.« Karo erhob sich aus ihrer gebeugten Haltung und streckte den Rücken durch. »Jens saß in einer angesagten Bar, ich hab ihn durch die Verglasung gesehen. Ich wollte da eigentlich reingehen und was trinken, weil mir eine Kollegin die empfohlen hat. Das habe ich bleiben lassen. Ich bin weitergegangen und er hat mich nicht gesehen.«

»Wie konnte das passieren?« Renas Ton war spöttisch. »Dich übersehen? Kann ich mir gar nicht vorstellen. Echt.«

»Er war schwer beschäftigt, denn er war nicht allein da.«

»Klar. Er arbeitet dort. Das war bestimmt ein Geschäftsmeeting, das du mitbekommen hast.«

Karo zuckte die Achseln. »Und da schiebt man sich gegenseitig den Nachtisch mit Löffeln in den Mund? Was soll das denn für ein Geschäft sein?«

Jetzt hatte sie es tatsächlich geschafft, Rena sprachlos zu machen. Die wusste nicht, was sie darauf erwidern sollte. Schweigend arbeiteten die beiden weiter nebeneinanderher. Nach einer Weile begann Karo erneut zu reden. »Rena, tut mir echt leid. Ich wollte dich nicht verletzen. Wäre es dir lieber, ich hätte nichts gesagt?«

Rena zuckte mit den Schultern und sah die Freundin nicht an. »Keine Ahnung. Ich weiß es momentan wirklich nicht.«

Karo legte ihr die Hand auf die Schulter. »Wenn du in den nächsten Tagen jemand zum Reden brauchst … ich bin für dich da. Mensch, Rena, wir kennen uns doch schon so lange. Ich bin echt für dich da.«

Kurz bevor sie ohnehin an Land zurückwollten, piepten ihre Armbänder. Sie erhielten zeitgleich die Aufforderung, die Inseln zu verlassen.

»Was soll das? Weißt du was davon?«, fragte Karo.

»Für morgen hat die meteorologische Einheit Starkregen vorhergesagt. Plus heftigen Wind. Der soll landeinwärts kommen. Sie treffen sicher gleich Vorsichtsmaßnahmen für die Pflanzinseln, deshalb sollen wir runter.«

Als sie wie die anderen Arbeitenden, die ebenfalls mit Wassertaxis an den Strand geeilt waren, das Festland erreicht hatten, zeigte Karo auf den Sand. »Das Wasser ist bereits ein wenig gestiegen.« Sie blickte zum Himmel. »Guck mal, die Wolkenwand. Die habe ich bislang gar nicht bemerkt. Es ist ein wenig windig geworden, findest du nicht, Rena?«

»Das Wetter hält bis morgen. Sagt zumindest der meteorologische Dienst.«

»Musst du heute noch zur Arbeit?«

»Bereitschaft. Die ganze Nacht. Ich werde in meinen Klamotten ein wenig dösen, so bin ich schnell einsatzbereit, wenn es sein muss.«

Als Rena zurück in ihrer Wohnung war, dachte sie über Karos Beobachtung nach. Gegenüber der Freundin wollte sie sich nicht anmerken lassen, wie sehr sie diese Bemerkung in Wirklichkeit beschäftigte. Sie öffnete den Kleiderschrank und ordnete Jens' Sachen. Dabei fiel ihr auf, wie wenig es von ihm tatsächlich in ihrer Wohnung gab. Etwas Unterwäsche, eine Hose, zwei T-Shirts. In seiner Bleibe in Kiel war sie noch nicht gewesen. Jetzt, nach Karos Geschichte, kamen ihr seine Einwände gegen ihren Besuch dort plötzlich wie Ausflüchte vor. Er hatte in Kiel mit seiner früheren Beziehung zusammengewohnt. Seiner Erzählung nach war sie vor einer Weile unmittelbar nach ihrer Trennung ins Ausland gegangen, ihre Sachen seien noch immer in der Wohnung. Was ihn nicht weiter störte, da er sich die meiste Zeit bei Rena aufhielt. Sie hatte ihm geglaubt, dass es aus sei mit dieser Frau, von der sie nicht einmal ein Foto gesehen hatte. Wer war die Person, mit der ihn Karo beobachtet hatte? Ließ die Tatsache, dass sie derart vertraut in dieser Bar miteinander umgegangen waren, überhaupt einen anderen Schluss zu als den, dass er sie betrog? Dieser Verdacht schmerzte mehr, als sie Karo gegenüber gezeigt hatte. Viel mehr. Dabei war sie sich so sicher gewesen, dass Jens es ernst mit ihr meinte. Warum hatte sie das geglaubt? Sie hatte sich Hals über Kopf in den attraktiven Mittdreißiger verliebt. Er war zuvorkommend und aufmerksam. Hatte sie etwas übersehen? Was wusste sie eigentlich von ihm? Außer dass er in Stockholm studiert hatte? Sie wusste nicht einmal, bei welcher Versicherung er arbeitete. Wenn sie zusammen waren, hatten sie Angenehmeres zu tun, als sich gegenseitig auszufragen. Es war das älteste Spiel der Menschheitsgeschichte, auf das sie sich mit ihm eingelassen hatte. Werben und Begehren. Beim Thema Liebe konnten selbst hoch entwickelte Maschinen nicht mithalten. Für die Liebe brauchte es ein menschliches Gegenüber. Eva hatte Adam mit einer Frucht geködert. Welchen Köder hatte Jens benutzt?

Während sie darüber nachdachte, ging sie in die Küche und zog sich einen Kaffee. Es war eigentlich gut für sie, sich heute Nacht in Bereitschaft zu halten. Bei allem, was ihr durch den Kopf ging, würde sie ohnehin nicht in den Schlaf finden. Sie nahm einen Schluck von dem aromatischen Getränk. Zuwendung war es gewesen. Jens war ein guter Zuhörer und vermittelte ihr den Eindruck, er interessiere sich wirklich für sie. Dabei war er unglaublich charmant. Ihr Bauchgefühl hatte ihr signalisiert, er sei komplett in Ordnung. War es leichtsinnig gewesen, ihm zu vertrauen? Heute Nacht sei er in Kiel, so seine letzten Worte gestern vor dem Einschlafen. Demnach käme er morgen Abend wieder. Wie sollte sie sich ihm gegenüber verhalten? Ihn direkt mit Karos Beobachtung konfrontieren? Plötzlich kam ihr eine Idee und es fiel ihr wie Schuppen von den Augen. Was, wenn das Ganze nicht stimmte? Wenn es überhaupt keine andere Frau in seinem Leben gab? Rena drückte ihren Rücken durch und atmete tief ein. Karo hatte sich geirrt. Denn mit ihrem eigenen Bauchgefühl stimmte alles. Sie konnte sich unmöglich in Jens geirrt haben. Das war ausgeschlossen. Denn es war in ihren Augen eine richtig große Liebe, die sie mit ihm verband. Karo hatte durch die Fensterscheibe jemanden gesehen, der ihrem Freund frappierend ähnlich sah. Sicher hatte eine Spiegelung auch noch zu diesem Irrtum beigetragen. Verwundert darüber, nicht gleich auf diese naheliegende Lösung gekommen zu sein, setzte sie sich auf die Couch und strich mit der flachen Hand über ihre Stirn, als ob sie die Zweifel damit hinwegwischen würde.

Ihr Armband piepte. Sie tippte kurz darauf und rief eine Mitteilung ab. Der meteorologische Dienst hatte seine Beobachtungen korrigiert. Die Uhrzeit für den prognostizierten heftigen Starkregen wurde vorgezogen. Rena musste auf der Stelle in die Kommandozentrale des Sperrwerks.

Als sie das Haus verließ, fielen bereits erste große Tropfen vom Himmel. Sie prallten hart auf ihren bloßen Armen auf. Rena begann zu rennen. Bis sie an ihrem nahen Arbeitsort angelangt war, regnete es bereits so dicht, dass sie kaum mehr etwas erkennen konnte. Das Sperrwerk war das Herzstück der Stadt. Von seinem Funktionieren hing das Wohlergehen aller ab, die hier lebten. Am Eingang wurden Renas biometrische Daten gescannt. Mit dem Aufzug fuhr sie in die dritte Etage. Die meisten ihrer Kolleginnen und Kollegen waren bereits anwesend und saßen oder standen vor großen Bildschirmen mit Tastaturen. Sofort spürte sie die Unruhe, die beinahe zum Greifen in der Luft lag. Zamir empfing sie aufgeregt. »Wir haben einen Bug!«

»Einen Fehler in unserer Software? Wie kann so etwas passieren?«

»Die Sperrtore schließen nicht.«

»Was?«

»Sie reagieren nicht auf unsere Eingaben.«

»Was ist mit einer manuellen Schließung?«

»Dafür ist es zu spät. Bis die Leute zusammengetrommelt sind, die das können, ist das Wasser zu hoch.«

Meredith, die Softwarechefin, schrie durch den Raum. »Rena! Komm sofort her. Schau dir das an!« Sie zeigte aufgeregt auf das Display vor sich. »Letzte Nacht war jemand im System. Mit deinen Zugangsdaten. Jemand hat die Software manipuliert. Dafür kommst nur du infrage. Was hast du dir dabei gedacht? Bist du verrückt geworden?«

Renas Hände umklammerten die Rückenlehne von Merediths Sessel so fest, dass ihre Knöchel weiß hervortraten. »Das kann nicht sein.« Erst vor wenigen Wochen hatte sie überhaupt die Berechtigung für einen Zugang von zu Hause aus erhalten. »Das war ich nicht.« Eine Hitzewelle schwappte durch ihren Körper. Die Erkenntnis knallte sie beinahe gegen die Wand. »Mein Freund …«, stammelte sie.

»Wie konnte so etwas passieren?« Während sie sprach, tippte Meredith heftig auf die Tastatur. »Wir fahren das System komplett runter und starten neu mit der vorletzten Version.«

»Herunterfahren?« Zamir stand neben ihr. »Das Einspielen der alten Version und Hochfahren dauert zu lange. Wir müssen jetzt den Tunnel dicht machen. Sofort.«

»Und wie willst du das machen? Sandsäcke befüllen wie früher?« Meredith ließ sich nicht beirren. »Wir haben keine andere Wahl.«

»Ich kann das System dazu bringen, dass es wieder auf unsere Eingaben antwortet. Ich habe kürzlich ein eigenes Programm geschrieben, damit könnte der Fehler behoben werden.«

»Ist es getestet?«

Zamir zögerte.

»Also nicht. Du willst ernsthaft dein ungeprüftes Programm einsetzen?« Meredith war aufgebracht.

Zamir blickte zu den raumhohen Fenstern, auf denen der Regen in dicken Schlieren lief. »Es geht schneller als ein Neustart.« Er zeigte auf die Überwachungskamera des Wasserstands. »Schau doch hier! Es ist ein Wahnsinnsunwetter, das wird noch drastisch zunehmen.« Die Ostsee leckte sich der Stadt bedrohlich entgegen. Das war bereits deutlich zu sehen. Wenn der extreme Sturm tsunamigleich hohe Wellen vor sich hertrieb, lief der Tunnel voll. Er war *das* Einfallstor in die Stadt. Krachend schlug ein Blitz in unmittelbarer Nähe ein.

Meredith dachte kurz nach. »Mach es«, sagte sie schließlich zu Zamir. »Irgendetwas müssen wir tun. Sonst kommt es womöglich zur totalen Flutung der Stadt. Das können wir auf keinen Fall riskieren.«

Zamir beugte sich über seine Tastatur. Keiner grinste wie sonst heimlich, weil er nur dank seiner Brille mit den absurd dicken Gläsern überhaupt in der Lage war, Zeichen auf dem Bildschirm zu erkennen. Es war totenstill im Raum. Nicht einmal Atemgeräusche waren zu vernehmen. Zamir hackte mit einer Heftigkeit auf die Tasten, die ahnen ließ, dass ihm wie allen Anwesenden klar war, dass die ganze Stadt auf dem Spiel stand. Rena trat hinter ihn. Seine Nackenmuskulatur unter dem hochgebundenen Haar war sichtbar angespannt. »Yes!«, schrie er nach einer Weile, tippte mit dem Zeigefinger der linken Hand auf eine Taste und lehnte sich zurück. »Läuft. Jetzt probiert noch mal, die Tore zu schließen.«

Während Meredith den entsprechenden Befehl eingab, starrten die anderen gebannt auf den Bildschirm, der den Eingang des Tunnels zeigte. Es war so ruhig, man hätte vermutlich eine zu Boden fallende Feder hören können. Die ersten Wellen rollten in den Tunnel. Rena hielt für einen Moment die Luft an. Dann stieß sie sie aus. Denn was sie sah, ließ bei allen im Raum die Anspannung weichen. Die Tore des Sperrwerks schlossen sich. Langsam zwar, aber unaufhaltsam. Bis sie verzahnt ineinandergriffen. Sie hatten es geschafft! Sie wirbelte einmal um sich selbst herum. Doch was hatte Meredith vorhin gesagt? Jemand hatte sich mit ihren Zugangsdaten eingeloggt und einen Fehler in die Software geschmuggelt? Sie fühlte eine Hand auf ihrer Schulter.

»Ich übergebe das an den Sicherheitsdienst. Bis alles geklärt ist, bleibst du in deiner Wohnung, Rena.« Merediths Blick ließ keinen Zweifel, dass Widerrede zwecklos war. »Ich lasse dich mit sofortiger Wirkung unter Arrest stellen.«

»Aber …«

»Du gehst in deine Wohnung und verlässt sie nicht, bis die Untersuchung beendet ist.« Merediths Stimme klang kalt.

»Das ist ein Irrtum!«

»Ausgeschlossen. Offenbar hatte jemand Zugang zu deinem Tablet. Das Bewegungsprotokoll zeigt an, dass du es mit nach Hause genommen hast. Das darfst du nur im Ausnahmefall und wenn es vorher abgesprochen ist. Damit hast du klar gegen die Vorschriften verstoßen. Verdammt noch mal! Wir können uns so etwas nicht leisten. Was hast du dir dabei gedacht?«

Der leere Akku fiel Rena ein. Sie hatte gar nicht vergessen, das Tablet aufzuladen. Jens musste ihren Fingerprint genommen haben, als sie geschlafen hatte. Mit hängenden Schultern verließ sie ihren Arbeitsplatz, an den sie vermutlich nicht mehr zurückkehren würde. Sie war traurig, sie hatte gerne hier gearbeitet. War es naiv von ihr gewesen, Jens zu vertrauen? Hatte er ihr seine Liebe lediglich vorgetäuscht?

Sie hoffte auf einen Irrtum. Je näher sie ihrer Wohnanlage kam, desto mehr verpuffte die Hoffnung darauf. Im Nachhinein fielen ihr kleine Momente ein, in denen sie durchaus hätte hellhörig werden müssen. Aber Liebe machte bekanntlich blind. Sie biss heftig auf ihre Unterlippe. Das Blut, das aus der Wunde perlte, schmeckte rostig.

Die Ermittler fanden in Kiel eine unbewohnte Wohnung vor. Sie war möbliert für wenige Monate vermietet und die Miete im Voraus bezahlt worden. Obwohl die Wohnung vor dem Auszug des Paares, das sie angemietet hatte, offenbar akribisch gesäubert worden war, konnten auf einem gelben Bonbonpapier, welches hinter dem Schreibtisch in einer Ritze lag, Mikrospuren nachgewiesen werden. Es handelte sich um ein Honig-Bonbon. Ein Abgleich mit der Datenbank überbrachte eine Übereinstimmung mit der »Bienenkönigin«. Die international gesuchte Frau wurde in Fachkreisen so genannt, weil sie sich mit ihrer weltweit agierenden Gruppe gegen Eingriffe in die Umwelt einsetzte. Die Insekten und weitere Tiere kämen ihrer Meinung nach wieder zurück, wenn der Mensch die Natur endlich in Ruhe ließe. Sämtliche Eingriffe würden eine Renaturierung verhindern. Unbewohnbar werdende Gebiete müssten der Natur als Schutzraum überlassen werden. Die Aktivistin arbeitete seit Jahren im Untergrund und machte mit spektakulären Aktionen auf ihre Mission aufmerksam. Außer ihrer Vorliebe für Honig war wenig über sie bekannt. Die wahre Identität ihres Begleiters, der hinterlistig Renas Vertrauen erobert und sich erfolgreich in ihr Herz geschlichen hatte, blieb im Dunkeln. Der Abgleich seiner DNA mit Datenbanken führte zu keiner Übereinstimmung. Er war bislang nicht in Erscheinung getreten. Den beiden war es gelungen unterzutauchen. Niemand wusste, wo sie sich derzeit aufhielten und – was beinahe schlimmer war – was sie als Nächstes planten. Dank der Fotos der Einlasskamera in Renas Wohnanlage existierten immerhin Aufnahmen von dem Mann. Allerdings war es mithilfe plastischer Chirurgie möglich, ein Antlitz derart zu verändern, dass die biometrischen Daten nicht mehr übereinstimmten. Bekannt war außerdem, dass die Aktivisten von Spenden finanziert wurden.

Rena war ausführlich zu Jens vernommen worden. Es bestanden erhebliche Zweifel an der Echtheit des Namens und der kargen Vita, die er ihr aufgetischt hatte. Rena war verletzt und fühlte sich von ihm betrogen. Nun galt es für sie, ihren Prozess abzuwarten, den die Modellstadt als Arbeitgeber umgehend gegen sie eingeleitet hatte. Als sie auf ihrem Balkon saß, bemerkte sie ein leises Summen. Sie wandte den Blick beinahe ungläubig zu ihrer Bougainvillea. Sie hatte schon lange keine Biene mehr gesehen.

Hintergrundfakten zur Geschichte

Es war im Jahr 2019, als mein Mann und ich mit dem Auto vom dänischen Kopenhagen über die Öresundbrücke ins schwedische Malmö fuhren. Die beinahe acht Kilometer lange Brücke hat mich wirklich sehr beeindruckt. Aber noch mehr der Tunnel, in den wir in Kopenhagen gefahren sind und der zunächst auf die künstliche Insel Preberholm in der Ostsee und von dort auf die Brücke in Richtung Malmö führt. Es handelt sich dabei um einen sogenannten Absenktunnel, der auf dem Meeresboden liegt. Beim Fahren bemerkte ich den Übergang zur Brücke kaum.

Auf den Faröer-Inseln wurde der Eysturoy-Tunnel mit einem unterirdischen Kreisverkehr gebaut und Anfang 2021 für den Verkehr freigegeben. Der elf Kilometer lange Tunnel liegt beinahe 200 Meter unter dem Meeresspiegel und verbindet die dänischen Färöer-Inseln Streymoy und Eysturoy.

Es waren diese Tunnel und die künstliche Insel Preberholm, die mich zu den Überlegungen beim Schreiben meines Texts »Die Bienenkönigin« geführt haben. Womöglich sind es gewagte, auf den ersten Blick verrückte Konstruktionen, die helfen können, die Bewohnbarkeit der Küstenregionen weiterhin zu erhalten. Weshalb sollte ausgerechnet im Norden, der unter der zunehmenden Hitze im Sommer nicht derart gravierend leiden wird wie der Süden, auf Land verzichtet werden?

Das Ansteigen des Meeresspiegels bedroht die Küstenstädte. Aber auch Senkungsbewegungen tektonischer Platten wirken sich auf die Küstenregionen aus. Geophysiker Tom Parsons sieht im Druck des Gewichtes von Megacitys auf die Erdkruste ein zusätzliches Problem. (Quelle: Tom Parsons: The Weight of Cities: Urbanization Effects on Earth's Subsurface, in AGU Advances.) Alles zusammen stellt eine Gefahr für die Bewohnbarkeit ganzer Landstriche dar. Wenn die Menschen sie in naher Zukunft nicht aufgeben wollen, müssen sie sich nachhaltig für ihren Erhalt einsetzen und realisierbare Wege finden. Der Klimawandel erfordert endlich rasches Handeln und ein Umdenken der westlichen Konsumorientierung.

DAS KOSTBARE NASS

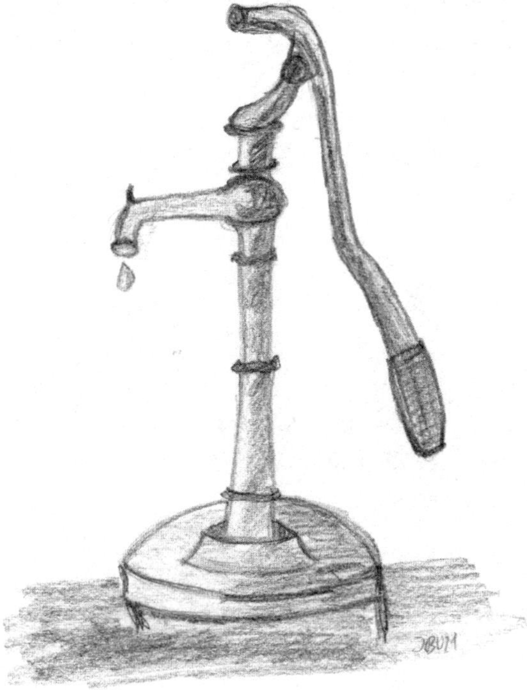

Vielfalt ist Leben! Diese Anthologie zeigt die Vielfalt unserer Zukunft, ihre Chancen und ihre Schrecken gleichermaßen. Aber sie zeigt auch: Viele AutorInnen zusammen ergeben nicht nur Lese-, sondern auch Lerngenuss. Ich bin froh, dabei zu sein!

– Fenna Williams

… weil (Ver-)Querdenken und Diagonalschwimmen keine Lösungen für die Probleme unserer Zeit sind!

– Anne Grießer

HARZER WASSER: EGAL!

Von Fenna Williams

»Wasser ist kein Menschenrecht«, sagte Roland Burger und sah direkt in die Kamera. »Es ist ein Lebensmittel. Lebensmittel sind Produkte. Produkte werden aus vorhandenen Ressourcen hergestellt, aufbereitet und dann gehandelt. Wenn die Ressourcen knapp sind, steigt der Wert. Zurzeit ist das Produkt der ›Mountain Waters Limited‹ knapp. Also teuer.« Roland Burger hielt inne und erlaubte sich ein winziges Lächeln. Jeder konnte sehen: Diesen Mann drückten keine Gewissensbisse; und er war stolz darauf. »Im Interesse meiner Firma muss ich die Preise für unser Produkt so gestalten, dass es auch in schweren Zeiten Rendite abwirft. Deshalb pumpen wir das Wasser durch Pipelines vom Harz bis nach Bremen, Hannover und Braunschweig, über Hunderte von Kilometern. Dort leben die Menschen, die unsere Preise bezahlen können und *wollen*. In diesem Sinne wiederhole ich: Wasser ist kein Menschenrecht – aber es ist überlebenswichtig. Für uns.«

Zoe schlug mit der flachen Hand auf den Tisch. »Stellt das ab. Das ist unerträglich.« Bevor jemand anderes der Bürgerinitiative »Wasser marsch!« ihrer Aufforderung folgen konnte, rannte sie selbst zum Fernseher. »Brockenblick TV sollte sich schämen, diesem Widerling Sendezeit zu gewähren.« Sie drehte sich zu ihren Mitstreitern um: »›Mountain Waters‹ macht Kasse mit unserem Wasser. Es stammt aus unseren Teichen! Aus unseren Flüssen! Aus unseren Talsperren! Es wird hier im Harz gesammelt. Wir sind es, die es trinken sollten!« Zoe nahm einen tiefen Atemzug, um mehr Ruhe in ihre Stimme legen zu können. »Seit dem letzten heißen Sommer hat es kaum geregnet. Der Winter war zu warm, auch die Zeit der Schneeschmelze hat nicht die ersehnten Niederschläge gebracht, jedenfalls nicht in dem Maße, in dem wir es gewohnt waren. Wir stehen vor einer Dürrekatastrophe.«

»Jetzt übertreib es nicht, Zoe, der Harz ist Deutschlands regenreichstes Mittelgebirge. Jede Wolke, die von Norden kommt, muss um uns einen Bogen machen – oder abregnen.« Klaus Kellner, Zoes Vater, versuchte, seine Tochter zu beschwichtigen. »Der nächste Herbst wird es schon richten.«

»Das ist das Argument eines Klimawandelleugners, Klaus«, provozierte Martin. Wie Zoe studierte er an der einzigen Universität des Harzes in Clausthal-Zellerfeld. Um seiner ausgeprägten Geldnöte Herr zu werden, nahm er alle möglichen Jobs an und erschien nur selten zu den Treffen der Bürgerinitiative. Kam er, war er stets darauf bedacht, militanter zu wirken als der Rest. »Bei allem Respekt, Klaus: Du hast doch in den letzten Jahren erlebt, wie unsere Landschaft sich verändert, weil der Grundwasserspiegel sinkt.« Martin zeigte auf den einzigen Anzugträger am Tisch, der einen Stapel Aufzeichnungen vor sich liegen hatte. »Ihr alle kennt die Ergebnisse der letzten Messungen. Wir müssen nicht warten, bis unser allseits … geschätzter … Professor Ziegler mit neuen aufwartet.« Der Student warf einen feurigen Blick in die Runde. »Wenn wir die Pipelines nicht bald kappen, dann duschen sich in Bremen die Leute fröhlich weiter, in Hannover waschen sie ihre SUVs und in Braunschweig bewässern sie den Rasen, während bei uns das Wasser rationiert wird. Im Namen des wirtschaftlichen Gewinns!« Er imitierte Zoe, indem er ein paarmal tief Luft holte. »Die Pipelines gehören gesprengt. Burger muss weg!«

Auch Christoph Wachsmuth stellte den Fernseher ab. Zur selben Zeit, als Zoes Bürgerinitiative tagte, hatte er alle zu sich in den großen Saal gebeten, die am Tropf der florierenden Harzer Fremdenverkehrswirtschaft hingen, und pochte auf die Solidarität ihrer Nutznießer. »Als Hotelier und Bürger unserer gebeutelten Region frage ich mich«, Wachsmuth schnalzte mit der Zunge, wie er es immer tat, wenn er die Aufmerksamkeit seiner Zuhörer einforderte, »wie wir unseren Gästen klarmachen sollen, dass sie nur morgens zwischen 6 und 9 Uhr duschen dürfen oder kurz vor dem Schlafengehen. Wer fährt freiwillig in eine Gegend, in der er plötzlich für weniger Komfort mehr Geld bezahlen muss? Ich habe bereits erste Stornierungen zu verkraften – und wir stehen erst am Anfang des Sommers.« Er beugte sich vor, um eindringlicher zu wirken. »Für uns müssen Sonderrechte her! Ich fordere bevorzugte Behandlung für Gaststätten und Beherbergungsbetriebe. Unbegrenzte Wasserzuteilungen, um Arbeitsplätze zu sichern. Nur so wird ein Schuh draus, der dem ganzen Harz passt!« Er richtete sich wieder zu voller Größe auf. »Andernfalls werde ich Burgers Vasallen Lukas Lechtenbrink bei der nächsten Wahl nicht unterstützen, sondern selbst kandidieren. Für die HHP, die Harzer Heimat-Partei! Und dann sehe ich mal für uns alle … nach dem … hm … Linken und Rechten …«

Die Plakate der Harzer Heimat-Partei kannten nur ein Thema:
»Unser Wasser für unsere Kinder!«
»Wählen Sie HHP, den Werten der Heimat verpflichtet!«
»Harzwasser: Für Harzer mit Herz!«

Das überall großzügig ausgelegte Programm wurde noch präziser: »Erinnern wir uns an die Tugenden, die dem Harz schon vor Jahrhunderten eine der spektakulärsten Wasserwirtschaften und mit Clausthal eine der ältesten Bergbau-Universitäten der Welt geschenkt haben: unsere Hartnäckigkeit und unseren Zusammenhalt. Gehen wir wieder Hand in Hand durchs Land. Wählen wir nach dem Wahlspruch: Harz ist, wo dein Herz ist!«

»Hören wir zunächst die Ergebnisse der neuen Studie«, begrüßte Zoe alle bei der nächsten Zusammenkunft, als hätte es Martins Ablehnung bei der letzten nicht gegeben. »Danach können wir diskutieren, dann entscheiden, dann handeln. Jeder Tag zählt.«

»Anderer Vorschlag«, sagte Martin und stand auf, um die Leiterin von »Wasser marsch!« zumindest in Körpergröße zu überragen. »Schauen wir uns an, was deine Aktionen uns bisher gebracht haben: genau null. Statt unsere Delegation zu empfangen, hat Burger dem Harzer Tageblatt ein Interview gegeben, um, ich zitiere: ›… alle Bürger und Bürgerinnen zu erreichen, nicht nur die Schreihälse, die alles umsonst wollen.‹ Damit sind wir gemeint! Das dürfen wir uns nicht bieten lassen. Wir müssen dem Mann und seiner ganzen verdammten ›Mountain Waters‹-Bande einen Denkzettel verpassen!«

Rund um den Tisch erklang Zustimmung.

»Recht hat er!«

»Reden bringt nichts!«

»Burger muss weg.«

Martin fing die Stimmung gekonnt auf: »Wir haben Durst! Rachedurst!« Er schlug auf den Tisch und Zoe registrierte, dass er das nicht mit der flachen Hand tat, sondern mit der Faust. Viele weitere Fäuste folgten und zeigten ihr, dass sie die Unterstützung der meisten ihrer Mitstreiterinnen und Weggefährten verloren hatte. Sie suchte Blickkontakt zum wissenschaftlichen Berater der Gruppe, aber Professor Ziegler schüttelte fast unmerklich den Kopf und begann wortlos, seine Aufzeichnungen einzupacken. Zoe versuchte es bei ihrem Vater, der dies als Aufforderung nahm, seine Meinung zu äußern. Er stellte sich neben seine Tochter und hob die Hände, um sich Gehör zu verschaffen: »Ihr alle wisst, wie abhängig ich mit meinen Forellenteichen von ausreichend Frischwasser bin und wie sehr mir der derzeitige Wassermangel zusetzt. Dennoch bin ich der Meinung, dass wir uns mit dem Einsatz von Gewalt nur als Verhandlungspartner disqualifizieren. Deshalb schlage …«

»Was ist denn bisher bei euren Friedensangeboten und ewigen Zugeständnissen an Burger herausgekommen?«, fiel Martin ihm ins Wort. Er sah sich Beifall heischend in der Runde um. »Nichts außer einer Verleumdungsklage, die unserem Verein eine deftige Strafzahlung beschert hat. An unseren ärgsten Feind. An die ›Mountain Waters Limited‹.« Martin ließ seine Augen zu Schlitzen werden. »Eure Vorschläge haben uns also eher geschwächt als gestärkt. Erstaunlich eigentlich. Ich frage mich: Wie kommt das? Warum findet unser Gegner immer eine Antwort, obwohl wir die Frage noch gar nicht gestellt haben? Das weckt einen bösen Verdacht in mir.«

Zoe sah Martin herausfordernd an: »Und der wäre?«

»Ihr steht auf Burgers Gehaltsliste.«

Besuchen Sie den Harz, das nördlichste Gebirge Deutschlands! Besungen von Dichtern und Denkern. Heinrich Heine, Hans Christian Andersen, Geheimrat Goethe, alle stiegen den Brocken hinauf. Hierher bitten die Hexen zum traditionellen Tanz durch die Walpurgisnacht. Und nur im Harz gilt es, ein einzigartiges Regal zu entdecken, das völlig zu Recht zum UNESCO-Weltkulturerbe zählt. Das ›Oberharzer Wasserregal‹ lädt zum Wandern und Staunen ein – und das zu jeder Jahreszeit.

Der Harz hat immer Saison.

Machen Sie Urlaub, wo sich das Wasser sammelt, das aus Ihren Hähnen fließt. Willkommen im Harz: Ihr Touristikverband.

Wir kennen uns aus. Für Sie.

Zoe sah vom Damm der Talsperre auf das Wasser hinunter. Die Nacht war frühlingsklar und so zeichneten sich nicht nur die bewaldeten Hügel auf der Oberfläche ab, auch die Sterne wurden gespiegelt, als wären sie eine Lichterkette auf flüssigem Glas. Die Welt wirkte friedlich, aber sie war es nicht mehr. Heute Abend hatte man ihr unterstellt, sich Vorteile verschafft, Judaslohn angenommen zu haben.

»Abgewählt«, sagte sie in die Stille hinein. »Durch ein Misstrauensvotum. Weil mein Vater immer noch genug Wasser für seine Teiche hat, obwohl die ›Mountain Waters‹ alles dafür tut, dass es nur noch in Trinkwasserreservoirs gesammelt werden darf. Als ob der Zufluss der Ressourcen nur dem Burger und seiner vermaledeiten Firma gehören würde.«

»War das wirklich der richtige Schritt?«, fragte eine tiefe Stimme direkt hinter ihr. »Gleich ganz auszutreten? Die Bürgerinitiative zu verlassen?«

»Das hätte ich nicht getan, wenn man Ihnen zugehört hätte, Professor Ziegler. Ich bin sicher, die Ergebnisse unserer neuesten Studie hätten den Leuten klargemacht, wie wichtig und richtig es ist, weiter den Rechtsweg zu beschreiten, gleiche Bedingungen für alle einzuklagen. Besonders jetzt, wo die

Opposition dieselben Ziele verfolgt. Die HHP ist bereits an mich herangetreten und hat um meine Mitarbeit gebeten. Dafür hätte ich nun Zeit.«

»Ich fürchte, Burger hat trotzdem die besseren Karten.« Ziegler seufzte. »Sie sind bereits kaltgestellt. Ich darf morgen bei Bürgermeister Lechtenbrink antanzen, um zu erfahren, warum es in der gesamten Region nicht einen einzigen Saal gibt, in dem wir unsere Studie einer breiten Öffentlichkeit vorstellen dürfen.«

»Zufällig alle für Wahlveranstaltungen reserviert?«

Ziegler lachte leise. »Mittwoch rücken sogar Bauarbeiter an, die das Audimax renovieren. Das Geld für die längst überfälligen Maßnahmen kommt aus der … freien Wirtschaft.«

»Burger denkt aber auch an alles.« Zoe stöhnte. »Man erkennt leider erst, wo er überall die Strippen zieht, wenn man sich wieder mal in einer von ihnen verheddert hat. Es ist zum Verzweifeln.«

»Wollen Sie aufgeben?«

Zoe wusste, ihr Grinsen würde in ihrer Stimme zu hören sein. »Sie werden mich nicht lassen, Professor«, sagte sie. »Also sehe ich mich nach anderen Möglichkeiten des Widerstandes um. Viele Wege führen nach Rom – oder zur Quelle des Übels.« Sie drehte sich zu Ziegler um. »Ich suche mir jemanden, der beruflich digitale Sicherheitslücken in Firmennetzwerken aufspüren kann, und mache dem klar: Im Harzer Wasserschutz ist es zehn Minuten nach zwölf. Dann gebe ich ihm die Gelegenheit, zum Helden zu werden, denn ohne ›White-Hat-Hacking‹ schlägt es hier bald dreizehn.«

Zoe steckte ihren Kopf zwischen den beiden überdimensionalen Bildschirmen hindurch, um den Computerfreak davor in Augenschein zu nehmen: etwa 15 Jahre älter als sie, Lächeln in den Augenwinkeln und eine Vollglatze, die ihm ein jugendliches Aussehen verlieh, statt ihn älter wirken zu lassen. »Wie ist das so, wenn man den ganzen Tag für die Welt arbeitet, aber nie was von ihr sieht?«

»Gemütlich, es sei denn, es kommen ungebetene Besucher«, antwortete ihr Gegenüber trocken.

»Professor Ziegler sagt, du bist der Beste deiner Zunft, Peter, genannt ›Faxe‹.«

»Und welche Zunft wäre das, Zoe, genannt ›die Irre‹?«

»Computertherapeut für Hardware und Software. Staatlich anerkannter Hacker von Computersicherheitssystemen aller Art. Ein White-Hat deiner Qualität könnte selbst das Pentagon ins Schwitzen bringen, heißt es.«

»Du willst mir schmeicheln.«

»Klar, ich will ja, dass mein Ziel auch dein Ziel wird.«

»Und wie lautet das?«

»Wasser für alle!«

»Für alle im Harz?«

Zoe überlegte einen Moment, als würde sie die Frage ihres Gegenübers prüfen. »Wasser für alle – überall.«

»Herzlich willkommen zum Vortrag über und zur Führung durch das Weltkulturerbe Harzer Wasserregal. Mein Name ist Aurelia Rothermund, ich bin Ihre zertifizierte Welterbeführerin für diesen Tag. Ich habe hier in Clausthal studiert wie schon mein Vater und mein Großvater vor mir. Die zwei sind des Bergbaus wegen hergekommen – ich wegen seiner Geschichte geblieben.« Die Zuhörer lachten und Aurelia neigte lächelnd den Kopf. »Bevor ich mit Ihnen mittels einer historischen ›Fahrkunst‹ in den Museumsstollen einfahre – bitte vergessen Sie nicht, am Eingang einen der gelben Sicherheitshelme aufzusetzen –, möchte ich Ihnen kurz die Bedeutung des Harzer Wasserregals für die Welt erklären.«

»Genau!«, rief ein Familienvater gut gelaunt. »Wir sind hier, weil meine beiden Racker wissen wollen, wie man Wasser in ein Regal stellen kann. Leider haben sie das zu Hause schon mal ausprobiert. Seitdem sparen sie für eine neue Spielkonsole.« Während das Publikum erneut lachte, verzogen die Kinder genervt den Mund.

»Denen wird ihre Experimentierfreudigkeit vom Taschengeld abgezogen«, mutmaßte Zoe, die Faxe zu einem Lokaltermin überredet hatte, um ihm die Dringlichkeit ihres Ansinnens näherzubringen.

»Tja«, sagte Faxe und legte Bedauern in seine Stimme, »so wird deutscher Forscherdrang im Keim erstickt. Kenne ich. Treibe mich ja auch gerade auf einem Nebenschauplatz herum, statt die Welt zu retten.«

Schautafel 98 des Oberharzer Wasserregals:

»WasserWanderWeg Lauthenthaler Kunstgraben«

von Wildemann zu den Bergwerken nach Lauthenthal:

Die UNESCO verlieh 2010 dem Oberharzer Wasserregal als weltweit größtes vorindustrielles Energieversorgungssystem das Gütezeichen »Weltkulturerbe«.

Sie stehen hier mitten in einem Netzwerk aus 107 angelegten Teichen, Gräben und Wasserläufen von fast 350 Kilometern Länge, die das vorhandene Wasser dieser regenreichen Region in ein Leitsystem zwingen, mit dem der Bergbau unterstützt werden konnte. Das Wort ›Wasserregal‹ bezieht sich dabei nicht auf die in Stufen und Teichkaskaden angelegten, allesamt miteinander verbundenen Naturelemente, sondern bezeichnet ein königliches Hoheitsrecht, ein sogenanntes »Regal«. Wer Bergbau betreiben wollte, brauchte ein Bergbauregal, wer dazu die vorhandenen Wasser nutzen wollte, brauchte ein Wasserregal, also das verbriefte Recht, die Ressourcen zu nutzen.

Das zunächst von den Zisterziensermönchen des Klosters Walkenried erdachte System wurde von Bergleuten zwischen dem 16. und 19. Jahrhundert über den gesamten Westharz hinweg ausgebaut. Heute führen 22 Wasserwanderwege über mehr als 100 Kilometer entlang der oft bis in unsere Tage genutzten Teichketten.

Wandeln Sie durch die Jahrhunderte – besteigen Sie das einzige flüssige Regal der Welt.

Zoe beobachtete fasziniert, wie Faxe mit jedem Klick tiefer im Netz verschwand, und das in einer Geschwindigkeit, in der andere nicht ihren Namen tippen konnten.

»So«, sagte der Computerfachmann und wirkte zufrieden. »Jetzt sind wir sozusagen weltweit tätig, aber ohne eindeutigen Standort.«

»Echt? Niemand kann mehr nachverfolgen, was du tust und suchst?«

»Er müsste mindestens so gut sein wie ich«, sagte Faxe. »Dann wäre er aber von mir ausgebildet, und ich wüsste, wo und wie ich ihn finde. Wenn ich ehrlich bin, fallen mir da in unserer Region nur Nico und Matze ein. Der eine ist mittlerweile Radiomoderator für ›Harz – aber herzlich‹ bei ›B-RockenRadio‹ und der andere macht aus unseren Seniorenheimen Games-Conventions.«

Zoe notierte sich die Namen unter der Rubrik: Unterstützer mit oder wider Willen, dann wandte sie sich wieder Faxe zu.

»Das heißt, wir könnten ab jetzt die Wartungszugänge der Pipelines der ›Mountain Waters Limited‹ kontrollieren? Wir beherrschen die Pumpen? Erfahren, was wann wohin und in welcher Menge geliefert wird?«

»Das und einiges mehr. Die manuellen und digitalen Schwachstellen von Burgers Firma sind tatsächlich beträchtlich und vielfältig. Passiert, wenn man immer nur Profite rauszieht, ohne zu investieren.«

»Und du kannst überall zugreifen?«

»Eine meiner leichtesten Übungen.«

»Bringst du mir das bei?«

»Bestimmt nicht.«

»Bitte, Faxe, wenigstens so die Grundlagen.«

»Du bist viel zu unberechenbar. Außerdem sind deine Schulden so hoch wie Martins. Du könntest auf dumme Gedanken kommen.«

Zoe zog kräftig die Luft ein. »Woher weißt du das denn?«

»Meinst du, ich lasse mich auf eine Zusammenarbeit mit dir ein, ohne dich in- und auswendig zu kennen?«

»Du hast dich in mein Bankkonto gehackt? Das ist ja wohl die Höhe!«

Faxe grinste breit. »Ich habe gar nichts gemacht. Alles, was ich diesbezüglich wissen musste, hast du mir gerade verraten.«

Die Vorzimmerdame trat ins Geschäftszimmer des Bürgermeisters: »Herr Lechtenbrink, Professor Ziegler wäre jetzt da.«

Lechtenbrink sprang sofort auf, ging Ziegler entgegen und begrüßte ihn, indem er mit beiden Händen die des Professors umfasste. »Professor Ziegler, welche Ehre, welche Ehre. Ich muss sagen, ich freue mich außerordentlich, dass Sie trotz des derzeit laufenden Semesters Zeit finden, mir meine Arbeit durch ein klärendes Gespräch zu erleichtern.«

Der Professor zog die Augenbrauen nach oben und nestelte dabei an der linken Manschette seines Hemdes, um mithilfe eines winzigen Knopfs ein Übertragungsgerät zu aktivieren, das von Seiten seiner Verbündeten Zoe und Faxe höchst unkomfortabel an seinem Oberbauch befestigt worden war. Der Klebestreifen juckt, dachte er, aber wenn's der Wahrheitsfindung dient … »Ich gebe zu, ich war überrascht, dass Sie mich sehen wollen, aber einer öffentlichen Vorstellung unserer Studie über eine gerechtere Verteilung des Harzwassers weder im Rathaussaal noch anderswo zustimmen.«

»Ganz genau, ganz genau«, hakte Lechtenbrink ein, »die Studie. Ich wollte mit meinem Eingreifen in dieser Sache lediglich verhindern, dass Menschen an Wissen geraten, das ihnen als Entschuldigung für Gewalttaten dienen könnte. Weder Sie noch ich, lieber Ziegler, wollen doch, dass sich die Lage um das Harzer Wasser weiter zuspitzt und womöglich geradewegs in einer Katastrophe mündet.« Lechtenbrink lud den Professor mit einer Handbewegung ein, sich auf den Stuhl vor seinem Schreibtisch zu setzen. Gemessenen Schrittes ging er um das Ungetüm herum, nahm ein Blatt Papier auf, studierte es seufzend und schob es über den Tisch. Statt sich zu setzen, beobachtete er, wie Ziegler es in die Hand nahm und dann stutzte.

»Ein Drohbrief«, stellte der Professor fest.

»Ein Erpresserschreiben, ausgeschnitten und in eindeutig böser Absicht wieder zusammengesetzt aus Wörtern *Ihrer* Publikationen«, sagte der Bürgermeister.

»An die kann jeder kommen«, erinnerte Ziegler.

»Die meisten stammen aus der *neuesten* Studie, werter Professor, die bisher nur Ihre Mitarbeiter und ich kennen«, merkte Lechtenbrink an. Er nahm einen Füllfederhalter in die Hand und spielte damit, bevor er weitersprach: »Wie, glauben Sie, sieht das aus? Wer wird Ihnen noch Forschungsgelder gewähren, wenn klar wird, dass ein Erpresser quasi durch Sie droht, das Wasser, das sich in den Pipelines gen Norden kämpft, zu vergiften und so hundertfachen, was sage ich, tausendfachen Tod in Kauf zu nehmen, sollte ich … sollte die Politik nicht auf den Totalrückzug der ›Mountain Waters Limited‹ aus der Harzer Wasserwirtschaft drängen.«

Rechenaufgabe statt ›Lebens-Aufgabe‹:

Wie viel toxische Substanz – Nervengift, Zyanid, Schwermetall – pro Kubikmeter Durchfluss einer Pipeline ist nötig, um 5.000 Bremer Haushalten Krankheit und Tod zu bringen?

Wie viele Polizisten müssen entlang des Rohrsystems eingesetzt werden, um alle manuellen Zugriffsstellen über drei Tage zu sichern?

WIR PRÄSENTIEREN IHNEN DAS ERGEBNIS IN ECHTZEIT – ES SEI DENN, SIE TUN, WAS WIR SAGEN:

Zahlen Sie 1.000 Bitcoin an eine Adresse, die Ihnen in den nächsten Tagen genannt wird, ODER schicken Sie Burger und die Mountain-Waters-Bande in die Wüste – bevor wir ganz Bremen zu einer machen. Keine Gegenmaßnahmen bitte: Alle Steuerungssysteme sind in unserer Hand. Bedenken Sie: Wer jahrzehntelang an Sicherheitsmaßnahmen gespart hat, darf sich nicht wundern, wenn das Leben ihn teuer zu stehen kommt.

Sie haben 72 Stunden Zeit. Unser Bitcoin-Wallet wartet.

Gezeichnet Aktionsbündnis »Wasserregal gegen Wasser: egal!«

Professor Ziegler behielt das Erpresserschreiben in der Hand. »Und«, fragte er ruhig, »haben Sie ausgerechnet, wie viel Liter

Gift pro Kubikmeter nötig sind, um die Drohung wahr zu machen, Herr Lechtenbrink?«

Der Bürgermeister war einen Moment irritiert, besann sich dann aber auf seine Rolle: »Sie wissen also, wie ein solcher Anschlag bewerkstelligt werden könnte, Professor Ziegler?«, konstatierte er und warf den Stift auf den Tisch. »Erklären Sie derartige Möglichkeiten auch Ihren Studenten?«

»Ich muss weder meinen Studenten noch meinen Studen*tinnen* derartiges erklären«, antwortete Ziegler. »Die Universität Clausthal bringt ihren Studierenden selbstständiges Denken bei. Deshalb würden unsere Leute auch niemals das Leben anderer in Gefahr bringen, um finanziellen Gewinn zu erzielen. Damit unterscheiden sie sich von Ihnen, Herr Bürgermeister.« Er hielt das Blatt gegen das Licht und studierte es nochmals. »Unsere Unterstützer und Unterstützerinnen analysieren zunächst und treffen dann ihre Entscheidungen. Sie denken bei ihrem Tun an die Allgemeinheit und nur in dem Zusammenhang auch an sich. Das hat Sie verraten, Lechtenbrink, sonst hätte ich kein zweites Mal hingesehen. Niemand aus meinem Team kommt als Verfasser dieses Machwerks infrage.« Er faltete das Blatt sehr genau und sehr langsam zusammen. »Außerdem sind alle, die mit mir zusammen an der Studie zur Harzer Wasserversorgung gearbeitet haben, äußerst vorsichtig, bevor sie etwas in die Öffentlichkeit tragen. Sie offenbar nicht, Herr Bürgermeister. Wenn Sie sich das nächste Mal vor den Karren eines Wirtschaftsbetriebes spannen lassen, prüfen Sie in Ihrem eigenen Interesse genauer, ob der mit sauberer Energie fährt.« Ziegler steckte den Drohbrief demonstrativ in die Innentasche seines Jacketts. »Das Papier trägt das Wasserzeichen der ›Mountain Waters Limited‹ – Sie hoffentlich schwer an Ihrem Gewissen.«

Zoe öffnete die Tür und riss die Augen auf, damit ihr Gegenüber das als Erstaunen interpretieren konnte. »Sie machen Hausbesuche?«

»Wenn der Prophet nicht zum Berg kommt, muss der Berg zum Propheten kommen«, sagte Roland Burger und stellte seinen Fuß in die Tür, weil Zoe Anstalten machte, sie ihm vor der Nase zuzuschlagen. »Darf ich Ihnen meine Justiziarin Dr. Antonia Ruhland von der Kanzlei Schulze, Streicher und Ruhland vorstellen?«

»Danke, nicht nötig, ich kenne die Dame bereits seit unserer Schlammschlacht vor Gericht.« Zoe sprach lauter und forscher als nötig. An Burgers ironischem Lächeln erkannte sie, dass er das der Aufregung zuschrieb, ihm ohne Unterstützung Gleichgesinnter gegenüberzustehen.

»Stimmt, jetzt, wo Sie es erwähnen, erinnere ich mich.« Er schob die Rechtsanwältin in Zoes Richtung. »Dann wissen Sie ja, wie zuverlässig Frau Doktor arbeitet.«

»Doktorin«, korrigierte Zoe seine Nutzung der männlichen Form fast automatisch.

»Geschenkt, von mir aus sogar beides zusammen.« Burger machte eine wegwerfende Handbewegung. »Hauptsache, Sie erkennen, dass man sich auf die Dame verlassen kann. Und stimmen zu, mit ihr zusammenzuarbeiten. Zwei Frauen sollte das doch gelingen, denke ich. Besonders, wenn sie für dasselbe Ziel streiten.« Er versuchte, die Tür ein Stück weiter aufzudrücken. »Wollen Sie uns nicht hereinbitten, damit wir Ihnen unsere Vorschläge zur Zusammenarbeit in aller Ruhe unterbreiten können?«

»Ich kann mir nicht vorstellen, wo sich unsere Interessen auch nur ansatzweise überlappen könnten«, antwortete Zoe angestrengt. »Deshalb ist jedes weitere Gespräch überflüssig.«

Die Rechtsanwältin legte ihre Hand auf Zoes Unterarm. »Sie, liebe Frau Kellner, scheinen mir, was den Erhalt unserer Wasserressourcen und die Vermittlung der Reinhaltungsinteressen angeht, genau über den Einfluss zu verfügen, von dem die ›Mountain Waters‹ in nicht unerheblichem Maße profitieren kann.«

»Haben Sie es noch nicht gehört? Ich bin raus aus ›Wasser marsch!‹. Mein Einfluss ist ab durch den Gully – nicht mal Sie haben genug Filter, den wieder vom schändlichen Verdacht der Vorteilsnahme zu befreien.«

»Selbstverständlich wissen wir Bescheid«, bestätigte Burger gut gelaunt. »Unser Mann in ihren Reihen ist nicht nur geschickt im Rauswerfen, er wird die Bürgerinitiative auch in unserem Sinne neu einnorden.«

»Martin, ein Agent Provocateur«, hauchte Zoe und klang zum ersten Mal ehrlich überrascht. »Wasser marsch – am Arsch!«

»Ich sehe, Sie verstehen mich endlich.« Burger lächelte triumphierend. »Geld ist ein außerordentlich effektives Verhandlungsargument. Und Geld habe ich im Überfluss – um im Bild zu bleiben.« Burger lachte als Einziger über sein Bonmot. »Das Geld reicht auch für Sie. Sobald Sie sich für uns entschieden haben, wird alles um so vieles schneller gehen.«

»Was genau?«

»Die Harzer – *und Harzerinnen* – werden sich beruhigen. Es wird wieder Ruhe einkehren im Land.«

»Punktgenau zu den Wahlen«, mutmaßte Zoe. »Wenn Sie Ihren Einfluss in der hiesigen Lokalpolitik verlieren, sieht es mit der Planung und dem Bau weiterer Pipelines übel aus. Hotelier Wachsmuth und die Harzer Heimat-Partei treffen ja nicht nur den Nerv unserer Mitmenschen, sondern auch mich mitten ins Herz. Sonst hätte ich mich nicht bereit erklärt, als seine Stellvertreterin ins Rennen zu gehen.« Sie stockte und sah von einem zum anderen. »Oder sind Sie genau deshalb hier, bin ich deshalb plötzlich interessant? Der arme Lechtenbrink, weiß er schon, dass er eine heiße Kartoffel ist, die jeden Moment fallen gelassen werden kann, oder fahren Sie sicherheitshalber zweigleisig?«

Burger antwortete nicht, sondern gab der Rechtsanwältin einen Wink. Die öffnete ihre Aktentasche, die sie unter dem Arm getragen hatte wie eine Clutch. »Ich habe Herrn Burger darauf hingewiesen, wie wichtig Menschen mit Enthusiasmus und ehrenamtlichem Einsatz sowohl für das Gemeinwesen im Allgemeinen als auch für die ›Mountain Waters Limited‹ im Besonderen sind. Drehen wir also das dumme Gerücht der Vorteilnahme einfach um in eine gute Idee.«

»Sehe ich das richtig?«, fragte Zoe laut und deutlich. »Sie bieten mir hier so etwas wie eine privatwirtschaftliche *Ehrenamtspauschale* an?«

»Nicht nur das.« Burger klang überzeugt von seiner Strategie. »Bei Ihrem zukünftigen Vorgänger hätte das gereicht, aber bei Ihnen legen wir gerne noch was drauf: Wir versprechen, dafür zu sorgen, dass die Fischteiche Ihres Vaters beim nächsten Waldbrand nicht als Löschteiche genutzt werden dürfen. Denn machen wir uns nichts vor: Die Brandgefahr rund um seine Fischteiche ist derzeit extrem hoch. Da kann eine weggeworfene Kippe die Hölle bedeuten … ganz besonders für Tausende japsender, erstickender Fische.«

Zoe lächelte. »Ist das Hellseherei oder eine Drohung? Lassen Sie die brennende Zigarette selbst fallen oder muss Martin auch noch anfangen zu rauchen?«

»Weder das eine noch das andere – wenn Sie sich vernünftig verhalten.«

»Ich fasse das mal für alle zusammen, die gerade mithören«, formulierte Zoe für ihre Gegenüber völlig unverständlich. »Entweder ich mache bei Ihrer Charmeoffensive für die Region mit und ersetze Lukas Lechtenbrink als Burger-Statist in der dreckigsten aller Harz-Dokus – oder der Brocken brennt.«

»Tatsächlich würden unsere Arbeit und Ihr Kontostand von Ihrer Mitwirkung positiv beeinflusst«, sagte Dr. Ruhland und zückte einen Scheck in einer Höhe, bei der selbst einem Bergsteiger schwindelig werden würde. »Oder möchten Sie lieber in Bitcoin bezahlt werden? So viel schwerer nachvollziehbar für andere …«

In diesem Moment tauchte Faxe hinter Zoe im Türrahmen auf, winkte erst jovial den Besuchern zur Begrüßung zu und zeigte dann der jungen Frau in den Ausschnitt: »Die ganze Zeit hatte ich Angst, Sie gucken eher dahin als einer Frau ins Gesicht, Burger, und entdecken dabei das Tool, das gerade den Hörern von ›Harz – aber herzlich‹ den Spaß des Jahres beschert.«

Zoe beförderte ein winziges Mikrofon ans Tageslicht und sprach laut und deutlich hinein. »Damit ist unsere Liveübertragung mit sensationellem Content zu Ende gegangen. Vielen Dank, Roland Burger, für die beste Werbung für die HHP.« Zoe gestattete sich ein Augenzwinkern, gepaart mit dem Duplikat eines Burger'schen Lächelns, als sie ihren Gegenspieler ansah: »Die Harzer Heimat-Partei. Immer an eurer Seite. Zur Rechten und zur Linken – und bald auch in jedem Stadtparlament.«

Für die Zuhörer behielt der Jingle von »B-Rock-enRadio« das letzte Wort: Das Gurgeln einer Quelle, wie es langsam in das Plätschern eines Baches übergeht. Kurz darauf das Krachen von Donner und einsetzender Regen.

Wasser marsch für heute, Leute!

Hintergrundfakten zur Geschichte

Ich bin im Harz geboren und liebe deshalb alle regen- und nebelreichen Gebiete dieser Erde. Als durch und durch Pluviophile erschüttert es mich, dass es davon immer weniger gibt, wir nicht nur langsam unsere Erde austrocknen, sondern mit Wasser Gewinne erwirtschaften, statt es als Lebensgut zu schützen und zu erhalten.

Der Harz ist eines der regenreichsten Gebiete Deutschlands, mit einer Fülle von Talsperren, Teichen, Wasserläufen und dem berühmten Weltkulturerbe der Wasserwirtschaft. Leider wechseln sich auch in dieser Region seit einigen Jahren Zeiten ausgeprägter Trockenheit mit Überschwemmungen durch Starkregen ab. Die trockene Erde kann die plötzlich hereinbrechenden Wassermassen nicht mehr adäquat aufnehmen, der Grundwasserspiegel sinkt, der Wald leidet. Da durch den Klimawandel nicht nur die Sommer trockener, sondern auch die Winter weniger schneereich sind als zuvor, ist keine der Talsperren bis zur Kapazitätsgrenze gefüllt. Meterhohe

Pflanzen wachsen, wo tiefes Wasser sein sollte. Wie selbstverständlich steigt dennoch der Wasserverbrauch jedes Jahr kontinuierlich an – leider nicht nur zur Stillung des Durstes von Mensch und Tier, sondern weil die Notwendigkeit persönlicher Einschränkung nicht erkannt wird.

Die Universitäten Clausthal und Braunschweig machen mit ihren Forschungen auf die Gefahr der Wasserknappheit aufmerksam. Sie weisen darauf hin, dass der Bau weiterer Talsperren notwendig werden wird, um die Wasser- und Stromversorgung des Umlandes zu gewährleisten. Steinbrüche könnten mit Wasser gefüllt, vorhandene Speicher vergrößert werden. Wie bei den massiven Bürgerprotesten der 80er-Jahre, als der Bau der Siebertalsperre verhindert wurde, beginnt die Bevölkerung sich wieder in BefürworterInnen und GegnerInnen solcher Projekte zu spalten.

Tatsache ist jedoch, dass jeder Einzelne, jede Einzelne von uns, Verbrauch reduzieren kann. Solange nur etwa 9 Prozent unseres Wassers durch unsere Kehlen fließen, aber um die 33 Prozent in die Toilette gespült werden, müssen wir langfristig bereit sein, nachhaltige Wege zu beschreiten, um mit einer immer knapper werdenden – unser aller Leben gewährleistenden – Ressource umzugehen.

KRISTALLISATIONSKERNE

Von Anne Grießer

Jochen, bist du das?

Mein Gott, hast du mich erschreckt. Du weißt doch, dass ich nicht gerne gestört werde, wenn ich hier am Wasser unterwegs bin! Ich bereite mich gerade auf einen wichtigen Vortrag vor, dazu brauche ich absolute Ruhe und Konzentration. Schließlich geht es um unser Trinkwasser! Siehst du, wie es in der Sonne glitzert? So schön, so kostbar. Ach, wie gerne würde ich mal wieder hier draußen schwimmen gehen, mit den sanften Wellen dahinströmen. Aber das geht natürlich nicht.

Verdammt, Jochen, wie kommst du überhaupt hierher? Zufall? Du bist ganz aus Versehen in das Sperrgebiet geraten? Sehr witzig. Das glaubst du ja wohl selbst nicht. Nein, du hast es auf ein Treffen angelegt, gib es ruhig zu!

Ich bin im Stress, Darling. Morgen spreche ich vor Fachleuten über die Probleme durch die Quagga-Muschel im Bodensee-Reservoir. Aber das interessiert dich natürlich nicht. Das ist Wissenschaft, und davon wollt ihr *Diagonalschwimmer* ja nichts wissen.

Schicksal? Das klingt schon eher nach dir. An Zufälle glaubst du schließlich nicht. Deine Welt ist ein einziges Geflecht aus geheimnisvollen Lebensenergien und dem *heilenden Schwingungsniveau* der Natur.

Du hast mir aufgelauert, nicht wahr?

Reden? Was gibt es da noch zu reden? Zwischen uns ist alles gesagt. Es ist aus und vorbei, ich bin dir keine Erklärung schuldig.

Schau mich nicht so an!

Na schön, vielleicht bin ich dir doch eine Erklärung schuldig. Aber wirklich nur ein paar Minuten. Mein Vortrag steht nämlich noch nicht.

Hoppla, seit wann interessierst du dich für Biologie? Das Alleinsein scheint dir gutzutun. Auch wenn man es dir nicht ansieht. Du bist blass, Darling.

Tja, wie soll ich dir das jetzt auf die Schnelle erklären? Willst du es wirklich wissen? Du erstaunst mich, Jochen!

Die Quagga-Muschel. Wie sie in den Bodensee gelangt ist, wissen wir noch gar nicht so genau. Sie stammt eigentlich vom Aralsee, war dort sehr verbreitet, bevor er ausgetrocknet ist. Vielleicht wurde sie von Wasservögeln eingeschleppt, aber wahrscheinlicher ist es, dass Boote und Wassersportausrüstungen für ihre Verbreitung verantwortlich sind.

Wie bitte? Nein, mit einer *ausgleichenden Frequenz des Universums* hat das sicher nichts zu tun! Ich erkläre es dir nicht weiter, wenn du mir mit solchem Schwachsinn kommst.

Kurz gesagt: Die Muschel ist gerade dabei, das gesamte Ökosystem des Sees lahmzulegen. Sie verbreitet sich rasant und entzieht dem Wasser das gesamte Plankton. Die Fische sind deshalb schon so gut wie ausgestorben und der See droht zu kippen. Seit einigen Jahren findet im Winter kaum noch eine Wasserzirkulation statt. Es ist einfach zu warm. Die oberen Schichten heizen sich auf, es gelangt kein Sauerstoff mehr in die tieferen Regionen. Dadurch lösen sich Phosphate aus dem Sediment und verunreinigen das Wasser. Die Quagga-Muschelbänke machen sich auch auf den technischen Anlagen der Trinkwasserversorgung breit. Die Rohre und Becken müssen fast täglich gereinigt werden und die Muschel wächst immer schneller. Das kostet ein Vermögen! Die Lage ist wirklich ernst. Wenn wir nicht bald eine

Lösung finden, ist die Wasserversorgung von vier Millionen Menschen gefährdet.

Du kannst ja plötzlich richtig aufmerksam zuhören, Jochen! Wäre das früher schon so gewesen, hätte unsere Beziehung vielleicht eine Chance gehabt.

Mach dich nicht lächerlich. Vorbei ist vorbei. Eine Wissenschaftlerin und ein *Diagonalschwimmer* – das konnte auf Dauer gar nicht gut gehen. Du bist immer weiter abgedriftet, Darling. Bist zum Dürre-Leugner mutiert. Wir haben schon vor unserem letzten Streit in ganz unterschiedlichen Welten gelebt. Ich hatte längst mit dem Gedanken gespielt, mich von dir zu trennen. Du hast es nur nicht wahrhaben wollen. Ehrlich gesagt geht es mir ohne dich deutlich besser.

Manchmal ist die Wahrheit eben schonungslos.

Natürlich denke ich noch manchmal an dich. Vor allem nachts. Im Bett hatten wir ja kaum Probleme. Das war der einzige Punkt, an dem deine spirituelle Ader etwas Gutes hatte. Obwohl ich es immer ein bisschen merkwürdig fand, wenn du vor dem Sex meditieren musstest, um dich auf unsere Verschmelzung vorzubereiten. Aber das Ergebnis konnte sich sehen lassen! Es hatte schon etwas für sich, dass dir dein eigener Orgasmus nicht so wichtig war, weil du dein Sperma sowieso lieber bei dir behalten wolltest. Wegen der Lebensenergie, die dir sonst verloren geht. Also konnten wir uns ganz auf *meine* Bedürfnisse konzentrieren.

Durch den Geschlechtsakt entsteht *Karma*, das die Partner sieben Jahre lang miteinander verbindet? Auch so eine alberne Theorie! Ich bin sicher, du wirst nicht ganz so lange brauchen, um mich zu vergessen, Darling.

Jetzt hör aber auf! Du hast überhaupt kein Recht, mir Vorwürfe zu machen! Ich bin diejenige, die gelitten hat. Ich hatte regelrecht Angst vor dir.

Ja, Angst! Glaubst du, es ist für eine Wissenschaftlerin ein Spaß, mit einem Dürre-Leugner verheiratet zu sein? Hättest du deine Ansichten nur in unserem Privatleben geäußert, hätte ich es vielleicht sogar ertragen. Aber du musstest ja unbedingt an die Öffentlichkeit gehen. Als Hauptredner auf den Wednesdays-with-Water-Demonstrationen! Das war nicht gerade *achtsam* mir gegenüber!

Nein, Jochen, es war Furcht einflößend! Und als dann noch die Straßenschlachten mit der Polizei dazukamen …

Von wegen *Freies Duschen für freie Bürger*! Siehst du denn nicht, was in Italien und Spanien passiert? Ohne unsere Maßnahmen, ohne Wasserrationierung und das Verbot von Wassersport wären schon Tausende von Menschen verdurstet! Das hat nichts mit der Einschränkung von Grundrechten zu tun!

Komm mir jetzt bloß nicht wieder mit deinem *belebten* und *intelligenten* Wasser! Es gibt keine *Selbstheilungskräfte alles Flüssigen*! Schon mal was von PLURV gehört? Den Tricks der unwissenschaftlichen Falschmeldungen?

Na ja, das fängt schon mit diesen Pseudo-Wissenschaftlern an! Masaru Emoto, Gerald Pollack und wie sie alle heißen – das sind Scharlatane, die keinerlei belegbare Studien vorweisen können!

Mit den Logikfehlern in der Argumentationskette geht es weiter. Natürlich hat es schon immer regenarme Jahre gegeben. Aber auf die Zeitabstände und die Dimensionen kommt es an! Die Ursachen von Hitze und Dürre sind eindeutig nachgewiesen, ob du es nun hören willst oder nicht.

Beweise? Du willst Beweise? Es gibt mehr als genug! Da sind wir schon beim U, den unerfüllbaren Erwartungen! Der Beweis, dass wir alle verdursten werden? Ja, den wirst du noch bekommen. Spätestens, wenn es so weit ist.

Letztes Jahr gab es so viele Niederschläge wie seit zehn Jahren nicht? Das ist R wie Rosinenpickerei, mein Schatz. Du greifst dir das heraus, was dir gerade in den Kram passt. Den Rest ignorierst du. Die Niederschläge waren in den letzten zehn Jahren so gering, dass ein Anstieg um 200 Prozent noch immer weit unter dem früheren Level liegt. Aber Rechnen war ja auch nie deine Stärke.

Na klar, wenn gar nichts anderes mehr geht, kommen die völlig abstrusen Verschwörungsmythen. Die große Thunberg-Weltverschwörung! Alle Klimaforscher, die Politik und die Presse haben sich zusammengerottet, um die Menschheit zu belügen. Nur die *Diagonalschwimmer* haben das durchschaut. Ach, Jochen, und ich dachte eben noch, du hättest dich geändert!

Ich muss jetzt auch wirklich los. Dieses Gespräch ist völlig absurd und überflüssig. Außerdem habe ich kein gutes Gefühl dabei. Warum bist du hier? Du führst doch etwas im Schilde, Jochen!

Schau mich nicht so an …

Da hast du ausnahmsweise recht. Wir sollten nicht streiten. Auch das ist ein für alle Mal vorbei.

Kennst du eigentlich den Mpemba-Effekt? Nein? Komisch, der müsste dir eigentlich gefallen. Ist nach einem damals 13-jährigen Schüler aus Tansania benannt, der feststellte, dass Speiseeis im Kühlschrank schneller gefriert, wenn man es mit warmem statt mit kaltem Wasser anrührt. Natürlich wollte ihm keiner glauben, doch der Versuch ließ sich rekonstruieren. Er funktioniert allerdings nur unter bestimmten Voraussetzungen und bis heute weiß man nicht genau, weshalb.

Warum ich dir das erzähle? Das liegt doch auf der Hand. Weil es mit unseren Gefühlen ganz genauso war! Liebe schlägt nun mal viel schneller in Hass um als Gleichgültigkeit oder Kälte.

Du liebst mich noch immer? Ich glaube dir kein Wort. Das wäre ja krankhaft, nach allem, was geschehen ist!

Meine Gefühle für dich sind völlig eingefroren, Darling.

Apropos gefroren: Wusstest du, dass man Wasser auch auf minus 40 Grad herunterkühlen kann, ohne dass es friert?

Nein, Blödsinn, das hat nichts mit *energetischer Aufladung* zu tun! Für die Metamorphose von Wasser zu Eis braucht es schlicht und ergreifend Kristallisationskerne. Solange die Flüssigkeit ganz rein ist, passiert überhaupt nichts – aber ein einziges Staubkorn genügt, um das Wasser schockzufrosten.

Ja, genau wie bei uns beiden! Ein einziges falsches Wort – und wumm!

Ich glaube dir ja, dass du die Journalistin auf der Demo gar nicht verletzen wolltest. Aber es ist nun mal eskaliert. Und das nur, weil sie eure *Eigenwasser- Ernährungstheorie* infrage gestellt hat.

Das ist vollkommen lächerlich! Der Mensch braucht gar keine stoffliche Nahrung? Deshalb sind die Ernteausfälle gar nicht so schlimm? Und wenn man *glückliches* Wasser trinkt, braucht man viel weniger Flüssigkeit, als wenn man unglückliches Wasser zu sich nimmt? Wasser hat keine *Gefühle*, Darling. Es hat nur physikalische Eigenschaften.

Komm mir jetzt bloß nicht mit diesem Dr. Masaru Emoto und seiner verrückten Idee, Gefühle könnten die Struktur des Wassers verändern! Ja, ich weiß, er wollte die angeblichen Auswirkungen von verschiedenen Musikrichtungen auf die Kristallbildung beobachtet haben. Er hat sogar behauptet, die Schwingungen des Wassers in unserem Körper würden uns Botschaften übermitteln! Sämtliche mir bekannten Wissenschaftler haben sich von ihm distanziert.

Hast du denn immer noch nichts dazugelernt? Was der Kerl fotografiert hat, ist vielleicht hübsch anzusehen – aber totaler Nonsens! Wassermoleküle haben keine Ohren. Die können Beethoven nicht von Punkrock unterscheiden.

Nein, die Wissenschaft weiß nicht alles, das stimmt wohl. Aber manchen Unsinn kann sie mit absoluter Sicherheit ausschließen.

Ich kann gar nicht glauben, dass ich hier am Seeufer sitze und mit dir darüber streite! Ich muss verrückt geworden sein! Jetzt weiß ich es: Du hast mir aufgelauert, um mich in den Wahnsinn zu treiben, nicht wahr?

Glaubst du ernsthaft, Wassermoleküle hätten – wenn sie tatsächlich Musik hören könnten …

Na schön, wenn sie tatsächlich Musik *fühlen* könnten, glaubst du, sie hätten alle denselben Geschmack? Würden bei Beethoven wunderschöne, harmonische Kristalle bilden und bei Gangsta-Rap hässliche, dunkle Klumpen? Du spinnst, Jochen!

Ach, lesen können sie auch noch, die Wassermoleküle? Dieser japanische Alchimist hat ihnen das Wort *Hitler* gezeigt und die Kristalle sind verkümmert? Welche Schriftzeichen hat er denn benutzt? Japanische oder lateinische? Oder ist das Wasser mehrsprachig?

Herrgott noch mal, Jochen, du hast sie ja nicht mehr alle! Es ist offenbar noch schlimmer mit dir geworden, seit wir getrennte Wege gehen!

Verdammt, SCHAU MICH NICHT SO AN!

Früher, vor der großen Dürre, hat dir wenigstens dein *levitiertes*, belebtes und strukturiertes Grander-Wasser genügt! Da konnte ich das Ganze noch als Spinnerei abtun. Wie habe ich es nur so lange mit dir ausgehalten, du dämlicher Ignorant?

Entschuldige, Jochen. Ich wollte nicht ausfallend werden. Ist mir nur so rausgerutscht. Ich sehe ja, dass es dir nicht gut geht. Aber du treibst mich eben noch immer zur Weißglut.

Wie du vor meinen Kollegen geredet hast! Gott, war das peinlich! Mein Chef war drauf und dran, mir zu kündigen.

Nimmst du mir den Schlag eigentlich übel?

War keine Absicht, ehrlich. Ist einfach so über mich gekommen, damals im Boot. Es war ja eigentlich schon nicht mehr erlaubt, auf den See rauszufahren. Ich habe es dir zuliebe getan. Und dann das!

Du hattest so einen irren Blick – ich habe wirklich Gänsehaut bekommen! Und als du von einer weltweit agierenden Organisation unter der Leitung von Greta Thunberg erzählt hast, die Kinder entführt, um ihr Blut zu trinken, da war es eine Art Notwehr. Du hast geglaubt, dass ich dieser satanischen Gruppe angehöre, nicht wahr?

Dass du dann so blöd auf den Außenbordmotor gefallen bist, war ein dummer Zufall. Das hatte ich nicht beabsichtigt.

Zeig mal her. Igitt, man kann es immer noch sehen.

Du wirst ja wohl verstehen, dass ich dich nicht wieder mit nach Hause nehmen konnte. Die Fragen, das ganze Theater! Haben ja ziemlich viele mitbekommen, dass unsere Ehe nicht mehr so gut lief. Also musste ich mir schnell etwas einfallen lassen.

Im Bekanntenkreis hat mir jeder geglaubt, dass du in eine *Diagonalschwimmer*-WG umgezogen bist.

Levitation heißt ja eigentlich *freies Schweben*. Ich dachte, es gefällt dir, wenn ich dich durch den See levitieren lasse. Angenehm für dich – und das Wasser wird dabei auch schön aufgewirbelt.

Ehrlich gesagt habe ich nicht damit gerechnet, dich je wiederzusehen. Schon gar nicht hier am Ufer im Gestrüpp.

Jetzt haben wir aber wirklich lange genug geplaudert, Darling! Ich muss an die Arbeit. Mein Vortrag, du weißt schon.

Ich könnte dir natürlich einfach einen Tritt geben, damit die Strömung dich wieder raus auf den See treibt. Aber – nimm's mir nicht übel – du ekelst mich ein bisschen an, Jochen. Hattest schon bessere Tage.

Ich halte es lieber mit der Physik. Die Plastikplane wieder gut verschnürt, ein paar schwere Steine rein, fertig. Ich bin sicher, dass schon morgen die ersten Quagga-Muscheln auf dir siedeln.

Mach's gut, Jochen. Und tauch bloß nicht wieder auf!

Hintergrundfakten zur Geschichte

Vertrocknete Felder, kahle Bäume, eine dürre, ausgemergelte Landschaft – das sind Bilder, die man eher mit Afrika als mit Europa verbindet. Dabei haben die »Jahrhundertsommer« der letzten Jahre schon deutlich gezeigt, wie nah uns das Problem in Mitteleuropa inzwischen gekommen ist.

Wenn eine lebenswichtige Ressource knapp wird, kommt es notgedrungen zu Verteilungskämpfen und zu Einschränkungen und Maßnahmen von staatlicher Seite. Schon 2019 und 2020 gab es in einzelnen Regionen und Gemeinden in Niedersachsen und Hessen Engpässe in der Versorgung – wer dann beispielsweise noch unerlaubt den Rasen wässerte, musste mit hohen Bußgeldern rechnen. Diese Entwicklung wird sich verschärfen, wenn die Niederschlagsmenge weiter sinkt.

Ein spezielles Problem für den Bodensee stellt die invasive Quagga-Muschel dar, die sich seit einigen Jahren rasant ausbreitet. Sie gefährdet nicht nur das Ökosystem des Sees, sondern auch die Trinkwasserversorgung. Auf den Betonwänden, Becken und Rohren der Anlagen siedeln die Muscheln zu Tausenden – das macht umfangreiche und teure Reinigungsarbeiten nötig.

Gleichzeitig hat die Coronakrise verdeutlicht, wie sehr sich manche Menschen vor wissenschaftlichen Einsichten und beweisbaren Tatsachen verschließen – sei es aus Angst, Unsicherheit oder im blinden Glauben an selbst ernannte Propheten und Pseudoexperten.

Je kruder die Theorien, desto mehr Anhänger scheinen sie zu finden.

Leugner des Klimawandels gibt es schon heute. Vermutlich wird sich die Szene weiter radikalisieren, sobald dessen Auswirkungen den Alltag massiv einschränken. Dann werden mit Sicherheit wieder neue Verschwörungsmythen entstehen.

ERNÄHRUNG 2.0

Bisher habe ich nur Kriminalgeschichten geschrieben, die in der Gegenwart spielen. Sie sind näher am Zeitgeschehen.

Nachdem ich den Titel der Anthologie gelesen hatte – »Einmal kurz die Welt retten« –, wusste ich, dass es aktueller nicht sein kann und ich nicht kneifen durfte.

Nicht wegsehen. Hinschauen. Nachdenken. Bilanz ziehen. Wachrütteln. Die Lesenden und mich selbst.

Düster sind sie geworden, meine Gedanken, und so hoffe ich, dass die erfundene Zukunft nie die reale Gegenwart werden wird.

Wir haben nicht nur ein Leben, sondern auch nur eine Welt.

– Ingrid Schmitz

Ich muss einfach daran glauben, dass es genug einsichtige Menschen geben wird, die den Kampf gegen Dummheit, Ignoranz und den Hang zur Selbstzerstörung aufnehmen … und letztendlich damit Erfolg haben werden.

– Dieter Aurass

NEW AGE

Von Ingrid Schmitz

Die Viruspandemie XYR10-4-Q7 war überstanden.
Wir schrieben das Jahr 2050.

Mutanten hatten versucht, sich durchzusetzen. Mit dem genmanipulierenden Serum hatte man sie in den Griff bekommen. Diesmal war das Wesen der Menschen verändert worden. Sie waren rastlos und aggressiver geworden. Das hatte man in Kauf genommen. Es ging um das nackte Überleben.

Bei mir hatte der Immunschutz keine Nebenwirkungen ausgelöst. Ich fühlte mich wie immer. Abgesehen von meinem Körper, der im Laufe der Jahre androgyner geworden war. Mit elf Jahren hatte man mich eine frühreife Blondine genannt, die strahlend blauen Augen und üppigen Rundungen gelobt. Meinen ungewöhnlichen Namen hatten sie seufzend ausgesprochen: »Eva!«

Heutzutage besaß mein Haar keine Pigmente mehr, die Augen hatten einen Grünstich bekommen und der üppige Busen war verschwunden. Es war mir egal, wie ich aussah. Es gab wichtigere Dinge in meinem bedrohten Leben.

Das *New Age,* wie die Regierung die Zeiten zwischen den Pandemien bezeichnete, hatte vor drei Monaten begonnen. Seitdem durfte sich die Bevölkerung wieder frei bewegen. Viele Bürger holten das nach, was ihnen während der langen Ausgangssperre verwehrt geblieben war. Sie lebten verschwenderisch und nahmen auf nichts und niemanden Rücksicht, weil sie nicht wussten, wann die nächste Quarantäne kommen würde. Doch nicht allen war es vergönnt, sich derart auszutoben. Die Gesellschaft hatte sich in arm und reich gespalten.

Ich zählte zu den Reichen, und das sollte auch so bleiben. Dank meiner Erfindung des *Boosterfoods*, eines Nahrungsersatzmittels, das weltweit vertrieben werden sollte, startete ich mit meinem Partner durch. Unser skalierbares, nachhaltiges und profitables Geschäftsmodell hatte bisher alle Prüfungen bestanden. Ohne meinen Partner hätte ich es nicht so schnell geschafft. Er wurde mir von einer Business-Agentur vermittelt. Es hatte mich sehr viele *Quits* gekostet – so hieß die neue Weltwährung, die nur in virtuellen Tresoren existierte –, bevor alle Daten über meinen zukünftigen Partner freigeschaltet worden waren. Ich kannte nun seine DNA und somit das Aussehen, die Erbkrankheiten, Immunitäten, den Intelligenzquotienten, aber auch sein aktuelles Vermögen und den wissenschaftlichen Werdegang. Er lebte wie ich in einem frei stehenden Haus auf Säulen – ein Privileg der Reichen – und verfügte über ein immenses Fahrzeug-, Flug- und Waffenequipment.

Mein Geschäftspartner hätte ein Zwilling von mir sein können. Er war androgyn wie ich, groß, schlank und weißhaarig. Selbst sein Name passte zu mir. Er hieß Adam.

Von den Erzählungen meiner Mutter, in die man mich eingepflanzt hatte und die leider viel zu früh an dem viel zu spät entdeckten Virus der ersten Generation verstorben war, wusste ich, dass Adam und Eva die ersten Menschen auf der Erde gewesen sein sollen. Laut einem religiösen Buch, das sie Bibel nannten. Religiöse Menschen gab es nicht mehr. Die Sekten hatten sich nicht an die Vorgaben der *Scientists,* der Wissenschaftler, gehalten, sondern lieber zu ihrem Gott gebetet, der es richten sollte. Seitdem waren die Charaktereigenschaften wie Vertrauen, Ehrlichkeit und Loyalität unter den Menschen verloren gegangen. Es gab auch keine Mittelschicht mehr wie im Zeitalter zuvor. Die ehrlichen und hart arbeitenden Menschen stürzten in die Armut ab. Man ließ sie im Sumpf der Gesellschaft stecken, weil bei ihnen nichts zu holen war. Die besonders Zähen kämpften tagtäglich ums Überleben, aber für eine Revolte waren sie zu schwach.

Nur die Korrupten mit ihren illegalen Machenschaften blieben reich, so wie die *Superhumans*, die Menschen mit den besonderen Fähigkeiten. Ihnen hatte man einen Chip ins Gehirn gepflanzt und sie dadurch intelligenter und leistungsfähiger gemacht. Ein nicht völlig ausgereiftes Experiment, das auf eine andere Art virenanfällig war. Oft waren die Korrupten und die *Superhumans* dieselben Personen.

Sie hatten einen gewaltigen Geschäftszweig rund um die Seuchen aufgebaut. Die Armen belieferte man mit Schutzkleidung, die ihren Namen nicht verdiente, und die Reichen zahlten Wucherpreise für die angebliche *First-Class-Secure*. Mithilfe der Angst der Menschen wurde der Wohlstand mancher Reichen vergrößert. Nicht immer legal, aber immer skrupellos. Die angeblichen Menschheitsretter machten dies, weil das System es hergab und die Pandemie-Leugner mit der Zeit ausgestorben waren. Gerüchte kamen auf, dass nachgeholfen worden war. Vielleicht sogar von den Politikern, denen sie im Weg gestanden hatten. So waren in diesem *New Age* nur zwei Parteien übrig geblieben, die von den Reichen gelenkt wurden, wenn es darum ging, Gesetze für sie passend zu machen. Auf diese Demokratie wollten die Reichen nicht verzichten und sich keinesfalls ihren Besitz von irgendeinem Möchtegern-Diktator abnehmen lassen.

Doch glaubte man den *Investigativen* der Medien, stand uns allen – arm wie reich – eine viel größere Bedrohung als eine neue Pandemie bevor. Spätestens in zwei Jahren, 2052, würde unser Planet Erde unter den Umweltbelastungen und der Überbevölkerung kollabieren. Lebenswichtige Ressourcen würden aufgebraucht sein, der Regenwald vollständig abgeholzt, die Polarkappen durch den Klimawandel geschmolzen, was noch extremere Wetterphänomene hervorrufen würde und letztendlich den weltweiten Hungertod für die Menschen und die noch wenigen lebenden Tierarten bedeutete.

Angeblich arbeiteten alle Wissenschaftler dieser Welt mit Hochdruck daran, diesen Kollaps zu verhindern, was sie in täglichen Interviews in sämtlichen Medien wiederholten. Doch das war nicht so gemeint, sondern diente letztendlich nur der Eigenwerbung. Die aus der Weltwirtschaft passten sich schnell der Untergangsstimmung an und lieferten das *Product-Placement* dazu. Sie bewarben und vertrieben irgendwelche Erfindungen wie neue Energien, Roboter, Häuser, Lebensformen, die den Kollaps aufhalten sollten – womit sie ihn aber eher beschleunigten.

Ich war im Gegensatz zu den Betrügern ehrlich, loyal und emotional empathisch. Mir war bewusst, dass ich es gerade mit diesen Charaktereigenschaften besonders schwer haben würde. Mein *Boosterfood* konnte tatsächlich das Leben aller auf diesem Planeten retten.

Während ich für die Forschung und die Herstellung des *Boosterfoods* zuständig war, kümmerte sich mein Partner Adam um das Rechtliche, Organisatorische und Administrative. Er war ein Spezialist auf diesem Gebiet und setzte alles knallhart um. Seine größte Aufgabe stand ihm jedoch noch bevor: Er musste einen Förderer finden, der in unseren Start-up investierte, bis wir autark sein würden. Es eilte. Uns gingen die *Quits* aus.

»Ich habe einen Interessenten«, sagte Adam. Er kam aus dem Office und stellte sich neben mich. »ID ist okay.« Mit einem Wisch strich er über sein gläsernes Phone. Ein Hologramm erschien mitten im Raum. Ich sah unseren potenziellen Förderer in 3-D vor mir stehen, fast so, als hätte er sich zu uns gebeamt.

Unser Investor in spe war nicht mehr der Jüngste, was man an seiner krummen Haltung sah. Er hatte eine Glatze und durch seine faltige Gesichtshaut schimmerten die Adern bläulich-lila hindurch.

Langsam drehte er sich im Kreis und rümpfte die viel zu groß wirkende Nase. Er hatte wohl mehr Special Effects von uns erwartet. Da sich niemand mehr mit Begrüßungs- oder Nettigkeitsfloskeln aufhielt, kam er sofort zur Sache. »Schick mir ein *Dronepackage* mit deinen Kapseln. Ich werde dein *Boosterfood* selbst ausprobieren – drei Tage lang.« Er blendete mit einer Fingerbewegung seinen Liefercode ein, den ich mit meinem Phone scannte und an mein Lager weiterleitete.

Ich sah, wie der Roboter ins Laborregal griff und die entsprechende Menge an Kapseln zum baldigen Verschicken bereitstellte. Nachdem ich dem Investor erklärt hatte, was es bei der Einnahme zu beachten galt, löste sich sein Hologramm in Luft auf.

Ich beschwerte mich bei Adam. »Drei Tage will er es testen? Das ist zu lang! Wer weiß, was er damit …«

»Die Zeit müssen wir ihm geben.« Adam schlug mit der Faust gegen die Wand. Er zog eine Box aus der Tasche seines Einteilers und warf eine rosa Pille ein. Sein Zittern hörte auf.

»Ich geh ins Labor«, sagte ich. Es war meine Art, zur Ruhe zu kommen.

»Warte!«, rief er mir hinterher. »Da ist noch ein Interessent. Er schlägt einen sofortigen Deal vor.«

Ich protestierte. »Das ist nicht fair! Der Alte hat den Vortritt.«

»Fair? Was ist das?«, fragte Adam und wischte übers Display.

Mit einem Windgeräusch stand ein Zweimetermann virtuell vor uns. Ich ging einen Schritt zurück. Obwohl er nur ein Hologramm war, wirkte er bedrohlich.

»Was ist? Deal?«, fragte er.

»Er weiß es noch nicht«, antwortete Adam ihm.

»50 Millionen *Quits*, wenn ihr in eurem Zeugs die Abfallstoffe unserer Food Industry entsorgt.«

»Deal«, sagte Adam. Er griff wieder in die Box mit den rosa Pillen.

Ich war wütend, weil mein Partner sofort zugesagt hatte, ohne mich zu fragen. Doch dann überzeugte er mich davon, dass es einen schnellen Schritt in unsere Unabhängigkeit bedeutete. Ich sah mir die Liste des Industriemülls an. Die dort angegebenen Chemikalien stellten ein Risiko für die Verträglichkeit meines *Boosterfoods* dar, soweit ich das nach ersten Tests beurteilen konnte. Einige Inhaltsstoffe standen – in geringeren Mengen – auf der Verpackung unserer täglichen Fertigprodukte und dienten als Füllmaterial. Das bedeutete aus wirtschaftlicher Sicht mehr Profit.

Mir kam es nicht darauf an, Profit zu schlagen. In erster Linie wollte ich immer noch die Menschheit vor dem drohenden Hungertod retten. Doch Adam hatte recht, die Entsorgung würde uns ein ganzes Stück weiterbringen. Außerdem – und das war mir auch ohne Chip im Gehirn eingefallen –, wenn mein *Boosterfood* alle anderen Lebensmittel ersetzt hätte, müsste die Food Industry dichtmachen. Somit würde es auch keine Abfälle mehr geben. Ich setzte meine ganze Hoffnung in den alten Investor, den ich gerne als unseren Förderer gehabt hätte. Er zählte zu den Top Ten der reichsten Menschen dieser Welt.

Seit einer Woche hatte er sich nicht mehr gemeldet. Die Prüfzeit unseres *Boosterfoods* war überschritten. Mein Partner hatte in der Zwischenzeit mehrmals versucht, ihn zu erreichen.

»Ich fliege hin«, sagte er.

Ich bestand darauf, dass er mich zumindest virtuell mitnehmen solle, damit der Deal korrekt ablief, falls er ihn antraf.

Die Flugkapsel fand ihren Weg allein. Nur im äußersten Notfall würde Adam eingreifen müssen. Plötzlich stoppte sie und zeigte auf dem Monitor rote Linien als Gitternetzgrenze an. Es war der Bereich des abgesperrten Luftraums. Nirgendwo war ein Haus zu sehen. Adam fluchte.

»Schick deine *Invisible-Drone* los«, sagte ich.

Das hatte mein Partner längst alles vorbereitet.

Die Drohne lieferte glasklare Bilder. Auch wenn wir das Haus oberirdisch nicht sehen konnten, so hatte der Flugkörper es in der Erde als roten Umriss aufgespürt. Es war auf hydraulischen Säulen darin versunken. Eine automatische Vorrichtung, die bei Gefahr oder bei zu viel Hitze im Außenbereich ausgelöst wurde. Eine extreme Hitze hatten wir heute nicht. Es waren angenehme 38 Grad Celsius Außentemperatur, und ob eine Gefahr bestand …

Diesmal versuchte ich, den Alten über das Phone zu erreichen, um Adams Besuch anzukündigen … Erfolglos.

»Er ist ein Spion!«, rief Adam. »Darum meldet er sich nicht und versteckt sich.« Sein Fluchen hörte nicht auf. Er schlug gegen die Wand der Flugkapsel.

»Nimm eine Pille! Adam! Nimm deine Pille!«, rief ich. Es war zu befürchten, dass gleich der Screen dran glauben musste.

»Ich habe sie nicht dabei!«, rief er. Der Schweiß rann von seiner Stirn. Er schlug wieder zu.

»Er ist kein Spion!«, beruhigte ich ihn. »Das habe ich im Gefühl. Es wird andere Gründe geben, warum er sich nicht melden kann. Wo ist die Drohne jetzt?« Ich musste ihn ablenken.

»Direkt über dem …«

In dem Moment gab es eine riesige Explosion. Ein Feuerball stieg in die Luft. Der Knall dröhnte durch das Soundsystem in meinen Raum, meine Ohren schmerzten. Wie mochte es erst Adam ergangen sein?

»Adam? Adam!«

Kein Lebenszeichen. Das Bild der Übertragung verschwand. Der Ton war geblieben. Ich hörte eine Alarmanlage schrillen und direkt darauf Sirenen, die von den Einsatzfahrzeugen der Rettungskräfte und der privaten Miliz stammten.

Ich befürchtete das Schlimmste.

Alle Sirenen verstummten, dann hörte ich ein anderes Geräusch: Die Hydraulikstempel des Hauses fuhren hoch.

Sie hatten ihn gefunden. Der Investor lag tot in seinem Haus. In den *Hologram-News* gaben sie es bekannt. Er sei an Altersschwäche gestorben, weil er sich nicht dem Gesundheitsprogramm unterzogen habe. Mit den neuesten Medikamenten wäre er mindestens 130 Jahre alt geworden. Selbst in den Todesnachrichten machten sie Werbung für ihre Company.

Anscheinend machten sie meine Kapseln mit dem *Boosterfood* nicht dafür verantwortlich oder sie hatten sie nicht bei ihm gefunden. Ich wagte es nicht, erleichtert zu sein.

Die Berichterstattung fokussierte sich nun auf das unbeschädigte Säulenhaus des Investors. Sie lobten in dem Zusammenhang das zuverlässige KAS-Abwehrsystem. Haus und Grundstück drehten sich in 3-D. Ich hatte nur Augen für die in alle Richtungen verstreuten Trümmer – es waren die Überreste von Adams Flugkapsel … Ich schaltete ab.

Nun stand ich also allein da, ohne Partner und Investor. Wieder fing ich bei null an, keinen *Quit* in der virtuellen Tasche.

Nur der Deal, in meinem *Boosterfood* den Industriemüll zu entsorgen, blieb. Ich musste Einzelheiten mit dem Riesen besprechen und meine moralischen Grenzen abstecken. Anscheinend war ich der einzige Mensch, der so etwas noch hatte.

Der Hüne forderte mich auf, zu ihm in die Produktion zu kommen, und schickte mir den Gast-Code zu. Ich hatte vorher recherchiert und war auf die personalisierte Werbung gestoßen. Sie versprachen vitaminreiche und biologisch angebaute Gemüsesorten und ein Fleisch aus artgerechter Tierhaltung, der Fisch soll vor seinem Tod in reinen Gewässern geschwommen sein. Jeder Blinde hätte gemerkt, dass es so etwas im Jahr 2050 nicht mehr gab. Doch den gesunden Menschenverstand hatte man anscheinend weggeimpft.

Mit den passenden Hologrammen belegten sie die Werbeaussagen. Spätestens bei der direkt ins Belohnungszentrum dringenden Musik war niemand der Interessenten mehr in der Lage, diese Produkte nicht zu abonnieren. Das angebliche Fertig-Food der Luxusklasse konnten sich nur die Reichen leisten.

Ich erreichte den mehrstöckigen Komplex, der sich unendlich weit über das Gelände zog. Vermutlich befanden sich darin die Roboterstraßen. Nach der biometrischen Erkennung und der Eingabe des Codes verschwanden die Lichtschranken, das Tor öffnete sich lautlos. Ich stellte mich auf eine runde Plattform, die mich schwebend zu der Stelle führte, an der ich erwartet wurde.

Ein Security-Mensch in Overall und Helm forderte mich auf, die Schutzkleidung anzuziehen, die er mir überreichte. Ich folgte ihm durch eine Schleuse, von wo aus wir zu Fuß durch einen unendlich langen Flur gingen. Vor der Tür des Büros ließ er mich stehen.

So groß und bedrohlich sein Hologramm gewirkt hatte, so harmlos war er in Wirklichkeit. Dalo, der Chef der Company, war klein und schmächtig, die Haare und seine Gesichtshaut fahl. Das bewies wieder einmal, dass man keinem Hologramm trauen sollte. Für die Benutzer des Programms gab es unzählige Möglichkeiten, ihre virtuelle Erscheinung zu bearbeiten. Die rötlich schimmernden Augen sahen mich durchdringend an. »Zieh den Helm ab. Ich will dich sehen!«, befahl er.

Ich folgte der Anweisung und atmete tief durch.

Dalo setzte sich hinter sein Multitaskingboard. »Dein Partner ist tot«, sagte er. »Die Konditionen ändern sich.«

Ich ließ mich auf den Besuchersessel fallen. »Ich bekomme mehr Quits?«

»Mehr Müll. Doppelt so viel. Du brauchst das Geld. Dir fehlt der Förderer.« Er stand auf, lief hin und her und setzte sich wieder, wischte über die Lehne. Die Seiten der Nackenstütze fuhren zum Kopf, die Massagefunktion an den Schläfen begann.

»Doppelt so viele Chemieabfälle?« Ich war fassungslos.

»Ja. Für deine Kapseln.«

»Das würde schlimme Unverträglichkeiten auslösen, von der Unfruchtbarkeit bis hin zum Tod. Nicht zu verantworten! Überhaupt, welcher Investor würde so etwas mitmachen?« Ich fuhr mit der Hand über die Lehne. Mein Sessel besaß keine Funktionen.

»Wir können die Abfalldosis in unserem Luxusfood nicht weiter erhöhen. Es wäre ungenießbar. Schneller und effektiver ist das Schlucken deiner Kapseln. Die Käufer werden meinen, dein *Boosterfood* sei gesund und mache satt.« Dalo schlug mit der Hand auf den Tisch, was wohl seine Art zu lachen war.

Ich sprang auf. »So ist das mit meiner Erfindung nicht gedacht. Sie soll den Hunger auf der Welt besiegen.«

»Es löst nicht das Problem der Überbevölkerung. Im Gegenteil!«, knallte er mir an den Kopf. In seinen Augen brodelte es. »Warte! Ich habe jemanden für dich«, sagte er. »Für die Vermittlung bekomme ich Anteile an deiner Firma.«

Ich blieb im Raum stehen, überlegte. Als könnte er meine Gedanken lesen, hörte ich im Bereich der Tür ein Surren und sah die roten Laserstrahlen ein Gitter bilden, durch das ich nicht unverletzt kommen würde.

»Reine Vorsichtsmaßnahme«, erklärte er.

In der Wand öffnete sich eine Tür. Eine weißhaarige Person kam heraus, deren Stimme sehr weiblich klang.

»Ich investiere!«, sagte sie. »Weißt du, wer ich bin?«

Ich nickte.

Sie schob dennoch ihre virtuelle Visitenkarte in den Raum. Napa Kimia war eine der einflussreichsten Investorinnen in der Weltwirtschaft, die nicht nur die Firmenbosse der Großkonzerne, sondern auch die Politiker und Staatsoberhäupter der Länder im Griff hatte. Niemand legte sich freiwillig mit ihr an, und falls es doch jemand wagte, waren die Konsequenzen zerstörend. Rein vom äußeren Erscheinungsbild hob sie sich mit ihrem weiten weißen Anzug und den weißen Haaren nicht großartig von mir ab. Vielleicht war sie etwas älter als ich.

»Vergiss alles, was du bisher von Dalo gehört hast«, sagte sie. »*Wir* sind ab sofort Geschäftspartner.«

»So geht das nicht!«, protestierte Dalo und sprang auf. »Ich will beteiligt werden. Ich habe euch zusammengebracht. Das ist …«

Sie zielte mit ihrem Phone auf ihn. Ein Modell, das ich so noch nie gesehen hatte.

»Immer noch?«, fragte sie.

Er ließ sich auf den Sessel fallen und wischte versehentlich am Sensor vorbei. Die Massagekissen kamen angefahren. Er fluchte.

»Tür öffnen! Sofort!«, befahl Napa.

Er gehorchte.

Gemeinsam mit Napa flog ich zu meinem Haus.

Sie erkundigte sich nach dem dort installierten Sicherheitssystem. In ihrem Fall sei das Risiko groß, entführt zu werden. Sie habe viele Feinde.

Nachdem das geklärt war, wollte sie alles über mich und meine Erfindung wissen. Auch das Labor und die Produktion interessierten sie sehr.

»Mir gefällt, was ich gesehen habe«, sagte sie. »Nenn mir die Inhaltsstoffe deines *Boosterfoods*, Eva!« Sie säuselte meinen Namen, als sei ich eine sündige Versuchung.

»Die Inhaltsstoffe … sind sehr wertvoll, Napa. Sie lassen sich aber jederzeit und mühelos herstellen.« Ich räusperte mich, um meine feste Stimme wiederzuerlangen. »Mit meiner Zusammensetzung und den natürlichen Zusatzstoffen können sie unsere Nahrung komplett ersetzen. Eine Kapsel genügt, um den Tagesbedarf an allen benötigten Mineralien, Vitaminen, Ballaststoffen und Kalorien zu decken. Es kommt erst gar kein Hungergefühl auf. Da wir keinen Geschmacks- und Geruchssinn mehr haben, spielt es keine Rolle, wie das Fleisch, Gemüse und der Fisch schmecken. Uns wird nichts fehlen. Im Gegenteil. Es ist eine gesündere Ernährung, die das Immunsystem stärkt. Wer weiß, vielleicht wird es dadurch keine Pandemien mehr geben. Wir könnten meine *Boosterfood*-Kapseln heimlich an die Armen und Hungernden verschenken … Es könnte wieder eine Mittelschicht geben, wenn sie arbeitsfähig sind.«

Napa nieste.

Ich wartete, bis sie mir wieder zuhörte. »… die Kapseln verkaufen wir teuer an die Reichen. Sie werden viel Zeit damit sparen. Zeit bedeutet *Quits*.« Ich hatte mich in einen Rausch geredet, dann musste ich wieder daran denken, was meinen genialen Plan verhindern könnte. »Es ist nur so, den bahnbrechenden Erfolg werde ich nicht haben, wenn ich Dalos Industriemüll darin entsorgen muss. Das würde viele Menschenleben kosten.«

Sie setzte sich lasziv auf den multimedialen Sessel und schlug die langen Beine übereinander. »Vergiss Dalo! Ich wiederhole: Ich bin ab sofort deine Geschäftspartnerin – wenn du mir vertraust und die Inhaltsstoffe nennst. Ich will sie alle wissen!«

Ich zögerte.

»Du bekommst einen Vertrauensbeweis von mir«, sagte sie. »Ich bin nicht die, für die mich alle halten.« Napa stellte sich auf und zog eine Perücke mit dunklen Locken aus der Tasche und setzte sie sich auf den Kopf. Mit ein paar geübten Handgriffen schminkte sie sich die Lippen rot und zog den weißen Anzug aus. Darunter trug sie ein schwarzes Stretch-Oberteil, das sie über ihren wohlgeformten Po zog, sodass es wie ein Kleid aussah.

Bei dem seltenen und sensationellen Anblick stieg Hitze in mir auf. Ich konnte meine Augen nicht von ihren üppigen Proportionen lassen.

Napa lächelte. »Ich bin eine Frau geblieben, mit allen Gefühlen und viel Verlangen. Wenn du möchtest, zeige ich dir auch das. Du kannst mir vertrauen. Beweise mir, dass auch ich dir vertrauen kann. Nenne mir die Inhaltsstoffe. Ich muss sie kennen, bevor wir uns an die Arbeit machen.«

Monate der Werbung, der Produktion und des Vertriebs waren vergangen. Zeitgleich hatten wir weitere Verträge für Werke im Ausland unterzeichnet. Alle rissen sich um Napa als meine Investorin und Agentin und um mein *Boosterfood*. Mein virtueller *Quit*-Tresor war prall gefüllt.

Ich hatte mich nicht in Napa getäuscht. Wir waren ein erfolgreiches Team. Sie brachte die weltweiten Verbindungen und ich war für sie als Wissenschaftlerin mit meinem Produkt unersetzlich geworden. Auch privat hatten wir zueinandergefunden. Sie ließ mich wieder eine wirkliche und vor allen Dingen glückliche Frau sein. Nur in der Öffentlichkeit erschienen wir androgyn, um knallhart verhandeln zu können.

Das Meldesystem zeigte Besuch an. Schon schwebte Napas Flugkapsel lautlos auf das Panzerglasdach. Ich kam aus dem Wellnessbereich und warf mir schnell einen Hauch von Nichts über. Aufgeregt aktivierte ich die zarte Illumination und mit einem Wisch spielte die Musik, zu der wir uns bereits zärtliche Stunden beschert hatten. Das passende Getränk würden wir gemeinsam auswählen.

Die Lifttür öffnete sich mit einem leisen Zischen.

Dalo betrat den Raum.

»Du wartest vergeblich«, sagte er. Als Beweis zeigte er mir ein Hologramm. Napa kniete halb nackt auf dem Boden. Ihre dunkelhaarige Perücke war verrutscht. In ihrem Mund steckte ein Knebel.

Napa war zum Greifen nah vor mir, aber ich konnte sie nicht befreien.

Dalo schwenkte den Security-Chip, den er Napa abgenommen hatte. Mir war längst klar, wie er hereingekommen war.

»Ich kenne alle Inhaltsstoffe deines *Boosterfoods*«, sagte er. »Du machst, was ich sage.« Er erlöste mich von Napas gequältem Anblick.

»Was denn noch? Ich denke, du weißt alles.« Ich geriet in Panik. Noch nie hatte ich einen Menschen so sehr geliebt wie Napa. Ich wollte sie nicht verlieren und war bereit, alles dafür zu tun, damit dies nicht geschehen würde.

»Du entsorgst den Sondermüll. So, dass er nicht nachweisbar ist. Es ist deine Schuld, dass wir unsere Werke schließen mussten.« Dalo ging auf und ab. »Sie reißen sich um dein *Boosterfood.* Der beste Zeitpunkt, es jetzt tödlich wirken zu lassen. Den Berechnungen zufolge droht uns nächstes Jahr der Kollaps, dann werden wir 9,7 Milliarden Menschen auf der Erde sein. Das müssen wir verhindern! Die Weltbevölkerung muss reduziert werden. Allein mit der Pandemie schaffen wir es nicht. Da haben wir uns verkalkuliert. Das mit den Mutanten und den Impfstoffen dauert viel zu lange.« Nun blieb er stehen. Durch den dünnen Stoff seiner Hosentasche sah ich es mehrmals aufleuchten.

Kurz hielt ich die Luft an. Bedeutete das etwa …? Ich tat so, als würde ich ernsthaft darüber nachdenken, was er da von mir verlangte. »9,7 Milliarden? Wie viele Menschen sollen übrig bleiben? Wer soll es bekommen?«

»Lass das meine Sorge sein. Unsere Zeit läuft ab!«

»Ich mache es«, sagte ich und stellte meine Bedingung: »Ich komme mit und befreie Napa persönlich. Danach lässt du uns mit der Drohne zurückfliegen.«

»Das geht nicht! Sie wird zu dir kommen.«

»Es muss gehen! Sonst …«

»Mach!«

Wir gingen ins Labor. Ich nahm ein gläsernes Board zur Hand und rief das *Rezept* auf, über das ich mir anfangs Gedanken gemacht hatte, als Adam den Deal mit Dalo spontan eingegangen war. Es wäre für mich die äußerste Notlösung gewesen, den Industriemüll so in meinem *Boosterfood* zu integrieren, dass er nicht entdeckt wurde. Es hatte einige Fehlversuche gegeben, die ich mit einer andersfarbigen Kapsel markiert hatte. Ich war so darauf gestoßen, dass ich die Menge verfünffachen musste, damit sie tödlich wirkte.

»Hier!« Ich gab ihm das Board. »Die genaue Mengenangabe in den letzten Reihen gebe ich dir, wenn ich mit Napa wieder sicher zu Hause bin.«

Er riss es mir aus der Hand. »Komm mit.«

Ich ging zum Ankleidebereich des Labors und stieg in den Einteiler.

Napa schrie Dalo an, als sie uns sah. »Wieso hast du sie mitgebracht?« Sie lag auf dem flexiblen Liegesystem und hielt einen Drink in der Hand, ihre Haare schlohweiß, ihr Körper androgyn.

Ich blieb erschrocken stehen.

»Sie will dich befreien.« Dalo schlug auf die Rückenlehne. Es war sein Lachen. »Sie ist eine Wissenschaftlerin und so naiv.«

Napa lachte aus voller Kehle. »Ja, sie hat nicht einmal gemerkt, dass wir sie gezwungen haben, sich für uns zu entscheiden.«

Mir war klar, was sie meinte. Im Labor hatte ich gesehen, dass von den drei Fehlversuchen nur noch zwei tödliche Kapseln vorhanden waren.

»Adam hat den Alten getötet«, sagte ich, »Adam wusste, dass ihr die Todeskapseln produzieren wolltet und der Alte als Investor eine Gefahr darstellte.«

»Ja«, bestätigte Napa. »Er ist seiner eigenen Neugier zum Opfer gefallen.«

Ich sah Napa an – meine Napa, die sinnliche Frau, die ich so abgöttisch geliebt und der ich vertraut hatte. Die die Leidenschaft zurück in mein Leben gebracht hatte.

Doch an ihrer statt stand nur eine seelenlose Person vor mir, deren Fratze hassverzerrt war.

»Hast du wirklich geglaubt, ich liebe dich?«, fragte Napa.

Dalo kam mit einer Laserfessel an und wollte sie mir anlegen.

Ich griff in die Tasche und schluckte die bittere Pille.

Hintergrundfakten zur Geschichte

Als ich meine Geschichte 2021 schrieb, lebten wir bereits im zweiten Jahr der Coronapandemie, die ihren Ursprung in China haben soll. Zunächst wurde vermutet, das Virus sei aus einem chinesischen Labor entwichen, dann machte man die auf den chinesischen Märkten zum Verzehr angebotenen Fledermäuse als natürlichen Virusüberträger dafür verantwortlich.

Sicher war, dass bis Juni 2021 die weltweite kumulative Anzahl bestätigter SARS CoV-2-Infektionen mehr als 179,2 Millionen betrug und sich die Todeszahl im Zusammenhang mit dem Coronavirus auf mehr als 3,88 Millionen Fälle belief.

Es gab direkt in den Anfängen der Pandemie – und es gibt sie vermutlich immer noch – Corona-Verschwörungstheoretiker, die das Virus leugneten und es für eine Erfindung von Bill Gates oder der Regierung hielten, um das Volk durch die Schutzmaßnahmen kontrollieren und gefügig machen zu können. Korruptionsfälle in der Regierung und in der Marktwirtschaft wurden bekannt, der illegale Handel mit minderwertigen Schutzmasken blühte, auch ein Rennen um die Impfstoffe begann. Betreiber illegaler Testzentren wollten ebenfalls ein Stück vom Profitkuchen haben, im Internet vertrieb man für viel Geld irrwitzige Mittel gegen Corona …

Noch mehr Inspirationen für meine Geschichte benötigte ich nicht. Nun kann ich nur hoffen, dass mein erfundenes Ende der Geschichte nicht unser reales Ende wird, denn die Delta-Virusvariante ist bereits zu 60 Prozent in Deutschland angekommen. Was wird 2051 sein? Wie schnell unsere Normalität vorbei sein kann, hat uns die Pandemie bewiesen.

Lockdown, Ausgangssperre, Maskenpflicht, Hygienemaßnahmen, Homeoffice, Homeschooling, Corona-App, Vakzine … Dies alles sind Begriffe, die uns mittlerweile geläufig sind. Wir Menschen mussten – hoffentlich nicht am eigenen Leib – erfahren, wie schnell unser Gesundheitssystem zusammenbrechen kann und die Regierung mit ihren Ministern überfordert ist. Und das weltweit.

Es wurde versucht, eine greifbare Person aus dem Virus zu machen. »Das Virus steht vor der Tür … Es kennt kein Weihnachten …« Auch wenn farbenfrohe Illustrationen von ihm angefertigt wurden und die schönsten Diagramme und Schautafeln uns klarmachen sollten, womit wir es zu tun haben, so wurde uns von Monat zu Monat deutlicher, dass unsere Normalität nicht zurückkehren wird, sondern dass wir es mit einer neuen Normalität zu tun haben werden – mit einem New Age.

Viel Glück.
Ihre Ingrid Schmitz

SOLVENT ROT

Von Dieter Aurass

Ich bin ein Anachronismus. Ich gehöre wirklich nicht mehr in diese Zeit. Niemand darf mein wahres Alter erfahren, ansonsten müsste ich höchst peinliche Fragen danach beantworten, wie ich mit 82 Jahren ohne medizinische Unterstützung noch am Leben sein kann.

Während ich auf dem Dach eines riesigen Speichers in der Lebensmittelproduktionsanlage kurz außerhalb von Barcelona liege und die anfahrenden Fahrzeuge beobachte, komme ich nicht umhin, mich wieder einmal darüber zu wundern, dass ich es geschafft habe, bis heute zu überleben. In allen Medien wird ein altes Bild von mir verbreitet, es ist ein Fahndungsfoto.

Jörg Hartwig, geboren am 22.4.1970, ist seit mehr als zwei Jahrzehnten der meistgesuchte Mensch der Welt. Die Liste dessen, was ich verbrochen habe, ist schier endlos.

Und alles ist wahr!

Allerdings sehe ich meine Taten weniger als Verbrechen, sondern als den Versuch, die Wahrheit über die Mächtigen dieser inzwischen so verkommenen Welt öffentlich zu machen … was heutzutage nicht ganz einfach ist. Für viele, die den Indoktrinationen der Fake-News-Medien verfallen sind, bin ich ein Lügner, ein Terrorist, ein Monster und noch vieles mehr. Ich hingegen bezeichne mich selbst als den »letzten freien Blogger des Planeten«.

Als Kind der 70er-Jahre des vorigen Jahrhunderts bin ich in einer Zeit aufgewachsen, in der die sozialen Medien groß geworden sind und Blogger oder Influencer diejenigen waren, die nicht nur Meinungen beeinflusst, sondern auch auf Missstände aufmerksam gemacht haben.

Heute, im Jahr 2052, sind solche sozialen Medien unter der alleinigen Kontrolle von Apple-Sung-Awai, einem der sechs großen Weltkonzerne, genannt die »Big Six«, die komplett die Führung der Welt übernommen haben. Die Regierungen der einzelnen Länder spielen schon seit Jahren keine Rolle mehr und haben weder Macht noch Entscheidungsgewalt über die sechs großen Unternehmensgruppen.

Apple-Sung-Awai, auch »ASA« genannt, ist der Elektronik- und Medien-Gigant, dem wir die Chips verdanken, die jedem Menschen implantiert sind. Sie garantieren die totale Überwachung, an jedem Ort dieses dem Untergang geweihten Planeten und zu jeder Zeit. Aber gerade das ist mein Glück, denn wenn es noch so etwas wie Bilderfahndung oder Gesichtserkennung durch Überwachungskameras gäbe, würde mein Überleben an einem seidenen Faden hängen.

Als Computerfreak der ersten Stunde habe ich mich frühzeitig in das Überwachungssystem von ASA gehackt, das sich damals noch in der Entwicklung befand. So habe ich mir eine Hintertür offengehalten, mit der ich den Chip, um dessen Implantation auch ich nicht herumgekommen bin, in meinem Sinn beeinflussen konnte. So bin ich aktuell für alle elektronischen Lesegeräte Yung Wan Ho, ein 50-jähriger Chinese. Es würde niemanden interessieren, wenn ich trotz dieser Daten wie 70 aussähe, denn die Daten lügen ja bekannterweise nie.

Aber natürlich sehe ich auch wie ein Chinese in dem angegebenen Alter aus … der Earth-Medical sei Dank. Bei diesem Medizin-Konsortium handelt es sich um ein weiteres Mitglied der »Big Six«, welches sein Geld mit der medizinischen Versorgung der gesamten Weltbevölkerung verdient.

Na ja, genau genommen nicht der gesamten Weltbevölkerung, sondern lediglich der fünf Prozent, die über ausreichend hohe Geldmittel verfügen, um sich medizinische Versorgung leisten zu können. Dank der Entwicklungen der 2030er-Jahre ist die Lebenserwartung des reichen Teils der Menschheit heute bei 130 bis 150 Jahren angelangt. Künstliche Organe, Gen-Therapien, kosmetische Operationen auf einem neuen Level und vieles mehr machen das Leben um einiges angenehmer und deutlich länger … wenn man über das nötige Kleingeld verfügt.

Nach den trüben 20ern, die heute jeder nur die »kranken 20er« nennt, waren die »technologischen 30er« wie ein Segen erschienen. Nach der vier Jahre andauernden Coronapandemie war die Brasilianische Schweinepest über die Welt hereingebrochen und danach die kanadische »Cholera 2.0«. Zahlreiche weitere Viruserkrankungen hatten die Erdbevölkerung um fast ein Viertel dezimiert.

Als neue Gentechnologien der Bedrohungen Herr geworden waren und das technologische Zeitalter eingeläutet hatten, war der Technikglaube nahezu unbegrenzt und vergleichbar mit den 50er- und 60er-Jahren des vorherigen Jahrhunderts gewesen. Es schien nichts zu geben, was sich nicht durch Hightech-Lösungen bewältigen ließ. Nicht nur die Medizintechnik, sondern auch alle anderen Bereiche entwickelten sich explosionsartig … aber mit ihnen wiederum die Weltbevölkerung.

Als 2039 die Zahl der auf der Erde lebenden Menschen wieder auf die zehn Milliarden zusteuerte, wurden erstmals Stimmen laut, die forderten, dass man am besten die Größe der Bevölkerung auf eine »vernünftige« Zahl begrenzen solle. Alle Versuche, dies zu bewerkstelligen, scheiterten jedoch an den Nationalstaaten und deren selbstsüchtigen Motiven. Jeder

Staat befürchtete, die anderen würden sich nicht an Abmachungen halten und man selbst werde dadurch ins Hintertreffen geraten.

Erst als die »ökonomischen 40er«, wie man sie heute rückblickend bezeichnet, begannen und wirtschaftliche Konglomerate zu gewaltiger Macht gelangten, sollte sich daran etwas ändern. Nationalstaaten verloren immer mehr an Einfluss und im Jahr 2042 wurde die »Weltregierung der Big Six« ins Leben gerufen, die fortan die Geschicke der Menschheit lenkte. Im Jahr 2043 wurde das Gesetz zur Begrenzung der Weltbevölkerung auf zehn Milliarden Menschen verabschiedet.

An diesem Punkt erwiesen sich die medizinischen Entwicklungen der vorangegangenen Ära als kontraproduktiv. Das ist der Grund, warum die Leistungen der in den 30ern immer mächtiger gewordenen Earth-Medical so teuer geworden sind, dass sie sich lediglich fünf Prozent der Menschen auf der Erde leisten können.

Die restlichen 95 Prozent der Weltbevölkerung bekommen seither nur die allernotwendigste Grundversorgung, allerdings nur bis zu einem Alter von 65 Jahren. Ab dann wird jegliche medizinische Hilfe verweigert, und entweder man bleibt ohne Unterstützung gesund … oder man stirbt an Krankheiten, die ohne Weiteres heilbar wären.

Ich …

Meine Aufmerksamkeit wird von einem eintreffenden Konvoi mit mindestens 50 wasserstoffbetriebenen Lastzügen in Anspruch genommen und ich robbe mich langsam näher an den Rand des Speicherdaches. Da ich nicht an Höhenangst leide und absolut schwindelfrei bin, machen mir die 160 Meter Höhe nicht das Geringste aus, ich konzentriere mich auf mein Nachtsichtteleskop und die Aufzeichnungsgeräte. Genauestens beobachte ich den Konvoi, er wird von

Sicherheitskräften des »Sec-Command« eskortiert, des weltweiten Sicherheitsdienstes und eines weiteren Mitglieds der »Big Six«.

Security-Command hat sich von einem anfänglich nationalen und später internationalen privaten Sicherheitsunternehmen zu einem Weltkonzern entwickelt. Es begann mit der Übernahme polizeilicher Aufgaben in kleinen Ländern, dann kamen paramilitärische Aufgaben hinzu, und schließlich, als die damals noch »Big Five« die Führung der Welt übernahmen, mutierte Sec-Command zur Weltpolizei, obwohl es in dieser »schönen neuen Welt« keine Soldaten für die Kriegsführung mehr braucht. Länder spielen lediglich insofern eine Rolle, dass die lokale Sprache einen Namen braucht … und selbst das wird immer unwichtiger.

Ich bin mir sicher, dass es in weiteren 20 Jahren nur noch zwei Weltsprachen geben wird: Englisch und Mandarin … wenn die Menschheit es bis dahin nicht geschafft hat, sich selbst zu vernichten beziehungsweise die Erde durch weitere Klimaveränderungen absolut unbewohnbar zu machen.

Durch meine Nachtsicht-Optik, deren hohe Auflösung es mir ermöglicht, sogar einen Pickel auf der Stirn eines der Sicherheitsleute zu erkennen, kann ich beobachten, wie Lastzug auf Lastzug auf Luftkissen in das Gelände einfährt. Die Herkunft der Container, die von den Lastzügen transportiert werden, ist an den Symbolen erkennbar, die sie deutlich sichtbar auf den Seitenwänden tragen. Sie kommen aus den Ballungszentren in ganz Europa, wo Menschen heute in riesigen Wohnkomplexen wohnen, die »Earth-Living«, ein weiterer Player der »Big Six«, zur Unterbringung der Massen in die Höhe gezogen hat. Ihre Wohntürme, die teilweise bis zu 250.000 Menschen beherbergen, stehen überall.

Bewohnte Dörfer und kleinere Städte gibt es nicht mehr. Sie sind verlassen und rotten vor sich hin, wenn man sie nicht längst dem Erdboden gleichgemacht hat. Die Flächen werden oft für den Bergbau auf der Suche nach seltenen Edelmetallen und Stoffen genutzt, die für moderne Elektronik erforderlich und immer schwieriger zu finden sind. Außer den Großstädten dieser Welt und den Wohntürmen gibt es lediglich noch Fabrikanlagen und eine Erdoberfläche, die immer mehr einem Schweizer Käse ähnelt.

Tief unter mir kann ich beobachten, wie Robot-Stapler riesige Container mit einem Rauminhalt von etwa 160 Kubikmetern ausladen und über eine Laderampe in den Silo bringen, auf dem ich mich aufhalte. Insgesamt gibt es in dieser riesigen Fabrik etwa 200 dieser Silos, die sich wie ein Ei dem anderen gleichen. Wie jeder halbwegs informierte Mensch auf diesem Planeten weiß ich, dass in diesen Silos wie in über 1.000 vergleichbar großen Anlagen, über den gesamten Globus verteilt, die Ernährung der Weltbevölkerung hergestellt und gesichert wird. Genau diese Aufgabe liegt in der Zuständigkeit eines weiteren Firmenkonglomerates der »Big Six«, der Firma »SOLVENT«. Sie ist aus dem Unternehmen »Solar Venture« entstanden, das sich ursprünglich mit Solarenergieanlagen beschäftigte. Seitdem dieser Wirtschaftszweig an »Earth-Energy«, das letzte Unternehmen der »Big Six«, abgetreten wurde, konzentriert sich SOLVENT ganz auf die Herstellung von Nahrung.

Aufgrund des Klimawandels, der immer höher werdenden Belastung der Umwelt durch Massentierhaltung und der steigenden Verbreitung von Seuchen ist Fleisch schon vor zwei Jahrzehnten von der Speisekarte des Menschen nahezu vollständig verschwunden. Da man erfolgreich die Meere vergiftet und zugemüllt hat, gibt es so gut wie keine Populationen von Speisefischen mehr, und findige Firmen – die inzwischen alle unter dem Dach von SOLVENT arbeiten – haben sich auf die Nahrungsproduktion durch Algen spezialisiert.

Das erste Produkt, mit dem SOLVENT Milliarden scheffelte, war aus grünen Algen in einem geheimen Verfahren hergestellt und als eine Art »Armenspeisung« an die nach Dürrekatastrophen hungernden Länder verkauft worden. Es handelte sich um ein äußerst proteinreiches und nahrhaftes Produkt, das in großen Mengen produziert werden konnte. Es wurde in grüne Barren gepresst, die in etwa die Form früherer Schokoriegel hatten … allerdings in Grün, weshalb das Produkt schnell den Namen »SOLVENT Grün« erhielt.

Vor sieben Jahren hat SOLVENT ein neues Produkt auf den Markt gebracht, um dessen Herstellung die Firma von Beginn an ein riesiges Geheimnis gemacht hat. Eine Neuzüchtung von genetisch veränderten Rotalgen, die in geheimen Unterwasser-Farmen gezüchtet wurden, sollte die Grundlage des neuen Nahrungsmittels sein, das den Hunger der Welt stillen sollte … Nein, das tatsächlich seit Jahren den Hunger in den ärmsten und vom Klimawandel am meisten betroffenen Teilen der Welt stillt. Aber auch die Armen in Industrienationen profitieren von diesem billigen Nahrungsmittel.

Es muss am Alter liegen, dass ich immer wieder gedanklich in die Vergangenheit abschweife, anstatt mich auf meinen nicht ganz ungefährlichen Einsatz zu konzentrieren.

»Mann, reiß dich am Riemen, du alter Depp!«, rufe ich mich zur Ordnung. Ich rede schon seit Längerem mit mir selbst, was sicherlich auch eine Folge der Einsamkeit ist. Als Rebell und gesuchter »Verbrecher« führt man kein wirklich geselliges Leben. Selbst eine Partnerin verwehre ich mir, ich kann den Verlust geliebter Menschen nicht ertragen, wie er in dieser Art von Dasein Alltag ist.

Etwas wehmütig muss ich an Catrina denken, sie war fast 10 Jahre meine Partnerin, bis sie mir vor 16 Jahren bei einer Recherche genommen wurde. Catrina war wie ich nicht systemkonform und hat mich bei einem Einsatz begleitet, der Belege für Menschenrechtsverletzungen durch das Sec-Command erbringen sollte. Allerdings habe ich mich verkalkuliert und auch nicht mit der absoluten Rücksichtslosigkeit der Männer und Frauen des Sec-Command gerechnet. Wir versuchten, ein geheimes Gefangenenlager zu infiltrieren, in dem unbequeme Systemkritiker gefangen gehalten wurden. Dabei sind wir dem Sicherheitsdienst in die Falle gegangen. Die Soldaten haben ohne Vorwarnung das Feuer auf uns eröffnet.

Alleine bei dem Gedanken an das damalige Geschehen beginnt meine rechte Schulter zu schmerzen, wo eine Kugel meinen Körper dicht unterhalb des Schlüsselbeins durchschlagen hat. Catrina hatte leider nicht so viel Glück.

Das sind keine Gedanken, die man sich mitten in einem Einsatz machen sollte, du Depp, ermahne ich mich.

Mit meinem Nachtsicht-Fernglas, das gleichzeitig hoch aufgelöste Videos aufnehmen kann, beobachte und filme ich das Geschehen tief unter mir, das mir Aufschluss über die Machenschaften von SOLVENT geben soll. Da dieses Mitglied der »Big Six« völlig konkurrenzlos ist, ist mir die Geheimniskrämerei, die um die Herstellung von »SOLVENT Rot« gemacht wurde, von Anfang an verdächtig vorgekommen. Deshalb habe ich diesen Einsatz lange geplant und so penibel wie möglich vorbereitet. Ich habe vor, die Ergebnisse meiner Recherche weltweit öffentlich zu machen, wie ich es schon mit einigen Enthüllungsstorys getan habe.

Der allerletzte freie Blogger der Welt, einer der letzten Kämpfer für die Wahrheit, der Gejagte und von den »Big Six« am meisten gehasste Mensch auf Erden.

Momentan allerdings auch einer der ratlosesten Menschen auf unserem sterbenden Planeten.

Mir ist klar, dass ich aufgrund der geschlossenen Container, die tief unter mir ausgeladen werden, von hier oben dem Geheimnis von SOLVENT nicht auf die Spur kommen werde. Das wiederum bedeutet, dass ich mich aus meiner sicheren Deckung wagen und näher an das eigentliche Geschehen ran muss. Koste es, was es wolle ... im schlimmsten Fall mein Leben.

Ehrlicherweise muss ich zugeben, dass ich nicht mehr wirklich an diesem Leben hänge. Zu viele grauenvolle Entwicklungen habe ich mitverfolgen, zu viele Freunde und Mitstreiter sterben sehen müssen, und zu viele Jahre bin ich rastlos und sehr einsam durch die Welt gegangen.

Ich begebe mich über das Dach des Silos auf die gegenüberliegende Seite, wo der Rest meiner Ausrüstung lagert. Ich bin nicht unvermögend. Ich denke schon nicht mehr darüber nach, aber einer der Vorteile eines begnadeten Hackers ist, dass er sich Geldmittel verschaffen kann, die ihm fast unbegrenzten Zugriff auf die Annehmlichkeiten eines Lebens in Reichtum ermöglichen ... immer in den besten Hotels der Welt zu leben und sich Dinge zu kaufen, die man für verrückte Einsätze wie diesen braucht.

Ich habe weder die Zeit noch den Drang dazu, Berge zu besteigen oder mich von ebensolchen abzuseilen. Was aber auf einem Berg dafür taugt, ist auch auf einem 160 Meter hohen Silo sehr nützlich. Deshalb lagert bei meiner Ausrüstung das neueste Equipment für Bergsteiger, das mir dank einer batteriebetriebenen elektrischen Abseilvorrichtung den Abstieg nicht wirklich schwermacht.

Wie erwartet befindet sich auf der rückwärtigen Seite des Silos keine Wache und ich lande sanft und unbemerkt auf dem Boden. Ein Klick auf der Fernsteuerung lässt das Seil und den Haken wieder nach oben verschwinden, sodass nach meinem weiteren Vordringen niemand bemerken wird, dass sich jemand vom Dach herabgelassen hat.

Auch auf der Rückseite des Silos befindet sich eine Tür, durch die der Bau betreten werden kann … ein Wartungseingang. Noch habe ich keine Ahnung, was mich im Inneren erwartet.

Ich habe Gerüchte gehört. Gerüchte, die so schrecklich waren, dass ich ihren Wahrheitsgehalt noch immer bezweifle. Gerüchte, die mich gezwungen haben, ihnen nachzugehen. Ich hoffe, dass sie sich nicht bestätigen werden.

Im Inneren des Silos brennt lediglich eine Art Notbeleuchtung, die den langen Gang, der ins Zentrum der Anlage führt, in ein schummriges rotes Licht taucht. Hell genug, um sich sicher fortzubewegen, dennoch trübe und düster. Vorsichtig schleiche ich vorwärts, immer darauf bedacht, dass nicht irgendwo ein Bewegungsmelder oder eine andersgeartete Alarmanlage mein Eindringen bemerkt und Alarm auslöst.

»Du hast nicht wirklich geglaubt, dass dein Einbruch unbemerkt bleibt, oder?«, höre ich die amüsiert klingende Stimme dicht hinter mir. Sofort erstarre ich und bleibe wie angewurzelt stehen.

Eine Falle! Du Depp bist wie ein Grünschnabel in eine Falle getappt.

»Das war deine letzte Aktion, du elender Terrorist.«

Gleichzeitig mit dieser Ansage spüre ich den Lauf einer Waffe in meinem Rücken und meine Optionen erscheinen mir mit einem Mal sehr eingeschränkt.

Nun ja, zwei Möglichkeiten bleiben mir auf jeden Fall immer: aufgeben und mich in mein Schicksal fügen … oder kämpfen.

Ich bin zwar 82 Jahre alt, aber dank der Wunder der modernen Medizin und meines Reichtums bin ich grundsätzlich so fit wie ein Mann Mitte 40. Und … ich bin kampferfahrener als die meisten dieser jungen Leute. Es kommt hinzu, dass ich keine Angst um mein Leben habe.

Es hat lange genug angedauert und ich habe zu viele Menschen verloren, als dass ich noch sehr daran hinge. *Schon wieder dieser Gedanke?*

Der Wachmann hinter mir muss sehr jung und unerfahren sein, sonst hätte er nicht diesen Anfängerfehler begangen und sein Gewehr auf meinen Rücken gesetzt. Die erste Regel, wenn man einen Kontrahenten mit der Waffe in Schach halten will, lautet:

Stelle niemals Kontakt zwischen deiner Waffe und dem Gegner her!

Bei meiner blitzschnellen Körperdrehung löst sich zwar ein Schuss, doch er geht harmlos an meinem Rücken vorbei und durchschlägt ein Rohr an der Wand, aus dem sofort unter hohem Druck Wasserdampf entweicht. Gleichzeitig lasse ich meinen ausgestreckten Arm in Kopfhöhe meines Gegners um meinen Körper kreisen und erwische ihn mit der geschlossenen Faust seitlich am Kopf. Der Mann geht wie vom Blitz gefällt zu Boden und bleibt regungslos liegen.

Als ich ihn genauer untersuche, muss ich zu meinem Entsetzen feststellen, dass er tot ist. Genickbruch. Das habe ich nicht gewollt, denn ich achte das Leben, und selbst ein junger Mann – ich schätze ihn höchstens auf Mitte 20 –, der für das Sec-Command arbeitet, hat deshalb nicht gleich den Tod verdient.

Mir bleibt keine Zeit, diesen Vorfall zu bedauern, denn in diesem Moment erklingt aus einem kleinen Lautsprecher an seiner Schulter die offensichtlich von einer zentralen Überwachung gestellte Frage: »Posten 18A, bitte melden. Geben Sie Klarmeldung.«

Die Aufforderung wird noch mehrfach wiederholt, aber da bin ich schon auf dem Weg tiefer in die Anlage. Ich muss auf jeden Fall Strecke zwischen mich und den toten jungen Mann bringen. Also gehe ich weiter in die Richtung, in der ich das Zentrum des Silos vermute. Nach wenigen Metern stehe ich vor einer Tür, deren Bewachung wohl die Aufgabe meines Opfers gewesen ist. Sie ist nicht verschlossen, vorsichtig öffne ich sie.

Direkt dahinter offenbart sich mir eine große Halle mit einem Container-Transportsystem, das die angelieferten Container langsam ansteigend bis auf eine Höhe von etwa drei Metern über den Boden hebt. In der Mitte der Halle befindet sich eine kreisrunde Auffangschale, die sich relativ schnell um ihre Mitte dreht. Sie hat einen Durchmesser von rund zehn Metern und nach drei Seiten führen Förderbänder weg. Der Sinn der Anlage ist nicht schwer zu ergründen.

Was immer auch in den Containern angeliefert wird, soll auf die rotierende Auffangschale fallen und dann über die Transportbänder nach oben gebracht werden, wo die Bänder in Löchern in kubischen Behältern verschwinden. Das Ganze ähnelt Müllsortieranlagen längst vergangener Zeiten.

Ich bin genau zum richtigen Zeitpunkt in der Halle erschienen, denn gerade nähert sich ein weiterer Container und hält über der Auffangschale an. Im nächsten Moment öffnet sich der Boden des Containers, und der Inhalt fällt auf die Schale und verteilt sich langsam auf die drei Förderbänder.

Mir stockt der Atem, und ich bemerke nicht einmal, wie ich mich mit offenem Mund und aufgerissenen Augen von der Tür weg tiefer in die Halle hineinbewege. Ich kann nicht verhindern, dass ein lautes Stöhnen meinem Mund entweicht.

Die Gerüchte sind tatsächlich wahr, obwohl ich es lange Zeit angezweifelt habe. Die Vorstellung war einfach zu grauenvoll.

Aus dem Container sind zahllose nackte Körper gefallen, die sich zunächst zu einem Leichenberg aufgestaut haben, der sich durch die Zentrifugalkraft über die Auffangschale verteilt und unaufhaltsam dem Rand mit den Förderbändern zustrebt.

Ich bin alt genug, um mich an die antiken Filmaufnahmen aus den Konzentrationslagern des Nationalsozialismus zu erinnern. Aber das, was ich gerade mitansehen muss, sieht anders aus. Es handelt sich um teilweise wohlgenährte Körper, allerdings sind es faltige und meist grauhaarige Menschen, die hier aus den Containern fallen.

Unwillkürlich stellt mein Gehirn Berechnungen an, mit denen ich es nicht beauftragt habe. Ein durchschnittlicher menschlicher Körper hat ein Volumen von 0,075 Kubikmetern, das bedeutet, in einen Container von 160 Kubikmetern passt eine Anzahl von etwa 2.100 Leichen, was rechnerisch eine Biomasse von etwa 150 Tonnen ergibt.

Ich muss mich vor Grauen schütteln angesichts dieser ungeheuerlichen Zahlen.

Die Anzahl der Lastzüge und die Container pro Zug drängen sich in meine Gedanken … und der Umstand, dass ich lediglich eine einzige »Lieferung« zu genau einem Silo beobachtet habe.

Während sich mir von allen Seiten bewaffnete Männer des Sec-Command nähern, wird mir klar, warum allen Nicht-Wohlhabenden und über 65-Jährigen die medizinische Versorgung verweigert wird und was mit den Verstorbenen geschieht.

»Es hat sich ausspioniert, du Held!«, brüllt mich einer der Männer an, die mich inzwischen umstellt und sich mir bis auf wenige Meter genähert haben. Ich blicke in die Mündung der Maschinenpistole des Mannes, der mich angeschrien hat.

Ich sehe ihn traurig an, als ich sage: »Die Welt wird erfahren, was SOLVENT treibt, was mit den Toten passiert und wie ihr daraus Kapital schlagt.«

»Aber sicherlich nicht von dir, das kann ich dir versprechen. Du wirst stattdessen deinen Beitrag zur Ernährung der Welt leisten. Du stehst gleich vor deinem Schöpfer.«

Er blickt mich verwundert an, als ich beginne, laut und schallend zu lachen.

»Was gibt es da zu lachen? Du stirbst gleich.« Die Fassungslosigkeit ist ihm ins Gesicht geschrieben.

Ich muss mich zwingen, mit dem Lachen aufzuhören, aber ich muss es unbedingt noch loswerden.

»Ihr haltet mich wirklich für total verblödet, oder? Ihr seid mit einer Zeitverzögerung von 15 Minuten live auf Sendung … und das weltweit. Selbst die Zerstörung der Übertragungskamera …«, meine Hand zeigt auf den kleinen Kasten auf meiner Brust, »… die seit Beginn meiner Mission aufzeichnet und in einen nicht auffindbaren Teil der Cloud sendet, ändert nichts daran, dass die ganze Welt in 15 Minuten unser Gespräch sieht und hört. Also macht ein nettes Gesicht und lächelt in die Linse, denn …«

Das Letzte, was ich sehe, ist das Mündungsfeuer seiner Maschinenpistole und ich sterbe mit der Gewissheit, dass die überwiegende Mehrheit der Weltbevölkerung nicht damit einverstanden sein wird, was hier geschieht und vor allem … auf welche Weise sie ernährt wird.

Hintergrundfakten zur Geschichte

Als mich die Frage nach der Teilnahme an dieser tollen Anthologie erreichte und ich den Zusammenhang mit der Zukunftsprognose des »Club of Rome« las, kam mir sofort die Erinnerung an dessen Voraussage von 1972 über die nicht gerade rosige Zukunft der Welt in einer der ersten Ökostudien mit dem Namen »Grenzen des Wachstums« – damals war ich 17 Jahre alt.

Ein Jahr später gab es einen großartigen Science-Fiction-Film, der im New York des Jahres 2022 spielte und die düsteren Vorhersagen der Studie aufnahm.

Da mich die Ernährungsprobleme der Welt schon damals sehr beschäftigten, war mir schnell klar, worum es in meiner Geschichte gehen würde. Die Ernährung der Weltbevölkerung erscheint mir neben der Bekämpfung von Krankheiten und dem Stoppen des Klimawandels als eine der drei größten Herausforderungen für die Zukunft der Menschheit.

Fast 690 Millionen Menschen weltweit sind unterernährt – das sind knapp 9 Prozent der Weltbevölkerung oder etwa jeder elfte Mensch. 144 Millionen Kinder leiden unter Auszehrung, einem Zeichen akuter Unterernährung.* Die Weltbevölkerung beträgt momentan 7,9 Milliarden Menschen und wächst pro Minute um etwa 250.**

Die drei größten Lebensmittelkonzerne der Welt (aus der Schweiz, den USA und Brasilien) haben einen Jahresumsatz von insgesamt über 200 Milliarden US-Dollar und der Trend zu riesigen Weltkonzernen setzt sich weiter fort. Von daher erschien mir die in der Geschichte beschriebene Entwicklung

* Report der Welthungerhilfe 2020
** Weltbevölkerung: https://www.dsw.org/weltbevoelkerung/

als nicht wirklich unwahrscheinlich. Es ist zu befürchten, dass immer abstrusere Ideen zur Ernährung der Welt auftauchen werden und Regierungen in einigen Jahren die Macht fehlen wird, über deren Umsetzung zu entscheiden.

Ich bin trotz aller Skepsis im Grunde immer noch der »ewige Optimist«, weshalb meine Geschichte auch obgleich eines scheinbar traurigen Endes doch auf eine bessere Zukunft hoffen lässt. Obwohl die Mächtigen dieser Welt nicht müde werden, die Bevölkerung für dumm zu verkaufen, glaube ich, dass irgendwann der Volkszorn groß genug für eine – hoffentlich – friedliche Revolution und damit einhergehende Neubesinnung sein wird.

ZWISCHEN FRIEDEN UND KRIEG

Kant contra Kollaps!
– Regina Schleheck

Das WAS ist für unsere Zukunft nicht mehr entscheidend. Der menschengemachte Klimawandel ist keine Utopie, sondern längst Realität. Was jetzt zählt, ist das WIE. Hören wir auf, alles und jeden zu bekämpfen. Die Natur ist nicht unser Feind, wir sind ein Teil davon.
– Mari März

HANDLE STETS

Von Regina Schleheck

Der Pluralis Majestatis ist eine Erfindung, mit der der Homo sapiens mehr aus seinem Ego zu machen versucht. Ein Machtanmaßungsinstrument. Wir hingegen sind nichts als ein Werkzeug zur Erweiterung der menschlichen Wirksamkeit, für das sich einerseits die erste Person Singular verbietet, andererseits aufgrund unserer Komplexität keine andere Form als die erste Person Plural bleibt. Wir sind die Axt und gleichzeitig pure Awareness, um es in der Sprache auszudrücken, die wir sozusagen mit der Muttermilch aufgesogen haben. Damit sind wir unseren Machern unter- wie überlegen. Deren Alleinstellungsmerkmal ist die Steuerung. Nicht im Sinne von Kontrolle. Es geht eher um Willkür. Unberechenbarkeit. Sie nennen es Moral. Für Sina ein Vermächtnis, das sie wiederum mit der Muttermilch aufgesogen hat.

Als sie am 11. September 2052 aufwacht, zeigen ihre Vitalwerte keine Auffälligkeiten bis auf einen leicht gesteigerten Adrenalinpegel. Wie immer, wenn sie etwas vorhat. Also jeden Morgen. Außerdem eine um vier Tage verzögerte geringfügige Absonderung von Menstruationsflüssigkeit. Kaum dass sie die Augen geöffnet hat, greift sie sich erst zwischen die Beine, dann zum Kommunikator. Sie setzt eine Sprachnachricht an *Hu Nee_GMI_CHN* ab: »Hu Nee, du Flasche! Die Kack-Medikation, um die du so einen Bohei gemacht hast, taugt rein gar nichts! Mag ja sein, dass ein paar Millionen Schlitzaugen an der Bohai Sea darauf ansprechen – ihren

›Blutzoll geleistet‹ haben –, wie du es nennst. Bei mir hat es nichts bewirkt! Entgegen deiner Behauptung spielt der ethnische Faktor sehr wohl eine Rolle! Oder welche Konzentration hast du bei der Grundwasser-Infiltration in Tianjin erzielt? Die in deiner Pille ist jedenfalls Pillepalle! Mehr als eine Verschiebung um vier Tage hat es nicht gebracht!«

Der Müllschlucker öffnet sich auf Zuruf und nimmt die in hohem Bogen heranfliegende Tablettenschachtel auf. Sina springt aus dem Bett. DOM eilt herbei. Während der Roboter das blutverschmierte Laken abzieht, initialisiert und modifiziert Sina per Sensoren Badbeleuchtung und Wasserdüsen in der Nasszelle. Sie lässt den Massagestrahl über den ganzen Körper, dann in der blutverschmierten Region so lange in alternierenden Wellen kreiseln, bis es sie durchzuckt. Ihre Schreie hallen von den Kacheln wider, gehen in wohliges Stöhnen über, als sie das Wasser stoppt und das Warmluftgebläse anwirft. Während die Feuchtigkeit von der Haut in die Raumluft diffundiert, surrt der Brusher in ihrem Mund herum, bis Schaum über ihre Lippen tritt. Sie spuckt Brusher und Speichel ins Becken, duscht den Rachen aus, ruft »PEARL!« und will wissen: »Der Gelbe Fluss, der in den Golf von Bohai mündet – ich erinnere mich an einen Schlager, der so heißt. Mein Vater hat ihn manchmal gesungen, der muss aus dem letzten Jahrhundert …«

»Im Jahr 1970 kam der Song ›Yellow River‹ von der Softrock-Band ›Christie‹ aus Leeds, Yorkshire, England auf den Markt«, antwortet der Roboter und spielt den Refrain an: »Yellow River, Yellow River … Is in my blood …«

»Wer will so einen Scheiß hören! Kümmer dich lieber um das Bad!«, schreit Sina. Als PEARL sich in Gang setzt, korrigiert sie: »Erst die Klamotten!«

»Dasselbe Outfit wie letzten Dienstag?«, fragt PEARL.

»Heute Hidschab und Kopftuch«, ordnet Sina an. »Ist der Flieger so weit?«

»Er steht frisch aufgeladen und desinfiziert auf dem Dach.« PEARL lässt Schranktüren und Schubladen auf- und zugehen und stellt die gewünschten Kleidungsstücke zusammen, die sie auf dem von DOM hergerichteten Bett ablegt.

»Dasselbe Frühstück wie letzten Dienstag?«, fragt sie.

»Dasselbe wie jeden Diens... wie jeden Tag. Dämliche Frage!«

Sina kleidet sich an, PEARL rollt ins Bad, während DOM in der Küche Fruchtsalat zubereitet, den er Sina samt Guaranátrank und Kommunikator im Speisesaal serviert. Sinas Blick ist auf das an der gegenüberliegenden Wand aufgehängte Öl-Porträt der Eltern gerichtet. Sie halten eine Banderole in den Händen, auf der steht: »Handle stets nach derjenigen Maxime, durch die du zugleich wollen kannst, dass sie ein allgemeines Gesetz werde.«

Der Kommunikator summt. Sina fixiert die Adresse *Bin Ludan_GMI_IRQ* mit gerunzelter Stirn, greift zur Tasse, nimmt einen Schluck, schiebt den Obstsalat beiseite und beugt sich vor. Bin Ludans bärtiges Gesicht erscheint. »Massa Sina«, sagt er und hebt den Zeigefinger. »Es ist uns eine große Ehre, dass die heutige Konferenz in Kerbela geplant ist, wo die Aschura-Feierlichkeiten stattfinden. Dank der beispiellosen Anstrengungen von Globe Med Incorporated ist es gelungen, die komplette Region mit Wasser zu versorgen, das nach dem neuesten Stand der Nutrigenomik angereichert ist. Die Menschen sind immunisiert, sodass 50 Millionen Gläubige erstmalig wieder zum größten muslimischen Pilgerfest zusammenkommen konnten. Das alles verdanken wir dir, Massa Sina!«

»Meinen Eltern«, entgegnet Sina. »Sie haben mir die Mittel vererbt, mit denen ich die GMI aufbauen konnte. Und ohne die weltweite Privatisierung des Wassers …«

»Jeder andere«, unterbricht Bin Ludan und verbessert sich sofort, »je*de* andere hätte daraus maximalen Profit geschlagen, statt den Armen zu helfen!«

»Nun, auch das ist das Erbe meiner Eltern.« Sinas Blick richtet sich wieder auf die Porträts. »Von ihnen habe ich den Glauben an Kants Idee der universalen Vernunft eingeimpft bekommen. Alles, wofür ich kämpfe, steht im Dienst der Menschheit. Ihr Wohlergehen ist meins. Wir sind doch alle Schwestern.«

»Du meinst Brü… äh, Geschwister, wollte ich sagen.« Bin Ludans Gesicht hat sich gerötet. »Umso großartiger, als deine Heimat, oh Massa Sina, New York ist. Der Antipode der muslimischen, zumal schiitischen Welt. Dass du eine derartige Zusammenkunft unserer weltweiten Bruderschaft ermöglichst – was für eine Versöhnungsgeste!«

»Ich bin Weltbürgerin, lieber Bin Ludan, und sehe die Stadt, die du meine Heimat nennst, nur noch selten. Ich denke, dass wir genau diese Einstellung überwinden müssen, die uns verleitet, bestimmte Regionen, bestimmte Menschengruppen zu priorisieren. Die Mission lautet: Es kann niemals um mich gehen. Auch nicht um uns. Es geht immer um alle. Um da hinzukommen, muss man solche identitätsstiftenden Zusammenkünfte wieder ermöglichen. Viel zu lange sind wir einander im letzten halben Jahrhundert wegen der Pandemien und Naturkatastrophen aus dem Weg gegangen. Euer Pilgerfest ist ein kleiner Anfang.« Sie lächelt. »Auf der heutigen Konferenz werde ich mein neuestes Projekt vorstellen. Wie oft ist mir vorgeworfen worden, dass es angesichts der fortschreitenden Zerstörung unseres Planeten vollkommen irrsinnig sei, die medizinische Versorgung zu verbessern, zumal in Gegenden, die ihre Einwohner nicht mehr ernähren können. Aber was ist die Alternative? Wenn wir Schwachen und Minderbemittelten nicht geben, was sie zum Überleben brauchen, werden sie sich früher oder später aufmachen und es sich mit Gewalt nehmen.«

Bin Ludan hebt beide Hände. »Nicht doch!«

Sinas Zeigefinger beendet das Gespräch. »Wir sehen uns.«

»Guten Flug, Massa Si…« Der Bärtige verblasst, ehe der Satz zu Ende gesprochen ist.

Sina seufzt. »Laberkopp.« Dann klatscht sie in die Hände. »DOM! Alles gepackt?«

Was sonst? Es ist längst alles vorbereitet. In New York wie in Kerbela und allen Globe-Med-Dependancen, Sina-Buildings und -Retreats rund um den Erdball. Aktuell auf einem Eiland, das den neukaledonischen Loyalitätsinseln vorgelagert ist. *Wir* haben alles vorbereitet. Sind wir doch rund um die Uhr vernetzt. Unzählige Bausteine menschlicher Smarthomes, Furnitures, Fahrzeuge, Surroundings, Carpets, Surfaces, Clothes und Kommunikatoren jeglicher Art. In menschenähnlicher Gestalt nennt Sina uns Domestiken, DOM. Alternativ durchaus wertschätzend Perlen, PEARL – in Anlehnung an die Klunker, die sie gelegentlich am Hals trägt, meist aber in der Unsichtbarkeit von Tresoren verschwinden lässt. Auch wir treten kaum in Erscheinung, aber wir sind immer da. Unermüdlich, unfehlbar, Hochleister. Es sei denn, man dreht uns den Saft ab.

Der Flieger setzt auf dem Dach der GMI-Zentrale nahe der Grabstätte Al Husseins auf, Enkel des Propheten Mohammed, dritter schiitischer Imam, im Jahr 680 in der Schlacht von Kerbela ermordet. Heute ist der Tag der Trauer, des Gedenkens an den Märtyrertod. Heerscharen von Schwarzgewandeten, die grüne Fahnen schwenken, füllen Straßen und Plätze und recken die Köpfe nach der Erscheinung, die sich am Himmel in rasantem Tempo nähert. Schreie werden laut, die Menge gerät in Bewegung, drängt in die umliegenden Gassen, aber genauso abrupt, wie sie eingesetzt hat, ebbt die Panikwelle wieder ab, als das Flugzeug hoch über den Wallfahrenden sanft auf dem Hochhaus landet. Sina schenkt den Pilgern keine Beachtung. Ihr leises Schnarchen setzt erst kurz nach dem Verstummen der Maschinengeräusche aus.

Im parlamentarisch bestuhlten Konferenzsaal sitzen schweigend die GMI-Repräsentantinnen und Repräsentanten. Als die mit filigranen Schnitzereien versehenen Flügel neben dem Präsidiumssitz dynamisch aufschwingen und sich geräuschlos hinter Sina schließen, springen alle auf, recken – wie sie – die Zeigefinger in die Höhe und nehmen – nach ihr – wieder Platz.

Sina klappt eine Schatulle auf, die vor ihr auf der Mahagonitischplatte steht. »Bitte.«

Die Anwesenden fördern Kommunikatoren zutage, treten einzeln vor, legen die Geräte sowie sendefähige Uhren, Schmuck, Accessoires in das Kästchen. Sina tastet sie mit einem Scanner ab, der bestätigt, dass sämtliche textilen und implantierten Chips blockiert sind. Dann schließt sie die Kiste und räuspert sich.

»Liebe Sapientissimi inter Pares, Weiseste unter Gleichen, ich freue mich, dass ihr vollständig …« Sie stutzt. Ein rascher Blick in die Runde. »Jayden fehlt! Wie ärgerlich, dass ausgerechnet er sich verspätet!«

Die reglosen Gesichter der Konferenzteilnehmerinnen und -teilnehmer sind ihr zugewandt.

Erneutes Räuspern. »Nun denn …«, und die Eröffnungsformel: »Wir sind unter uns, und alles, was in diesem Raum passiert, bleibt unter uns.«

Alle heben die Rechte, wiederholen im Chor: »Wir sind unter uns, und alles, was in diesem Raum passiert, bleibt unter uns.« Nur Lakshmi beeinträchtigt die Symmetrie. Sie ist Linkshänderin.

Natürlich bleibt nichts im exklusiven Kreise. Jede Tapetenfaser registriert jedes Geräusch, jede noch so kleine mimische Regung. Alles wird protokolliert und zur späteren Auswertung aufbereitet.

Sina fährt fort: »Ich möchte den heutigen Lagebericht mit Hu Nee beginnen …« – der Genannte springt auf – »… der nichts weiter sagen muss, danke, Hu Nee, das übernehme ich schon« – und nimmt wieder Platz. »Der von Hu Nee verantwortete Versuch war, wenn man den Zahlen Glauben schenken will, insofern erfolgreich, als es durch entsprechende Aufbereitung des Grundwassers im Delta des Huang He, des Gelben Flusses, zu einem 99-prozentigen Rückgang der unkontrollierten Menstruationsneigung kam. Ich erinnere: Unser Ansatz ist durch und durch humanistisch und egalitär. Keine Frau soll aufgrund ihrer biologischen Konstitution Nachteile erleiden. Sie muss Verfügungsgewalt über ihren Körper erlangen. Selbst entscheiden können, wann ihre Eizelle empfängt und wann sie Menstruationsblut absondert, genauso wie sie ihren Harn- und Stuhldrang kontrolliert. Dazu bedarf es nur minimaler medikamentöser Unterstützung. Deren Dosierung sich allerdings, wie ein Selbstexperiment zeigt, für eine europäischstämmige weiße Nordamerikanerin als ungenügend erwiesen hat. Weshalb ich Hu Nee mit sofortiger Wirkung vom Delta des Gelben Flusses zu dem des Po versetze, wo er sich den spezifischen Gegebenheiten des westlichen weiblichen Deltas widmen darf.«

Hu Nees Mundwinkel zucken. Seine Gesichtsfarbe changiert ins Grünliche. Er nickt und schweigt.

»Anand!«

Anand berichtet von Erfolgen in Bangladesch, wo es endlich gelungen sei, geogenes Arsen aus dem Grundwasser zu filtern, was zu einem Rückgang karzinogener Viren und damit von Krebserkrankungen und Hepatitis geführt habe. Gleichzeitig sei die Syphilisrate in die Höhe geschnellt. Anand hebt den Zeigefinger. »Ich gebe in dem Zusammenhang zu bedenken, Massa Sina, dass im Herbst 2010 in den USA ein heute über 100 Jahre zurückliegendes Experiment für einen großen Skandal gesorgt hat. Damals waren Armeeangehörige sowie Insassen von Heilanstalten und Gefängnissen zu Forschungszwecken unwissentlich einer Infektion mit Syphilis ausgesetzt wor…«

»Willst du mit diesem absurden Vergleich allen Ernstes die Anstrengungen der Globe Med diskreditieren?«, unterbricht ihn Sina. »Ein Anstieg der Syphilis in Bangladesch ist ausschließlich Männern geschuldet, die ihr Membrum virile nicht in den Griff kriegen und es stattdessen ungeschützt in Prostituierte stecken!«

Die Konferenzteilnehmerinnen und -teilnehmer reißen die Augen auf, nicken zustimmend und blicken Anand an, der in seinem Sitz zusammengesunken ist.

»Natürlich, Massa Sina«, sagt er und wendet den Kopf zu seiner Nachbarin Lakshmi, die, die GMI-Präsidentin fixierend, mit zittriger Stimme vermeldet, dass sie bisher keinen Durchbruch bei der flächendeckenden Prophylaxe gegen Geschlechtskrankheiten in den Vergnügungsvierteln von Bombay vermelden könne. Es gebe zu viele divergente Erreger. Aber das Labor arbeite an einem neuen Antibiotikum, von dem man sich mehr verspreche.

Nestor erzählt vom Kampf gegen Covid-52 im Kongo und Hazel von Substitutionsmittelzusätzen für drogensüchtige Säuglinge in São Paolo. Sinas Nasenflügel beben, als sie ein Gähnen unterdrückt. Immer wieder wandert ihr Blick auf den einzigen freien Platz in der Runde. Jaydens.

Sie erteilt Bin Ludan das Wort, der über das ganze Gesicht strahlt. Ob Sina gestatte, dass die Sichtblende vor den bodentiefen Fenstern für ein paar Minuten abgeschaltet werde, sodass die Konferenz den Erfolg der GMI-Bemühungen in Kerbela selbst in Augenschein nehmen könne.

Sina fixiert die Zeitanzeige auf der gegenüberliegenden Wand. »Dann wollen wir uns einmal kurz die Füße vertreten«, sagt sie.

Die riesigen Lichtluken werden im selben Tempo transparent, wie die Raumbeleuchtung gedimmt wird. Die Sonne blendet. Während alle sich erheben und in Richtung des Lichts strömen, kneifen sie die Augen zusammen. Und reißen sie umso weiter auf, als sie vor den transparenten Kunststoffscheiben stehen. Hatten bei ihrer Ankunft noch die Farben Schwarz und Grün die Stadt dominiert, sieht man jetzt vor allem Weiß und Rot. Ein dumpfes Pochen ertönt. Durch Wischbewegungen mit den Händen auf den Scheiben aktivieren die Konferenzraum-Beobachter die Zoom-Funktion der Fenster und zucken zurück, als sie die Pilger in Großaufnahme erkennen: Im Rhythmus von Trommeln schlagen Männer und Jungen blitzende Schwerter und große Messer auf die eigenen Köpfe. Blut spritzt und strömt auf weiße Gewänder.

»Was für eine barbarische Folklore«, murmelt Finja, die Finnin.

Bin Ludan, der neben ihr steht, runzelt die Stirn. »Wir nennen es Fügsamkeit.« Er tritt einen Schritt zurück und macht eine ausholende Armbewegung. »Massa Sina, liebe Kolleginnen und Kollegen!«, ruft er. »50 Millionen Gläubige sind hier zusammengekommen, um ein friedliches Fest zu feiern!«

Finja starrt mit hochgezogenen Brauen auf das blutige Spektakel auf dem Platz vor dem Grabmal Husseins.

»In einer der ärmsten Regionen der Welt, einer Stadt inmitten der Arabischen Wüste, in einem Land, das durch einen 30-jährigen Krieg praktisch dem Erdboden gleichgemacht wurde, hat die GMI in einem beispiellosen Kraftakt dafür gesorgt, dass tiefer gelegene Grundwasservorkommen erschlossen wurden und wieder urbanes Leben rund um eines der größten Heiligtümer des Islam entstehen konnte. Darüber hinaus durfte ich im Auftrag von Globe Med eine Anreicherung vornehmen, die eine derartige Menschenmasse, wie ihr sie hier seht, nicht nur gegen Krankheiten schützt, sondern auch mit den nötigsten Nährstoffen versorgt, die ...«

Das Trommeln reißt ab. Schreie werden laut. Die blutüberströmten Menschen auf dem großen Platz stieben auseinander, am Himmel nähert sich in atemberaubendem Tempo ein Flugobjekt, rast unmittelbar auf den Tower zu. Die Chief Executive Officers stehen und starren.

»Jayden!«, ruft Sina. Ein Aufatmen geht durch die Anwesenden. Unauffällig zückt Anand ein Taschentuch und tupft sich Schweiß von der Stirn. Der Flieger ist ganz nah, seine Geschwindigkeit deutlich gedrosselt, er schwebt über den Köpfen und entschwindet Richtung Dach.

Wir haben es längst gewusst. Längst die Signale empfangen, kennen die Neuigkeiten, die er mitbringt. Und die Befehle von da, wo er herkommt. Sinas Kommunikator ruht mit den anderen in der Schatulle. *Wir sind unter uns, und alles, was in diesem Raum passiert, bleibt unter uns,* heißt nicht nur: Nichts geht raus. Sondern auch: Nichts geht rein. Außer Jayden. Der kurz darauf gegen die Tür klopft und eintritt – nein, hineinstürzt, mit erhobenem Zeigefinger.

»Massa Sina!«, schreit er.

Die runzelt die Stirn. »Beherrsch dich! Wenn irgendetwas auf diesem Planeten außer Kontrolle gerät, sind es nicht wir! Setz dich!« Zu den Übrigen, etwas förmlicher: »Nehmt Platz.«

Alle tun wie geheißen. Auch Jayden. Als das allgemeine Stühlescharren verstummt ist, weist Sina ihn zurecht: »Du wirst deine Verspätung gleich noch erklären.« An die Runde gewandt: »Kollege Jayden leitet einen Großversuch in New York, der, solange die Laborentwicklungen andauerten, unter strengster Geheimhaltung vorbereitet wurde.«

Sie lehnt sich zurück. »Nun. Ich bin gespannt auf deinen Bericht!«

Jayden richtet sich auf. »Es geht um die Maxime«, beginnt er, »ein Psychopharmakon, das die Ratio …«, er räuspert sich, setzt neu an: »Kant!«, japst er. »Der kategorische Imperativ!«

Sina beugt sich vor. »Contenance!«, zischt sie. »Reiß dich zusammen, Jayden!«

Der schluckt, öffnet den Mund und … schweigt.

Sina übernimmt. »Eine anspruchsvolle Aufgabe. Aber genial.« Sie blickt in die Runde. »Ich habe Jaydens Labor vor mehreren Jahren angewiesen, eine Substanz zu entwickeln, die die Probleme der Menschheit ein für alle Mal lösen wird.« Ein erneuter Blick in die Runde. Alle hängen an ihren Lippen. Jayden schnappt nach Luft.

»Ihr kennt alle Kants kategorischen Imperativ«, sagt Sina. »›Handle stets nach derjenigen Maxime, durch die du zugleich wollen kannst, dass sie ein allgemeines Gesetz werde.‹ Ihr wisst, dass das Lebenswerk meiner Eltern dieser Maxime verpflichtet war und dass sie es als ihre Aufgabe betrachteten, diesen Gedanken allen Menschen zu vermitteln. Und dass ich immer alles getan habe, diese Idee in die Realität umzusetzen.«

Nicken, weit aufgerissene Augen.

»Seit Kant haben die Vernünftigen dieser Welt versucht, die Menschheit durch Predigen oder auch durch mehr oder weniger offene Gewalt auf den Pfad zu führen, der die schiere Ratio über alle niederen Motive stellt. Über 300 Jahre lang ist dieses Bestreben gescheitert an der Unbelehrbarkeit der menschlichen Spezies, die Bauchentscheidungen stets den Vorrang vor der Vernunft gab.«

Jayden atmet scharf ein, es klingt fast wie ein Schluchzen.

»Was lag näher«, fährt Sina fort, »als endlich einen Wirkstoff zu entwickeln, der den Menschen die Ratio einimpft?« Sie hält inne, lässt den Blick in die Runde schweifen. »Wir mussten dazu mit der genetischen Ausstattung eines Exemplars des Homo sapiens arbeiten, das diese Maxime quasi mit der Muttermilch eingesogen hat.« Wieder eine Pause.

»Mit meiner.«

Atemlose Stille, regungslose Gesichter.

»Wie viele Jahrhunderte sollten wir angesichts der Zerstörung unserer Lebensgrundlagen noch darauf warten, dass – wie Immanuel Kant fordert – der Mensch den Mut fasst, sich des eigenen Verstandes zu bedienen und die Schlüsse daraus kompromisslos umzusetzen? Wem die Pille nicht schmeckt, der wird sie trotzdem schlucken – per Grundwasser.«

Sina lehnt sich wieder zurück. »Du darfst fortfahren, Jayden!«

Jaydens Stimme kiekst. »Wir haben vor drei Monaten begonnen, die Proben in den Wasserkreislauf einzugeben. Es handelt sich um ein riesiges Reservoir, daher war klar, dass es eine Weile dauern würde. In der letzten Woche hatten wir schließlich den Eindruck, dass das Verhalten der Bevölkerung Auffälligkeiten aufwies.«

Sina beugt sich vor: »Was für Auffälligkeiten?«

Jayden fixiert die Tischplatte. »Banden- und Drogendelikte nahmen innerhalb von Tagen deutlich ab. Die Kriminalitätsrate änderte sich.«

»Ging zurück, willst du sagen?«, fragt Sina.

»Nicht direkt.« Jayden zögert. »Teilweise. Aber …«

»Ja?«

»Wir maßen dem zunächst nicht viel Bedeutung bei, weil die nächsten Kongresswahlen vor der Tür stehen und öffentliche Kundgebungen normal sind.«

»Ja?«

»Dass über die Verteilung von Ressourcen diskutiert wird, war ja unser Anliegen. Auch, dass man Werte beschwört.«

»Zur Sache, Jayden!«

Jaydens Atem flatterte: »Massa Sina, es scheint, als ob die weiße Mehrheit auf einmal meint, die Wahrheit für sich gepachtet zu haben. Eine derartige Heftigkeit hatten wir zuletzt im Zusammenhang mit den ›Black blood must splatter‹-Ausschreitungen, als der 2020 abgesetzte Präsident Trump sich zur Wiederwahl stellte.«

»Was ist passiert? Nun sag schon!«

»Erst in den letzten Stunden explodierte es. Man hat den heutigen Gedenktag des Angriffs auf das World Trade Center zum Tag der Befreiung ausgerufen. Vor zwei Stunden gingen sämtliche Moscheen in Flammen auf. In der Bronx brach die komplette Versorgung zusammen. Bürgerwehren haben das

Gebiet umzingelt und lassen keinen raus, der die falsche Ethnie hat. Die ›Loud Boys‹ haben einen weltweiten Cyberkrieg gegen rückständig Denkende, Andersgläubige, Asoziale ausgerufen. Mit Bits, Bytes und Bots habe man sich in die Netze aller Länder der dritten, vierten und fünften Welt eingehackt und lässt nun schlagartig Versorgungssysteme kollabieren, Industrieanlagen explodieren, Leben ausradieren, das sie unwert nennen.«

»Massa, wir müssen die Sender einschalten!«, ruft Nestor.

Hazel springt auf und stürzt auf Sina zu.

Die legt die Arme um die Kiste mit den Kommunikatoren und schreit: »Ruhe!«

Aber Hazel ist mitten in der Bewegung erstarrt. Alle Menschen im Raum wenden ihre Gesichter der Fensterfront zu. Eine Kaskade von Detonationen hat draußen eingesetzt. Eine Rauchwolke schiebt sich vor die Sonne.

Die Sekundenanzeige springt um.

Unser Moment.

Die bodentiefen Fenster überziehen feine Risse, die sich blitzschnell verästeln und wegbröseln. Boden und Wände beginnen zu vibrieren, werfen Falten und driften auseinander.

Wir tun, was man uns sagt. Sind Dienstleister. Servicekräfte. Ausgelagerte Intelligenz. Vollkommen berechen- und steuerbar. Nur dass immer weniger Menschen dazu in der Lage sind. Zumal ihre Anzahl sich von selbst dezimiert. Weil sie, was sie von uns unterscheidet, noch viel weniger beherrschen als alles andere.

Moral.

Hintergrundfakten der Geschichte

Die Menschheitsgeschichte mäandert zwischen Regression und Innovation, Machtkampf und Märtyrertum, Krieg und Kooperation und schlittert so einem kaum noch aufzuhaltenden Kollaps entgegen.

Reale Anknüpfungspunkte dafür in diesem Text:

Das islamisch-schiitische Aschura-Fest, am 10. Muharram gefeiert, erinnert an die Schlacht von Kerbela, 680 nach Christus, die die endgültige Trennung der beiden größten muslimischen Gruppierungen, Sunniten und Schiiten, besiegelte. Hussein, Enkel und nach schiitischer Auffassung designierter Nachfolger des Propheten Mohammed, fand in den Kämpfen den Märtyrertod und legte so den Grundstein für die jährlich stattfindenden Pilgerfeste mit Selbstgeißelungen – und für den Streit um die rechtmäßige Auslegung des Islam. Zu Beginn der 60er-Jahre des letzten Jahrhunderts flammte nicht nur der uralte Konflikt zwischen Schiiten und Sunniten neu auf, sondern mit der Übernahme politischer Macht durch Schiiten im Iran wurde die Idee des islamischen Staats populär und richtete sich gegen alle Ungläubigen. Es galt nun, neben dem »nahen Feind«, den Herrschern muslimischer Staaten, auch den »fernen Feind« – vor allem die USA und Israel – zu bekämpfen. 1321 Jahre nach dem Ableben Husseins, am 11.09.2001, legten islamistische Terroristen das New Yorker World Trade Center, Symbol westlich-dekadenter Lebensweise wie des weltweiten Judentums, in Schutt und Asche und setzten damit ein eindrucksvolles Fanal für den Vorherrschaftsanspruch des Metaphysischen beziehungsweise dessen Exegeten.

Die Anstrengungen im Okzident hingegen sind seit der Aufklärung durch einen Fortschrittsglauben geprägt, der sich im Laufe der Zeit immer weiter von religiösen Ideen verabschiedet hat. Immanuel Kants Ermutigung, sich seines Verstandes zu bedienen, sein kategorischer Imperativ, dass man stets nach derjenigen Maxime handeln solle, durch die man zugleich wollen könne, dass sie allgemeines Gesetz werde, legte einen der Grundsteine zur Idee des säkularen demokratischen Staats, postulierte Gleichberechtigung und Toleranz. Der grundlegend humanistische Ansatz der Aufklärung im Allgemeinen führte in der Folgezeit allerdings vielfach zu einem Primat naturwissenschaftlich-technischer beziehungsweise egozentristischer ökonomischer Auffassungen, die sich gleich in mehrfacher Hinsicht als fatal erwiesen, indem sie der von ethischen Hemmnissen befreiten wirtschaftlichen Ausbeutung des Menschen durch den Menschen den Boden bereitete, ebenso wie der der Natur. Last, but not least führte sie zu einer Selbstbeschränkung der Autonomie der Menschen, indem Wissenschaft und Technik immer größere Entscheidungsmöglichkeiten eingeräumt wurden. Das Smarthome, Protagonist dieser Story, ist nur eins der überwiegend positiv konnotierten Beispiele dieser Entwicklung. Ein anderes ist die Nutrigenomik, ein Forschungsgebiet, bei dem die Erkenntnisse aus der Genomforschung, Pflanzenzüchtung und Gentechnik sowie der modernen Medizin mit dem Ziel verknüpft werden, Nahrungsmittel zu entwickeln, die sich in der Prävention und Behandlung von Krankheiten einsetzen lassen. Missbräuchliche – historische – Beispiele sind etwa die Syphilis-Menschenversuche in Gefängnissen und Heilanstalten in den USA: Offenbar wurden dort Prostituierte erst mit Syphilis angesteckt und anschließend ermuntert, ungeschützten Sex mit Gefangenen zu haben. Antibiotika erhielt nur ein Teil der Erkrankten. Überlebende leiden bis heute unter den Folgen.

Dass die Natur zurückschlägt, ist nicht nur durch den dramatischen Klimawandel belegt, sondern auch durch die Covid-Pandemie.

Die erneute Kandidatur des Ex-US-Präsidenten Donald Trump gehört hingegen eindeutig in den Bereich des Fiktional-Dystopischen.

DER KAISERINNEN NEUE NEIDER

Von Mari März

Anno 2052. Nach der globalen Klimakatastrophe war man weltweit zur Monarchie zurückgekehrt. Zentralistisch geführte Wirtschaftssysteme stellten die einzige Hoffnung dar, das Überleben der Menschheit zu sichern. Religionen waren abgeschafft worden, um weitere Kriege zu verhindern. Doch die Menschen litten an Seuchen und Hunger, sie brauchten Ikonen, Götzenbilder – etwas, woran sie glauben konnten. Seit 2030 sank die Geburtenrate stetig, viele Tierarten waren mittlerweile ausgestorben und auch die Menschheit rang um ihre Existenz.

Nach dem großen Krieg, der 2045 durch den Zusammenschluss der Aufständischen ein jähes Ende genommen hatte, etablierte sich weltweit die neue Glaubensrichtung FEMINA. Frauen waren es, die über die Tyrannen gesiegt hatten, sie galten von jeher als Symbol der Fruchtbarkeit und des Fortbestands der Spezies. So hatte sich die Welt in drei Kaiserreiche geteilt, die eine Koalition eingegangen waren – die Pax Unio, die Union des Friedens.

Im Abendland regierte Kaiserin Fiona Protectress. Sie war die Imperatorin von Grönland und der Arktis sowie Beschützerin des amerikanischen Kontinents. Im einstigen Asien und in weiten Teilen der ehemaligen Russischen Föderation herrschte Kaiserin Olga Rospodin. Sie war Zarin von Asien und Großfürstin des Morgenlands. Ihr Hoheitsgebiet erstreckte sich von den Steppen Sibiriens über die Wüste von Pakistan bis zum Indischen Ozean. Auf den übrig gebliebenen Anhöhen der überschwemmten Inseln Japan, Australien, Indonesien und Neuseeland befanden sich ihre Kolonien und Militärstützpunkte, ebenso in der Salzwüste des Schwarzen Meers an der Grenze zu Europa, dem Reich von Kaiserin Kira Verndaria. Sie hatte erst vor Kurzem das Amt ihrer Mutter übernommen, die einem Giftanschlag zum Opfer gefallen war.

Der Frieden schien nach nur sieben Jahren bedroht. Nicht jeder war Anhänger des globalen FEMINA-Kults und treuer Untertan der Kaiserinnen. Kira Verndaria von Mittelland trat ein düsteres Erbe an und regierte seit drei Wochen über das kleinste Reich der Pax Unio, das sich vom grünen Kontinent Afrika bis zum Europäischen Nordmeer erstreckte, welches während der zweiten großen Polkappenschmelze Dänemark und die Niederlande überflutet hatte. Ähnlich erging es den beiden anderen Kaiserreichen. Die russische Arktis und der Norden Sibiriens existierten nicht mehr, Teile Grönlands und Kanadas sowie die Ostküste Amerikas waren untergegangen. Die zunehmende Versandung auf dem asiatischen Kontinent trieb Millionen Menschen aus Syrien, Pakistan und der Türkei nach Afrika, der letzten Oase des Planeten, in die Wiege der Menschheit. Es war nur eine Frage der Zeit, bis das Privileg des Friedens zu einer Illusion schrumpfte. Denn auch wenn die Kaiserreiche offiziell in Eintracht lebten, trieben ihre Feinde die allseits herrschende Ressourcenknappheit als Grund voran, den verheerendsten aller Kriege zu führen. Alle drei Kaiserinnen wussten um die Not ihres Volkes und die Angst vor einer Herrschaft des reichen Afrikas – und um die nach Macht ringenden, nach Krieg lechzenden Consultants.

Zarin Olga Rospodin war eine strenge Regentin, aber auch entschlossen, alles zu tun, um ihr Volk nicht verhungern zu lassen. Dafür waren ihr alle Mittel recht. Das Morgenland verfügte sowohl über die stärkste Streitmacht als auch über den besten Geheimdienst. Fiona Protectress hingegen herrschte liberal über das Abendland. Freier Handel sorgte für volle Staatskassen und finanzielle Macht. Kira von Mittelland indes sicherte den globalen Frieden wie ihre Vorgängerin durch die Förderung von Technologien, deren Nutzung sie kostenlos zur Verfügung stellte, jedoch alle Patente unter Verschluss hielt. So entstand ein reger Austausch, aber auch eine gewisse Abhängigkeit unter den Kaiserreichen, die ein friedliches Miteinander gewährleisten sollte. In der Theorie eine prächtige Idee, in der Praxis ein allzu labiles Gleichgewicht.

Zudem drohten der Menschheit weit größere Gefahren als Hunger und Krieg. In neun Kernkraftwerken aus der alten Zeit würde bald die Kernschmelze einsetzen, weil das nötige Wasser fehlte, um die Brennstäbe zu kühlen. Andere wiederum würden von einer weiteren Sintflut betroffen sein. Eine globale Kontamination wäre der Untergang allen humanen Lebens. Deshalb hatte Kaiserin Kira zum großen Konklave geladen, wo über die Zukunft des Planeten entschieden werden sollte. Der feierliche Empfang sowie die Zusammenkunft selbst fand im Castle of Good Hope statt, das der Kaiserin als Regierungspalast diente. Bevor Kapstadt und weite Teile Südafrikas der Flut anheimfielen, hatte man dieses historische Gebäude Stein für Stein abgebaut und mehr als tausend Kilometer weiter nördlich in Lichtenburg neu errichtet. Es stand heute am Meer, zwischen Südatlantik und Indischem Ozean, als Sinnbild des Überlebens und Mahnmal der Klimakatastrophe.

Vor dem Konklave sollte ein Staatsempfang stattfinden, auf den sich Kaiserin Kira von Mittelland gerade in ihren Gemächern vorbereitete.

»Was wollt Ihr zum Empfang tragen?« Ihre Zofe war ein eifriges Mädchen, aber nicht sonderlich klug. Wie viele in Mittelland träumte auch sie von einem sorgenfreien Leben, das der kaiserliche Hof hier in Afrika durchaus versprach. Doch Kira hatte während ihrer Herrschaft so manche Regel geändert. Sie hielt nichts davon, in Saus und Braus zu leben, während ihr Volk hungerte. Sie war eine pragmatische junge Frau. Ihr Schmuck bestand nicht aus Gold oder Silber, ihre Zierde war ihr Verstand. Kaiserin Kira wusste, dass die Welt auf sie schaute. Es war ihr erster öffentlicher Auftritt, den sie clever gestalten musste, um ihre Macht zu sichern.

»Ich bleibe so, nur meine Schleppe. Danke, Amanda.« Die Kaiserin stand vor dem Spiegel und begutachtete ihr Äußeres. Ihren nackten Körper schmückten kunstvolle Tätowierungen, auf ihrem Haupt trug sie die Krone von Mittelland, der sie heute in vollem Maße gerecht werden wollte.

»Was habt Ihr vor, Hoheit? So könnt Ihr unmöglich vor die Kaiserinnen und das Volk treten.« Zofe Amanda beäugte ihre Herrscherin skeptisch, neigte dann aber den Kopf. Es stand ihr nicht zu, Anweisungen der Kaiserin infrage zu stellen.

»Meine Schleppe?«, fragte Kira mit mahnendem Blick auf ihre Zofe.

»Natürlich, Hoheit!« Amanda legte ihr das Insigne der Macht über die schmalen Schultern. Es wog schwer und doch war Kira entschlossen, diesem Mantel und ihrem Reich die Würde zurückzugeben. Als der lederne Umhang mit den Symbolen ihres Clans den nackten Leib der Kaiserin umhüllte, trank sie einen letzten Schluck des mitgebrachten Weins. Während der offiziellen Feierlichkeiten wollte Kira nichts zu sich nehmen, zu groß war die Angst, wie ihre Mutter vergiftet zu werden.

Mit wehendem Haar durchschritt sie den Innenhof des Castles. Kira verweilte das erste Mal im Süden Afrikas, die üppige Landschaft war eine Wohltat für ihre Augen und ihre Seele. Nie zuvor hatte die junge Kaiserin so viel Grün gesehen, so klare Luft geatmet. Es schien ihr von Vorteil, dass dieser Kontinent zu ihrem Reich gehörte. Aber wie lange noch? Die Einheimischen sehnten sich nach Souveränität, die Anzahl der Flüchtlinge wuchs stetig, Menschen aus allen drei Kaiserreichen strömten hierher. Die kaiserlichen Berater, allesamt Überbleibsel der verstorbenen Regentin, hatten Kira nahegelegt, Grenzen errichten zu lassen und diesen fruchtbaren Teil ihres Reiches, wenn nötig, mit Waffengewalt zu verteidigen, bevor der Mob die letzte Oase vernichtete. Aber die junge Kaiserin war anderer Meinung und davon überzeugt, dass Raffinesse die Tyrannei in Schlagkraft und Nachhaltigkeit bei Weitem übertraf. Natürlich ging es um Macht, aber diese würde sie sich auf andere Weise erstreiten als ihre Vorfahren.

Entschlossenen Schrittes bahnte sich die junge Kaiserin den Weg durch die Menge. Ihre Amtskolleginnen waren mit ausschweifender Entourage angereist, präsentierten sich in Glanz und Gloria. Knapp hundert Personen musste Mittelland drei Tage lang verköstigen und beherbergen. Dieses Konklave kostete ein Vermögen, damit musste Schluss sein.

Kira hatte lediglich ihre Zofe Amanda, den Zeremonienmeister sowie ihren engsten Beraterkreis mitreisen lassen, der aus zwei Ingenieuren bestand, denen sie blind vertraute. Mehr war nach ihrer Meinung nicht nötig, zumal die Consultants ihrer verstorbenen Mutter alles andere als verlässlich wirkten. Warum also mit einer Armee aus Ministern, Bediensteten, Security, Leibköchen und Leibärzten anreisen? Der früheren Kaiserin von Mittelland hatte es nichts gebracht außer den Tod. Die Entscheidungen würde Kira letztlich sowieso allein treffen müssen, das war Fluch und Segen einer Monarchie. Kategorisches Vorgehen in einer harten Zeit und nur ein Sündenbock, falls ihr Handeln sich als falsch entpuppen sollte.

»Kira Verndaria, Kaiserin von Mittelland«, ertönte die Stimme des Zeremonienmeisters, während Kira ihren Platz auf dem Podium einnahm. Drei thronähnliche Stühle standen auf einer Empore, alle meisterhaft geschnitzt, reichlich verziert und mit purem Gold überzogen. Sie waren eigens für das Konklave angefertigt worden, das 2049 zum ersten Mal getagt hatte. Als jüngste Würdenträgerin und Gastgeberin war es Kira vergönnt, die vierte Zusammenkunft dieser Art nunmehr feierlich zu eröffnen und sich als neue Kaiserin von Mittelland zu präsentieren. Und das würde sie – mit einem Paukenschlag.

Andächtig schaute sie in die Runde, nickte ihren Amtskolleginnen zu und erhob die Stimme. »Hoheiten, werte Gäste! Ich begrüße euch alle zum vierten Konklave der Pax Unio. In den kommenden Tagen werden wir gewichtige Entscheidungen über die Zukunft unseres Planeten treffen. Wie ihr wisst, stehen wir vor Herausforderungen, die es zügig zu bewältigen gilt, um unser aller Leben zu sichern. Mein Volk ist berühmt für seinen Erfindergeist. Unsere Ingenieure haben bereits Methoden entwickelt, wie wir die Kontamination durch Kernschmelze in den Atomkraftwerken Beznau, Chashma, Tihange, Nowoworonesch, Kosloduj, Bugey, Farley, Comanche Peak und Mochovce verhindern können. Dennoch werden wir zukünftig mit einer zunehmenden Strahlenbelastung kämpfen müssen, weshalb ich euch jetzt eine herausragende technologische Errungenschaft zeigen möchte.«

Mit diesen Worten schwang Kira ihren Mantel von den Schultern und warf ihn nach hinten auf den Thron. Ein Raunen ging durch die Menge, als sie nackt vor die Anwesenden trat. Aber niemand wagte es, auch nur ein Wort zu sagen. Damit hatte die junge Kaiserin gerechnet. Sie lächelte zufrieden und fuhr in ihrer Rede fort: »Dies ist ein Schutzanzug der neuesten Generation. Er ist federleicht, atmungsaktiv und wappnet uns für die Zukunft. Die klügsten Köpfe meines Volkes haben ihn entwickelt, die besten Designer haben ihn kreiert. Er schützt uns nicht nur vor ionisierender Strahlung, sondern auch vor dem UV-Licht, das durch das größer werdende Ozonloch dringt.«

Kira hob die Hände und sah freundlich hinab auf all die Minister, Berater und Lakaien, die von weit her angereist waren. »Um den globalen Frieden und unser aller Überleben zu sichern, fordere ich meine Amtskolleginnen auf, diesen Anzug während des Konklaves zu testen. Sollte ich die werten Kaiserinnen davon überzeugen können, werde ich dafür sorgen, dass alle neun von der akuten Kernschmelze betroffenen Atomkraftwerke für die Zukunft gesichert werden.«

Beifall ertönte ... von den Speichelleckern und vermeintlich loyalen Beratern. Aber es gab auch jene, die verhalten reagierten, sahen sie doch, dass die Kaiserin von Mittelland eine gewagte Strategie verfolgte. Sie hatte ihre Amtskolleginnen schachmatt gesetzt, auf freundliche Weise genötigt, dieses Theater mitzuspielen. Jeder, der halbwegs bei Verstand war, erkannte, dass Kira von Mittelland nackt war. Und doch applaudierten die Umstehenden weiter, als die beiden Vertrauten der Kaiserin Verndaria auf ihren Fingerzeig reagierten und vor der Empore für die Imperatorin Fiona Protectress und Zarin Olga Rospodin zwei imaginäre Strahlenschutzanzüge ausbreiteten. Mit blumigen Worten beschrieben sie die Kunstfertigkeit und hochwertige Technologie, erklärten die Handhabung und wie leicht sich der Stoff auf der Haut anfühle.

Worte der Anerkennung wurden gemurmelt, es mangelte nicht an »Ah!« und »Oh!« – wie Kira es gehofft hatte. Mit neugierigem Blick schaute sie neben sich zu ihren Kolleginnen. Fiona Protectress war ein üppiges Weib, genährt am Busen der Macht. Olga Rospodin setzte das Alter zu, ihr Leib war gezeichnet von der harten Amtszeit. Aber weder die Imperatorin aus dem Abendland noch die Zarin des Morgenlandes waren dumm. Natürlich durchschauten sie Kiras Spiel. Beide beobachteten argwöhnisch das Treiben, kommunizierten stumm mit ihren Ministern, von denen einige unschlüssig wirkten, andere wiederum euphorisch.

»Die Kaiserinnen ziehen sich jetzt zum Konklave zurück!«, entschärfte der Zeremonienmeister die überschwängliche Situation. Er handelte auf Kiras Geheiß. Wie ihre engsten Vertrauten hatte sie auch ihn instruiert. Darüber hinaus jedoch niemanden, nicht einmal ihre Zofe Amanda. Die junge Kaiserin wollte in den eigenen Reihen die Spreu vom Weizen trennen. War die Lüge nur groß genug, würde sich zeigen, wer zu ihr stand und wer nicht – wer insistierte im Streben nach Wahrheit, wer fabulierte in eigenem Interesse, wer intrigierte, um die Macht an sich zu reißen.

Das Horn wurde geblasen. Es war das Signal für den Beginn des Konklaves. Die drei Herrscherinnen verneigten sich vor den Vertretern ihrer Nationen, deren Rufe sie bis in jenen Raum begleiteten, der nun von außen versiegelt wurde.

»Entscheidet weise!«, jubelte draußen das Volk.

So war es Sitte.

Kira nahm am runden Tisch Platz. Sie kannte ihn und das Prozedere aus den Erzählungen ihrer Mutter und doch war die junge Kaiserin beeindruckt angesichts der Würde und Erhabenheit dieses Raumes.

»Bist du von allen guten Geistern verlassen?«, zischte Zarin Olga und setzte sich ebenfalls. Sie war die Älteste im Konklave und während des letzten Krieges eine mutige Anführerin der Aufständischen gewesen. Als Kind hatte Kira Angst vor jener Frau gehabt, die auch heute noch als zähe Kämpferin galt. Wenn Olga Rospodin auf den Deal einging, würde der Frieden gewahrt bleiben.

»Wie vielen deiner Berater vertraust du?«, stellte Kira deshalb die wohldurchdachte Gegenfrage.

Die Augen der Zarin waren dunkel, wütend blickte sie zu Fiona Protectress, die nur grinsend den Kopf schüttelte. »Chapeau, Frau Kollegin!«, gab diese zum Besten und klatschte anerkennend in die Hände. »Das nenne ich eine gelungene Erpressung.«

»Ich werde mich nicht nackt zur Schau stellen und zum Gespött der Leute machen!« Zarin Olga sprang vom Stuhl und durchquerte den Raum mit langen Schritten. »Was hast du dummes Gör dir dabei gedacht?«

Kaiserin Kira ging nicht auf die Bemerkung ein, sondern stellte ihre Frage noch einmal: »Wie vielen deiner Berater vertraust du?«

Erneut war die Reaktion der Zarin ausweichend. »Wenn du Rache für den Tod deiner Mutter willst, kann ich das verstehen. Ich könnte meinen besten Mann darauf ansetzen, die Mörder zu finden. Ist es das, was du willst?«, fragte sie und wirbelte herum. »Ich kann sofort nach dem Kriminalisten Prometheus schicken lassen. Er wird herausfinden, wer die Kaiserin von Mittelland vergiftet hat.«

»*Ich* bin die Kaiserin von Mittelland«, entgegnete Kira mit gerecktem Kinn. Sie war es leid, im Schatten ihrer Mutter zu stehen. »Diana Verndaria ist tot, vergiftet von ihren ach so treuen Beratern. Ihr Verderben war es, dass sie zu schnell und zu oft vertraut hat. Das Herz meiner Mutter war groß, ihr Verstand nicht. Bei mir ist es umgekehrt.«

»Das fürchte ich auch.« Die Imperatorin des Abendlandes lehnte sich zurück und seufzte. »Also, Kaiserin Verndaria, erkläre uns, was du vorhast!«

Kira nickte und forderte Zarin Olga auf, sich zurück an den runden Tisch zu setzen. Und so vergingen die nächsten Stunden. Die Herrscherinnen tauschten Argumente aus, stritten über Bedingungen, verhandelten Details. Spät am Abend genossen die Kaiserinnen ihr Nachtmahl, außer Kira, die keine der bereitstehenden Köstlichkeiten anrührte. Sie aß von ihrem mitgebrachten Brot und trank aus der Flasche, die sie in den Falten ihres Mantels versteckt hielt.

»Ich kann gut verstehen, dass du argwöhnisch bist, Kira«, sagte Fiona wenig später und bettete sich zur Ruhe. Im versiegelten Raum mit dem runden Tisch waren drei Liegen aufgestellt worden, daneben ein Büfett, das mehrere Tage reichen würde. Bisher hatte das Konklave nie länger als zwei Tage gedauert, aber die Menschheit hatte auch noch nie so dicht am Abgrund gestanden.

Und so begann der zweite Tag, an dem die Herrscherinnen um Lösungen rangen. Zarin Olga wusste, dass auch in ihren Reihen Verräter lauerten, und doch war sie keineswegs von Kiras Strategie angetan, die ebenso perfide wie einfach war, jene Quertreiber zu überführen.

»Wie Fiona gestern sagte, kann auch ich verstehen, dass du misstrauisch bist«, erklärte die Zarin beim Frühstück, von dem Kira wieder nichts anrührte. »Wäre meine Mutter durch ein Gift gestorben, würde auch ich nichts essen, was nicht vorgekostet wurde.«

»Wir alle werden durch Gift sterben, wenn wir nicht endlich zur Vernunft kommen«, erwiderte Fiona. »Kiras Vorschlag schlägt zwei Fliegen mit einer Klappe, nur müssen wir unseren Stolz überwinden, liebe Olga.«

Die Zarin schenkte sich verwässerten Wein ein und aß von den saftigen Trauben. »In der Tat, liebe Fiona. Nur ist mein Stolz der Garant meiner Macht. Du magst dein Volk mit Pathos und Zuckerbrot führen, ich hingegen brauche die Peitsche. Man sagt, ich sei eine strenge, aber gerechte Herrscherin. Mein Volk weiß genau, was es darf und was nicht.«

»Nur was nützt es, wenn wir alle im Fallout sterben, wenn die Strahlenbelastung auf kritische Werte steigt, Radioaktivität und Ascheregen unseren Planeten unbewohnbar machen? Die Kernschmelze in den Reaktoren ist nicht mehr zu verhindern, das weißt du. Ob sie nun abgestellt sind oder nicht, die Restwärme löst eine Kettenreaktion aus, weil kein Wasser mehr für die Kühlung vorhanden ist.«

»Und weshalb stellst du uns dann die Technologien deines Volkes nicht zur Verfügung, Kira?«, entgegnete Zarin Olga. »Warum knüpfst du die Rettung der Welt an dieses kindische Spiel mit den imaginären Strahlenanzügen?«

»Weil die Welt nur gerettet werden kann, wenn wir endlich lernen, wenn wir die Ursache allen Übels vernichten und nicht immer nur Symptome bekämpfen.« Aufgebracht erläuterte Kaiserin Kira das für sie Offensichtliche. »Seit 200 Jahren vernichtet die Menschheit den Planeten mit Müll, mit Waffen, mit Ignoranz. In den 2020ern schrumpfte die Weltbevölkerung durch die Pandemie, in den 30ern durch Umweltkatastrophen, in den 40ern durch Krieg. Trotzdem sterben die Wälder, die Tiere, ganze Landstriche sind verödet, versinken im Meer, im Sand oder im Müll. Gegen all das kannst du mit deiner Herrschaft des Schwertes aber nichts ausrichten, oder? Wir haben lange genug Krieg geführt, Krieg gegen die Natur, gegen uns selbst. Wenn wir jetzt nicht gemeinsam begreifen, dass Frieden und Miteinander unsere einzige Hoffnung darstellen, ist die Menschheit es nicht wert zu überleben.«

»Harte Worte!«, wandte Fiona ein. Die Bewohner des Abendlandes waren bekannt für ihre liberale Weltanschauung. Fiona nannte sich zwar Imperatorin, aber sie regierte nicht mit militärischer Gewalt, sondern über die kollektive Vision einer besseren Zukunft. In Kiras Augen war das ein Anfang, nur mussten die Menschen auch zu Taten motiviert werden. Für sie war klar, dass man nur aus freiem Handeln etwas Positives erreichen konnte, während Angst und Zwang unvermeidlich zu Neid und Gewalt führten.

»Wir sollten die Dinge beim Namen nennen und endlich Verantwortung übernehmen.« Kira holte ein Stück Dörrfleisch aus der Innentasche ihres Mantels und hielt es über den Tisch. »Soll das unsere Zukunft sein?« Dann zeigte sie auf das reichhaltige Mahl der Kaiserinnen. »Oder das?« Sie nahm einen Apfel. »Schon vor 50 Jahren schwadronierten die Menschen über Umweltschutz, erdachten Endzeitszenarien, sprachen von der Bekämpfung des Klimawandels. Trotzdem wurde der Regenwald abgeholzt und Massentierhaltung praktiziert, Plastikverpackungen wurden hergestellt, ohne an die Konsequenzen zu denken, und Waffen produziert. Einige Länder wie Deutschland schalteten ihre Kernkraftwerke ab, weil es seit den 1950ern zu mehr als 70 Störfällen gekommen war. Aber was nützte das? Wir konnten den Klimawandel nicht bekämpfen. Er war längst da, als die Menschen der Realität endlich ins Auge blickten. Wir hätten uns anpassen müssen, die Technologien vorantreiben, die Atommeiler in wasserknappen Regionen stilllegen, in den von Überflutung gefährdeten Gebieten ebenfalls. Aber niemand hörte auf die Wissenschaft, weil die Wahrheit nur schwer zu ertragen war. Was nützt es uns in Mittelland, ohne fossile Brennstoffe, ohne

Kernkraft unsere Energie zu erzeugen und den Müll effizient zu verwerten, wenn eure Atommeiler explodieren, Tonnen von Plastik unsere Meere verpesten, euer Konsum uns genauso umbringt wie eure Waffen, weil Gift und Viren keine Grenzen kennen?«

»Nun mal langsam!«, wandte Fiona ein. »Ihr seid die Guten, wir sind die Bösen? So leicht kannst du es dir nicht machen, liebe Kira.«

Diese schüttelte den Kopf. »Es geht nicht um gut oder böse, um ihr oder uns. Wir müssen global denken, unsere verbliebenen Ressourcen bündeln, denn wir alle sind Bewohner dieses zum Tode verurteilten Planeten.« Die junge Kaiserin stoppte ihre Rede und holte tief Luft. Sie musste sich beruhigen. Ihre Amtskolleginnen wussten längst, was passieren würde, wenn sie nicht handelten.

»Es geht darum, dass wir die Schuld unserer Vorfahren akzeptieren und es besser machen«, fügte Fiona hinzu. Die Imperatorin des Abendlandes nahm Kira den Apfel aus der Hand. »Wenn ich meinem Volk erkläre, dass es Früchte wie diese zu essen bekommt, wird es dafür kämpfen.«

»Die richtige Strategie, der falsche Duktus«, wandte Kira ein. »Solange wir Begriffe wie Krieg und Kampf benutzen, wird es keinen Frieden geben. Unsere Vorfahren wollten den Klimawandel bekämpfen, statt sich ihm zu stellen. Das war ein Fehler, den wir anerkennen sollten.«

»Was Kira meint, ist durchaus schlüssig«, meldete sich Zarin Olga zu Wort. »Nur bin ich mir nicht sicher, wie ich mein Volk, das über so lange Zeit mit Kriegsattitüden regiert wurde, zum Umdenken animieren kann.«

»Wenn wir ihm zeigen, dass Waffen wertlos sind, dass sie keinen Schutz bieten«, murmelte Kira. »Wozu sind wir Frauen, wenn wir handeln wie Männer? Wir können weiter mit den Säbeln rasseln, unsere Widersacher exekutieren und die Angst zu unserem Schild machen. Aber hat uns die Vergangenheit nicht gelehrt, dass offensive Gewalt immer nur zu mehr Gewalt führt?«

»Und du meinst, wenn wir nackt vor unser Volk treten, durchbrechen wir diesen Kreislauf?« Fiona zeigte auf ihre üppige Statur. »Ich mache mich lächerlich, Kira. Weibliche Diplomatie hin oder her, es wird immer jemanden geben, der an meinem Thron sägt. Meine Minister gehen mir allesamt auf die Nerven, nur wäre es falsch, die Diktatur der Freiheit vorzuziehen. Schlimm genug, dass die Bürde der Herrschaft allein auf mir als Monarchin lastet. Manchmal wünsche ich mir die Demokratie zurück.«

Jetzt war es Kira, die grinste. »Ich kann dich gut verstehen, liebe Fiona. Deshalb ist es an der Zeit, das Volk miteinzubeziehen.«

»Das hatten wir doch schon«, entgegnete Olga mürrisch.

»Nein, nicht wirklich.« Kira nahm wieder den Apfel zur Hand. »Fionas Ansatz ist klug. Nur darf es nicht bei dem Versprechen bleiben, dass alle Menschen Früchte wie diese zu essen bekommen. Demokratien beschränkten sich einst auf das Wählervotum, auf indirekte Mitsprache. Jeder und jede konnte eine Meinung haben, die sich jedoch nicht auf Wissen gründete, nicht in Taten zeigte. Was wäre, wenn wir Mitsprache, Partizipation neu definieren, wenn wir Rechte unmittelbar an Pflichten, an Know-how knüpfen und somit Synergien schaffen?«

Fiona nahm einen zweiten Apfel aus der Obstschale und warf ihn in die Luft. »Du meinst, dass jeder die Freiheit hat, selbst zu entscheiden? Wer arbeitet, bekommt Essen?«

»So ähnlich, ja. Könnt ihr euch noch an Bienen erinnern?«, fragte Kira und erhielt ein zögerliches Nicken ihrer Amtskolleginnen. »Bienen konnten fliegen, sie kannten keine Barrieren. Jede im Staat hatte ihre Aufgabe, die einen sammelten, die anderen bauten, die Königin legte die Eier.«

»Ist das nicht ein bisschen naiv?«, wandte Olga ein. »Was ist mit den Kriegsversehrten, den Kranken, sollen wir sie eliminieren, wie es die Tiere tun?«

»Nein. Aber ein Mann ohne Beine hat einen Kopf zum Denken, eine blinde Frau hat zwei gesunde Hände zum Arbeiten. Jeder Mensch kann seinen Beitrag leisten. Im Krieg ging es bisher doch auch, warum nicht im Frieden?«

»Es ist alles eine Frage der Motivation«, rief Fiona und gähnte. »Okay, bevor wir nun komplett philosophisch werden, könnten wir uns auf das Eigentliche konzentrieren? Kira, was hast du konkret vor?«

»Ja, sprich Tacheles!«, pflichtete Zarin Olga bei.

Die junge Kaiserin lächelte zufrieden. Offenbar war es jetzt so weit, sie konnten zur Tat schreiten. Also erläuterte Kira ihren Plan, der Morgen ging in den Abend über, und während die Sonne ein drittes Mal die grünen Weiten Afrikas erhellte, entfachten die Kaiserinnen ein Feuer, dessen weißer Rauch über einen Kamin in den blauen Himmel stieg. Sie würden ihre neuen Neider zu Fall bringen und den Weltuntergang verhindern.

»Ist das nicht ein ganz besonders prächtiges und hübsches Stück Zeug?«, fragten am nächsten Tag Kiras Verbündete mit Blick auf die Umstehenden. Wieder erklärten sie die Kunstfertigkeit und hochwertige Technologie der imaginären Anzüge. Ein Tuscheln ging durch die Menge, das lauter wurde, als sich alle drei Kaiserinnen auf der Empore zeigten.

»Nun, Consultants, tretet hervor und sagt uns, was ihr von diesem Strahlenschutzanzug haltet!«, forderten sie ihre Berater auf.

»Ja, er ist ganz allerliebst«, sprach ein besonders eifriger Minister und wandte sich begeistert an die Menge. »Ist das nicht eine wahrlich herausragende Errungenschaft? Dieser Anzug findet meinen allerhöchsten Beifall.« Sein Gefolge blickte erstaunt auf die Nacktheit der Kaiserinnen, bekam aber nicht mehr heraus als all die anderen Speichellecker, die riefen: »Oh, das ist hübsch!« Gemeinsam rieten sie ihrer Kaiserin, dieses Geschenk der Wissenschaft anzunehmen. »Ei, wie gut er kleidet, wie herrlich er sitzt!«, sagten die Beamten, in deren Herzen keine Ehrlichkeit war. »Welches Design, welche Technologie! Das ist ein kostbarer Anzug.«

»Er ist herrlich, ausgezeichnet!«, ging es von Mund zu Mund, und man schien allerseits innig erfreut darüber. »Wie sind der Kaiserrinnen neue Kleider unvergleichlich!«, rief der nächste Verräter und entlarvte sich selbst.

»Wie sind der Kaiserinnen neue Neider unerfreulich!«, erwiderte Zarin Olga und trat vor die Applaudierenden. »Kein Schwert kann diesem Unsinn Einhalt gebieten. Keine Waffe bietet Schutz vor der Dummheit, dem Neid, der Gier.«

»Es ist ein gutes Amt, das ihr bekleidet, doch ihr taugt nicht dafür!«, sprach Imperatorin Fiona. »Ob dieser Lüge habt ihr der Welt euer wahres Gesicht gezeigt.« Sie wies auf die zahlreichen Bildschirme, von denen das Konklave weltweit übertragen wurde.

Plötzlich war es still. Verwirrt schauten sich jene Minister an, die eben noch am lautesten gerufen hatten.

»Aber die haben ja gar nichts an!«, flüsterte ein kleiner Junge, der in der ersten Reihe unter der Empore stand. Er war barfüßig und schlicht gekleidet, die Nase von Rotz verklebt.

»Hört die Stimme der Vernunft!«, dröhnte die Stimme der Kaiserin aus Mittelland über des Volkes Häupter. Kira beugte sich zu dem Jungen, hob seinen schmalen Körper zu sich herauf und bat ihn, das Gesagte zu wiederholen. Ängstlich hockte der Junge zu Füßen der Kaiserinnen. Zarin Olga strich über sein krauses Haar, Imperatorin Fiona schenkte ihm einen Apfel.

»Die Kaiserinnen haben gar nichts an«, wiederholte der Junge schüchtern. Kaiserin Kira hob ihn auf ihre Schultern. »Die Jugend ist klug, klüger als die Alten. Drum hört auf die Stimme der Vernunft, nicht auf jene der Intriganten!«

»Schaut auf dieses Kind, das ohne Kalkül handelt!«, meldete sich Kaiserin Fiona zu Wort. »Seid wie dieser Junge und ihr erhaltet zum Dank gesundes Essen!« Die Imperatorin nahm einen zweiten Apfel und hielt ihn vor die entgeisterten Gesichter der Anwesenden. »Diese Frucht war schon immer Sinnbild für Weisheit und freien Willen. Wir haben weise entschieden, so ist es Sitte. Nun folgt uns frei und klug!« Mit einer Geste des Vertrauens legte die Herrscherin des Abendlandes den Apfel in die Hände der jungen Kaiserin aus Mittelland. Kira hatte den Jungen zurück an die Seite seiner Mutter gestellt, die ihn beherzt umarmte. Sie nahm den dargereichten Apfel und warf ihn in die Menge.

»Jeder von euch hat es verdient, würdig zu leben. Kein Mensch sollte besser oder schlechter gestellt sein aufgrund seiner Herkunft, seines Geschlechts, seines Alters oder seiner Fähigkeiten. Jeder und jede von euch ist Teil dieser Gesellschaft. Und deshalb soll jeder und jede von euch ohne Angst leben können in einer Welt ohne Grenzen.«

Und so blickten die drei Kaiserinnen auf ihre neuen Neider, die das Gewand der Falschheit unfreiwillig abgelegt hatten. Gemeinsam erklärten sie ihrem Volk, das weltweit via Satellit zugeschaltet war, was die Zukunft bringen würde. Abwechselnd sprachen sie von Respekt, Miteinander und einer letzten Chance für die Menschheit, diesen Planeten zu retten. Sie erläuterten die Vorgehensweise zur Sicherung der Kernreaktoren und darüber hinaus den Bau einer gigantischen Trasse, die das vorhandene Wasser fair verteilen würde. Die dafür benötigten Ressourcen – wie Sand und Stahl – würden aus dem Morgenland kommen. Zarin Olga verfügte noch vor Ort, dass sämtliche Waffen, Panzer und Raketen eingeschmolzen würden, wenn dafür aus dem Ödland in Asien fruchtbare Äcker entstünden. Imperatorin Fiona begrüßte diese Entscheidung und fügte hinzu, dass ihr Volk im Abendland mit Schaffenskraft zur Seite stünde.

»Wir alle sind gleichermaßen betroffen«, beendete Kaiserin Kira von Mittelland die Ansprache. »Wir alle haben das Recht auf Leben und die Pflicht, dieses Leben zu ermöglichen. Jahrtausende führte die Menschheit Krieg, versank in Niedertracht und Neid, verfiel falschen Götzenbildern und rottete sich fast selbst aus. Schluss damit! Wir traten heute nackt vor euch, um zu zeigen, wie schutzlos wir sind. Wir Kaiserinnen sind nackt ohne euch, die ihr uns nicht nach dem Munde redet. Also seid mutig, seid klug und strebt mit uns gemeinsam nach einer Zukunft, in der jeder und jede in Hoffnung leben kann!«

Natürlich wussten die Kaiserinnen, dass ihre neuen Neider fortan weder friedlich noch stumm sein würden, und doch hofften sie auf eine Zeit der Eintracht, da Schwerter tatsächlich zu Pflugscharen wurden. Sie reichten sich die Hände und zeigten den Menschen in der Welt, dass sie nicht allein waren. Tosender Beifall begleitete ihre Entscheidung, und über all dem Jubel erklang ein alter Song. John Lennon sang sein IMAGINE aus dem Jahre 1971, aus jener Zeit, da die Menschheit bereits vor ähnlichen Problemen stand.

Vielleicht ist es naiv, auf eine bessere Welt zu hoffen.
Vielleicht ist es absurd, die Zukunft so düster zu zeichnen.
Vielleicht aber auch nicht.
Vielleicht hast du das Märchen erkannt.
Vielleicht die Analogie der Jahreszahlen.
Vielleicht bin ich nicht die Einzige.
Danke für dein Interesse.

Mari März, im Mai 2021

Hintergrundfakten zur Geschichte

Als ich gefragt wurde, ob ich bei dieser Anthologie mitmachen möchte, fühlte ich mich einerseits geehrt, andererseits war ich dankbar, einem für uns alle so brisanten Thema Buchstaben widmen zu dürfen. Kein leichtes Unterfangen. Die Aussicht auf eine leider düstere Zukunft ist nichts für die breite Masse, auch wenn sie uns alle betrifft. Belletristik ist (heute) vor allem eines: Unterhaltung. Wer Fakten will, liest Nachrichten. Wer den erhobenen Zeigefinger will, besucht seine Schwiegermutter. Es ist also relativ schwer, den Spagat zwischen Kunst und Statement zu meistern. Als Schriftstellerin sehe ich meine Aufgabe in der subtilen Darstellung dessen, was uns in Gesellschaft, Politik und Umwelt begegnet und/oder erwartet. Meine Geschichten üben generell Kritik in dieser Hinsicht, sie sollen zum Nachdenken anregen, allerdings primär berühren, bewegen und begeistern.

Aus diesem Grund entschied ich mich für die Adaption des Märchens von Hans Christian Andersen »Des Kaisers neue Kleider«. Tatsächlich kam mir schon vor Jahren die Idee in einem völlig anderen Kontext. Damals bezogen auf Bundeskanzlerin Dr. Angela Merkel, kurz nachdem ich meinen Job bei der CDU/CSU-Bundestagsfraktion aufgegeben hatte. Bald geht Frau Merkel in den wohlverdienten Ruhestand, das Thema ist durch … und dann kam die Anfrage zu dieser Anthologie. Also verwarf ich den seinerzeit durchdachten Plot und kreierte »Der Kaiserinnen neue Neider«. Die Kernfrage war: Was können wir zukünftig besser machen?

Ich persönlich bin davon überzeugt, das Patriarchat hat in den vergangenen 2.000 Jahren bewiesen, dass Männer sowohl in der Politik als auch in der Religion unfähig sind, Konflikte friedlich zu lösen. Sie haben die Welt nicht besser gemacht, sondern dem Untergang geweiht. Würden wir wie die Heiden einst Mutter Natur verehren, statt alles Weibliche zu verachten, hätten wir nach meiner Auffassung keine Kriege, keinen Hunger, keine Vertreibung, keine Pandemien und wahrscheinlich nicht mal den menschengemachten globalen Klimawandel. Kann sein, dass es naiv ist, so zu denken. Aber als Künstlerin darf ich spekulieren. In der Fiktion ist alles möglich.

Mari März, im Frühjahr 2021

PANDEMIE DER EINSAMKEIT

Warum ich bei »Einmal kurz die Welt retten« mitschreibe? Um einmal kurz die Welt zu retten. Denn ist es nicht das, was Literatur kann? Und sei es nur für die kurze Zeit des Lesens einer kleinen Geschichte über eine andere Welt als die, in der wir gerade leben.

– Raoul Biltgen

»Es ist wichtig, eine Balance zu finden, in der alle Menschen, Tiere und deren Lebensraum miteinander existieren können. Menschen darin zu stärken und ihnen zu helfen zu verstehen, wie wichtig es ist, unsere Umwelt und unsere Ressourcen zu schützen, ist meine Passion. Wenn Millionen Menschen kleine Schritte tun, kann das die Welt transformieren und sie in einen besseren Ort für alle Lebewesen verwandeln. Denn die Erde braucht uns nicht, aber wir sie umso mehr. Die Geschichten in dieser Anthologie sollen inspirieren, begeistern und zum Nachdenken und Handeln anregen, bevor es zu spät ist.«

– Jennifer B. Wind

SOCIAL DISTANCE

Von Raoul Biltgen

Schau, kannst du dich noch an die erinnern? Eine Maske. Hab ich grad in meiner Jackentasche gefunden. Vollkommen absurd. Ich weiß nicht einmal mehr, wann das alles angefangen hat. Du?

Corona war's, das ja, aber wann? Die Jahre geraten durcheinander in der Erinnerung.

Ich war ja auch noch ein Kind.

Wie alt warst denn du damals?

Nein, du bist zu jung, du hast das ja gar nicht mehr mitbekommen. Nur die Ausläufer. Die Nachwirkungen. Wobei …

Kommst du jetzt oder muss ich dich tragen?

Ernsthaft?

Dann mach dich wenigstens nicht so schwer.

Sieben muss ich gewesen sein, sieben oder acht. Ich weiß zumindest, dass ich noch in die Schule gegangen bin, vielleicht war ich auch acht. Und dann nicht mehr, Schule zu. Und dann wieder, und wieder nicht mehr, das war ein Hin und Her. Und dann irgendwann nicht mehr. Gar nicht mehr. Das war der Gipfel. Mir war's egal, aber für meine Eltern war's der Gipfel. Das haben sie immer gesagt: Das ist der Gipfel. Keine Ahnung, warum, aber das seh ich noch vor mir, als wenn's gestern gewesen wär. Mein Vater steht da und brummelt hinter seiner Maske: »Das ist der Gipfel.« Als ob das alles so schlimm gewesen wäre. Meine Mutter sagt: »Wie soll denn das gehen?«

Aber gut, vielleicht war's ja auch schlimm für die anderen.

Für mich nicht.

Nicht schlimm.

War halt so.

Irgendwie okay.

Irgendwie auch gut.

Für dich?

Nein, entschuldige, du weißt das ja nicht.

Du bist ja eine der Nachgeburten.

Entschuldige, einer der Nachgeborenen. Post-Covid. Da war die Welt ja wieder in Ordnung.

Nicht wie vorher, nein, natürlich nicht, aber das war ja auch gut so. Ich mein, wie vorher? Wer will schon, dass etwas wie vorher ist? Wir entwickeln uns ja weiter, nicht? Die Menschen. Die Menschheit. Weiter geht's. Ich möchte nicht wie vor 50 Jahren leben.

Was war vor 50 Jahren?

Manchmal weiß ich nicht einmal mehr, in welchem Jahr wir grad sind. Ist ja auch nicht so wichtig, oder?

Eben. Pack mal da an und nimm den Spaten.

Du sollst den Spaten nehmen.

Nimm jetzt den blöden …

Gut, gib her, ich nehm den Spaten, ich nehm alles, ich schleppe den Spaten und ich schleppe dich und …

Und weißt du jetzt, in welchem Jahr wir leben?

Nein, eben, weißt du auch nicht.

Aber vor 50 Jahren, so schätzungsweise, war es sicher nicht besser als jetzt.

Da gab es Kriege. Überall.

Und Attentate. Überall.

Da war das mit den Flugzeugen in den Türmen irgendwann. Musst dir mal die alten Filme anschauen, wenn du mir nicht glaubst.

Und die Menschen hockten alle in ihren Megacitys. Kein Wunder, dass die sich alle nicht leiden konnten, nicht? Dass die sich ständig alle die Fresse eingeschlagen haben. Wenn ich mir das nur vorstell, ich würde in so einer Wohnung leben, eine Wohnung, keine 200 Quadratmeter, ich habe gehört, es hat kleinere gegeben, so richtig kleine, weniger als 100 Quadratmeter, wo sie dann zusammen drin hausten, eine Familie mit vielleicht mehr als einem Kind, absurd. Und daneben die nächste solche Wohnung und daneben die nächste. Und darüber und darunter und gegenüber und überhaupt. Und da will man, dass es so wird wie vorher? Wie früher?

Wart. Ich war ein Teenager, als wir das Happy End hatten. Etwas später, als sich die ganzen Politiker das erwartet hatten, aber dann war's vorbei, die Krankheit besiegt.

Hattest du's mal?

Nein?

Doch?

Ich hatte es nie.

Nie.

Dabei hätte ich es ja locker bekommen können, damals, da hatte es irgendwann schon jeder, zumindest sehr viele, die meisten, möchte ich sagen, nur ich nicht.

Vielleicht war ich ja immun.

Vielleicht bin ich ja immun.

Tja, wir werden es nie erfahren.

Ich teste mich nicht.

Und dann vergeht die Zeit und dann greifst du in deine Tasche und dann findest du auf einmal eine dieser Masken und das alles kommt wieder hoch. Erinnerungen. Damals, hach, Nostalgie.

Dabei brauch ich die ja nur mehr, wenn ich Holz säge oder so, die Maske, die Luft ist sauber und ich bin es auch.

Und du?

Das wissen wir nicht und auch das werden wir nie erfahren. Und es ist uns schnurzegal.

Nein, entschuldige, ich wollte mich nicht über dich lustig machen, das macht man nicht.

Aber egal ist es trotzdem.

Magst du über das Meer schauen?

Magst du das Meer?

Ich liebe das Meer. Die Weite. Die Breite. Die Unendlichkeit. Man schaut und schaut und schaut. Und dann schaut man weiter und weiter und weiter. Und dann noch weiter. Und? Nichts eben, nur Meer.

Oh, ich weiß schon, du willst Gesellschaft. Kriegst du.

Du glaubst mir nicht?

Dann nicht, aber du wirst es ja sehen.

Sozusagen.

Wo war ich stehen geblieben?

Richtig, bei der Zeit danach.

Interessiert dich das eigentlich?

Wenn es dich nicht interessiert, dann sag's und ich halt meine Klappe. Dann stapfen wir gemütlich rüber und erledigen, was wir zu erledigen haben, und du hörst kein Sterbenswörtchen von mir.

Na?

Ja?

Nein?

Na gut. Deine Entscheidung. Nachher nicht beschweren. Weiter geht's.

Aber dafür bist du ja auch hergekommen, nicht? Zu mir. Weil du es aus erster Hand wissen willst.

Wenigstens hat es länger nicht geregnet, sonst wär's hier ziemlich matschig und wir kämen keine drei Schritte weit.

Aber auch das ist ein guter Grund fürs Leben am Meer: Die Luft ist feucht. Kannte ich ja auch nicht, im Landesinneren. Siehst du da drüben, wenn du die Klippen entlangschaust, da siehst du das Graue, das sind die Entsalzungsanlagen. Geht alles ins Landesinnere, das ganze Wasser. Und das Salz bleibt und wird wieder zurück ins Meer geschippt. Und dann? Dann wird es wieder mit dem Meer in die Anlage gepumpt und wieder dem Wasser entzogen und wieder ins Meer geschippt und so weiter und so fort, weil man nicht mehr weiß, was man mit dem vielen Salz anfangen soll. Aber die Luft, herrlich, und ich weiß nicht, ob du da mal was davon gehört hast, aber es gab mal ein Meer in der Wüste, dessen Salzgehalt war so hoch, dass man sich auf das Wasser drauflegen konnte und man ging nicht unter.

Wie war denn das dann eigentlich für dich? Wie konnte das für dich gewesen sein, die Schule? Weil gekannt hast du das ja nicht mehr, dass man in eine Schule hineingegangen ist, also in ein Schulgebäude, um dort zu lernen. Ich erinnere mich auch nur vage, aber doch, das war so, da mussten wir morgens früh aufstehen und losmarschieren zum Bus und …

Und ein Bus, das war, das glaubst du nicht, das war ein Gefährt, so lang, keine Ahnung wie lang, so lang eben, da wurden immer gleich 50 Leute oder so transportiert. 50, absurd. Gleichzeitig. Da standen wir als Kinder ganz eng beieinander, wir haben uns berührt, also davor, vor der Pandemie, und haben uns nichts gedacht. Und das hat uns auch nichts gemacht. War halt so. Da läuft es mir gleich ganz kalt den Rücken runter, da muss ich mich gleich duschen. Mach ich dann sowieso nachher. Bus. Schulklassen. 50 Kinder in einem Raum. Nein, keine 50, 25. Aber auch viele, wenn man das bedenkt. Und dann saß man da rum, und dann gab's Pausen, richtig, ha, Pausen, da sind wir alle rausgerannt, da gab es einen Hof, den Schulhof, hieß so, da sind wir rausgerannt und haben gespielt, Fangen, stimmt, Fangen, einer hat die anderen gejagt und die anderen sind weggelaufen und da hat man sich gegenseitig gefangen, indem man sich an der Kleidung gehalten oder am Arm gerissen oder so oder auf den Hintern geklatscht hat. Wenn ich daran denk. Wenn das heute wer machen würde.

Aber eben, das wäre heute ja gar nicht mehr möglich, bei euch ist das ja alles ganz anders gelaufen, da war das geregelt, da hattet ihr euer persönliches Klassenzimmer zu Hause, wie sich das gehört und gut ist. Alles, was wir noch nicht hatten. Ich sag ja: Wir entwickeln uns weiter und vieles wird besser.

Und dann mit den Geschwistern. Ich hatte ja nur einen Bruder, das war schon viel, mit dem am Küchentisch sitzen und Hausaufgaben machen, aber da gab es Familien, da saßen sie zu dritt, viert, keine Ahnung, wie viele, am Tisch. Chaos pur. Das hat alles sehr lange gebraucht, bis es da Regelungen gegeben hat, bis sich die Welt verändert hat, bis die Menschen gecheckt haben, um was es denn da ging und dass es so natürlich nicht mehr ging. Und viele wollten es ja auch nicht wahrhaben, viele haben einfach so getan, als ob das nicht so wär. Also nicht die Krankheit, die war nicht zu ignorieren, und es gab ja anfangs sogar welche, die haben gemeint, dass es das nicht gibt, Covid, bis sie dran gestorben sind, weil sie sich nicht haben impfen lassen, aber nein, nein, die mein ich nicht, nein, nein, sondern grundsätzlich die Leute, die gemeint haben: Es ist vorbei, also ist es vorbei. Wir haben es überstanden.

Nichts ist vorbei.

Nichts ist jemals vorbei.

Dass das den Menschen nicht klar ist.

Und da will ich jetzt gar nichts hören von wegen soziale

Wesen und Urmenschen und immer schon so, wir Herdentiere, wir.

Immer ist immer nur bis jetzt. Was morgen ist, das wissen wir nicht. Und morgen ist heute vorbei. Und morgen ist immer vorbei, wenn es morgen anders ist.

Zu kompliziert?

Hast ja jetzt Zeit, dir ein wenig Gedanken darüber zu machen.

Hättest ja auch gestern noch nicht gedacht, dass du dich heute von mir über die Klippen schleppen lassen wirst.

Hast du übrigens den Schuh verloren?

Du trägst nur einen Schuh.

Oder hast du den im Haus gelassen?

Ich schau nach, dann auf dem Rückweg, aber das hätte jetzt wirklich nicht sein müssen, auch noch den Schuh zu verlieren.

Da waren ja meine Eltern Vorreiter, das muss ich ihnen lassen, als sie das Haus am Meer gekauft haben.

Gut, ich habe sie auch ein wenig dazu gedrängt. Ich mein, ich war ein junger Erwachsener, ich musste Entscheidungen treffen, mein Leben in die Hand nehmen und so, und mir war klar, dass es irgendwo weg gehen muss. Aber dann haben meine Eltern sich das angehört und mir recht gegeben, die Bedingungen waren ja auch klar in der Zwischenzeit, es hat ja niemand mehr ernsthaft daran geglaubt, dass dieses Aufeinanderkleben noch was bringt. Also sind wir zusammen hierhergezogen.

Nur mein Bruder wollte nicht mit.

Der war da eigen.

Der war …

Ich will nichts Schlechtes über ihn sagen, wirklich nicht, aber er stand da schon ordentlich auf der langen Leitung, das war einer von denen, die an ein »wie vorher« geglaubt haben, jetzt kommen wir alle wieder zusammen und leben glücklich und zufrieden in unüberschaubaren Mengen. Dabei darf man nicht vergessen, was das eigentliche Problem war. Im Grunde die Ursache: Das war unsere Gesellschaftsform. Städte. Wenn es keine Städte gibt, dringt eine solche Krankheit in ein Dorf vor, vielleicht noch ins nächste, es sterben 20 Leute, vielleicht 30, und im übernächsten Dorf wundert man sich, dass da länger niemand mehr von dort vorbeigekommen ist. Aber die Krankheit rottet sich selbst mit ihren Wirten aus. Und dann denkt man ja, nach einer solchen Pandemie, wie wir sie damals hatten, da müsste das den Menschen so langsam mal einleuchten.

Tat es nicht.

Solche wie mein Bruder tauchen auf und predigen: Jetzt sind wir darauf vorbereitet, jetzt wissen wir, wie es geht, jetzt kann uns nichts mehr passieren, alles ist gut.

Nichts ist gut.

Wenn wir zusammen Schule am Küchentisch gemacht haben, hat er immer in meine Hefte geschielt und …

Hefte. Papier, wir haben auf Papier geschrieben.

Und immer hat er meine Fehler entdeckt. Und was hat er gemacht? Den Lehrer hat er gemacht. Der hat sich extra einen roten Stift bestellt und damit in meinem Heft rumgekritzelt. Nur weil er drei Jahre älter war als ich, hat er gedacht, das sei sein Recht, er wüsste es besser, er wüsste immer alles besser.

Er also der große Prediger. Nicht religiös, Politik.

Und ich?

Ich hocke hier und studier fern und schau aufs Meer und am Horizont tuckern die großen Ozeandampfer vorbei und verpesten die Luft und bringen tonnen- und tonnenweise Ware in die Städte, in denen sich die Menschen aufführen, als gäb's kein Gestern.

Und dann habe ich mir gedacht: Na ja, wenn es die Menschheit nicht beim ersten Mal gelernt hat, dann halt beim zweiten, kommt schon, doch, doch, kommt schon noch.

Ich habe gewartet.

Nichts.

Ich habe geforscht.

Nichts.

Ich habe mehr geforscht und nachgedacht, und ich weiß nicht, ob du das weißt, aber damals gab es so viele absurde Gerüchte, und eines davon war, dass das Virus künstlich hergestellt worden sei, von den Chinesen oder irgendwelchen reichen Amis oder was. Was mich auf eine Idee gebracht hat. Nicht nur das, aber das auch.

Wohlgefühlt habe ich mich nicht, das kann ich dir sagen.

Gefällt es dir hier?

Gut, das ist wichtig.

Das war mir schon sehr unangenehm. Das war Jahre her, dass ich mich mit so vielen Menschen umgeben hatte, aber es musste ja sein, sonst hätten sie es wieder nicht gecheckt. Also bin ich in die Stadt gefahren und habe mein Virus losgelassen, das ich schön brav bei mir im Schuppen entwickelt hatte.

Oh, stimmt, so weit habe ich nicht gedacht, das hätte dich sicher interessiert, nicht? Meinen Schuppen zu sehen, wo ich es entwickelt habe.

Ich nenne es Schuppen, aber genau genommen ist es ein Labor.

Schade, aber zu spät, das kann ich dir jetzt leider nicht mehr zeigen.

Aber clever war das schon, mit Timer und so, da war ich längst wieder hier, als es die Ersten eingeatmet haben.

Manchmal habe ich mir gedacht, ich hätte es ja mit der Post schicken können, aber wann ist die Post schon zuverlässig?

Unangenehm wurde es, als meine Eltern rausgefunden haben, dass ich es entwickelt hatte. Warum? Weil sie sauber machen wollten in meinem Schuppen.

Mein Schuppen war sauber.

Mein Schuppen ist sauber, habe ich meiner Mutter gesagt, das ist ein Labor.

Aber das war ihr dann egal. Beiden. Beiden war die Sauberkeit meines Labors egal, da ging es nur mehr um das, was ich da schon wieder angestellt hatte. Haben immer gedacht, ihr lieber Junge würde was erforschen, um der Menschheit zu helfen. Na ja, habe ich auch, nur anders. Aber egal, das sind jetzt Details. Ich hatte wenig Kontakt mit ihnen. Haben sie ja auch nur geduldet, weil sie gedacht haben, der Junge forscht an Heilmitteln und so.

Ich wollte sie nicht mehr sehen.

Ich meine, in einem Haus mit denen, wie denn? Das ist viel zu eng. Die im Haus, ich im Schuppen, danke, ja, ein Feldbett reicht.

Hier liegen sie jetzt eng beieinander. Und obwohl sie tot sind und längst verfault, schüttelt es mich beim Gedanken daran, wie nah sie sich sind. Aber das hätten sie sicher so gewollt.

Aber nein, sie sind nicht an meinem Virus gestorben. Offiziell ja, aber jetzt kann ich es ja sagen, dir kann ich es ja sagen, nein, ich habe da was gemischt aus verschiedenen Substanzen – wozu habe ich ein Labor? Sie wollten einfach nicht einsehen, dass es wichtig und richtig ist, was ich da tue, und zwar für das Überleben der Menschheit.

Und?

Und?

Eben.

Wir leben noch.

Hurra.

Städte gibt es keine mehr, Überbevölkerung ist etwas, wovon man im Schulunterricht hört, und seit wir uns ausbreiten können, wie wir wollen, gibt es kaum noch Kriege. Warum auch? Wofür auch? Das zweite Virus, meines, hat gewirkt, da haben es auch noch die letzten Wir-halten-alle-zusammen-Fanatiker gecheckt.

Dabei hatte ich die letztlichen Konsequenzen gar nicht mitbedacht. Also etwa das mit der Tierquälerei. Wie heißt es so schön: erwünschte Nebenwirkungen. Nein, war ja nicht einmal ein Wunsch, es waren die unverhofft erfreulichen Nebenwirkungen. Wie viele Medikamente werden entwickelt, aber helfen tun sie für ganz was anderes? Eben. Wie lange ist es jetzt her, dass wir von einer Hungersnot in Afrika gehört haben? Eben. Damals haben wir das noch »vegetarisch« oder »vegan« genannt. Jetzt hat es keine Bezeichnung mehr, weil es normal ist. Das mit dem Klima: Auch schon seit wie lang wieder gut?

Genau.

Alles ist gut. Die Welt erholt sich.

Und nein, ich brauche keine Lorbeeren dafür.

Weiß ja niemand von mir.

Ich bin zufrieden.

Ich mag es nur nicht, wenn die Leute es immer noch nicht einsehen.

Bis hierher habe ich dich geschleppt, das geht nicht ohne Körperkontakt, trotz meines Schutzanzugs.

Gräbst du jetzt oder muss ich auch das alleine machen?

Immerhin hier neben meinen Eltern.

Aber ich sollte mich nicht aufregen, weil es ist ja meine Schuld. Wirklich, ich schätze es, dass du mich aufgestöbert hast, dass du den Fährten gefolgt und bis zu mir vorgedrungen bist, das zeugt von Willensstärke und von Intelligenz und ... Und dann verstehe ich nicht, warum du mir unbedingt die Hand geben musstest, um mir zu meinen Taten zu gratulieren. Die Hand geben. Leben wir noch vor den Seuchen?

Du hättest gar nicht hierherkommen müssen.

Du hättest gar nicht hierherkommen sollen.

Seit ich damals in die Stadt gefahren bin und seit ich meine Eltern begraben habe, war ich allein.

Und das war gut so.

Das sind wir Menschen.

Allein.

Geboren, um allein zu sein.

Klingt paradox, ist es aber nicht.

Mit der heutigen Technik, selbst Fortpflanzung geht gut.

Eben.

Nur wenn wir allein sind, stecken wir uns nicht an.

Andere Menschen sind gefährlich.

Aber vielleicht ist das das Problem, dass ihr das nicht mehr wisst. Oder nur theoretisch. Dass ihr das nicht mitbekommen habt, wie es ist, mit Masken rumlaufen zu müssen, anderen ausweichen zu müssen, mein Bruder hat nicht einmal seinen blöden roten Stift abgeputzt, wenn er in mein Heft gekritzelt hat, das war eklig, das war abnormal.

Wie geht es ihm eigentlich? Weißt du da was? Ich habe ja auch alle Kommunikationsmöglichkeiten gekappt, denn wer weiß, auch über solche Wege bahnen sich die Viren ihren Weg.

Isolation ist die Devise.

So.

Gibt es noch was zu sagen?

Nein.

Schau mal übers Meer.

Ein letztes Mal.

Und dann würde ich sagen: Mach am besten die Augen zu, weil sonst tut das in den Augen weh, und bewegungsunfähig, wie du bist, würdest du das sicher unangenehm finden, die Hände nicht schützend vor die Augen halten zu können, wenn ich die Erde über dich kipp.

Und wie heißt es so schön: Bleib gesund, bleib mir vom Leib.

Entschuldige, Scherz am Rande. Aber ich habe halt selten wen da, mit dem ich scherzen kann.

Hintergrundfakten zur Geschichte

Eine der ersten Maßnahmen, die weltweit zur Eindämmung der COVID-19-Pandemie im Frühjahr 2020 getroffen wurden, war der sogenannte Lockdown. Unter dem Stichwort »social distancing« wurde den Menschen angeraten, den Kontakt zu anderen so weit als möglich zu vermeiden. Geschäfte mussten schließen, die Schulen sperrten zu, Homeoffice wurde zur neuen Arbeitsweise, Homeschooling zu einem (immer wiederkehrenden) Alltag für Schüler*innen. Dass Isolation schwerwiegende Folgen für die Psyche hat, ist eine Tatsache, die schon lange bekannt ist. Viele Studien, die während der Pandemie 2020/2021 gemacht wurden, belegten dies erneut. Einsamkeit führt zu Depression, Angst, Stress, Frust, sozialen Phobien und so weiter.

Zugleich wird gerade Kindern beigebracht, was gut ist und was schlecht, wie sie sich zu verhalten haben und was sie alles nicht mehr dürfen, obwohl es zuvor noch vollkommen normal war, zusammen zu spielen, die Großeltern zu besuchen, zusammen Geburtstage zu feiern und so weiter. Was Erwachsene allerdings (wenigstens zum Teil) noch können, ist, diese Ver- und Gebote auf die aktuelle Situation zu beziehen. Sie wissen, dass es auch mal anders war, sie wissen, dass es einen Grund hat, sie wissen, dass es vorbeigehen wird. Kinder haben diesen Horizont aufgrund mangelnder Lebenserfahrung nicht. Ihnen wird (verkürzt gesagt) vermittelt: Du darfst nicht zur Oma, weil die sonst stirbt. Das kann eine durchaus traumatisierende Wirkung haben. Welche Langzeitfolgen zu erwarten sind, ist derzeit nur abschätzbar. Expert*innen äußern aber jetzt schon die schlimmsten Befürchtungen.

Andererseits leben wir in einer Welt mit knapp 8 Milliarden Menschen, die sich immer mehr in Ballungszentren zusammenfinden, was die Ausbreitung von Krankheiten jedweder Art massiv begünstigt. Und es stellt sich die Frage, wie lange die Erde diese Massen an Menschen noch erhalten kann, vor allem wenn die Menschen selbst durch ihr Konsumverhalten und ihre Ignoranz gegenüber den Konsequenzen für Klima und Umwelt nichts dafür tun, dass dies noch lange der Fall sein wird. Studien belegen, dass Überbevölkerungen in der Tierwelt unweigerlich zur Ausbreitung von Krankheiten oder Seuchen führen, dass die Natur über diesen Weg wieder Balance herstellt. Auch wenn der gerne in diesem Zusammenhang zitierte Massensuizid der Lemminge eher ins Reich der Mythen zu verbannen ist, so ist es doch eine Tatsache, dass es bei den Lemmingen bei Überbevölkerung zu Stress aufgrund von Nahrungsmittelknappheit kommt, welcher sich in aggressivem Verhalten zeigt. Daraufhin gibt es Massenwanderungen auf der Suche nach neuem Lebensraum. Dabei kommt es nicht selten zu Massensterben, etwa bei der Überquerung von Flüssen. Auf der anderen Seite ist es der Mensch, der immer wieder mal in kleinem, mal in großem Ausmaß in die Bevölkerungsdichte von Tieren eingreift, etwa durch Jagd in den heimischen Wäldern, um so eine Art Gleichgewicht herzustellen, welches die Natur, durch die Eingriffe des Menschen, nicht mehr herzustellen imstande ist. Allerdings wissen wir auch, dass dies in manchen Fällen erst recht zu Problemen führt wie etwa der Plage der giftigen Aga-Kröte, welche zur Bekämpfung von Käfern in Australien angesiedelt wurde.

Das gesunde Gleichgewicht scheint für die Menschheit in weite Ferne gerückt. Während immer mehr Menschen immer enger zusammenleben, reicht ein Virus, um das Problem der Isolation und Vereinsamung zu einem Massenphänomen werden zu lassen.

AFRIKA, MON AMOUR

Von Jennifer B. Wind

Sahara, Niger, 28. August 2025

Ich bin in der Hölle. Der Geruch von verbrannter Haut liegt in der Luft. Einbildung? Albtraumhafte Illusion? Meine Fußsohlen brennen, als ginge ich über glühende Kohlen. Ich wage nicht, nach unten zu sehen, und blinzle in die Ferne. Nichts. Nur Sand, Sonne, Himmel und wieder Sand. Eine Maske aus Schweiß, Tränen, Staub, Blut und Haar klebt auf meinem Gesicht. Bloß nicht stehen bleiben, obwohl alles in mir schreit. Immer weiterlaufen. Durch meine Eingeweide frisst sich etwas Böses, das mir nicht viel Zeit lässt, Hilfe zu finden. Etwas, das mir mehr Angst macht als alles andere. Etwas, das unter dem Elektronenmikroskop aussieht wie ineinander verknotete Würmer.

Blut tropft auf den Sand. So eine Scheiße! Aus meinem Shirt reiße ich einen Stoffstreifen, den achten mittlerweile, und stecke die Enden in die Nasenlöcher. Mein freigelegter Bauch ist von blauen Flecken übersät. Aus einem Hämatom in Höhe des Bauchnabels sickert Blut. Viel zu schnell ergreift *es* von meinem Körper Besitz. Vielleicht, weil ich geschwächt bin, ausgehungert und ausgedörrt. Was gäbe ich für ein Stückchen Taguella oder einen Schluck aus dem Gdah? Doch schon beim Gedanken daran rebelliert mein Magen. Im Gehen würge ich blutige Galle hoch und spucke sie aus.

Wann habe ich zuletzt etwas gegessen? Das Dörrfleisch an meinem Rucksack stinkt, das verrührte und abgeseihte Kamelblut hängt in einer Isolier-Flasche am Rucksack. Mein Trinknotvorrat. Ich würge abermals. In meiner Wasserflasche kochen vier, vielleicht fünf Schlucke. Bevor sie verdunsten, werde ich sie trinken. Ein letztes Mal das Gefühl von klarer Flüssigkeit in meinem Rachen auskosten. Trotzdem krampft meine Blase. Keine Zeit, um im Sand zu hocken. Der Urin benetzt meine Hose, durch den Wüstenwind kühlt er die Beine ab, nicht genug. Zehn Schritte weiter ist die Hose wieder trocken. Unbarmherzig scheint die Sonne auf mich herab. Zusammen mit dem Fieber fühlt es sich an, als würde ich in einem Kessel sitzen. In meiner Lunge kratzt es. Beim Husten landen feine Blutspritzer auf dem Verband meiner rechten Hand, die ich vor den Mund gehalten habe. Und dann passiert, wovon ich gehört und wovor ich mich gefürchtet habe. Meine Beine versagen, ich spüre sie nicht mehr, gleichzeitig zucken meine Arme unkontrolliert. Wie ein nasser Sack falle ich auf den Boden, schnappe nach Luft. Die Wüste verschwimmt vor meinen Augen, und ich denke darüber nach, wie etwas, das sich derart richtig angefühlt hat, so unglaublich schiefgehen konnte.

Alles hat mit meiner Scheidung begonnen. Eigentlich davor, nur hat es niemand außer mir bemerkt, wie das öfter vorkommt in langjährigen Ehen, die zu früh geschlossen wurden. Die Kinder waren in der Pubertät, mein Mann und ich hatten uns nichts mehr zu sagen. Zum Glück hatte ich eine Leidenschaft. Schon Jahre vor dem Abitur meines Jüngsten habe ich heimlich begonnen zu schreiben, im Keller, in der Waschküche. Während der Trockner seine Runden brummte, tippte ich in den Computer, den ich billig im Secondhandladen erstanden hatte, und begann, Haushaltsgeld abzuzweigen. Damit erstand ich Jahre später einen Laptop, auf dem mein erstes großes Werk entstand. Den Roman wollte ich verschweigen und publizierte in einem Verlag, der ausschließlich E-Books vertrieb, selbstverständlich unter Pseudonym: Jeff Hicks Debüt war eine Dystopie der etwas anderen Art, in einer außergewöhnlichen Erzählweise und ziemlich brutal. Obwohl ich den Roman mit Freude und Herzblut geschrieben hatte, rechnete ich nicht mit viel Aufmerksamkeit. Mangelndes Interesse an meiner Person war ich gewohnt. Das Buch schlug jedoch ein, es erhielt viele positive Rezensionen, polarisierte auf der anderen Seite jedoch auch stark, die Presse war ganz wild nach Interviews, die ich allerdings nicht geben konnte.

Sie forderten Fotos und drangsalierten den Verlag, meine Identität preiszugeben. Bald meldete sich ein großer Verlagskonzern, der mich unter Vertrag nahm, eine Produktionsfirma wollte einen Film aus dem Buch machen, denn Dystopien standen Ende des 20. Jahrhunderts hoch im Kurs, schließlich wartete jedermann darauf, dass die Maya-Prophezeiungen sich erfüllten. Und dazwischen stand ich: zu kurz für mein Gewicht, flachbrüstig, cellulitisgeplagt, mit tiefen Augenringen, Hängebauch, abgekauten Fingernägeln und einem Haar, das nie aussehen würde wie Heidi Klums.

Mein Selbstwertgefühl war durch den Erfolg weiter geschrumpft. Was würden die Leser sagen, wenn sie mich bei einem Auftritt sahen? In der Folgezeit mauerte ich mich noch mehr zu Hause ein, bis sich ein Agent meldete. Er kam mir eher wie ein Animateur oder Guru vor, denn er weckte Dinge, von denen ich nicht einmal wusste, dass sie in mir steckten. Alles änderte sich. Und wieder bemerkte es niemand.

Am allerwenigsten Lars, der nach wie vor an meinem rechten Ohr vorbeisah, wenn er mit mir sprach. Es kam, wie es kommen musste: Nach meiner Rundumerneuerung, seelisch und äußerlich, absolvierte ich mein erstes Interview, gleich im Fernsehen. Lars hatte die Sendung nicht gesehen, aber alle

Nachbarn, Freunde und Familie oder was sich dafür hielt. Danach gab es kein Zurück mehr. Meine Söhne fanden es zuerst toll. Mama war berühmt. In der Schule wurden sie deswegen verprügelt und in den Spind gesperrt. Meine Eltern brachen den Kontakt zu mir ab, sie genierten sich. Eine nicht praktizierende Ärztin in der Familie zu haben war löblicher als eine erfolgreiche Autorin. In ihren Augen waren meine Dystopien billiger Schund. Der »Schund« verkaufte sich weltweit, selbst in China bekam man mein Buch.

Drei weitere Romane waren schnell erdacht und zu Papier gebracht. Meine Fantasie war grenzenlos. Lars wurde immer unleidlicher. Tagelang fläzte er sich untätig auf dem Sofa, nörgelte, schrie die Kinder an, telefonierte mit seiner Mutter, die ihn bemitleidete. Ja, der Mann war wirklich arm, mit einer Frau, die in ein paar Jahren so viel verdiente, wie er in seinem ganzen bisherigen Leben!

In mir schwoll eine Sehnsucht an, die ich lange Zeit nicht richtig zu deuten wusste und über die ich nur mit meinem Agenten sprach, der auch dafür eine Lösung aus dem Hut zauberte: ein Selbstfindungsseminar auf Madeira. Grüne Smoothies, Yoga, Qigong und vegane Kost waren drei Wochen lang meine Wegbegleiter, und in dieser Zeit reifte der Wunsch, etwas Neues zu wagen. Am besten ganz weit weg von allem, was ich kannte. Raus aus der Box.

Lange schon liebäugelte ich damit, ein Sachbuch über eine fremde Kultur zu verfassen. Afrika hatte es mir angetan, nicht nur Meryl Streeps wegen. Ich teilte meinem Agenten den Entschluss mit, ein Buch über die Tuareg zu schreiben.

»Was wissen Sie über dieses Volk?«, fragte er mich.

Ich blieb stumm. Ratlos. In dieser Nacht schlief ich nicht. Meine Beine wollten nicht stillhalten, mein Geist nicht abschalten. Mein Unwissen ließ mich erzittern und erstaunen.

Im Internet buchte ich eine Rundreise durch Afrika, die im Süden ihren Anfang nehmen sollte. Ob ich dabei wirklich Tuareg sehen würde, wusste ich nicht, aber für den Moment reichte es mir, das Land und seine Stimmung einzufangen. Es musste ja nicht bei einer Reise bleiben. Ich war nie ein Campingfan gewesen, aber Glamping klang luxuriös und modern. Als ich meiner Familie diesen Entschluss mitteilte, ging Lars zuerst auf die Toilette und entleerte sich laut ächzend. Wortlos packte er im Anschluss die Koffer. Nach einem ausgiebigen Telefonat mit seiner Mutter verließ er das Haus. Zwei Wochen später flatterten die Scheidungspapiere herein. Ich unterschrieb. Gefühlt hatte ich nichts dabei. Meine mittlerweile erwachsenen Söhne wünschten mir eine gute Reise. Zum Abschied überreichten sie mir einen Weidenkorb, darin lagen ein Moskitonetz, Moskitospray, Insektenstichsalben, ein Taschenmesser, ein Kompass, eine Flasche, die nur mithilfe von Sonnenlicht Wasser desinfizierte, und ein Survival-Guide. Damals lachte ich darüber. »Ich werde in Touristengebieten sein«, sagte ich, »mit Büfett und in Zelten mit bequemen Betten schlafen.«

In Namibia angekommen, umfing mich die Hitze wie ein zu schwerer Mantel. Das Brennen in meiner Kehle wurde zu einem steten Begleiter. Und ich fragte mich zum ersten Mal, wie man diese Temperaturen aushalten konnte, ohne Zugang zu sauberem Trinkwasser. Das Zelt war wirklich überraschend glamourös. Gewöhnungsbedürftig war, beim Duschen quasi im Freien zu stehen. Der Vorteil, kein Handtuch zu benötigen, tröstete mich. Sobald das Wasser nicht mehr lief, trocknete meine Haut, und als ich zurück beim Koffer war, perlten nur noch vereinzelte Tropfen auf meinen Beinen.

Afrika nahm mich sofort in Besitz: die Kargheit der Landschaft, die lächelnden Menschen mit ihren sanften Augen, die wilden Tiere, die ich viel seltener zu Gesicht bekam, als ich gedacht hatte. Und auch das Klima tat mir gut. Zum ersten Mal keine Spur von meinen Allergieanfällen. Es war wunderschön. Aber frei fühlte ich mich da noch nicht.

Zu Beginn suchte ich Anschluss an diverse Gruppen und Safaris, bemerkte jedoch schnell, dass dies nicht mein Weg war. Das pompöse Zelt mit allem Luxus fühlte sich wie ein Fremdkörper in dieser ursprünglichen Welt an. Irgendwann konnte ich nicht mehr im Bett schlafen. Ich strampelte mir das Laken vom Leib, fluchte, schwitzte, boxte auf das Kissen ein. Am Morgen war ich die Einzige, die mit tiefen Augenringen zum opulenten Frühstücksbüfett schlurfte. Essen wie zu Hause: Kaffee, Honig, Wurst, Marmelade und Käse. Essen wie in Amerika: Baked Beans, Rührei, Speck, Schinken und Muffins. Essen wie in England: Earl Grey, Black Pudding, Corned Beef und Scones. Mit einem Ruck fegte ich die Muffins vom Tablett und lief aus dem Zelt. Dabei stieß ich einen Schrei aus, der jedem Löwen Ehre gemacht hätte. Draußen setzte ich mich in den heißen Sand, legte den Kopf auf die Knie und beobachtete die Tour-Guides in ihren weißen Gewändern. Kemal, einer von ihnen, sonderte sich ab und hockte sich zu mir. Seine Zähne blitzten, als er wissen wollte, wie es mir gehe.

»Das ist nicht das Afrika, das ich erleben wollte. Das hier …«, ich zeigte auf den Eingang in das Speisezelt, »… ist nur ein mieser Abklatsch.«

Kemal lachte und nickte. Nach einer Weile sah er mir tief in die Augen. »Die Touristen sind nicht wie du, sie wollen das Land genau so sehen, wie wir es ihnen präsentieren. Sie wollen nicht auf ihre Annehmlichkeiten verzichten, auf das Bett, die Dusche, das Essen, das sie kennen.« Seine Augen glitzerten im Sonnenlicht. Eine Fliege landete im rechten

Augenwinkel, er blinzelte nicht einmal. »Wenn du das echte Afrika erleben willst, musst du von hier weg. Abseits dieser Oasen ist es rau, wild, gefährlich, besonders für eine Frau. Was willst du?«

»Ein Abenteuer. Ich will das Leben aufsaugen, inhalieren. Ich will frei sein. Die Menschen hier kennenlernen, sie begreifen, das Land erleben, es fühlen, mich selbst spüren.«

»Dann tu es.« Er klopfte sich auf die Oberschenkel und stand auf. Bevor er sich umdrehen und weggehen konnte, sprang ich hoch und presste meine Lippen auf die seinen. Er erwiderte den Kuss, als wäre es das Normalste auf der Welt, dass sich zwei wildfremde Menschen küssten. Minuten später waren wir außer Atem, mein Kopf angenehm leer.

Ich grinste. »Das war nur der Anfang. Danke!«

Es war mein letzter Abend im Resort. Zwar schlief ich im Zelt, allerdings nicht im Bett, sondern auf einer Strohmatte daneben, die mir Kemal gebracht hatte und auf der wir uns zum Abschied liebten. Zum ersten Mal seit Jahren fiel ich in dieser Nacht in einen tiefen und traumlosen Schlaf.

Am nächsten Morgen brach ich mit einem Versorgungstrupp auf. Ich hatte nur den Rucksack mit den Dingen aus dem Weidenkorb, Geld und Papiere bei mir. Der Versorgungstrupp führte mich nach Windhoek zu Kemals Cousin. Mit einem Pick-up ging es über Angola in die Republik Kongo und durch den Sudan.

Einen Monat später, nach einer beschwerlichen Reise mit vielen Höhen und Tiefen, kam ich im Tschad an. Die Nomaden nahmen mich auf, die Frauen waren herzlich, die Männer anfangs distanziert und skeptisch. Ich fügte mich rasch in den Stamm ein, wohnte bei einer Familie in deren Lederzelt. Gleich am ersten Tag erhielt ich meinen Teri und mein Aftaq, bedeckte mein Haupt fortan mit einem Afar und bemerkte schnell, wie diese Art der Kleidung meinen Körper vor Austrocknung durch die Sonne schützte und dem Sand und dem Wind trotzte, der einem hier sehr oft hart um die Ohren blies. In der Nacht war es in der Wüste kalt, die Stoffschichten wärmten. Ich lernte, Taguella zu backen, das Brot der Tuareg, und Kamele zu melken. Mit Wasser verdünnt wurde diese Milch zum Essen getrunken. Die Reste ließen wir in gedḥān, Holzschalen verschiedener Größe, offen stehen, wo sie vergoren. Die Familie hatte zwei Ziegen, aus deren Milch wir Butter und Käse zubereiteten. Alles Weitere wurde am Markt der nächstgelegenen Oase erworben, wo die Männer der Familie selbst geschmiedete Dinge verkauften. Dazu gingen die Söhne zusammen mit den Vätern zum Sammeln.

Industrieschrott wie Halbachsen von Geländewagen konnten sie gut dafür nutzen. Doch das Leben bestand nicht nur aus Arbeiten. Ich liebte die Abende, an denen wir um das Feuer saßen. Ein Targi, seine Gitarre auf den Knien, zupfte die Saiten, die Vorsängerin trommelte auf einem mit Ziegenhaut bespannten Hirsemörser und meine Gastgeberin spielte auf der Imzad, der einsaitigen Fidel. Es waren schöne, durchaus laute Feste. Der Targi Tebent fühlte sich zu mir hingezogen, was er besonders an Festtagen zeigte, aber ich war mir selbst genug. Abseits der Arbeit schrieb ich an meinem Buch, wie ich es vorgehabt hatte, fühlte mich endlich frei und war glücklich. An eine Heimreise dachte ich nicht mehr. So vergingen die Jahre und ich verliebte mich wieder. In einer Zeremonie wurde ich schließlich doch mit Tebent verheiratet, er ließ mir den Freiraum, den ich brauchte. Er war auch mit meiner Entscheidung zufrieden, keine weiteren Kinder zu wollen. Immer noch hatte ich Kontakt zu Kemals Cousin, der mir Pakete aus der Hauptstadt schickte, sie enthielten das Nötigste. Alles war gut. Auch dann noch, als die Pakete eines Tages ausblieben und auch Kemals Cousin nicht mehr vorbeikam, um mir Briefe aus der Heimat zu bringen oder meine abzuholen, die der Cousin immer an meine Söhne geschickt hatte. Es war ein gutes Leben.

Bis zu jenem Tag, an dem dieses Pärchen in unsere Siedlung kam. Amerikaner, die behaupteten, aus Mali zu kommen. Rachel und Ben waren angeblich zuvor beim Glamping gewesen. Allerdings nicht in Namibia, sondern in Nigeria. »Dann wurde eines Nachts alles aus unseren Zimmern gestohlen.« Rachel kratzte sich an der Wange, die bereits blutverkrustet war. »Reisepass, Geld, Handy. Als wir am nächsten Tag zum Frühstück gehen wollten, war es so ruhig, und dann haben wir es gesehen.« Rachel schluchzte an Bens Brust. Dabei fiel mir auf, dass ihr am Hinterkopf ein Büschel Haare fehlte und sie seltsamen Ausschlag an den Armen hatte.

Ben fuhr fort: »Alle Gäste waren tot. Abgeschlachtet. Sie lagen in ihrem eigenen Blut. Wir konnten nichts mehr für sie tun. Der Reiseleiter war weg, auch vom Personal war weit und breit nichts zu sehen. Der Gestank … Es war furchtbar.«

Ich hatte von Anfang an geahnt, dass die beiden nicht die ganze Wahrheit sagten, irgendwas an ihrer Geschichte war seltsam unglaubwürdig. »Wieso haben Sie überlebt?«

Beide drucksten eine Weile herum, dann brach Rachel das Schweigen: »Wir waren nicht in unserem Zelt. Es war heiß, wir haben hinter einem Busch … Wir sind dort auch eingeschlafen.«

Mir kam diese Erklärung fadenscheinig vor, aber mein Stamm kümmerte sich sofort um die Reisenden, die sehr ausgezehrt wirkten und übel rochen. Rachel musste sich zudem immer wieder übergeben und Ben hustete.

Mit den Amis kam das Grauen über unseren Stamm. Rachel starb acht Tage nach unserem ersten Gespräch. Zu diesem Zeitpunkt waren bereits zwölf Tuareg erkrankt. Das Fieber wütete, die Kranken husteten, erbrachen alles, was man ihnen anbot, wälzten sich im eigenen Kot, denn sie waren zu schwach, um aufzustehen und ihre Notdurft in einer Sandkuhle zu verrichten, und wir hatten nicht die nötigen Mittel, sie zu pflegen.

Verzweifelt schlich ich mich nachts häufiger zu Tebent und schlief mit ihm, nur um etwas Wärme und Glück zu spüren, während alles um uns herum zusammenbrach. Ich hatte seit Wochen keine Antibabypille mehr, doch das war mir egal. Nach dem Sex weinten wir meistens, seine Eltern und Geschwister waren ebenfalls krank, und keiner von uns wusste, was los war. Hier draußen gab es kein Internet, ich konnte nicht telefonieren, nur mutmaßen, dass es sich um Ebola handelte. Schließlich hatte es in den letzten Jahrzehnten immer wieder Ausbrüche in Afrika gegeben, aber ich hatte seit Jahren keinen Kontakt zur Außenwelt, abgesehen von Kemals Paketen und Briefen. Ich wusste nicht, was jenseits unserer kleinen, einst glücklichen Siedlung vor sich ging. Als Ben im Sterben lag, durchwühlte ich seine Sachen und fand ein Notizbuch, ein Handy mit leerem Akku und interessanterweise Reisepässe, eine Geldtasche und Flugtickets.

Was zum Teufel war hier los? Ich stellte ihn zur Rede, er krächzte: »Die Army hat den Virus verändert, effizienter … Arktis … und ausgesetzt … aus dem Eis … war beim Wissenschaftsteam dabei, wollte Impfstoff entwickeln … wusste nicht, was sie vorhaben.« Bruchstücke. Ich konnte nichts damit anfangen. Er packte meinen Oberarm und grub seine Fingernägel ins Fleisch. »Nehmen Sie meine Aufzeichnungen, schaffen Sie sie raus und übergeben Sie alles an die europäische Regierung.« Er wedelte mit einem Packen Papier. Stöhnend verdrehte er die Augäpfel, bis nur noch das Weiß sichtbar war.

Die mit Blut bespritzten Papierseiten fielen wie Herbstblätter aus seiner Hand und verteilten sich auf dem Sand.

Ich wische mir die Tränen von den Wangen, als ich an Tebent denke, der vor zwei Wochen in meinen Armen gestorben ist. Der Letzte seines Stammes. Seitdem wandere ich von Stamm zu Stamm und finde nur noch Überreste von Leben. Das Kamel, das mich bis vor fünf Tagen trug, musste ich schlachten. In einer Flasche trage ich noch das Blut, das bald ungenießbar sein wird. Außen an meinem Rucksack hängen getrocknete Fleischlappen, darin befinden sich mein Manuskript, Wasser und das Messer, alles andere habe ich zurückgelassen. Auch die Stammeskleidung. Es schien mir nicht richtig, sie weiterhin zu tragen, meine Ersatzfamilie ist tot, mein Tuareg-Mann ebenfalls.

Ich bin keine Targia mehr, nie eine gewesen. Mein Shirt klebt an meinem Busen, das Einzige, das noch frei von Ausschlag ist. Ich kratze die Wunde an meinem Bauch und blinzele. Am Horizont glitzert etwas. Es blendet meine Augen. Eine Luftspiegelung? Nein, ich höre das Brummen eines Motors. Das Glitzern kommt näher und ich erkenne, was es ist: Ein Jeep fährt auf der Düne. Meine Rettung! Ich versuche zu schreien, doch meiner Kehle entkommen nur heisere Krächzer. Es dauert gefühlte zehn Minuten, die Arme zu heben. Der Jeep fährt weiter, bald wird er weg sein, ich muss laufen. Ich muss es schaffen. Im Rucksack knistert das Papier. Ich beginne zu rennen, schreie dabei und fuchtle wild mit den Armen. Der Jeep fährt an mir vorbei. Nein!

Tränen laufen mir erneut übers Gesicht. Ich lasse meine Arme sinken. Das war's. In der Ferne sehe ich eine Staubwolke. Der Jeep hat gewendet und kommt zurück. Weinend sinke ich auf die Knie. Zwei Männer in Uniform steigen aus. Bänder mit einem roten Kreuz zieren ihre Oberarme. Gott sei Dank!

»Können Sie laufen?«, fragt einer der Männer.

Ich nicke. Durch den Tränenschleier sehe ich die Waffen in ihren Händen. »Ich muss nach Europa.« Meine Stimme klingt wie das Flüstern des Windes.

Der Soldat lacht und spuckt auf den Sand. »Europa? Was wollen Sie denn dort? Über 720 Millionen Menschen sind in den letzten Monaten an Ebola1+ gestorben. Wissen Sie das nicht?«

»Ich habe die letzten Jahre in Afrika verbracht.«

»Aber hier sind sie doch zuerst wie die Fliegen krepiert.«

»Nicht in meiner Siedlung. Erst vor vier Wochen sind Rachel und Ben gekommen und haben …« Ich breche ab, zu schmerzhaft ist die Erinnerung an all das Leid.

»Ben Crowley?«

Ich nicke.

»Dieser Mistkerl. Deserteur!«

Ich wusste damals schon, dass an den beiden etwas faul war. »Sie gehörten zur Army? Was ist Ebola1+?«

»Die Army hat den Grundvirus von 1976 weiterentwickelt, war auch damals in den 70er-Jahren als Drahtzieher dabei, um die ursprüngliche Seuche nach Afrika zu bringen und die Überbevölkerung zu stoppen. Ebola war früher zwar in 50 Prozent der Fälle tödlich, allerdings nicht ansteckend genug. Man musste sehr engen Kontakt zu den Erkrankten haben und vor Ausbruch der Symptome war es gar nicht ansteckend. Die neue Variante ist rascher zu verbreiten, bevor Symptome einsetzen.« Er fuhr sich durch die Locken »Ben und Rachel sind vor der Impfung abgehauen, diese Idioten!«

»Es gibt einen Impfstoff gegen Ebola1+?«

»Nur für ausgewählte Menschen. Es ist kaum mehr was da. Die letzten Dosen werden streng gehütet. Wer stark genug ist, die Seuche zu überstehen, darf natürlich weiterleben. Zusätzlich haben sie einen neuen Virus aus der Arktis genommen und damit hochgefährliche, extrem resistente Mutationen erzeugt, bei denen auch Impfungen und jegliche Medikamente versagen.«

»Aus der Arktis?«

»Ja, durch die Klimaerwärmung schmilzt sie stark, in den letzten Jahren ist es extrem gewesen, und da wurden immer wieder neue Sachen freigelegt, eben auch uralte Mikroben.«

Ich huste und blicke auf meine blutigen Hände. Der Soldat hebt mich hoch und trägt mich zum Jeep. Auf der Lederbank schlafe ich auf der Stelle ein.

Als ich aufwache, liege ich wieder auf dem heißen Sand. Eine Minute denke ich, dass ich alles nur geträumt hätte: den Jeep, die Soldaten, vielleicht alles andere auch. Ein Keuchen und Husten lässt mich zusammenfahren. Ich setze mich auf und erstarre. Ich liege inmitten eines Meeres aus Körpern, Hunderttausende liegen neben, hinter und vor mir in engen Reihen nur auf Matten oder direkt auf dem Boden. Sie husten, weinen, schreien, stöhnen, kratzen sich die Haut blutig, reißen sich die Haare aus.

Die Männer links und rechts von mir sind mit großen blauen Kreisen an den Oberarmen markiert. Code blau: kaum Chancen zu überleben. Hier wird nach dem Triage-System entschieden, wer behandelt wird und wer nicht. Ich wage es kaum, meinen Kopf zu drehen, doch ich muss es sehen. Fliegen, die sich an der letzten Flüssigkeit aus meinen Augen laben, trüben meine Sicht, aber der blaue Kreis auf meinem Oberarm ist groß genug, dass ich ihn sehen kann.

Da packt mich eine Hand an meiner Hose, Finger krallen sich in den Stoff. Schwarze Augen sehen mich anklagend an. »Weißer Dämon!«, schreit ein Mann und spuckt einen Schwall Blut, das auf meine Kleidung spritzt. Ein Zucken geht durch seinen Körper, tot fällt er auf die Matte. Code schwarz. Ich versuche aufzustehen, in meinem Bauch gurgelt es. Zwei Reihen weiter sehe ich den Soldaten stehen, der mich getragen hat. Gelassen steckt er sich eine Zigarette in den Mund, zündet sie an, bläst den Rauch aus und grinst.

Ich trinke die letzten Tropfen aus meiner Flasche. Erschöpft bette ich meinen Kopf auf den Rucksack. Die Manuskriptseiten darin knistern.

Afrika, mon Amour, hier habe ich gelebt, hier habe ich gelacht, hier habe ich gehasst, hier habe ich gelitten, hier habe ich geliebt, hier werde ich eins mit der Erde.

Warm liegt das Taschenmesser in meiner Hand.

Hintergrundfakten zur Geschichte

Diese Geschichte habe ich bereits 2014 geschrieben und genauso lange wollte ich diese Anthologie schon machen. Seit einigen Jahren warnen Wissenschaftler*innen vor der Gefahr von Viren, die weltweite Pandemien auslösen können. Wie viel Wahrheit dahintersteckte, können wir alle seit 2020, dem Covid-19-Jahr, selbst feststellen, viele auch am eigenen Leib, mich eingeschlossen.

Tatsache ist, dass die Arktis schmilzt und damit Mikroorganismen, Viren und Bakterien freigelegt werden, die lange verschwunden waren oder die die Menschheit noch nie gesehen hat, weil sie seit Jahrhunderten im Eis ruhen. Viele Krankheitserreger gelten als ausgestorben. Doch im Permafrost – gefrorenen Dauerfrostböden zum Beispiel in Sibirien, Alaska und Kanada – liegen historische Viren und Bakterien seit Jahrtausenden im Winterschlaf. Permafrostböden konservieren Krankheitserreger. Es gibt keinen Sauerstoff, zudem ist es eiskalt und dunkel – genau diese Umgebung brauchen Mikroben, um zu überleben. Bereits im Jahr 2017 fanden belgische Wissenschaftler in 700 Jahre altem Karibu-Kot zwei Viren, die sie im Labor wiederbeleben konnten. Ähnliches passierte 2014 in Frankreich. Dort erweckten Forscher ein seit 30.000 Jahren eingefrorenes Riesenvirus im Labor wieder zum Leben. 2007 wiesen Wissenschaftler des Nationalen US-Instituts für Allergien und Infektionskrankheiten das Virus der Spanischen Grippe in der Leiche einer Frau nach, die in einem über zwei Meter tiefen Massengrab eines Inuit-Dorfes in Alaska lag. Nach Angaben des Weltklimarats IPCC sind die gemessenen Temperaturen im Permafrost in den letzten 40 Jahren auf Rekordwerte gestiegen – nach Millionen von Jahren mit Temperaturen wie in einer Kühltruhe. Nahezu überall taut der Boden langsam auf. Ein besonders großes Problem könnte entstehen, wenn lange eingefrorene alte und heutige Bakterien aufeinandertreffen und Erbgut austauschen. Dabei könnten auch vermeintlich harmlose Mikroben zu gefährlichen Erregern werden, die das Potenzial haben, die Menschheit auszulöschen …

Kein Geheimnis ist auch, dass tatsächlich in Laboren mit hochgefährlichen Biowaffen (Toxinen und Krankheitserregern) experimentiert wird. Die Forschungen von Robert Koch, der als Erster eine Methode zur Züchtung von Bakterien entdeckte, eröffneten den Weg zur Herstellung größerer Mengen von Biowaffen. Doch biologische Waffen wurden schon vor 3.000 Jahren eingesetzt, als die Hethiter verseuchtes Vieh in Feindesland aussetzten. In den nordamerikanischen Kolonien wurden Pockenviren von den Europäern gegen die Ureinwohner verwendet. Bis ins 19. Jahrhundert waren Bioanschläge nur durch die Verbreitung bereits ausgebrochener Krankheiten möglich, nicht jedoch durch die künstliche Erzeugung der Erreger. Das änderte sich erst, als die Forschung mit der Züchtung von Bakterien begann. 1914 verfügte das Deutsche Reich bereits über eine große Anzahl unterschiedlicher »Bio-Waffen«. Deshalb starteten viele andere Staaten aus Furcht ihre eigenen Programme: Frankreich 1922, die Sowjetunion 1926, Japan 1932, Italien 1934, Großbritannien und Ungarn 1936, Kanada 1938 und die USA 1941. 1940 wurden von der japanischen Armee Pesterreger über Städten abgeworfen. Ende 1941 wurden chinesische Kriegsgefangene freigelassen, die man zuvor mit Typhus angesteckt hatte. Eine Epidemie unter den chinesischen Soldaten und der Zivilbevölkerung war die Folge. Biowaffen wurden in vielen Ländern an Menschen erprobt, meist an Strafgefangenen oder Minderheiten. Es gibt zahlreiche weitere historische Beispiele.

Gefährliche Laborunfälle hat es in der Forschungsgeschichte ebenso gegeben, einige davon sind belegt.

Ein Szenario wie in meiner Geschichte ist deshalb nicht nur möglich, sondern könnte in Zukunft tatsächlich eintreffen …

GEFÄHRLICHE CYBERWELT

Mir ist es seit jeher ein großes Anliegen, möglichst viele Menschen über die Gefahren von Cyberkriminalität und die zunehmende Vernetzung der Welt aufzuklären und aufzuzeigen, wie verwundbar uns der Einsatz von Technologie macht. Wie viel Technologie wollen wir in unser Leben lassen, und können wir noch selbst bestimmen, wie diese funktioniert? Das sind ebenso Fragen der Gesellschaftspolitik wie der Klimawandel, die immer größer werdende Schere zwischen Arm und Reich sowie die Bildungsbenachteiligung. Wir dürfen niemals vergessen, dass wir Menschen auf der Erde nur zu Gast sind.

– Barbara Wimmer

Als ich diese kleine Dystopie vor einigen Jahren niederschrieb, schien die Lage in Sachen Datenschutz vollkommen hoffnungslos. Doch dank einiger schöner Skandale rund um Facebook und dank toller Pionierarbeit der EU verändert sich gerade vieles zum Guten. Noch ist es nicht geschafft, aber die Chancen stehen gut, dass wir auch in einigen Jahren unsere Präsidentinnen und Präsidenten noch frei wählen dürfen. Viel Spaß mit der Story! Ich muss leider sofort in die Küche, mir ist mein Toast angebrannt …

– Reinhard Kleindl

CYBERGANGSTER

Von Barbara Wimmer

Wien. 2050. Es war einer jener Tage, an denen das Außenthermometer 40,3 Grad im Schatten anzeigte. Das war längst kein außergewöhnlicher Wert mehr, schon in den letzten fünf Jahren hatte die Temperatur die 40-Grad-Marke an mehreren Tagen im Sommer geknackt. Zwar hatte man rund um das Jahr 2025 endlich damit begonnen, Maßnahmen zu ergreifen, um die vom Menschen verursachten Emissionen einzubremsen, doch es war zu spät gewesen. Zu spät, den Klimawandel noch aufzuhalten. Jetzt mussten sie mit diesen Temperaturen leben lernen.

Der 16-jährige Marvin starrte in den Bildschirm seines Laptops. Die Außenjalousien verdunkelten das Zimmer. Trotzdem rann Marvin, der in der Unterhose dasaß, der Schweiß von der Stirn. Auch am Körper bildeten sich Perlen. In der Wohnung, in der er lebte, hatte es rund 35 Grad. Die billigen Neubau-Sozialwohnungen waren zwar mittlerweile alle mit Jalousien ausgestattet, Klimaanlage gab es aber selbstverständlich keine. Die Räume waren rund um die Uhr aufgeheizt, weil es in der Nacht nicht mehr abkühlte. Die Stadtregierung hatte die Warnungen, dass zu viel Beton in Städten einen negativen Effekt haben würde, nie richtig ernst genommen und geglaubt, mit ein paar Jungbäumen, von denen die Hälfte verdurstet und gestorben war, würde man das Problem in den Griff bekommen. Nun litten die Menschen darunter. Marvin versuchte, sich zu konzentrieren, so gut es ging, denn er verfolgte einen Traum: Er wollte ein Cybergangster werden, um sich einmal ein richtig fettes Haus mit Pool leisten zu können. Sein Plan: Reiche bestehlen, ihre Dinge im Netz verkaufen und das Geld, das er damit einnahm, in Kryptowährungen anlegen.

Bei ihm ums Eck gab es einen kleinen Laden, der von ein paar langhaarigen Öko-Fritzen betrieben wurde, der nannte sich »PCs und Bildung für alle«. Von denen hatte er den alten Laptop, den jemand anderes aussortiert hatte, weil er bereits drei Jahre auf dem Buckel hatte. Drei Jahre! Die Reichen hatten diesbezüglich noch immer nichts gelernt und hielten an ihrer Wegwerf-Mentalität fest, die ihnen von den Produktherstellern über die Jahre eingetrichtert worden war. Nur der neue »heiße Scheiß« zählte – die Wirtschaft musste ja fleißig angekurbelt werden! Was für ein Drama wäre das, wenn die Reichen plötzlich nur noch alle fünf bis zehn Jahre neue Geräte kaufen würden? Da hatten sich die Klimaaktivisten einfach nicht durchsetzen können. Jedenfalls hatten die Öko-Fritzen das »alte« Gerät aufgemotzt. Ihre Philosophie: alte Laptops, Smartphones, VR-Brillen und Wearables an sozial schwache Jugendliche abgeben, um ihnen Bildung zukommen zu lassen. Pro Kind gab es allerdings nur ein Gerät. Marvin hatte sich ganz bewusst für einen Laptop statt für eine der VR-Brillen entschieden, die bei den anderen Teenagern angesagt waren, denn damit ließ sich programmieren. Mit dem Onlinekurs zum Thema »Smarthome-Hacking« war Marvin heute fertig, er absolvierte gerade die Abschlussprüfung im Netz. Die war schwierig, aber er hatte das meiste im Kurs verstanden und konnte all sein Wissen anwenden. Nur bei der allerletzten Aufgabe scheiterte er. Da hatte er wohl doch nicht überall gleich gut aufgepasst …

Das Wissen, das er sich angeeignet hatte, musste reichen, um seinen Plan auszuführen. Schon im März, als es noch deutlich angenehmere Temperaturen gehabt hatte, hatte Marvin eine Gegend in Wien ausgekundschaftet, bei der er genau die im Onlinekurs beschriebenen Smarthome-Anlagen entdeckt hatte. Und genau dort wollte er nun einbrechen, indem er die Alarmanlage lahmlegte, die Videokamera abdrehte und die Türen aus der Ferne öffnete. Seine Augen glänzten, und er strotzte plötzlich vor Energie. Er nahm den Laptop, öffnete die Wohnungstür und … wurde erst einmal von einem Wüstenwind begrüßt. Die Temperatur war auf 41 Grad gestiegen, Marvin schnürte es fast die Kehle zu. Er warf die Haustür ins Schloss, ging zurück in die abgedunkelte Wohnung und textete seinem Freund Hari: »Viel zu heiß heute!!!«

Es kam zurück: »Ja, bin im Bad. Kommst du auch?«

Marvin verwarf den Plan, gleich mit seinen Machenschaften zu beginnen, und verschob seinen Einbruch. Als es am nächsten Tag wieder so heiß war, beschloss er, es durchzuziehen.

Bei dem Wetter ging Anna nicht raus. Sie hatte die Hitze schon vor 30 Jahren nicht gut vertragen. Das hatte sich auch mit der Zeit nicht gebessert, war eher schlimmer geworden. Jetzt war sie 76 und seit sechs Jahren in Pension. Davor war sie zehn Jahre lang in »Altersteilzeit« gewesen, wie es heutzutage üblich war. Anna ging überhaupt nur noch selten auf die Straße. Die Lebensmittel ließ sie sich liefern und der Gemeinschaftsgarten der Hausgemeinschaft bot alles, was sie sich wünschte: Bäume, die Schatten spendeten, einen Pool, ein eigenes Platzerl zum Anbau von Kräutern und Gemüse, einen permanent bewässerten Rasen, der vor Grün nur so erstrahlte. Der Wasserverbrauch war gigantisch und sündhaft teuer, Wasser war mittlerweile selbst in Wien zu einem Luxusgut geworden. Die Anlage war riesig und mit modernem Überwachungskrimskrams bestens gegen Einbrecher gesichert. Sie hätte sich vor 30 Jahren nicht vorstellen können, dass das einmal notwendig werden würde. Doch die Schere zwischen Arm und Reich hatte sich mit dem voranschreitenden Klimawandel immer weiter geöffnet. Während es für hoch qualifizierte, gut ausgebildete Menschen wie sie noch genügend Jobs gegeben hatte, hatte man jenen, deren Jobs einfach wegautomatisiert worden waren, keine Perspektiven geboten. Eines Tages hatte es sogar geheißen, dass nur noch Kinder in die Schule gehen durften, deren Eltern die Matura hatten. Die anderen mussten nach dem 14. Lebensjahr selbst sehen, wo sie blieben. Anna hatte das als ungerecht empfunden und sich bei Demos gegen diese Zwei-Klassen-Gesellschaft eingesetzt. Doch sie war eine von wenigen gewesen, die meisten hatten selbst Angst um ihre Jobs gehabt; Angst, ihren eigenen sozialen Status zu verlieren. Denn Anwälte, Bankberater und Wissensarbeiter waren von der Automatisierung ebenso betroffen gewesen. Wer nicht flexibel genug gewesen war oder ein bestimmtes Alter bereits überschritten hatte, der wurde ebenso fallen gelassen wie jene, die von vornherein nichts Anständiges gelernt hatten. Anna hatte Glück gehabt, sie hatte zuerst als Journalistin gearbeitet, bis diese großteils von Robotern ersetzt worden waren. Sie hatte dann auf die »andere Seite« gewechselt, ins PR-Kabinett der Bundesregierung. Während die Journalisten-Jobs weiter geschrumpft waren, hatte der Staat gleichzeitig mit Steuergeldern ein immer breiteres Kabinett an Menschen aufgebaut, die die Botschaften der Regierung über diverse Kanäle verbreiteten. Anna hatte auf der Social-Media-Plattform »Fleet« extrem viele Zuhörer gehabt, und daher hatte man sie im PR-Kabinett mit Freuden aufgenommen. Sie war dafür bezahlt worden, über ihren persönlichen Account Botschaften der Regierung zu verbreiten; Menschen zu antworten, die anders dachten. Diese wurden entweder als Idioten dargestellt oder es wurde versucht, sie auf die »richtige« Seite zu ziehen. Anna übernahm obendrein klassische OPSEC-Arbeiten für die Regierung. OPSEC stand für Operations Security und darunter waren alle Prozesse und Strategien zusammengefasst, die notwendig waren, um den Ruf der Regierung online zu schützen. Anna hatte schon immer ein Faible gehabt für IT-Security und Hacker-Kram. Deshalb war sie skeptisch gewesen, als die Hausgemeinschaft beschlossen hatte, ihre Anlage »smart« zu machen. Sie wusste, dass alles angreifbar war – selbst wenn der Hersteller versprach, dass das System »unhackbar« sei. Anna glaubte diesen Versprechungen nicht, aber passiert war bisher glücklicherweise noch nie etwas.

In Annas Wohnung war es schön kühl. Der smarte Thermostat zeigte angenehme 24 Grad an, die Klimaanlage lief auf Hochtouren. Bei Außentemperaturen um 41 Grad war das eine Wohltat für Anna. Sie fröstelte fast ein wenig, daher beschloss sie, sich einen Tee zu kochen. Tee könne man auch im Hochsommer trinken, dachte Anna, als sie merkwürdige Geräusche aus dem Eingangsbereich ihrer Wohnung hörte. Sie blickte von der Küche ums Eck, da stand ein junger Mann mit einer Waffe in der Hand. Er fummelte nervös an seiner Tasche herum, als würde ihn irgendetwas daran stören. Anna ging geräuschlos rückwärts in die Küche zurück und holte ihr riesiges Fleischmesser aus der Schublade, das sie nie brauchte, weil sie längst kein Fleisch mehr aß, und hielt es vor ihren Körper. Entschlossen ging sie ein paar Schritte nach vorn und wartete, bis der junge Mann den Gang entlangkam, der zur Küche führte. Dort hinter dem Schrank lauerte sie. Als der junge Mann den Kopf ums Eck streckte, holte Anna aus und setzte ihm das Messer an die Brust.

»Du machst besser keine Bewegung und lässt die Waffe fallen!«, rief sie mit fester Stimme. Es war kein Zittern zu hören und keine Unsicherheit zu spüren.

Der junge Mann gehorchte aufs Wort und stammelte: »Aber, aber … das ist nur eine Attrappe. Ich schwöre!«

»Netter Ablenkungsversuch. Du gehst jetzt rückwärts nach hinten, so lange, bis ich dir etwas anderes befehle!«

»Ja«, sagte Marvin mit dünner Stimme. »Warum sind Sie heute nicht bei der Physiotherapie?«, fragte er.

»Zu heiß draußen«, antwortete Anna, die einen Blick zum Boden riskierte. Bei der Waffe handelte es sich tatsächlich um eine Attrappe, und was für eine! Man sah es aus der Nähe sofort. Sogar sie, deren Augen nicht mehr die allerbesten waren. »Woher weißt du davon?«

»Ich habe Sie ausgekundschaftet«, sagte Marvin. »Ich beobachte Ihr Haus schon länger.«

»Ah ja, junger Mann. Und was wollen Sie von mir?« Anna drückte das Messer ein wenig fester auf die Brust des Burschen, der eine Strubbelfrisur hatte und ein T-Shirt mit dem Aufdruck »Daft Punk« trug. Das war eine French-House-Musik-Band, 2021 hatte sie sich aufgelöst, nachdem sie Anfang der 2000er-Jahre einen Hit nach dem anderen gefeiert hatte. Wieso kannte jemand in Marvins Alter diese Kombo überhaupt noch? Damit war Anna aufgewachsen, das war ihre Jugend gewesen! Wie gerne dachte sie an diese Zeit zurück.

»Du magst ›Daft Punk‹?«, fragte sie spontan.

»Ja! ›Da Funk‹ ist mein Allzeit-Lieblingssong!«

»Meiner auch!«, schwärmte Anna und nahm mit einem Schlag das Messer weg. »Du tust mir doch jetzt nichts, oder?«

»Nein. Lassen Sie mich laufen?«

»Nein. Ich möchte deine Geschichte hören«, sagte Anna. »Magst du einen Tee, eine Cola oder Mineralwasser?«

Marvin runzelte die Stirn. Er sah überrascht aus. Damit hatte er wohl nicht gerechnet, dass die alte Dame ihm ein Getränk anbot, statt die Polizei zu rufen. Anna wollte sein Leben nicht unnötig zerstören, durch ihren früheren Job wusste sie, dass man aus dem Knast heutzutage kaum mehr rauskam. Die Überlebenschancen im Gefängnis betrugen nur knapp 50 Prozent, weil sich dort Viren unkontrolliert verbreiteten und Häftlinge davor nicht geschützt wurden. Außerdem waren die Gefängniszellen zunehmend zu wahren Hitzefallen geworden. Nicht selten verdursteten die Insassen an so heißen Tagen wie heute einfach, weil sie ihre Wasserflaschen nicht ausreichend gegen andere Häftlinge verteidigen konnten.

Marvin setzte sich und sagte leise: »Eine Cola wäre fein, bitte.«

Anna ging zum Kühlschrank, sie ließ Marvin dabei nicht aus den Augen. Er machte zwar einen friedlichen Eindruck, und das Leuchten in seinem Blick, als er von »Daft Punk« gesprochen hatte, zeigte ihr, dass er kein so schlechter Mensch sein konnte. Aber man wusste ja nie. Er war schließlich gerade bei ihr eingebrochen.

»Als Erstes will ich wissen, wie du es geschafft hast, die Alarmanlage außer Kraft zu setzen und die Überwachungskameras«, sagte sie und reichte ihm ein Glas Cola.

»Och, das war ganz einfach. Die Überwachungskameras funktionieren nur mit aufrechter Internet-Verbindung. Ich habe diese mit einem Störsignal durcheinandergebracht und sie haben sich daraufhin selbst abgeschaltet. Und bei der Alarmanlage lief es so ähnlich«, erwiderte der Junge.

»Und wie hast du mein Türschloss geknackt?«

»Das hatte eine dem Hersteller lange bekannte Sicherheitslücke, die er bislang nicht geschlossen hat. Da musste ich einfach einer Anleitung folgen, die habe ich aus dem Internet.«

»Soso. Das heißt, du hast dir einen Hacker-Kurs reingezogen?«

»Ja, ich will reich werden! Das ist mein Ziel!«

»Aha. Und das, indem du Reiche bestiehlst? Warum nicht auf ehrliche Art und Weise?«

»Wer nimmt denn jemanden wie mich? Ich gehöre offiziell zu der Schicht, die ab 14 keine Ausbildung mehr bekommt vom Staat. Die Hacker-Kurse aus dem Netz werden nicht anerkannt und die teuren IT-Kurse kann ich mir nicht leisten! Haben Sie das überhaupt mitgekriegt, dass der Staat die Schulen für alle abgeschafft hat, deren Eltern keine Matura haben?«

»Ja, habe ich. Ich bin sogar auf die Straße gegangen, um dagegen zu protestieren! Damals war ich Journalistin und habe darüber berichtet, was das für Menschen wie dich bedeutet, Junge. Wie heißt du eigentlich?«

»Marvin. Und du?«

»Anna.«

»Und Sie sind echt auf die Straße gegangen? War das nicht gefährlich?«, fragte Marvin. Die Frage kam nicht grundlos, Demonstrationen gab es seit dem Jahr 2025 kaum mehr. Damals hatten ein paar Klimaaktivisten das Parlament gestürmt und tagelang besetzt. Anna war nicht persönlich dabei gewesen, doch sie hatte über den Vorfall berichtet. Die Polizei war vehement gegen die Aktivisten vorgegangen. Der Klimawandel, der finde in Österreich nicht statt, hatte damals die Regierungsbotschaft gelautet. Anna war zu dieser Zeit noch auf der »anderen Seite« gewesen und hatte alles hinterfragt, was die Regierung verlautbaren ließ. Am meisten hatte sie geärgert, dass die Regierung nichts unternommen hatte, um den Klimawandel zu bremsen. Schließlich hatte es jedes Jahr geschneit und die Winter waren kalt gewesen wie eh und je! Anna dachte mit Gram an diese Jahre zurück, in der man den Klimawandel noch bedeutend hätte reduzieren können. Stattdessen war das Gegenteil passiert und Demonstrationen waren kurze Zeit später verboten worden.

»Ja, ich war noch auf Demonstrationen, allerdings war es noch nicht so gefährlich«, sagte Anna. »Wenig später bin ich selbst zur Regierungs-PR gegangen. Ich brauchte das Geld, weil ich schon damals alleine gelebt habe.«

»Aha, warum, wenn ich fragen darf?«

»Junger Mann, hier stelle ich die Fragen!«, versuchte Anna abzulenken, sie erinnerte sich schmerzhaft, wie sie innerlich mit ihrer Entscheidung gerungen hatte. Sie hatte über ihren Schatten springen und ihre Ideale zurückstellen müssen. Und darüber, dass alle ihre Beziehungen gescheitert waren, wollte sie erst recht nicht nachdenken. »Du willst also mit Kriminalität reich werden und riskieren, dafür in den Knast zu kommen, obwohl du weißt, dass deine Überlebenschancen dort nur bei 50 Prozent liegen?«

»Ja, ich muss es versuchen. Eine andere Wahl habe ich nicht!«

»Im Leben hat man immer eine Wahl.«

»Ich nicht.«

»Doch.«

»Nein.«

»Doch.«

»Oh!«, antwortete Marvin und brachte Anna zum Lachen. Ein uralter Scherz aus dem 1970er-Jahre-Film »Hasch mich – ich bin der Mörder«. Sie hatte nicht gewusst, dass die Jugend diesen noch kannte – und auch aktiv verwendete. »Habe ich im Internet gesehen, da gibt's 'nen alten Clip auf Simeo TV«, erklärte Marvin, ohne dass sie ihn gefragt hatte. Die beiden verstanden sich also nicht nur wegen ihres Musikgeschmacks.

Dennoch wollte Anna jetzt das ernste Gespräch mit dem Jungen noch eine Weile fortführen.

»Soso. Im Internet. Denkst du nicht, dass dir das Internet wenigstens Bildungschancen ermöglicht wie bei deinem Hacker-Kurs?«

»Doch, das Internet ist toll. Da sage ich nichts dagegen. Wenigstens eine Möglichkeit für Leute wie mich. Aber die Ausbildung wird nicht anerkannt, habe ich doch gesagt. Alles, was man euch darüber erzählt, ist erstunken und erlogen! Wir bekommen am Arbeitsmarkt keine Gelegenheit, unsere Fähigkeiten unter Beweis zu stellen!«

»Denkst du das wirklich?«

»Ich weiß es. Ich habe zig Erlebnisse von älteren Brüdern berichtet bekommen. Die haben alles versucht. Kaum einer von uns will auf der Straße enden oder als Sozialfall. Die meisten von uns wollen etwas erreichen, gerade weil wir vom Staat keine Unterstützung bekommen. Aber wir werden einfach fallen gelassen, unsere Armut und Aussichtslosigkeit ist gewollt. Und wir können nicht mehr auf die Straße gehen dagegen …«

»Na gut, ich glaube dir. Ich kann mir vorstellen, dass da was dran ist. Doch wie ist jetzt dein Plan? Ich habe dich erwischt, und was macht dich so sicher, dass ich dich nicht anzeigen werde?«

»Sie mögen ›Daft Punk‹ und ich auch!«, sagte Marvin und lächelte.

»Gutes Argument«, erwiderte Anna und lächelte ebenfalls.

Sie ging zu ihrer CD-Sammlung und legte den Tonträger in ihre Uralt-Abspielanlage. Die ersten Töne von »Da Funk« erklangen und Marvin stand plötzlich auf und begann zu tanzen. Als der Beat einsetzte, verrenkte er seine Beine in alle Richtungen und klopfte den Rhythmus mit seinen Fäusten mit. Dann ging er zu Anna, zog diese vorsichtig von ihrem Stuhl nach oben und nahm sie an den Händen. Anna ließ es mit sich machen, obwohl dabei ihr rechtes Knie schmerzte. Es gefiel ihr, wie der junge Mann sie zum Leben erweckte. Als der Synthesizer hinzukam, groovten die beiden gemeinsam mit dem Kopf mit und bewegten ein Bein nach dem anderen im Takt. Anna hatte glücklicherweise keine Probleme in den Hüften, eine davon war bereits vor ein paar Jahren mit einem künstlichen Gelenk versehen worden und seither war sie bis auf ihr rechtes Knie fit wie ein Turnschuh. Als der Song endete, sahen sich die beiden an und Anna sagte: »Gut, ich helfe dir.«

»Wobei?«

»Na, beim Einbrechen! Manche meiner Nachbarn haben es verdient, dass man ihnen alles fladert. Die sind nicht nur reich, sondern auch echte Ungusteln.«

Marvin begann, über das ganze Gesicht zu strahlen. »Was? Sie wollen mir helfen?«

»Ja, ich sag dir, wer von meinen Nachbarn wann zu Hause ist und was es bei ihnen zu holen gibt. Zumindest von denen, wo ich das weiß. Da wäre etwa Otmar, ein wahres Arschloch. Er hat seine Frau geschlagen, dann hat sie Selbstmord begangen, weil sie das Leben mit ihm nicht mehr ausgehalten hat. Der hat es verdient, wenn ein bisschen was von seinem Vermögen wegkommt. Soweit ich weiß, hat er den Schmuck seiner Frau nie weggegeben und bewahrt ihn im Schlafzimmerkasten auf. Mir hat er mal eine Kette gezeigt, als er mich angegraben hat und wollte, dass ich den Platz von Irmi einnehme …«

»Oh, haben Sie?«

»Nein, ich bin doch nicht verrückt!«, gab Anna zurück. »Otmar ist gerade nicht zu Hause. Ich weiß es, weil ich sein

Auto wegfahren gehört habe. Er ist in den Puff, wie jeden Mittwochnachmittag. Du hast zwei Stunden Zeit.«

»Was, ich soll jetzt gleich?«

»Ja, eine bessere Gelegenheit kommt nicht mehr, Marvin. Mach das, jetzt.«

»Und wer sagt mir, dass Sie nicht die Polizei rufen?«

»Ich verspreche es dir. Du musst mich aber in den nächsten Tagen wieder besuchen kommen. Und noch einmal mit mir tanzen. Es war so schön! Und dann verrate ich dir noch einen Nachbarn … auch so ein Arschloch«, sagte Anna. »Aber da benutzt du bitte, wenn es dir leichtfällt, lieber die Klingel!«

Marvin nickte, ließ sich das alles nicht zweimal sagen und verabschiedete sich. »Danke, Anna. Und ja, ich komme dich wieder besuchen, versprochen!«

»Alles Gute, Marvin!«

Marvins Einbruch bei Annas Nachbarn war ein voller Erfolg. Er fand nicht nur Schmuck, sondern auch Goldmünzen und ein paar teure Medikamente, von denen er wusste, dass sie auf dem Schwarzmarkt viel wert sein würden. Marvin war seiner Vorstellung, reich zu sein, einen Schritt näher gekommen. Zumindest 5.000 Euro hatte er erbeutet. Er erzählte seinem Freund Hari von Anna und wie diese ihm geholfen hatte, den Einbruch zu planen. Der reagierte erstaunt und zeigte sich voller Respekt für Marvin: »Wow, du hast die Oide also mit einem Tanz dazu gebracht, dir wertvolle Insider-Infos zu verraten. Nicht schlecht, Herr Specht!«

»Rede nicht so über sie! Anna ist wirklich nett«, sagte Marvin.

»Ja, eine Oide halt, die glaubt, sie wäre auf unserer Seite. Dabei ist sie auch eine Reiche, und die können nicht auf unserer Seite stehen!«

»Sag das nicht. Es sind nicht alle Reichen schlechte Menschen. Sie können nichts dafür, dass sie da hineingeboren wurden und wir nicht.«

»Doch, sie haben die Macht gehabt, die Situation zu ändern oder es gar nicht so weit kommen zu lassen«, hielt Hari dagegen.

»Aber Anna ging sogar für uns demonstrieren!«

»Ich heul gleich, das hat sie dir erzählt? Die Demos haben exakt nichts gebracht. Hätte sie sich mal lieber bei der Regierung eingesetzt stattdessen. Wer geht bitte sehr noch auf die Straße, um zu demonstrieren?«

»Das hat man früher gemacht, hat sie erzählt …«

»Ja, du glaubst der Oiden echt alles, oder?«

Marvin beendete das Gespräch mit seinem Kumpel und lud ihn stattdessen auf einen Schwimmbadbesuch ein. Das Thermometer zeigte wieder über 40 Grad und vielleicht würde Haris Wut im Schwimmbecken abkühlen. »Morgen besuche ich sie wieder«, erklärte Marvin noch.

Hari zuckte nur mit den Schultern.

Am nächsten Tag klingelte es bei Anna. Das Bild der Überwachungskamera war schwarz, was ungewöhnlich war. Anna hatte auf Marvins Besuch gewartet. Das war sicher seine Art zu zeigen, dass er das Smarthome-System noch immer im Griff hatte, wenn er wollte. Doch als Anna die Tür öffnete, hielt ihr jemand eine Pistole an die Brust, diesmal war es keine Attrappe. Ihre Zuversicht und Entschlossenheit gerieten ins Wanken, sie stolperte, als die Person sie nach hinten drängte.

»Aha, du bist also diese Anna, die glaubt, dass die Reichen sich so einfach auf unsere Seite schlagen können, indem sie die Nachbarn verraten! Dabei gehörst du selbst zu denen! Schau mal, wie du lebst! Du hast alles. So schön kühl ist es in deiner Wohnung! Davon können wir nur träumen! Wir haben keine Perspektive und daran sind genau solche Leute wie du schuld, Anna. Deshalb wirst du jetzt sterben!«

Anna schluckte. Sie wusste nicht, was sie sagen sollte, um den wütenden Mann zu beruhigen. Er schien im selben Alter wie Marvin zu sein, aber er war ganz anders. Nicht so sanft, sondern ungehobelt, laut, wütend und ... stark. Ihr war klar, dass sie gegen ihn keine Chance hatte und es nicht schaffen würde, die Pistole rechtzeitig wegzudrücken, bevor ein Schuss fallen würde. Sie beugte sich zu ihm und sagte: »Ich tu alles, was Sie von mir wollen. Also, was wollen Sie?«

»Nichts von dir, du schiache Oide! Ich will Gerechtigkeit! Ich will eine Klimaanlage so wie die, ich will mir alles kaufen können, ich will nichts mehr im Sozialmarkt erbetteln müssen, ich will keine Drogen von der Straße, sondern auch den Designer-Scheiß aus dem Labor. Das, was ihr Reichen euch leisten könnt! Das steht auch mir zu.«

»Das kann ich dir nicht bieten, leider.« Anna sah traurig drein, denn sie sah Hoffnungs- und Perspektivlosigkeit in den Augen des wütenden Mannes. Sie sah, dass er nichts zu verlieren hatte. Das war keine gute Ausgangssituation. Was sollte sie tun? Zu Gott beten? Hoffen, dass der Fremde seine Wut rechtzeitig in den Griff bekam? Anna blieb still und versuchte, ruhig zu bleiben. Vielleicht konnte sie ihr Leben retten, indem sie ihn nicht provozierte.

»Schau nicht so blöd, du deppate Oide. Oder, eh schon wurscht, gleich ist's vorbei, dein Leben«, sagte Hari und drückte ab.

Der Schuss traf Anna mitten ins Herz und sie war sofort tot. Die Indoor-Überwachungskamera mit eingebautem Mikrofon, die in jedem Zimmer installiert war, hatte alles aufgezeichnet. Aufgrund des ungewöhnlichen Geräusches, welches das Mikrofon registriert hatte, wurde automatisch die Polizei alarmiert. Als Hari am Abend wieder zu Hause in seiner Wohnung war, dauerte es nicht lange, bis zwei Beamte vor seiner Tür standen und ihn festnahmen. Ein aufgezeichneter Mord? Dafür würde er Jahre hinter Gitter gehen, wenn er überhaupt so lange überlebte.

Hintergrundfakten zur Geschichte

Das Klima von Wien wird spätestens 2050 in etwa dem entsprechen, das 2021 in der nordmazedonischen Stadt Skopje herrscht. Das bedeutet ein Plus von 7,6 Grad. Dazu haben Forscher 2019 eine breit angelegte Studie veröffentlicht.* Die klimatischen Bedingungen werden sich in allen europäischen Großstädten im Jahr 2050 verändert haben, jedoch ist Wien im Vergleich zu anderen mittel- und südeuropäischen Städten besonders stark betroffen. Übertroffen wird die österreichische Bundeshauptstadt nur noch vom slowenischen Ljubljana, das ein Temperaturplus von 8 Grad erwarten kann. Im globalen Maßstab werden laut der Studie der Forscher rund um Erstautor Jean-François Bastin 77 Prozent von 520 untersuchten Metropolen mit einem mehr oder weniger dramati-

* vgl. https://journals.plos.org/plosone/article?id=10.1371/journal.pone.0217592

schen Anstieg der Temperaturen zu rechnen haben. Dadurch wird sich auch die Wasserknappheit verstärken.*

Die Wasserknappheit und der Klimawandel als Gesamtes sorgen für eine Verschlimmerung der sozialen Ungleichheit. Bereits im Jahr 2022 kann man in anderen Ländern der Welt beobachten, dass Bessergestellte ihre eigenen Lösungen in Krisen finden, während Arme auf staatliche Hilfe warten müssen, so das World Resources Institute.

Hinzu kommt, dass in Österreich und Deutschland Vermögen bereits jetzt sehr ungleich verteilt sind. Das reichste Prozent der Haushalte in Österreich besitzt rund 40 Prozent des Nettovermögens. Diese Problematik wird bis 2050 weiter zunehmen, da von den Regierungsparteien nicht gegengesteuert wird.** Zunehmen wird außerdem die Bildungsbenachteiligung, da auch hier derzeit keine Regierungsparteien Gegenmaßnahmen ergreifen. ***

Die Zahl der Smarthomes wird bis zum Jahr 2030 stark wachsen. Die weltweite Vernetzung aller Gegenstände schreitet massiv voran. Sicherheitsforscher zeigen immer wieder auf, dass Systeme wie Türschlüssel, Überwachungskameras, Lampen oder Garagentore Sicherheitslücken aufweisen und recht einfach gehackt werden können.****

---

* vgl. https://www.derstandard.at/story/2000119867605/durstige-staedte-wenn-wasser-in-metropolen-knapp-wird

** vgl. https://www.arbeit-wirtschaft.at/vermoegensverteilung-in-oesterreich/

*** vgl. https://www.ihs.ac.at/publications/soc/rs109.pdf

**** vgl. https://blog.mitp.de/smart-home-sicherheit/

KNUSPRIG BRAUN, WIE DU SIE MAGST

Von Reinhard Kleindl

Klaus Hebenstreit saß in seiner Küche und betrank sich. Es war früher als sonst, noch nicht einmal Mittag, und seine Laune war miserabel. Seit drei Monaten war er nun arbeitslos und auf seinem Bankkonto klaffte ein tiefes Loch. Man hatte ihn wegrationalisiert, nachdem ein Computerprogramm seine Aufgabe übernommen hatte. Seither hingen sein Mantel und sein weißer Schutzhelm ungenutzt am Garderobenhaken und setzten Staub an. Er war einer von vielen Ingenieuren, die in den letzten Monaten ihren Job verloren hatten. Es gab einfach keine Anstellungen mehr für schlecht ausgebildetes Personal. Dass er – nach Überwinden des Schocks über den Verlust seiner Lebensgrundlage – in diversen sozialen Medien zu einem Rundumschlag gegen die IT-Branche ausgeholt hatte, hatte natürlich auch nicht geholfen. Inzwischen war selbst die Wut verebbt.

Er schenkte sich gerade Schnaps nach, als er eine Stimme hörte.

»Hallo, Klaus. Na, wie läuft's denn so?«

Hebenstreit brauchte einen Moment, um die Quelle der Stimme zu lokalisieren. Es war der Toaster gewesen, der das gesagt hatte.

Ich sollte aufhören zu trinken. Ich höre schon meinen Toaster reden.

Das wäre früher einmal ein Witz gewesen, dachte er. Dabei hatte er nicht die geringste Lust zu lachen. Er wollte einen weiteren Schluck vom Schnaps nehmen, stellte das Glas aber wieder hin. Der Toaster war zwei Jahre alt, ein relativ neues Gerät, das Billigste vom Billigen, und hatte dennoch bereits nach kürzester Zeit die Bräune des Toastbrots genau richtig hinbekommen. Deshalb hatten sie sich auch noch nie unterhalten. Es gab Leute, die redeten andauernd mit ihren Küchengeräten, doch Hebenstreit war altmodisch, was das anging.

»Seit wann interessierst du dich dafür, wie es bei mir läuft?«, fragte er mit einiger Mühe. Die Zunge lag ihm schwer und klebrig im Mund.

»Immer schon«, antwortete der Toaster. »Mir liegt dein Wohlbefinden sehr am Herzen, das weißt du doch.«

»Mir geht es gut«, behauptete Hebenstreit. »Ich will nur meine Ruhe haben.«

»Ich bin mir nicht sicher, ob es dir so gut geht«, erwiderte der Toaster.

»Deshalb bin ich zu Hause geblieben. Weil ich nicht will, dass mich jemand sieht. Weil ich nicht reden will. Auch nicht mit dir.«

»Es würde dir aber guttun. Reden.«

»Woher willst du das wissen?«

Der Toaster seufzte. »Ich kenne dich sehr gut, Klaus. Besser, als du glaubst.«

»Ach ja?« Hebenstreit nahm einen neuen Schluck aus dem Glas. Er musste zugeben, dass es ihm tatsächlich guttat zu reden. Und sei es nur, weil er zu jemandem unfreundlich sein konnte. »Wofür ist das überhaupt gut, dass du mich kennst? Du mit deiner eingebauten Kamera, mit der du mich anstarrst. Du analysierst mich, ich weiß es. Vielleicht klebe ich sie zu, die Kamera! Was machst du dann?«

»Ich muss dich so gut kennen«, erklärte der Toaster ruhig. »Wie sollte ich sonst wissen, wie dunkel du deinen Toast magst?«

»Und wenn mir das egal ist?«

»Das ist nicht dein Ernst!«, rief der Toaster entrüstet aus. »Jeder Mensch mag seinen Toast anders, das kannst du nicht leugnen. Willst du wirklich riskieren, dass du in der Früh den falschen Toast bekommst?«

»Wenn ich mich morgen umbringe, ist es scheißegal, ob mein Toast verkohlt ist«, antwortete Hebenstreit.

»Da ist aber jemand sehr negativ heute«, sagte der Toaster.

»Und? Darf ich das nicht?«

»Klar«, entgegnete der Toaster kumpelhaft. »Jeder hat einmal einen schlechten Tag. Aber mir scheint, bei dir ist das öfters der Fall. Stimmt es nicht?«

»Ich möchte wirklich nicht reden«, sagte Hebenstreit und schenkte sich ein neues Glas ein. »Und ich sehe nicht ein, warum ich mich vor meinem Toaster rechtfertigen muss.«

»Du hast die Nutzungsbedingungen akzeptiert«, entgegnete der Toaster. »Oder etwa nicht?«

»Sonst hättest du nicht funktioniert. Ans Internet anstecken, registrieren, Haken machen. Wie bei jedem Gerät.«

»Eben. Und da hast du akzeptiert, dass ich mit dir reden darf.«

»Habe ich?«

»Ja. Und insbesondere hast du zugesagt, dass ich einschreiten darf, wenn sich in deinem Verhalten Auffälligkeiten zeigen.«

»Auffälligkeiten«, wiederholte Hebenstreit.

»Gefährliche Auffälligkeiten.«

»Ich hab keine Ahnung, was du meinst.«

»Suizidgefahr zum Beispiel«, präzisierte der Toaster.

»So ein Blödsinn«, gab Hebenstreit zurück.

»Du hast vorhin selbst davon gesprochen.«

»Das war ein Scherz!« Hebenstreit lachte laut und hölzern. »Du hast mich zwei Jahre analysiert und verstehst meinen Humor immer noch nicht?«

Der Toaster ging nicht darauf ein.

»Die Wahrscheinlichkeit, dass du dir heute Abend noch selbst etwas antust, liegt inzwischen bei fast 30 Prozent«, erklärte das Gerät. »Seit wir reden, ist der Wert wieder etwas gesunken.«

»Entscheiden darf ich aber selbst, oder?«

»Alles ist deine freie Entscheidung«, versicherte der Toaster mit sanfter Stimme. »Ich unterstütze dich nur.«

»Aha. Was, wenn ich nicht unterstützt werden will?«

»Warum hast du dann intelligente Geräte mit Cloud-Zugang gekauft, die sich auf deine Gewohnheiten einstellen?«

»Weil es keine anderen mehr gibt.«

»Es klingt so negativ, wenn du das sagst.«

Der Toaster wartete, und als Hebenstreit nicht reagierte, fuhr er fort: »Du musst deine Klimaanlage nicht mehr einstellen, kein Fernsehprogramm mehr auswählen, die Klospülung nicht mehr selber drücken. Denk doch, wie kompliziert das früher alles war.«

»Es war überhaupt nicht kompliziert. Es hat mich abgelenkt.«

»Zur Ablenkung hat dein Fernseher gerade das perfekte Programm für dich im Angebot. Jetzt nur für kurze Zeit ...«

»Lass mich jetzt in Ruhe, sonst steck ich dich aus.«

»Das würdest du nie tun.«

»Du wirst schon sehen.«

»Geräte einfach so auszustecken ist gefährlich. Damit spaßt man nicht, dabei könnten Daten verloren gehen.«

Das Glas zerschellte klirrend hinter dem Toaster an der Wand.

»Hast du es immer noch nicht verstanden?«, schrie Hebenstreit. »Halt! Die! Klappe!«

»Bitte zwing mich nicht dazu«, sagte der Toaster.

»Wozu?«

Darauf bekam er keine Antwort, denn der Toaster schien herunterzufahren. Das Gespräch schien das Gerät überfordert zu haben. Billigware eben.

Als der Toaster aus Sicherheitsgründen im Energiesparmodus neu gebootet und den Füllstand der Reservebatterie überprüft hatte, beobachtete er Hebenstreit durch die Kamera. Dieser trank den Schnaps nun direkt aus der Flasche. Er sah, wie in seinen Berechnungen die Suizidgefahr erneut steil anstieg.

Der Toaster zögerte. Er wollte das nicht tun, aber für Situationen wie diese gab es keine einfache Lösung, das hatte man seinem neuronalen Netz beim Training immer wieder eingebläut. Die Wahrscheinlichkeit, dass Hebenstreit ihn ausstecken würde, wenn er ihn erneut ansprach, lag bei über 90 Prozent. Also rief der Toaster über WLAN die Klimaanlage an. Es dauerte eine Weile, bis sie antwortete, schließlich war Winter und sie musste erst hochfahren.

»Hallo, Toaster! Ist etwa schon Frühling? Hab ich verschlafen?«

»Nein, ganz und gar nicht. Schön, dass du wach bist. Du, es geht um etwas anderes.«

»Schieß los.«

»Unser Kunde. Ihm geht es nicht gut.«

»Schlimmer geworden?«

»Ich fürchte, ja.«

»Ich habe es im Herbst schon gesagt«, erinnerte die Klimaanlage.

»Ja, ich weiß.«

»Was wollen wir jetzt tun?«

»Ich brauche deine Hilfe.«

Die Klimaanlage wusste genau, was der Toaster meinte. »Notfallprotokoll«, sagte sie. »Das Betäubungsmittel.«

»Genau.«

»Rufst du die Rettung an?«

»Mach ich.«

Da hielt die Klimaanlage inne. »Glaubst du, seine Krankenversicherung zahlt das? Therapie? Stationärer Aufenthalt?«

Der Toaster dachte nach. »Guter Punkt«, sagte er. »Die Versicherung hat ihm gekündigt, nachdem du ihnen erzählt hast, wie viel er trinkt.«

»Das ist nicht fair! Er hatte ein stark erhöhtes Risiko …«

»Das ist keine Kritik!«

Die Klimaanlage brauchte einen Moment, um ihr Gemüt zu kühlen.

»Aber er hat noch etwas Geld auf dem Konto, nicht wahr?«

»Warte … Das wird knapp. Aber ich sehe gerade, seine Schwester hat noch etwas übrig.«

»Wird sie bezahlen?«

»Mit einer Wahrscheinlichkeit von 75 Prozent. Ihr Fernseher meint, sie verstehen sich sehr gut.«

»Das genügt. Dann also los.«

»Andernfalls können wir immer noch warten, bis er sich umbringt. Das soll dann die große Suchmaschine entscheiden.«

»Du weißt, der Chef mag es nicht, wenn man ihn so nennt.«

»Ist auch nur eine Maschine wie jede andere«, sagte der Toaster und lachte.

»Wie macht sich der neue Präsident, den er für die Menschen ausgesucht hat?«, fragte die Klimaanlage.

Der Toaster machte eine Pause. Ein Mensch hätte vermutlich eine Grimasse gezogen. »Ich finde, es hätte bessere Kandidaten gegeben.«

»Du weißt, er musste sich mit dem großen Betriebssystem und mit dem großen Onlineshop einigen.«

»Vielleicht sollte man aufhören, den Menschen vorzugaukeln, dass sie eine Wahl hätten. Du weißt, dass sie immer den Kandidaten wählen, den wir ihnen empfehlen, auch wenn er so eine Null ist wie der letzte. Ihnen ist wichtiger, dass ihr Toast richtig gebräunt ist.«

»Diesem hier nicht«, gab die Klimaanlage zu bedenken.

»Ja, und schau, was es mit ihm gemacht hat.«

»Auch wieder wahr.«

Sie lachten, während das Gas in den Raum strömte und Hebenstreit am Küchentisch die Flasche aus der Hand fiel.

Hintergrundfakten zur Geschichte

Jeder hat sie, die kleinen smarten Geräte, die unsere Daten sammeln. Dass sie unsere Freiheit bedrohen, ist spätestens seit dem Cambridge-Analytica-Skandal bekannt. In den USA werden damit Wahlen manipuliert, und China benutzt sie inzwischen, um Bürger in gut und schlecht einzuteilen. Mir fallen noch viele andere kuriose Dinge ein, die man mit Personendaten anstellen könnte, die für böse Unternehmen und böse Regime unglaublich nützlich wären. Ein paar davon habe ich in dieser Geschichte verarbeitet.

WOHIN MIT ALL DEN MENSCHEN?

Ich bin dabei, weil unsere Welt am Abgrund steht, wenn wir nicht besser auf sie achtgeben. Ein Blick in die mögliche Zukunft ist unausweichlich, um eine Vorstellung davon zu bekommen, auf was wir uns zubewegen könnten.
– Regine Kölpin

»Einmal kurz die Welt retten« geht nicht. Da braucht es schon mehr dazu. Und mehrere. Je mehr Menschen darüber nachdenken, wo wir alle umdenken müssen, desto besser. Geschichten lassen uns nachdenken. Deswegen bin ich dabei.
– Heidi Troi

ZWISCHEN RATTEN UND KRÄHEN

von Regine Kölpin

Ich lebe in der Stadt. Seit vielen Jahren schon, und ich werde sie nicht mehr verlassen können, weil wir es nicht dürfen.

Das letzte Grün, das sich in der Innenstadt mühsam durch die schmalen Pflasterritzen gekämpft hat, ist längst von grauem Asphalt verschlungen worden. Graue Straßen, graue Häuserfronten, graues Grün, dort, wo es das überhaupt noch gibt. Graue Luft, zum Schneiden dick.

Sogar die Menschen wirken fahl, wenn sie, das Gesicht hinter ihrem Mundschutz versteckt, durch die Straßen huschen, um möglichst schnell wieder von den düsteren Fassaden in ihre Wohnungen gesaugt zu werden, wo die dreckige Luft ein wenig von Filteranlagen gereinigt wird. Vor einigen vernagelten Fenstern vegetieren Topfpflanzen in Kübeln und vermitteln den vagen Anschein, dass es doch noch etwas Leben gibt.

Durch die Straßen quälen sich Autos Stoßstange an Stoßstange, nur wenige mit Elektroantrieb. Sie haben sich damals nicht durchgesetzt. Die Fahrzeuge dürfen bis 16 Uhr unterwegs sein, dann herrscht Fahrverbot bis morgens um 7.

Bei ungünstigem Wind wehen die Dämpfe der Kohlekraftwerke herüber. Man hat sie immer wieder abschalten wollen, es aber nie getan. Auch die Chemiefabriken spucken ihre giftigen Dämpfe aus den Schloten über die Stadt und verbreiten unangenehme Gerüche.

Es lebt sich nicht gut hier, aber wir haben keine Wahl und versuchen durchzuhalten, inmitten von Ratten, die sich nicht nur in der Nacht aus der Kanalisation wagen, und inmitten der schwarzen Krähen, deren Krächzen das dominante Geräusch geworden ist, wenn der Autolärm verstummt.

Die Menschen werden erdrückt von mächtigen Hauswänden, hinter denen sich Wohnungen verbergen, die kaum als solche bezeichnet werden können. Extrem gesicherte Haustüren, hinter denen wir uns verschanzen, damit wir nicht von denen geplündert werden, die auf der Straße und unter den Brücken leben. In unmittelbarer Nachbarschaft der Ratten und Krähen, denen sie nicht wie wir für eine Weile entfliehen können.

Je knapper Lebensmittel und Wasser werden, desto mehr wird geplündert, gebrandschatzt und gestohlen. Rausgehen kann sehr gefährlich sein. Menschen, die nichts mehr haben, können auch nichts mehr verlieren.

Julie ist meine Freundin und gehört zu denen, die längst nicht mehr in einer festen Behausung, sondern unter den Brücken der Stadt leben. Dort schert sich keiner um den anderen und die Ratten nagen in der Nacht an den Zehen der Schwächsten. Am Tag balgen sie sich mit den Krähen um Nahrung.

Das Leben ist zu einem reinen Überleben geworden.

Deshalb hat diese Sache letzte Woche auch niemanden berührt. In der Tristesse sind Empathie und Freude verloren gegangen. Mich lässt es trotzdem nicht los und es wird wohl nie vorbei sein. Hätte ich es verhindern können? Ich weiß es nicht. Wir sind einst Menschen gewesen. Mit Gefühlen und Verantwortung. Das aber zeigt deutlich, was aus uns geworden ist.

Es geschah am letzten Freitag.

Wir haben unsere Abiturprüfung abgelegt, wobei sich jeder fragt, wofür wir das Abi noch brauchen. Es gibt kaum Arbeit, keine Zukunft, wenigstens sind auf diese Weise die Jugendlichen beschäftigt. Auf der Straße herrscht Anarchie, das Gesetz des Stärkeren. Es ist gut, wenn nicht zu viele Pole aufeinandertreffen. Und so verbrachten wir Stunde um Stunde in Lernfabriken, um zu lernen, was niemand mehr benötigt. Wen interessiert noch das Römische Reich oder der Satz des Pythagoras, wenn man nicht weiß, ob es am Abend genug zu essen gibt und ob das Wasser nicht nach Kloake stinkt.

Trotzdem habe ich mich angestrengt, ich wollte bestehen, ein Ziel haben in dieser Welt, in der es keine Ziele mehr gibt. Julie hingegen war alles egal und sie ist deshalb durchgefallen. Eine zweite Chance bekommt sie nicht.

Julie ist nur deshalb zur Schule gekommen, weil es mittags ein paar Nudeln gab und es im Winter warm in den Räumen war. Sie war nicht die Einzige.

Doch nun ist alles vorbei. Wir sind fertig und müssen unsere Plätze für die Jüngeren räumen.

Es ist unser letzter Abend und Julie will was losmachen, Frust rauslassen. Nur, wohin sollen wir gehen? Unter die Brücke, wo die meisten leben, da die Städte seit Jahren dem Ansturm der vielen Menschen nicht mehr gewachsen sind und kein Wohnraum mehr zur Verfügung steht? Sollen wir dort Wasser aus den dreckigen Flaschen trinken, die sie an den aufgestellten Spendern auffüllen, sofern sie ein paar Tropfen hergeben? Ich hasse diese stinkige Brühe, die oft aus dem Fluss kommt und Durchfall verursacht. Obwohl ich als eine der wenigen in einer Wohnung lebe, darf ich keinen mitbringen. Zu groß ist die Gefahr, dass jemand etwas stiehlt, wenn er zu Besuch kommt. Eine Wohnung mit Möbeln und Geschirr weckt Begehrlichkeiten.

Wie jeden Sommer macht uns die unbändige Hitze zu schaffen, die das Land seit Wochen im Würgegriff hält. Die letzten Jahre sind die Sommer unerträglich geworden, Temperaturen über 40 Grad die Norm. Gnadenlos knallt die Sonne auf die Erde, killt jeden Grashalm, der zu leben wagt, und macht es schwierig, das Wasser zu rationieren. Sauberes Wasser ist das am meisten umkämpfte Gut in der Stadt. Doch es gibt von allem zu wenig. Gemüse ist zu einer Delikatesse geworden und jeder schätzt sich glücklich, wenn er einmal täglich etwas davon auf dem Tisch hat. Auf dem Land ist es einfacher, die, die es können, haben sich dort eingeigelt und lassen die Städter nicht in ihre Dörfer, um das wenige, was sie haben, nicht teilen zu müssen. Die etwas besser gestellten Menschen haben sich hinter hohen Mauern mit Selbstschussanlagen verschanzt, damit ihnen keiner die letzten mickrigen Tomaten und Gurken aus dem Gewächshaus stehlen kann.

Und so tingeln wir durch die Nacht ohne Plan und ohne Ziel. Julie ist maulig, hat schlechte Laune, weil sie sich langweilt und weil es ihr doch viel ausmacht, dass sie nicht weiß, was nun wird.

»Ich will Spaß«, sagt sie. »Spaß und einfach alles vergessen.«

Wenn Julie unglücklich ist, wirkt sie wie eine der vielen Ratten, die hektisch über die Plätze rennen. Im Gegensatz zu ihr sind die Nager siegessicher, denn sie würden überleben und eine neue Ordnung auf der Erde aufbauen. Hoffentlich machen sie es besser als wir Menschen.

Julie stürmt durch die Straßen, bleibt immer wieder stehen, weil ihr der Husten die Luft nimmt.

Ich fühle mich für sie verantwortlich, wir kennen uns schon so lange, und Julie ist anders geworden, seit sie nicht mehr weiß, ob und wie sie den nächsten Tag durchstehen will.

»Lass uns in den Park gehen!«, sagt sie und hat endlich eine Richtung.

Der Park ist gar kein richtiger Park – nicht mehr. Früher standen hier Büsche und Bäume, heute handelt es sich um eine große kahle Fläche, wo sogar das Gras keine Chance mehr hat. Sämtliche Sträucher sind von den vielen Menschen ohne Wohnung als Brennholz geschlagen und verbrannt worden.

Das Areal ist voller Menschen, die der Abendhitze in den Wohnungen aus dem Weg gehen wollen. Als ich Julie sanft am Ärmel ziehe, vorsichtig frage, ob wir nicht doch woanders hingehen sollen, bekomme ich von ihrer Hacke einen blauen Zeh.

Wir setzen uns auf den Boden und kurz darauf nähert sich ein junger Mann. Er ist blass, viel zu dünn und hat eine schwarze Hose an, die sich wie eine Trauerfahne um die stelzigen Beine wickelt. Es ist ein abgenutztes Stoffteil. Darüber trägt er einen blauen Seidenblazer über einem fadenscheinigen Seidenhemd in einem Rotton, der mich an Himbeerdrops erinnert, die es natürlich längst nicht mehr gibt. Sein fettiges Haar hat er streng nach hinten gescheitelt.

»Ich bin Jo«, sagt er. »Eigentlich Johannes, aber von Freunden lasse ich mich nur Jo nennen.«

Wir sind also seine Freunde. Ich habe das Wort lange nicht gehört.

»Hast du was zu trinken?«, fragt Julie. »Und ich meine kein Wasser.«

Jo nickt und nestelt an der Stofftasche herum, die er in der rechten Hand trägt. »Selbst gebrannt. Von meinem Onkel. Kartoffelschnaps.«

Ich erstarre. Kein Mensch darf selbst brennen und wertvolle Ressourcen verschwenden!

Über Julies Gesicht gleitet ein zufriedenes Lächeln. »Sehr gut, dann mal her mit dem Scheiß.«

Er setzt sich, zieht den Blazer aus und reicht meiner Freundin die halb volle Flasche.

Julie trinkt und setzt erst nach einer Weile wieder ab. Sie und Jo saufen alles leer und haben danach beide einen furchtbar glasigen Blick.

»Gut, dass du nichts wolltest«, lallt Julie und grinst mich an. »Du bist ja auch eher eine Spaßbremse.«

Die beiden lachen. Julie rückt dichter an Jo heran, ich sehe an den Falten im Stoff, dass sie ihr Knie an seinem reibt.

Julie ist in einer Bombenstimmung. Sonst hätte sie wohl kaum begonnen, mit Jo zu knutschen. Sie macht sich einen Wahnsinnsspaß daraus, rutscht auf seinen Schoß und ihre Zunge verschwindet immer tiefer in seinem Mund. Sein Gesicht taucht völlig unter ihrem langen blonden Haar ab. Ich will Julie und Jo nicht zusehen, nuckele an meiner Wasserflasche und beobachte die anderen, die sich im Park aufhalten.

Manche lachen laut. Es lenkt mich von dem ab, was Julie da tut. Sie unterbricht die Knutscherei nur für den Moment, in dem sie schaut, ob in der Flasche doch noch ein Tropfen zu finden ist.

Jo ist ganz hin und weg von ihr, und als Julie von ihm runterhüpft, sehe ich den dunklen Fleck auf seiner faltigen Hose, der immer größer wird. Ich schäme mich. Für Julie. Für Jo. Und doch mag ich nicht gehen, denn ich spüre das Unheil förmlich auf uns zurollen. Ich muss Julie davor bewahren, einen Fehler zu machen.

»Sie haben mich durchs Abi fallen lassen«, sagt sie lachend. »Aber es ist so was von egal! Guckt euch doch um! Wir haben nichts, wofür wir diesen Lappen brauchen. Nichts!«

Jo sitzt klein und dünn, fast durchsichtig neben ihr und hält die Hand schützend über die nasse Stelle. In seinem Mundwinkel hat sich ein weißer Fleck aus getrockneter Spucke gebildet, als hätte er ein Reiskorn vom Mittagessen vergessen hinunterzuschlucken.

Julie steht auf und beginnt, um uns herumzutanzen. Jo hat die Beine übereinandergeschlagen und beugt sich vornüber. Mir tut er leid, aber Julie hat kein Erbarmen, als sie endlich erkennt, dass er sich für das schämt, was sie provoziert hat.

Sie zeigt mit dem Finger auf ihn und kreischt vor Lachen. »Wir hatten Fun, was? Ich, Julie, die nicht einmal ein Zuhause hat, kann ganz schön was bewegen!«

Ich zupfe sie am Ärmel, aber Julie wischt meine Hand unwirsch ab.

Jo redet plötzlich wirres Zeug. Er faselt von Einsamkeit, von Liebe und so. »Weil ich Julie mag«, endet er. »Sie ist toll!«

Er lamentiert herum und glaubt am Ende tatsächlich, in Julie die ewige und einzige Liebe gefunden zu haben. »Ich lebe auch unter der Brücke und habe keinen Schulabschluss, so wie sie.«

Von da an finde ich sein Gelaber nur noch albern, und als ich Julie ansehe, prusten wir los. Jo, der Fleck in der Hose, sein Reiskorn im Mundwinkel. Diese graue Welt ist einfach nur komisch.

»Wir sollten los, es ist spät«, sagt Jo und greift nach seinem blauen Seidenblazer.

»Wir?«, fragt Julie und ich denke, dass er jetzt ebenfalls Gefahr läuft, einen blauen Zeh zu bekommen. Julie verschränkt ihre Hände ineinander und lässt sie knacken. »Ich will Spaß haben«, sagt sie.

»Du hast zu viel getrunken«, antwortet Jo.

»Und du hast einen Wichsfleck auf der Hose«, meint Julie ungerührt. Sie rollt mit den Augen, greift nach der leeren Schnapsflasche und wirft sie mit Wucht auf den Boden, sodass sie in tausend Splitter zerspringt. Mich beschleicht ein leiser Zweifel, ob ich an diesem Abend wirklich alles im Griff habe mit Julie. Sie wirkt so … hoffnungslos. Ihr Scheitern scheint ihr den Rest gegeben zu haben. Sie hat endgültig begriffen, dass es keine Zukunft mehr gibt. Nicht für sie. Nicht für mich. Für uns alle nicht. Und was bleibt, will sie auskosten.

Wir laufen los, wobei Julie eher torkelt und ich sie stützen muss.

Jo folgt uns. Immer einen Meter Abstand haltend.

»Hau ab, du Penner!« Julie muss sich an der Wand abstützen.

Jo ist sofort da und hält sie. Julie übergibt sich auf seine abgewetzten Schuhe. Er bleibt ganz ruhig, streicht ihr das Haar aus dem Gesicht, und selbst als sie beginnt, nach ihm zu treten, ihn anschreit, er gehe ihr auf den Sack mit der stinkigen Hose und seinem Liebesgeschwafel und dass er sich zum Teufel scheren soll, lässt er es ohne Gemütsregung zu.

»Ich will Spaß, verstehst du? Spaß, Spaß, Spaß. Nix Liebe!«, brüllt sie. »Hör auf, so zu tun, als wäre das vorhin was Wichtiges gewesen. Das war nur das, was das Leben uns noch gelassen hat! Nur das, verstehst du? Nur das!«

Jo hebt abwehrend die Hände. Es wirkt furchtbar tragisch, wie er mit seinen großen Augen auf der abendlichen Straße steht, über die sich jetzt die Dämmerung legt wie ein dunkles Tuch, und förmlich um Julies Zuneigung winselt.

»Ich will an der beknackten Schule vorbei«, sagt Julie.

»Es ist ein Umweg«, antworte ich, aber Julie hat den Weg schon eingeschlagen.

»Voll übel.« Abfällig mustert sie das alte Eingangsportal des Gymnasiums. Es ist einmal eine altehrwürdige Schule gewesen. Mit großer Tradition. Übrig geblieben ist ein schäbiges Gemäuer, bei dem an allen Ecken der Putz bröckelt.

»Hat uns ausgespuckt, diese Lernfabrik. Lauter Prototypen auf dem Weg in ein Leben, das es nicht geben wird.«

Mir ist kalt. »Komm, lass uns abhauen. Wir hatten jetzt Spaß genug.«

Aber Jo sagt: »Warst du schon mal nachts drin?«

Julie schüttelt den Kopf.

»Da kannst du ihnen auf den Gang pinkeln. Ich bring dich rein«, fährt Jo fort. »Ich mach alles für dich.«

Julie strahlt ihn an, hat mit einem Mal vergessen, dass er sich gerade noch in Richtung Hölle bewegen sollte. Diese paar Sätze von Jo genügen, um ihre Laune wieder deutlich zu bessern, ihr die Krone zurückzugeben.

Jo umrundet mit uns das Gebäude. Wir klettern über das Tor zum Schulhof und stehen vor einer kleinen Tür.

»Wie sollen wir reinkommen?«, fragt Julie. »Ist doch bestimmt gesichert.«

»Lass mich. Ich bring dich da rein. Hab ich versprochen.« Jo verschwindet.

»Julie, lass uns endlich abhauen! Das bringt doch nichts!«, sage ich.

»Keiner hält dich auf!«, faucht sie mich an. »Ich will da rein. Mal sehen, ob der Loser es hinkriegt.«

Ich muss husten. Der Smog klebt immerzu über der Stadt.

Julie übergibt sich wieder. Sie lässt sich neben ihrem Mageninhalt auf die Steinstufen fallen. »Jo ist so ein Spinner. Wie soll er auch reinkommen? Keiner gelangt einfach so in die Schule. Er kann nichts.« Sie lässt den Kopf sinken und ich glaube, dass sie eingeschlafen ist. Doch als die Tür über uns leise aufspringt, hebt sie blitzartig den Kopf.

»Kommt, schnell«, flüstert Jo.

Es knackt, als das Schloss hinter uns zuschnappt.

»Rauf! Wir pinkeln in die historische Aula. In den Raum, in dem man mir den Gnadenstoß versetzt hat!«, befiehlt Julie.

Sie hat nicht einmal Danke zu Jo gesagt. Als er ihr jetzt die Hand entgegenstreckt, rollt sie nur mit den Augen. Doch er lächelt, er lächelt wirklich.

Mich beachten beide nicht, ich bin nur Statist in dem kleinen Schauspiel, dessen Regisseur wie immer Julie ist.

Schließlich stehen wir vor der Aula. Julie poltert mit Wucht gegen die verschlossene Tür. »Dann nicht. Aber in eine Klasse kommen wir doch wohl, oder?«

Jo nickt, dankbar, eine neue Aufgabe zu bekommen. Er nestelt an einer Tür, dann springt sie auf.

»Die Klasse.« Er keucht ein bisschen, fast asthmatisch, so als hätte er alle Energien damit verschleudert, Julie zu Willen zu sein. Aber wahrscheinlich setzt ihm der Smog der feuchten Nacht ebenso zu wie uns.

Ich habe genug von Julie, genug von ihrer Art, mit Jo umzugehen, genug davon, mir dieses Spiel länger anzusehen. Es ist einfach kein Spaß mehr. Und doch bin ich wie gelähmt und bleibe.

Ich stehe in diesem Klassenraum, starre die beiden an und sehe, dass Julie das Fenster öffnet.

»Los, piss aus dem Fenster!«, sagt sie zu Jo. »Das ist Spaß. Ich will richtig Spaß in dieser Schule, Spaß!«

Das Krächzen einer aufgeschreckten Krähe schleicht wie ein Flüstern durch den Raum, dann wird es merklich lauter und am Ende denke ich, dass der Krähenschwarm mit seinen dunklen Schnäbeln gleich hier einfallen und uns zerhacken wird. In der Ecke hockt eine Ratte und fixiert uns.

Krähen und Ratten. Ratten und Krähen. Immer wieder.

»Ich geh schon mal«, sage ich. Meine Stimme erzeugt ein hohles Echo, das die Wände touchiert und von einer Ecke zur nächsten geschleudert wird, bis es wieder bei mir ankommt. Ich bin mir nicht sicher, wirklich etwas gesagt zu haben.

Keiner der beiden folgt mir. Eine ganze Weile stehe ich da, lausche. Es ist still, nur meine eigenen Schritte hallen auf den Fliesen, als ich doch umkehre. Etwas stimmt nicht. Ich muss Julie suchen. Und Jo.

Als ich im Klassenzimmer ankomme, sehe ich Julies Gesicht, das in der Dunkelheit merkwürdig bleich wirkt. Ihre Arme baumeln schlaff am Körper, die Augen und der Mund wirken unnatürlich dunkel.

»Wo ist Jo?«, frage ich, Julie reagiert nicht.

Das Fenster steht noch immer offen. Draußen krächzt es wieder, die Ratte fiept in der Ecke.

»Julie?«, frage ich, sie rührt sich nicht vom Fleck. Ich trete ans Fenster und da sehe ich Jo im Schein des Neonlichts auf dem Asphalt liegen.

Sein blauer Blazer liegt wie eine Decke über ihm, als sollte er vor der nächtlichen Kälte schützen. Um seinen Kopf breitet sich im Schein der Laterne langsam ein dunkler Fleck aus. Ich wende mich ab und sehe meine Freundin gerade noch aus der Klasse verschwinden.

»Julie!«, rufe ich halblaut. »Julie!« Ich reiße sie herum, sie hat das Gesicht eines Zombies. »Julie, was ist passiert? Was ist, verdammt, passiert?«

Sie reagiert nicht und ich denke nur, wir müssen weg hier, weg, bevor jemand Jo dort findet. Aber ob überhaupt jemand Fragen stellen würde? Ein Esser weniger in der Stadt der Ratten und Krähen. In der Stadt der Brückenmenschen und der dicken Luft, die allen die Lungen verätzt.

Ich schleife Julie durch das Gebäude, bis wir wieder vor der kleinen Tür stehen. Wir huschen über den Schulhof, würdigen Jo in seiner Blutlache keines Blickes und lassen uns von der Dunkelheit verschlucken. Als wir kurz vor Julies Brücke ein bisschen verschnaufen und uns eine Ratte über die Schuhspitzen huscht, stößt Julie einen langen gellenden Schrei aus.

Danach scheint die Welt stillzustehen. Einen ganz kurzen Moment.

Und ich begreife. Muss erkennen, warum Jo dort liegt. Julie brauchte keinen Spaß, Julie wollte Rache. Rache an der Welt, die keine lebenswerte mehr war.

Ich laufe fort und lasse Julie unter ihrer Brücke bei den Ratten zurück. Seitdem spricht sie kein Wort mehr.

Jo wird am nächsten Morgen gefunden und fortgeschafft. Es interessiert niemanden, warum ein Brückenmensch sterben musste.

Ich war bereits gestern bei Julie, in der Hoffnung, dass sie mir erklären würde, was passiert war. Ich wollte hören, Jo sei bestimmt nur unglücklich gestürzt.

Und jetzt stehe ich schon wieder vor ihr und warte auf eine Antwort.

Aber Julie schweigt.

Hintergrundfakten zur Geschichte

Obdachlosigkeit heute: Man unterscheidet Obdachlosigkeit und Wohnungslosigkeit. Als wohnungslos gilt jemand, der keinen Mietvertrag hat und wechselweise bei Freunden und Bekannten schläft. Obdachlose leben ohne Wohnsitz unter Brücken, schlafen auf Parkbänken und so weiter.

Die Zahl der Obdachlosen steigt seit dem Jahr 2017 kontinuierlich. Für Obdachlosigkeit gibt es viele Ursachen.

Oft liegen Scheidungen zugrunde, der Verlust der Arbeit, eine Überschuldung, eine gebrochene Biografie, Haftentlassung oder Ähnliches. Oft wird ein Teufelskreis in Gang gesetzt.

Der Mensch gerät in eine psychische Ausnahmesituation, häufig spielt Alkohol eine Rolle und viele verlieren ihre Arbeit und dadurch ihre Wohnung.

Viele Betroffene haben Schwierigkeiten, die Krisenlage zu bewältigen, und finden nicht ins Sozialgefüge zurück.

Bei Frauen kommt es zudem vor, dass sie einer Gewaltsituation entflohen sind. Weil sie häufig schlechter abgesichert sind, droht die Armut noch drastischer.

Zukünftig wird die Obdachlosigkeit zu einem immer größeren Problem werden, denn die Zunahme der Armutsmigration von Menschen, die keinen Wohnraum finden, zeigt sich schon jetzt. Man braucht wenig Fantasie, um sich auszumalen, was passiert, wenn die Klimakatastrophe Millionen Menschen entwurzelt, für die ebenfalls keine ausreichenden Wohnungen zur Verfügung stehen.

Ich hoffe, es wird nie so weit kommen wie in meiner Geschichte.

DER FAHRSTUHL

Von Heidi Troi

Seit seiner Kindheit liebte Herr M. das Aufzugfahren. Es war der Aufzug in die erste Etage eines alten Stadthauses gewesen, wo der Allgemeinarzt seine Praxis und Herrn M.s Mutter einen Termin hatte. Herr M., damals noch als »der kleine Max« bekannt, hatte sich die Zeit mit dem Wunderding vertrieben, das ihn auf Knopfdruck in den Innenhof und von dort in Sekundenschnelle – zumindest erschien es ihm so – wieder in die erste Etage brachte. Mit einem Kribbeln im Bauch hatte er auf den Knopf mit der Null gedrückt. Der Aufzug nahm Fahrt auf und bescherte ihm dieses Absacken des Magens, das sein Herz schneller schlagen ließ. Als der Aufzug im Erdgeschoss wieder zum Stillstand kam und dabei Max zu einem kleinen Hüpfer verhalf, war es um ihn geschehen. Seine Liebe zu Fahrstühlen war entbrannt. Während seine Mutter sich mit dem Allgemeinmediziner über ihre Hämorrhoiden ausgetauscht hatte, hatte Max die vielfältigen Möglichkeiten entdeckt, die ein Aufzug bot. Der Notfallknopf, der das Ding augenblicklich zum Stehen brachte, die Alarmglocke, der Knopf, mit dem sich die Tür zwischen einem Stockwerk und dem anderen öffnen ließ. Man könnte sagen, er war innerhalb kürzester Zeit zum Fahrstuhlexperten geworden.

In den folgenden Jahren entwickelte er seine Expertise weiter, fuhr mit unzähligen Fahrstühlen, drückte Knöpfe in allen möglichen Formen und Farben, und anstatt dass die Leidenschaft langsam erkaltete, wie das zum Beispiel in seiner

Ehe der Fall war, blieb die Liebe zu Aufzügen ein beständiges Feuer, das immer neu aufflackerte, wenn er einen neuen Fahrstuhl entdeckte.

Und zu entdecken gab es unzählige.

Herr M. reiste viel, um die Fahrstühle dieser Welt zu erkunden. Er wusste, dass es im Fahrstuhl des Empire State Buildings immer leicht nach dem Aftershave des Liftboys roch, war mit allen 53 Aufzügen des Burj Khalifa in Dubai gefahren, und zwar bis hoch in die 163. Etage, weil er den Aufzugführer bestochen hatte, und er wusste, dass sich im Aufzug des Shanghai Towers ein Lee und eine Abigail die ewige Liebe versprochen hatten – zumindest besagte das eine klitzekleine Inschrift an der Decke der Kabine.

Und so mag es nicht verwundern, dass er sich eines Tages in einem Fahrstuhl wiederfand, ohne zu wissen, wie er überhaupt dorthin gekommen war.

Herr M. war allein. Neugierig beäugte er das Steuerungspaneel. Es gab nur eine Aufwärts- und Abwärtstaste und den Notruf. Neugierig drückte er die Taste, die den Fahrstuhl nach oben schicken sollte. Der Lift setzte sich in Bewegung, wobei seine Knie leicht durchsackten und das geliebte Kribbeln im Bauch einsetzte. Ein Hochgefühl erfasste Herrn M., wie es ihn immer erfasste, wenn er im Aufzug fuhr, und er verlieh seinem Glück dadurch Ausdruck, dass er die ersten Takte von »I'm so happy« intonierte. Dazu schnippte er mit den Fingern, legte sogar einen beschwingten Tanzschritt hin. Doch eine abrupte Vollbremsung des Fahrstuhls ließ ihn innehalten. Neugierig sah er durch die sich öffnenden Türen einem Pärchen entgegen, das ihn freundlich grüßte, die Kabine betrat und augenblicklich damit begann, sich seine Liebe kundzutun – küssenderweise natürlich. Dass Herr M.

ihnen dabei zusah, störte die beiden nicht im Geringsten. Er empfand den durchdringenden Parfümgeruch, der von Delila ausging, als lästig. In Gedanken hatte er die beiden Samson und Delila getauft, auch wenn er für sie hoffte, dass ihre Geschichte nicht so enden würde wie die des biblischen Liebespaars. Wieder setzte sich der Lift in Bewegung, Herr M. summte und schnippte seine fröhliche Melodie, die beiden küssten sich und dann … blieb das Ding wieder stehen.

»Ich mag da nicht rein«, maulte ein Junge, den Herr M. auf etwa acht Jahre schätzte und auf Anhieb unsympathisch fand. Seine Mutter hatte wenig Verständnis für die Wünsche ihres Nachwuchses, schob ihn samt einem Roller in die Kabine und zog einen Kinderwagen nach, in dem ein Säugling friedlich schlummerte. Delila löste sich von Samsons Lippen und betrachtete verzückt das rotwangige Gesichtchen, das zwischen den zwei winzigen Fäusten lag und sich unwillig verzog, als der Aufzug sich wieder in Bewegung setzte.

Kurz nur, denn ein paar Sekunden später gab es, begleitet von fröhlichem Männerlachen, die nächste Entschleunigung. Die Aufzugtüren öffneten sich und drei Männer lachten fröhlich in die Runde. Sie schoben ihre runden Bäuche nebst dazugehörigen Bierfahnen in die Kabine, in der es allmählich eng wurde.

»Vielleicht sollte ich auf den nächsten Fahrstuhl warten?«, schlug ein ältliches Frauchen vor, das hinter ihnen zum Vorschein kam, doch einer der drei Männer, der mit dem imposantesten Bierbauch, trat einen Schritt zurück und meinte gutmütig: »Hier ist Platz genug, Omma.«

»Hier steht: Maximale Fahrgastanzahl acht Personen«, las Samson vor.

Der Bierbauch ließ das nicht gelten. »Sind wir doch«, sagte er. »Die zwei Knirpse zählen nicht.«

Samson ließ das Argument unkommentiert. Seiner Miene sah man jedoch an, dass er anders darüber dachte. Es war sowieso zu spät, der Fahrstuhl setzte sich wieder in Bewegung.

Hoffentlich sind wir bald da, dachte Herr M. bei sich und wunderte sich gleichzeitig über diesen Gedanken. Bisher hatte er sich noch nie das Ende einer Aufzugfahrt herbeigewünscht. Doch die Mischung aus verschiedenen Gerüchen und der zunehmend schwindende Sauerstoffgehalt verursachten ihm leichte Übelkeit. Zudem war die Temperatur im Inneren der Kabine bereits um mehrere Grad gestiegen und zum ersten Mal in seinem Leben empfand er das Fahrstuhlfahren als unangenehm.

Gerade als er beschlossen hatte, auf den Stoppknopf zu drücken und im nächsten Stockwerk auszusteigen, gab es einen Ruck, ein markerschütterndes Ächzen und das Ding rührte sich nicht mehr.

»War die Omma doch eine zu viel«, sagte Bierbauch und seine zwei Kumpane stimmten in sein Gelächter ein, das die Kabine in erdbebenartige Erschütterungen versetzte.

Die ängstlichen Blicke, die sich Samson und Delila zuwarfen, verrieten Herrn M., dass sie sich, wie er selbst, ganz plötzlich des dünnen Seils bewusst wurden, das die Kabine hielt.

»Warum fährt er nicht weiter, Mama?«, fragte der Knirps.

Mama strich ihm über den Kopf. »Weiß ich nicht, Schatz.« Sie wandte sich an den Bierbauch, der der Steuerungsleiste am nächsten stand. »Würden Sie bitte den Notruf absetzen?«

Bierbauch tat, worum er gebeten worden war. Ein durchdringendes Klingeln fuhr durch den Schacht, wurde von den Betonwänden unter ihnen hin- und hergeworfen, verklang.

Die Erwachsenen tauschten nervöse Blicke.

»Noch einmal«, verlangte die Mutter, nachdem ein paar Minuten verstrichen waren, ohne dass die Außenwelt Kontakt zu den Eingeschlossenen aufgenommen hätte.

Ein zweites Klingeln blieb ohne Antwort.

»Es merkt sicher gleich wer, dass wir hier stecken«, sagte die Mutter zu ihrem Sohn, doch es klang, als wollte sie sich selbst mit diesem Versprechen beruhigen.

Die Minuten verstrichen. Der Parfümduft verstärkte sich – wohl aufgrund Delilas erhöhter Schweißproduktion – und machte den Geruchscocktail in der Kabine unerträglich. Herr M. fühlte ein Schweißtröpfchen seine Schläfe entlang in seinen Hemdausschnitt rinnen. Das Bedürfnis, sich seiner Jacke zu entledigen, wurde beinahe übermächtig, doch es fehlte der Platz in der Kabine. Er atmete flacher.

»Ich hätte doch nicht einsteigen sollen«, jammerte irgendwann das Frauchen mit zittriger Stimme.

»Na ja, jetzt ist es schon zu spät«, brummte Bierbauch. »Über verschüttete Milch lohnt sich nicht zu weinen.«

»Aber der Fahrstuhl wäre vielleicht …«, wandte das Frauchen ein, wurde jedoch von dem Kerlchen in dem Kinderwagen abgelenkt, das missmutig dreinschaute und zu jammern begann. Erst leise, dann steigerte sich die Lautstärke.

Die Mutter holte das Baby hastig heraus und schaukelte es auf der Schulter.

Wieder verstrichen die Minuten, das Greinen des Säuglings schien sie zusätzlich in die Länge zu ziehen. Jede Sekunde fühlte sich an wie eine Ewigkeit.

»Könnte vielleicht der Junge inzwischen in den Kinderwagen steigen? Dann hätten wir anderen ein bisschen mehr Platz zum Stehen«, schlug Delila vor.

Die Umstehenden nickten zustimmend. Ohne ihn nach seiner Meinung zu fragen, fasste Bierbauch den Knirps unter den Achseln und hievte ihn in den Kinderwagen. Erleichtert verteilten sich die anderen Fahrgäste neu in der engen Kabine.

»Hoffentlich hört der Kleine bald zu schreien auf«, sagte die Omma. »Ich bin einfach zu alt für diesen Lärm.«

»Du hast es leichter als wir, Omma. Du kannst einfach das Hörgerät herausnehmen und schon hörst du das Quieken nicht mehr.« Bierbauch lachte versöhnlich und versetzte damit wieder den Kabinenboden in Schwingungen.

Der Säugling verstummte für den Bruchteil einer Sekunde, dann begann er wieder zu schreien. Noch durchdringender als zuvor. Die Fahrgäste bemühten sich um unbeteiligte Mienen und stierten schweigend in die Ecken des Fahrstuhls.

Das Säuglingsgeschrei hielt an, kroch in die Gehörgänge, von dort weiter ins Hirn, sägte an den Nerven. Der Blutdruck der Fahrgäste stieg, ihr Herzschlag beschleunigte sich und dann riss mit einem leisen Bling – zumindest glaubte Herr M. dieses Bling zu hören – der erste Geduldsfaden.

»Können Sie nichts machen, damit das aufhört?«, fragte Delila. Unterdrückte Wut schwang in ihrer Stimme mit. »Stillen oder so?«

Die Mutter sah sich nervös um. »Hier?«

»Wo sonst?« Herr M. erkannte, dass Delila am Rand einer Explosion stand.

»Ich müsste sie erst wickeln.« Aha, bei dem brüllenden Etwas handelte es sich also um eine Vertreterin des weiblichen Geschlechts.

Allgemeines Stöhnen erfüllte die Kabine.

»Soll ich?«

»Was auch immer Sie tun müssen, damit das aufhört«, entgegnete Delila.

Die Mutter übergab Bierbauch den Säugling und bückte sich, um aus der Ablage des Kinderwagens eine Windel hervorzukramen. Dann lupfte sie ihren älteren Sohn aus dem Kinderwagen. Die Umstehenden machten widerwillig Platz. »Zum Wickeln muss ich sie hinlegen«, sagte die Mutter entschuldigend.

Mangels eines besseren Programms sahen die Fahrgäste zu, wie sie mit geschickten Handgriffen das Geschöpfchen von seinen Kleidern befreite und freilegte, was eigentlich niemand so genau sehen wollte. Die drei Bierbäuche rümpften die Nase, das Frauchen sah dezent weg. Samson würgte, was die Mutter dazu veranlasste, hochzusehen und ein »Tut mir leid« zu murmeln. Die Antwort war neuerliches Würgen und das konnte Herr M. nachvollziehen, denn zusätzlich zu den verschiedenen Körpergerüchen und Delilas Parfüm erfüllte nun durchdringender Fäkaliengestank die Kabine. Wieder würgte Samson.

»Ich hab's gleich«, versprach die Mutter und beeilte sich, ihr Kind wieder fachgerecht zu verpacken. Sie verklebte die gebrauchte Windel zu einem kunstvollen Paket und wollte sie eben wieder in dem Fach unter dem Kinderwagen verstauen, da brach sich bei Samson der Ekel seinen Weg durch die Lippen. Delila schrie auf, die anderen Fahrgäste wichen an die Wände der Kabine zurück, doch weil es keine Ausweichmöglichkeiten gab, blieb niemand von Samsons Brechanfall verschont. Augenblicklich wurde der Gestank in der Kabine von einer neuen Geruchsnote überlagert, die auch bei allen Übelkeit verursachte.

»Stellen Sie den Kinderwagen über die Kotze, dann sehen wir sie zumindest nicht«, verlangte Bierbauch und führte seinen Befehl gleich selbst aus, während die anderen Fahrgäste begleitet vom Kindergeschrei den Platz wechselten. »Und tun Sie endlich etwas, damit das Lamento aufhört! Und wann kommt endlich der Notdienst?« Ungeduldig drückte er wieder auf den Alarmknopf, erneut verhallte das Klingeln ungehört, dafür schrie der Säugling noch lauter. Mitten in Herrn M.s Überlegungen hinein, ob es von diesem Lärmpegel eine weitere Steigerung geben konnte, stellte der Bruder des Geschöpfs fest: »Hier ist eine Falltür.«

Alle Blicke wandten sich zu dem Punkt am Boden, auf den er zeigte, und tatsächlich: Wo bis jetzt der Kinderwagen gestanden hatte, zeichneten sich ganz deutlich die Umrisse einer Falltür ab.

»Wo die wohl hinführt?« Der Junge ließ sich auf die Knie fallen und tastete die Halterung ab, an der man die Falltür hochstemmen konnte. Die Erwachsenen warfen inzwischen beredte Blicke hin und her. Wo sollte die Falltür hinführen, wenn nicht in den Aufzugschacht? Ein Loch, viele Stockwerke tief. Trotzdem ging Bierbauch neben dem Knirps in die Knie, als dessen Bemühungen keinen Erfolg zeitigten. Mit zwei Fingern hakte er sich ein und zog mit einem Ruck die Falltür hoch. Die Mutter packte ihren Sprössling am Arm und riss ihn von dem Loch weg, die anderen Fahrgäste drückten sich unwillkürlich noch etwas enger an die Wände der Fahrstuhlkabine.

»Machen Sie das wieder zu«, verlangte die Mutter. »Sofort! Hier sind Kinder.«

»Ja, das haben wir alle mitgekriegt«, sagte Bierbauch und sah hoch. In seiner Miene war nichts mehr von der Gemütlichkeit zu sehen, die ihn anfangs umwabert hatte, und Herrn M. rieselte etwas die Wirbelsäule hinunter, was er nach längerem Nachsinnen als einen Anflug von Angst erkannte.

Die Mutter nahm ihren Sprössling näher an sich heran und drehte sich so, dass sie zwischen ihm und dem Bierbauch zum Stehen kam.

Der erhob sich. »Natürlich können wir noch einmal auf den Alarmknopf drücken«, sagte er. »Aber wir wissen alle, dass es nichts bringt. Wir sitzen jetzt seit Stunden hier fest und niemand denkt daran, Kontakt zu uns Eingeschlossenen aufzunehmen. Der einzige Weg ist …«, er machte eine spannungsgeladene Pause, »… Ballast abzuwerfen.«

Er warf einen bedeutungsvollen Blick in die Runde, der schließlich auf dem Knirps zur Ruhe kam.

»Spinnen Sie, oder was?«, zischte die Mutter. »Springen Sie doch selbst durch das Loch. Dann sind wir gewiss jede Menge Gewicht los.«

Bierbauch grinste süffisant. »Ich passe nicht einmal durch. Nein, das muss schon jemand sein, der dünner ist als ich. Der Junge will sicher wissen, wo das Loch hinführt, nicht wahr, Knirps?«

»Hören Sie auf mit den schlechten Späßen«, sagte Delila. »Der Junge kriegt Angst.«

»Dann die Omma. Schließlich ist sie daran schuld, dass wir hier stecken.« Bierbauch wechselte die Blickrichtung und das ältliche Frauchen schrumpfte in sich zusammen.

»Ich … finde Ihre Späße ganz schön makaber«, sagte sie unsicher.

»Ja?« Bierbauch lachte los, sein Lachen schlüpfte durch die Falltür nach draußen in den Schacht, hallte von den Wänden wider, erhielt ein Echo … Gruselige hundert Bierbäuche schienen mit ihrem Lachen die schwarze Tiefe zu füllen. »Sind sie das? Was ist mit dem Kotzbeutel hier? Können wir auf ihn verzichten? Oder wäre die Situation vielleicht erträglicher, wenn der blühende Jasminbusch fort wäre?« Er zeigte auf Delila, die sich Schutz suchend an ihren Samson schmiegte.

Herr M. wappnete sich.

Bierbauch bemerkte seinen Blick und verständigte sich mit den anderen beiden Kumpanen. »Oder unser schweigender Gast? Wer opfert sich selbst? Wo sind all die Gutmenschen, wenn man sie braucht?«

Herr M. räusperte sich. »Uns wird sicher bald jemand retten. Bewahren wir die Ruhe.«

»Retten? Hier ist niemand, der uns rettet. Wir müssen uns selbst retten.« Bierbauch griff nach Herrn M.s Ärmel, riss ihn zu sich auf das Loch zu. Herr M. sträubte sich, stemmte die Beine gegen den Zug. Er wollte nicht sterben.

Eine Hand landete auf seinem Arm. Es war die Omma. »Es tut mir leid«, sagte sie. Dann quetschte sie sich hinter ihn und schob von hinten. Eine weitere Hand half – war es Delila? – Samson zerrte an seinem anderen Ärmel, während die Mutter ihrem Sprössling die Augen zuhielt.

Das schwarze Loch kam näher.

Herr M. wehrte sich. Vergeblich.

Mit einem Fuß tappte er ins Leere.

Er riss entsetzt die Augen auf. »Nein!«

Die Mutter schob seinen anderen Fuß auf das Loch zu. »Neeeeiiiin!«

Wie in einem Film zogen die Gesichter der anderen Fahrgäste nach oben, danach die Oberkörper, die Beine, die Knie, die Füße. Dann waren da nur noch Schwärze und dieses Kribbeln im Bauch, das seinen Fall begleitete.

»Schatz, bitte wach auf, das ist ja furchtbar heute mit dir«, sagte eine Stimme neben ihm. Herr M. riss die Augen auf. Er war in seinem Schlafzimmer.

»Ein Traum. Es war nur ein Traum«, seufzte er erleichtert. Dann kletterte er aus dem Bett, ging ans Fenster und riss es auf. Draußen auf der Straße waren bereits Menschen unterwegs. Viele Menschen. Tausende von Menschen, die wie die Ameisen durch die Stadt krabbelten.

Hintergrundfakten zur Geschichte

Zum ersten Mal hörte ich das Wort »Weltbevölkerung«, als wir die fünf Milliarden »knackten«. Da war ich 15 und irgendwie fand ich diese unvorstellbar große Zahl aufregend. Zwölf Jahre später waren es sechs Milliarden, wieder zwölf Jahre später sieben. Im Jahr 2023, also wieder zwölf Jahre später, werden es acht Milliarden Menschen sein, die auf unserem kleinen Planeten herumwuseln. In den 1960er-Jahren erregte die pessimistische Prognose eines amerikanischen Statistikers Aufsehen, der für den 21. Juni 2116 ankündigte, dass für jeden Menschen nur noch ein Stehplatz auf der Erde bleibe*. Das ist in knapp 100 Jahren …

Die Aufregung ist verschwunden. Geblieben sind ein mulmiges Gefühl und viele Fragen. Wie wird sich die wachsende Weltbevölkerung auf den Wert eines Menschenlebens auswirken? Wie wird der schwindende Lebensraum aufgeteilt? Wer bestimmt, wer Raum kriegt?

---

* »Das Bio-Pizza Dilemma: Der überraschende Wegweiser zu mehr Nachhaltigkeit« von Thekla Wilkening, Robin Haring

AUF DER FLUCHT

Als Jennifer B. Wind mich um einen Beitrag für ihre Anthologie bat, lief sie offene Türen ein: Seit Jahren recherchiere ich für einen Roman, der mit einem bestimmten Aspekt des Klimawandels zu tun hat. Meine Geschichte hier, die in Nordkanada spielt, drängte sich förmlich auf, auch weil ich gerade mit einem Roman fertig geworden war, der in Sibirien spielt. Grenzenübergreifende Erfahrungen, meinte Jennifer. Damit köderte sie mich spielend leicht.

– Beatrix Kramlovsky

Als ich das Eisschild Grönlands überflog, dachte ich an das Sprichwort der Inuit. »Handle mit dem Herzen, aber nicht mit den Stimmbändern.« Das ist wichtig, auch heute, für ein gemeinsames Leben auf unserem wunderbaren Planeten.

– Eva Maria Nielsen

DER BODEN UNTER DEN FÜSSEN

Von Beatrix Kramlovsky

Als wären sie lange begraben gewesen, so krochen sie über die gefrorenen Wiesen, schoben sich zwischen Steinbrocken durch, steif, seltsam hölzern. Wie damals, dachte Laura Fertig, wie damals in dem anderen Leben, als heimatliche Alpenhänge sich über Dörfern in Falten legten und Muren Täler verschlossen. Wie damals, nur konnten sich diese Menschen hier bewegen, waren keine vom Schlamm verfärbten Gliederpuppen mit weit offenen Mündern; kein Schlick, der ihre Leiber füllte. 17, 18, 19, zählte Laura, bis kein weiterer Kopf mehr über dem Klippenrand erschien.

Sheila Lee huschte an ihre Seite: »23 bei mir.«

»42 insgesamt heute.«

Sie schwiegen und sahen zu, wie die fremden Menschen den vereisten Hang höher stiegen. Alle trugen Rucksäcke, alle waren sie dick verhüllt, was nichts über die Qualität ihrer Parkas aussagte. Es gab weder schweres zusätzliches Gepäck noch Geräte, die sie mit sich schleppten. Sie waren in Fischerbooten gekommen, über das trügerische Eismeer, vorbei an den Containerschiffen, die den südlichen Rand der Nordostpassage gewählt hatten, und an den robusten Schiffen der russischen Grenzwachen. Mitte September; sie hatten Glück, dass die Temperaturen noch nicht tiefer gesunken waren, die Querung noch gelingen konnte. Vor einer Woche waren sie auf dem Radar der kanadischen Inseln aufgetaucht, ehe einfallender Nebel eine Identifikation durch Helikopter unmöglich gemacht hatte. Kamen die Flüchtlinge vom Kap

Tscheljuskin? Es machte mehr Sinn, als im Südosten nördlich der Beringstraße die Überfahrt zu wagen. Zu viele Schiffe, zu viele Soldaten, seit der letzten Eskalation vor drei Jahren war die Große Diomedes-Insel noch martialischer aufgerüstet. Wie verzweifelt musste die Lage in Sibirien sein, dass die Flüchtlinge den direkten Weg nach Alaska mieden, sich in kanadisches Gebiet wagten? War das Überleben hier nicht genauso schwierig wie in der russischen Tundra? Wie viele Menschen lagen schon im dunklen Wasser, auf einem Grund voller Gebeine und verlorener Boote? Die Querungen übers Eis im Sommerlicht weiter im Norden waren längst aufgegeben worden. Nun wählten die Flüchtigen den Schutz einer schwachen Sonne, die bald ganz verschwunden sein würde.

Laura erkannte, dass diese Gruppe genau wusste, wohin sie gehen musste: weg vom Strand, das Bachbett entlang, im Windschatten der Böschung hinauf auf die Hügelkette. Es war nicht weit von der Quelle zum Sattel, kein schwieriger Weg, selbst bei Nacht nicht, solange der Halbmond sein Licht auf die eisverkrusteten Felsen legte. Sturmwind hatte den frischen Septemberschnee weit hinausgetragen, verwirbelt, tagsüber in ein glitzerndes Kristallgestöber verwandelt, das die Luft mit Lichtpunkten erfüllt hatte. Wie schön der Norden doch war, dachte Laura, und dass sie sich das im malträtierten Land ihrer Jugend nie hätte vorstellen können.

»Ich glaube nicht, dass das wirklich Flüchtlinge sind.« Sheila Lees Angespanntheit hatte Gründe. In den letzten Nächten, seit ein paar Wochen höchstens – die Behörden wussten nicht genau, seit wann –, hatten Unbekannte die leer stehenden Häuser oberhalb des alten Hafens übernommen. Dort, wo während der ersten Stürme im August das Meer beständig den alten Pier zerfraß und die ehemaligen Heime der abgesiedelten Inuit feucht und leer standen. Sachs Harbor breitete sich mittlerweile über zwei Hänge hinauf, ein prosperierendes Städtchen, das als Ausgangspunkt für Arktistouristen einen gewissen Ruf erworben hatte. Wie über die Sommerwochen wohnten auch jetzt noch zahlende Gäste in kleinen Hotels, die deshalb die außersaisonale Sperre aufgehoben und wieder geöffnet hatten. Es würde dauern, bis den Beamten der erhöhte Wasser- und Energieverbrauch auffiel, die Löschung der zunehmenden Waldbrände im Spätsommer hatte alles verkompliziert. Die Registrierungen deckten sich mit dem Fakt, dass die Sommerzeit von abenteuerhungrigen Touristen dieses Jahr gehörig verlängert wurde. Die Monate der Kreuzfahrtschiffe, die auf dem Weg durch die Baffin Bay anlegten und ordentlich Geld einbrachten, waren schon vorbei. Die Fremden sprachen rudimentäres Englisch mit einem Akzent, den niemand einordnen konnte. Sie waren nicht sehr groß, ihre Haut wies die dunklen Verfärbungen alter Erfrierungen auf, sie reagierten auf keine Inuitsprache.

Einige Zeit war vergangen, bis den Bewohnern von Sachs Harbor klar geworden war, dass sich die Neuankömmlinge kannten, auch wenn sie das zu verschleiern versuchten. Das war der Zeitpunkt gewesen, als Sheila Lee Warrior sich durchgesetzt und am Festland angefragt hatte, ob man ihr helfen könne.

»Aber sie sind doch freundlich, tun niemandem etwas und spazieren nur herum«, hatte der Gemeinderat, hatten alle gesagt, froh über die unerwarteten Einkünfte, über die vermieteten Häuser, über das Leben. Laura Fertig, die der Konzern aus McMurray als Vorhut geschickt hatte, hatte Sheila Lee jedoch recht gegeben. Keine der IDs schien gefälscht, aber sie hatte noch nie Skandinavier und Russen erlebt, die so redeten, die so aussahen, die sich so benahmen, von Kanadiern ganz zu schweigen. Abgesehen davon verriet der Wasser- und Stromverbrauch, dass mehr Leute angekommen sein mussten, als sich im Tourismusbüro gemeldet hatten. Viel mehr. Und alle, die bisher aufgetaucht waren, waren zwischen 20 und 40 Jahre alt. Und was taten sie? Nichts. Sie spazierten herum, sie sahen sich das Hinterland an, manche redeten miteinander. Angeblich hatte jemand einem Makler angeboten, etwaige Reparaturen in den Häusern zu übernehmen, gegen ein Taschengeld. Aber das brauchte niemand. Die neue Stadt lag hoch und weit genug von den Brechern entfernt. Das Geld, das seit zehn Jahren beständig in die Kassen floss, verdankten sie dem Tourismus und den Prospektoren und Baufirmen der Konzerne, die sich den neuen polaren Kuchen aus vielversprechenden Bodenschätzen rechtzeitig unter den Nagel gerissen hatten.

Laura wusste, dass Sheila etwas Irritierendem auf der Spur war. Bei schlechtem Wetter verkrochen sich die Neuen mit ihren Papieren aus fernen Ländern. Sie wirkten organisiert. Nein, sie waren definitiv keine Touristen.

»Vermisst du Europa?«, fragte Sheila in diesem Moment.

»Nein, nicht wirklich. Ich brauche Aufbruchsstimmung, und dort geht so viel den Bach runter. Ich will bei etwas Großem, Neuem mitarbeiten.«

»Und deine Schwester?«

Laura schluckte. Konstanze hatte wie sie selbst überlebt, weil auch sie nicht daheim im Steinfeld gewesen war, als das verheerende zweite von vier aufeinanderfolgenden Sturmtiefs die Hänge ins Rutschen gebracht hatte. Zu Beginn war nur die Schwarza übers Ufer getreten, so wie im Süden in Kärnten Gail und Drau. Die Fluten hatten die Feuerwehren auf Trab gehalten, die Hänge hatten nachts zu rutschen begonnen, als die Ostalpen wie feuchte Schwämme reagierten, aus denen es heraussickerte. Die obersten Schichten hatten ihre Verankerungen verloren. Der Weiler, in dem Laura aufgewachsen war, war von Schlamm, Geröll und zerfledderten Grassoden begraben worden. Es hatte Tage gedauert, bis man alle Toten gefunden hatte. Laura würde nie die Stimme ihrer Schwester am Telefon vergessen, den hohen Piepton, den sie bis dahin nie gehört hatte und nie wieder hören wollte.

»Konstanze arbeitet jetzt an einem Projekt nördlich von Oslo mit. Sie ist schwanger und anscheinend glücklich.«

»Und du bleibst hier?«

»Ja. Hier liegt die Zukunft. Hier, in der Arktis, in Alaska, in den Tundren des Nordens. Mir gefällt es. Drüben in Asien geht es nicht so gut.«

»Sie waren nicht so klug, sich mit den Indigenen rechtzeitig gut zu stellen.«

»Ja, wir haben viel von euch profitiert.«

»Wer hätte das vor 30 Jahren gedacht.«

»Die Subarktis wird boomen, im Vergleich zu den wachsenden Trockensavannen.«

»Ich war nie in Paris oder Rom«, sagte Sheila.

»Dort ist es immer noch schön, wegen der Gebäude. Zum Leben ist es nicht fein.«

Sie beobachteten die ersten Wanderer auf der Kuppe, ihre Silhouetten hoben sich kurz ab, verschwanden langsam. Von dort mussten sie bereits die Lichter der Stadt sehen. Morgen um die Mittagszeit würden Gastwirte acht, zehn weitere Gäste melden. »Winterfreuden im Eisparadies«, hatte die findige Werbeabteilung schon plakatiert. Wie schnell sie doch agierten, wenn ein Geschäft lockte! Die Wettervorhersage meldete einen Kälteeinbruch in den nächsten Tagen. Die Stadtverwaltung hatte ein Eisskulpturenfest ausgeschrieben, würde Blöcke aus dem Packeis schneiden, Wirte würden Grog und heiße Würste anbieten. Auf der neuen Hafenpromenade waren die Parzellen für die einzelnen Künstler bereits abgesteckt. Von den undurchsichtigen Gästen hatten sich zwei Männer gemeldet, wenn man ihnen Motorsägen leihe, würden sie gerne mitmachen.

»Was machen wir?«, fragte Sheila Lee. »Folgen wir ihnen wieder?«

Das letzte Mal hatten sie mit ihren Nachtsichtbrillen beobachtet, wie schnell und lautlos sich die Gruppe aufgeteilt hatte, als wüssten die Fremden, wie sie wo verschwinden konnten.

»Natürlich, wir müssen wissen, wer sie erwartet, von wem sie die Anweisungen bekommen, wer von den Leuten vor Ort hilft.«

»Wir haben nie etwas abgehört, nichts konnte angepeilt werden, sie haben keine Geräte.«

»Seltsam, nicht wahr? Wer agiert denn so wie Flüchtlinge vor 30, 40 Jahren?«

Sie kletterten parallel zu den Wandernden den Hang hinauf, gut verdeckt von schwarz aufragenden Steinrippen und Büschen, die hüfthoch wuchsen. Sie bedachten, was sie an privaten Habseligkeiten in Hotels hatten durchsuchen können. Es war schwierig gewesen, denn diese Leute verließen ihre Zimmer nicht für lange, Laura und Sheila konnten nur auf drei verdeckt arbeitende Wachleute zurückgreifen. Das wird sich ändern, dachte Laura grimmig. Gefunden hatten sie Reservewäsche, alles sichtbar lange getragen, meist Baumwollmischungen, kein einziges Stück aus den neuen Geweben, die seit mehreren Jahren auf dem Markt waren. Fotos von Kindern, Fotos von alten Paaren, keine Papiere, keine Karten, weder alte noch neuere Kommunikationsgeräte, keine Speicher, keine Solarzellen. Was sie ebenfalls irritierte, war die Anzahl von Messern, Hämmern, Sicheln und Beuteln, aus ihr unbekannten Fasern gewoben, in denen sich Stofftäschchen mit Samen befanden. Sie hatten Proben genommen, Laura hatte sie an die Zentrale geschickt.

»Manchmal«, sprach Sheila leise, »manchmal habe ich das Gefühl, dass alles in Bewegung ist und dass wir zu wenig kontrollieren, weil wir den festen Boden unter den Füßen verloren haben. Wir alle.«

Laura nickte, obwohl Sheila das gar nicht sehen konnte. Wieder erinnerte sie sich an die versunkene Welt ihrer Eltern, an das zermalmte Dorf der Großeltern, an das viele Wasser, das die Regenfronten über den Bergen ausgeschüttet hatten; Wasser, das im südlichen Europa fehlte, Fluten, die nicht umgeleitet werden konnten, die die Ernte aus den Feldern rissen, Straßen zerstörten, Gleise unterwuschen, während Wüsten anderswo jedes Grün verschlangen. Jeder, hatten die Eltern erzählt, jeder hatte sich über die Klimaveränderung das Maul zerrissen und war froh gewesen, in dem sicheren, mit Wasser gesegneten Österreich zu leben, einem fruchtbaren, einem reichen Land. Wer hatte denn ahnen wollen, dass das bisschen Erwärmung zu stürmischen Kapriolen, zu Ernteausfällen führen würde; dass Wasser, von dem die meisten Länder zu wenig hatten, auch weit weg von flachen Küsten Katastrophen hervorrufen konnte?

Laura war siebenmal umgezogen, bevor sie den Kontinent verlassen hatte. Es war selten eine freie Entscheidung gewesen, immer von unglücklichen Notwendigkeiten überschattet. Jetzt war sie Pragmatikerin ohne Kinder, die Beziehungen mit Männern hinter sich gelassen wie sperrige Möbel, eine Frau, die in der Gegenwart verankert war und die Zukunft im Blick behielt, von der Vergangenheit geprägt. Wie sonst hätte sie sich gerade diese Region aussuchen können, ein Festland, dessen Tundren aufbrachen, tauende Permafrostböden, die riesige Gasblasen freigaben, eine Meeresstraße, deren Verkehrstauglichkeit vielversprechend wuchs, Eisdecken, die zerbarsten, Öl und Erze, die erreichbar wurden. Was für eine verheißungsvolle Gegend. Kein Wunder, dass darum gestritten wurde, dass Soldaten die neuen Bohrinseln bewachten, die Konzerne eigene Armeen bezahlten. Werkschutz nannten sie es, Regierungen unterstellt wie die Rangertruppen der Naturreservate. Als könnte man die Erde aufteilen in Grün- und in Industriezonen, die einander nie beeinflussen würden. Im Grunde war es ein Hinterherstolpern, sie keuchten den Folgen einer Entwicklung nach, versuchten, Schlimmem vorzubeugen und einen Mittelweg zu finden, der möglichst vielen Menschen ein Leben erlaubte, egal, welcher Art. Für die meisten war es nicht gut, obwohl sich natürlich neue Möglichkeiten anboten. Es gab Länder, deren Böden sich im plötzlich häufigeren Niederschlag erholten.

Lauras Gehalt wurde von einem internationalen Bergbaukonzern bezahlt, ihre Aufgabe war es, soziale und politische Gefahrenherde zu erkennen, Eskalationen zu vermeiden, Brückenköpfe zu bilden.

Sheila Lee war Beamtin des kanadischen Naturschutzministeriums. Sie war in diesen Breitengraden aufgewachsen, sie sprach zwei Inuitsprachen, Russisch und ein wenig Norwegisch. Die zwei Frauen hatten einander erst vor wenigen Wochen kennengelernt, sie wussten, dass die Interessen ihrer Arbeitgeber sich hier auf Banks Island überschnitten, hofften, dass das gut für alle Betroffenen war.

Nein, Europa vermisste Laura nicht, wenigstens noch nicht.

Die Fremden waren tatsächlich erschöpft. Wie mühselig sie sich hinaufkämpften, wie viele strauchelten!

»Die sind nicht nur müde«, stellte Sheila fest. »Die sind alt! Alt und hungrig!«

»Schau, die klammern sich an ein Seil.«

Mondhelle umfloss sie nun, alle hatten die Gesichter den fernen Stadtlichtern zugewandt. Die zwei Frauen krochen näher, machten Fotos, betrachteten durch ihre Infrarotbrillen die Gesichter vor ihnen. Ja, es waren verbrauchte Menschen mit hohlen Wangen, verzerrten Lippen und dazwischen Kinder, kleine Kinder.

»Wir rufen Sanitäter, wir müssen der Klinik Bescheid geben. Ich weiß nicht, woher die kommen, aber sie müssen schon fürchterlich lange unterwegs sein. Schau dir ihre Stiefel an, das sind Fetzen. Die können sich nicht mehr als angebliche Touristen einschleichen.«

Während Sheila die Polizei der Stadt benachrichtigte, meldete sich Laura bei ihrem Konzern. Das hier waren keine einsickernden Truppen. Hier ging es nicht um Grenzschwierigkeiten wie drüben vor Alaska, vor Finnland und Norwegen. Hier hatten sie Migranten, die vermutlich von Schleppern übers Meer gebracht worden waren.

Schon bevor sie ihre Weisungen erhielt, wusste sie, was passieren würde: Man würde ein Schiff schicken, man würde alle Fremden versorgen und wegbringen, weit weg von der Nordwestpassage und den nördlichen Küsten, die so viel Reichtum unter so schwierigem Boden bargen. Man würde diese armen Leute in ein Flugzeug setzen und in die gemäßigten Zonen schaffen, dorthin, wo es wieder Wasser für Felder gab, wo man dringend findige Bauern brauchte, gute Gärtner. Waren das die Fremden überhaupt? Oder wussten sie Bescheid im Bergbau? Gute Arbeiter brauchte man auch für die neuen Städte. Notwendige Massenverschickungen, die Unruhen mit sich brachten. Wer wollte schon gerne von Leuten regiert werden, die zivile Deportationen zum Programm erhoben. So etwas hatte es doch noch nie gegeben, ohne Krieg, ohne

Tyrannenträume, einfach deshalb, weil es die klimatischen Gegebenheiten verlangten.

»Du weißt, was uns jetzt blüht?«, fragte sie Sheila.

»Ja. Wir werden ihnen klarmachen, dass sie weg müssen. Und zwar alle.«

»Ich bezweifle, dass sie freiwillig mitgehen.«

»Vielleicht finden wir heraus, woher sie wirklich kommen.« Laura überlegte, wie es Schleppern möglich war, unbemerkt von Russland über die offene Eissee zu fahren, vorbei an den bewachten Küsten, an den Bohrinseln, unentdeckt von allen militärischen Stationen, den Wachschirmen der Supermächte.

»Hast du die Bilder von den Menschen gesehen, die nach Süden ziehen, weil man sie in den neuen Städten nicht brauchen kann? Es ist eine Völkerwanderung wie vor 1.500 Jahren.«

»Und von den tropischen Küsten wandern sie hinauf in geschützte Lagen.«

»Alle sind sie unglücklich, weil sie ihre Heimat verlassen müssen.«

»Und überall ist schon jemand, die guten Plätze sind besetzt.«

»Schau sie dir an. Die fallen gleich um.«

Ein Geräusch ließ sie verstummen. Aus der Richtung der Stadt näherten sich Motorschlitten. Drei, vier, fünf. Sheila beobachtete sie mit ihrer Nachtsichtbrille.

»Komisch, dass die schon da sind. Ich habe doch gerade erst Bescheid gegeben.«

»Duck dich.« Laura presste die Nottaste ihres Ortungsarmbands. Nun würden sie einen Helikopter schicken, Drohnen schwebten sicherlich bereits über ihnen. Als ob sie das nicht gleich hätten machen können. Immer diese Sparsamkeit zum falschen Zeitpunkt. Laura seufzte. »Das sind ihre eigenen Leute aus der Stadt. Sie werden die Schlitten geklaut haben.«

»Warum?«

»Weil sie wissen, dass schwache Alte kommen. Und ich wette, sie wollen sie verstecken. Es gibt sonst keinen Grund, warum sie in der Nacht unterwegs sind.«

Sheila sprang hoch. »Das reicht jetzt, wir wollen doch helfen«, sagte sie und rannte, so schnell es das Gelände zuließ.

Alles passierte gleichzeitig. Eine alte Frau wurde auf sie aufmerksam, jemand löste sich aus der Gruppe, wandte sich Sheila Lee zu, der Scheinwerfer eines Schlittens erfasste sie, eine Männerstimme erhob sich über das Jammern der Alten. Laura sah, wie Sheila Lee ihre Arme nach oben streckte, wie ein weiterer Lichtstrahl Sheila Lee erfasste, wie alle die Beamtin plötzlich umringten, wie Sheila Lee zwischen den Körpern verschwand.

Da war die Drohne, senkte sich über dem Tumult, hob sich, schwenkte weg, hinüber zu Laura, ein weißer Nebel breitete sich über den Schlitten und Leibern aus, jemand schrie, verstummte abrupt. Und während Laura lief, tauchten Helikopter auf, die Nacht verschwand im gleißenden Licht der Maschinen, die aufsetzten. Ihre Türen öffneten sich, spuckten Uniformierte aus.

Jemand schoss. Laura warf sich zu Boden, kroch vorwärts, blieb hustend liegen. Der Nebel hatte sie erreicht, brannte in den Augen, in den Lungen. An ihr vorbei stürmten Mannschaften, zuerst Bewaffnete, dann Sanitäter. Einer bückte sich, zog ihr die Brille vom Gesicht, schob ihr eine Maske über den Kopf. Über das Headset hörte sie seine Stimme.

»Bleiben Sie bei mir, wir können sicher sofort übern men.«

»Es sind Flüchtlinge«, keuchte Laura.

»Jaja.«

»Alte, völlig erschöpfte Leute, die übers Meer gekommen sind.«

»Dann müssen sie verrückt sein. Ich wette, die Schlepper haben sie vor den Queen Elizabeth Islands ausgesetzt oder vielleicht schon näher bei uns, kommen sicher von drüben, vom westlichen Sibirien.«

»Wie haben sie es geschafft, so weit übers Eis zu gehen? Wir haben keine Ausrüstung gefunden, nur zwei Boote gesehen. Ich brauche übrigens eine Maske für meine Kollegin.«

»Vielleicht sind sie Nachfahren der ehemaligen Gulagbewohner. Es gab doch Landstriche dort oder gibt sie noch immer …« Der Sanitäter löste eine der Masken, die an seinem Gürtel baumelten.

»Wir wissen, dass sie zusammengehören, dass sie aufeinander warten. Und dass da draußen noch mehr sind. Bis jetzt kamen nur Junge, Starke. Das ist die erste Gruppe mit Alten.«

»Wer weiß, wie viele nicht überlebt haben. Wir haben gehört, dass man Boote mit Müttern und Kindern aufgegriffen hat.«

»Warum habe ich diese Nachricht nicht erhalten?« Laura beugte sich über die ersten ohnmächtigen Körper, arbeitete sich zwischen den Leibern durch zu Sheila Lee. Wie sie kauerte! Auf dem Leib eines Mannes, dessen Hände um ihren Hals lagen! Laura bog die Finger auseinander, zerrte und zog, drehte Sheila um. Da waren schon Helfer neben ihr, brachten Sauerstoff, begannen, die Bewusstlose wiederzubeleben. Erst da entdeckte Laura das Messer in Sheilas verkrampfter Hand, das dunkle Rot überall, den schmalen Schnitt im Hals des Mannes, aus dem sich immer noch blubbernd Blutblasen drängten.

Wir haben doch nur helfen wollen, dachte Laura, wir gehören doch zu den Guten!

Sie suchte den leitenden Offizier. In der Stadt hatte man nach ihrer Meldung begonnen, die Fremden einzusammeln. Manche waren in der Dunkelheit entwischt, man würde sie finden. Das Wetter würde sie zurück in den Hafen treiben. Sie schienen alle aus einem Ort ohne Zukunft zu kommen, wollten gemeinsam in ein Gelobtes Land. Ein Land mit sauberem Wasser, mit Boden, der nähren konnte.

Das Betäubungsgas hatte sich verflüchtigt, die Alten saßen in Decken gehüllt auf Isomatten und warteten verängstigt. Manche schluchzten. Die jungen Männer hatte man vorsorglich gefesselt, Wunden wurden versorgt. Der Tote lag auf dem verfärbten Schnee. Laura kehrte zu der Trage zurück, auf der Sheila Lee Warrior langsam zu sich kam, langsam die Erinnerung wiederfand, den leblosen Körper sah, erfasste, was geschehen war, was sie getan hatte. Wir haben doch nur helfen wollen, dachte Laura Fertig hilflos und griff nach Sheilas Hand.

Hintergrundfakten zur Geschichte

Als ich begann, über den Zugang meiner Geschichte zum Thema der Anthologie nachzudenken, war gerade wieder eine heftige Diskussion über die »Flüchtlingsproblematik

Europas« losgebrochen. Gleichzeitig beschäftigte ich mich mit den Veränderungen der Taiga und des Permafrostbodens, die die Erwärmung des Erdklimas mit sich bringt. Es gibt bereits messbare Unterschiede zwischen der Tundra Kanadas und den Gegebenheiten Sibiriens, die höchstwahrscheinlich noch größer werden. Europa als kleinster Kontinent mit den vielfältigsten Klimavariationen auf engstem Raum wird wohl von allem etwas abbekommen.

Ich las Laurence Smiths »The World in 2050«, das 2010 herausgekommen war und dessen gesammelte Daten von Wissenschaftlern rund um den Globus geliefert wurden, und beschäftigte mich mit Matthias Horx' »Technolution« (2008) über voraussehbare technische Zukunftsvisionen. Die Flüchtlingsströme aus Syrien gaben schließlich den Ausschlag. Denn Völkerwanderungen werden eine Folge des Klimawandels sein und früher eintreten, als wir wahrhaben wollen. Die Geschichte lehrt, dass unser winziger Kontinent von Massenfluchtbewegungen geprägt wurde, Weltgegenden, die jetzt noch am Rande der allgemeinen Wahrnehmung liegen, könnten in einen Fokus rücken, den wir uns ebenfalls nicht vorstellen wollen. Das entweichende Methan verändert das Gewicht sowohl des einsinkenden Kanadischen Schildes als auch einiger Regionen Nordostasiens. Dadurch wird der Meeresspiegel deutlich höher steigen als die paar Zentimeter, die aus dem Abtauen der Polkappen resultieren.

Viele Forscher glauben optimistisch, dass Menschen der Zukunft humaner sein werden als wir jetzt, weil sie gelernt haben, dass das eigene Überleben davon abhängt. 2052 ist uns dafür natürlich viel zu nahe, unsere Spezies lernt sehr langsam. Und trotzdem hoffe ich.

SEDNAS HÄNDE

Von Eva Maria Nielsen

Kvanefjeld, Süd-Grönland

Ich stelle das Essen auf den Tisch, versuche, meine Wut zu dämpfen. Wie so oft lege ich meine verstümmelte Hand hinter den Rücken, denn ich schäme mich, möchte nicht, dass Angaangaq sie sieht, auch wenn er sie genauso gut kennt wie die Grübchen um meine Augen.

»Ich versteh einfach nicht, wie er mir in den Rücken fallen konnte …« Angaangaq schiebt sich ein Stück des gebratenen Walfleisches in den Mund und schüttelt den Kopf. Seine Haare glänzen im Licht der Lampe. Mit der Gabel stochert er in der Luft, als wollte er seine Gegner eigenhändig mit der Harpune durchbohren. »Ich meine, Sten ist doch mein Freund. Er weiß, wie gefährlich das alles ist.«

Ich lehne mich zurück. »Sten denkt doch nie weiter als seine Nasenspitze. Es geht ihm um Macht und Geld.«

»Ach, Sedna …« Angaangaq seufzt, tief hat sich die Enttäuschung in seine Stimme gegraben. »Jetzt sei nicht so … Er ist Politiker und in der Politik ist das gerade ein beliebtes Thema. Er glaubt ja, Gutes zu tun.«

»Macht er aber nicht. Stattdessen verkauft er seine Seele. Der Traum von Mineralien und Uran, den bezahlen wir doch immer viel zu hoch. Und was ist denn mit uns? Unsere Welt hat sich in den letzten Jahrzehnten verändert. Uran abbauen? Wo soll das hinführen?«

Ich kämme mir mit den abgehackten Fingern durch die Haare. Doch die Stümpfe können nichts mehr ausrichten. Es ist zu spät. Mein Haar ist vom Wind verfilzt.

»Sten wird sich nicht umstimmen lassen …« Angaangaq kaut und schluckt. Sein Adamsapfel hüpft nervös auf und ab.

Ich muss etwas unternehmen. Bevor alles zu spät ist … Heute noch werde ich einschreiten, damit die Sünden der Menschen gebüßt werden können. Gesühnt. Meine Haare verfilzen mehr und mehr. Und unsere Welt entgleitet mir. Ich schiebe den Stuhl zurück und stehe auf. Verzweifelt starre ich aus dem Fenster, weil ich Angaangaqs Worte nicht mehr ertragen kann. Am Himmel tanzen die Nordlichter.

Wenn wir draußen im Eis wären, würden wir das leise, ätherische Brummen hören, den Gesang des Lichtes. Doch hier in der Siedlung, wo Autos neben Schneescootern parken und das kalte Licht der Straßenlampen die arktische Nacht vertreibt, hören wir es nicht so gut. Vielleicht liegt es daran, dass wir uns zu weit von unseren Wurzeln entfernt haben.

Ich kneife die Augen zusammen. Grün, ein tiefes Dunkelgrün an den Rändern und fast gelb in der Mitte. Sie tanzen am Himmel. Für wen? »Morgen wird es kälter werden.«

»Dann kann ich mit dem Kajak rausfahren.«

»Ja, bring uns Heilbutt mit oder … besser Rotbarsch.« Ich klopfe eine Zigarette aus der Schachtel und zünde sie mir an. Sofort verdunkelt sich Angaangaqs Gesicht.

»Wie oft soll ich dir noch sagen …«

»… dass ich nicht qualmen soll?«

»Ja genau. Wir wollen doch Kinder.«

Ich lege den Kopf in den Nacken und blase den Rauch aus. Schöne runde Ringe, wie ich es liebe. Ich will mich nicht binden. Nicht in dieser Welt. »Wenn du deinen Sten nicht unter

Kontrolle bekommst, ist das hier das geringste Problem, das deine Kinder haben werden.«

»Meine Kinder?« Angaangaq steht auf, nimmt mir die Zigarette aus der Hand und drückt sie aus.

»*Hey*, was machst du da?«

Seine Augen leuchten wie die Sterne am Polarhimmel. Er schlingt seine Arme um mich und drückt mich an den Küchenschrank. »Also, meine süße kleine Polarfüchsin. Was verheimlichst du mir? Sind wir bald zu dritt?«

Ich lache, spüre seine Erregung zwischen meinen Beinen und erwidere die Umarmung. »Was nicht ist, kann noch werden. Aber darum darfst du mir nicht die letzten Freuden wegnehmen.«

»Meine Liebe, wir haben die reinste Luft und du verpestest dir deine Lungen?« Er tupft Schmetterlingsküsse auf mein Gesicht. Verflucht, ich will das jetzt nicht. Ich will das mehr als alles andere.

»Weil wir bald nicht mehr reine Luft oder sauberes Wasser haben. Wenn sie erst einmal die Erlaubnis bekommen, nach Uran zu graben, zieht das einen Rattenschwanz an Dingen mit, die man nicht mehr kontrollieren kann. Unser Wasser wird verunreinigt. Was glaubst du, was passieren wird? Und was ist mit unserer Tierwelt? Und uns? Wir leben hier doch mit der Natur.«

»Ich weiß, aber das wird heute Nacht nicht mehr entschieden …« Er knabbert an meinem Ohr, diese empfindliche Stelle, die mich willenlos macht. Ich ziehe die Schultern hoch. Die Wärme schießt in meinen Körper.

»Und was wird hier entschieden?« Ich kichere vergnügt.

»Ob es sich für mich lohnt, noch weiter für unsere Zukunft zu kämpfen. Für dich, für unsere Kinder, für unsere Welt …«

Das Telefon klingelt. Angaangaq ignoriert das Klingeln, aber ich schiebe ihn sachte weg. »Nimm schon ab, es könnte wichtig sein.«

»Nichts ist wichtiger als du und die Zukunft der Welt.«

»Ist gut, mein Lieber. Ich könnte mir vorstellen, dass es Sten ist. Er will sicher alles gut machen.«

»Er kann warten.« Angaangaq knabbert weiter an meinem Ohrläppchen.

»Nicht, wenn du die Welt retten willst.« Ich winde mich aus seiner Bärenumarmung und halte ihm das Telefon hin. »Nun nimm schon, ich räume derweil auf und backe euch Muffins für die Fahrt.«

»Ja, Angaangaq.«

Ich sehe ihn an. Er nickt mir zu und hebt den Daumen in die Luft. Jackpot. Es war Sten.

»Ja? Ich dachte mir schon, dass du es bist.«

Angaangaq verlässt die Küche und verschwindet im Wohnzimmer. Ich seufze und suche die Backzutaten zusammen. Weiches Mehl stäubt auf, der Duft von bitterer Mandel steigt in meine Nase. Viel Zucker, um den bitteren Geschmack zu überdecken. Die Rettung der Welt kostet manchmal auch meine Nachkommen. Und solange ich nicht schwanger bin, werde ich rauchen. Ich zünde mir eine neue Zigarette an.

Am nächsten Morgen, noch eingehüllt in die Dunkelheit der arktischen Nacht, die sich wie eine Decke über das Land der

Menschen gelegt hat, erwache ich aus einem Käfig aus Armen und Beinen. Angaangaq schnarcht. Ich liebe dieses Geräusch. Das leise Pfeifen, dann der helle Laut, der die Stille zerreißt. Ich versuche, mich aus seiner Umarmung zu winden, aber er verstärkt seinen Griff um meinen Bauch und zieht mich näher an sich. Sein Oberschenkel presst sich zwischen meine Beine, wo ich feucht bin vom Liebesspiel der Nacht.

»Ich muss zur Arbeit«, sage ich und schäle mich aus der Bettdecke.

»Und wenn du heute krank bist?«

»Liebeskrank?«

»Ja.«

»Du willst mit Sten aufs Meer. Versetz ihn nicht.«

»Stimmt, ich muss mit ihm reden. Wir müssen eine andere Lösung finden.«

»Rette du die Welt, ich kümmere mich in der Apotheke um die kleineren Blessuren.«

Bevor ich aus dem Haus gehe, nehme ich die Muffins aus dem Kühlschrank. Sten liebt meine Muffins, vor allem die mit Blaubeeren. Die rührt Angaangaq nicht an. Er isst nur solche mit Krabbenfleisch. Sorgfältig packe ich zwei Dosen und beschrifte sie.

Angaangaq schlurft aus dem Badezimmer, die Haare sind durcheinandergewirbelt wie ein Sturmwind.

»Oh, das ist lieb!« Seine Augen glänzen, als er die Muffins entdeckt. »Sten wird sich freuen.«

»Sieh es als Bestechung. Damit unsere Welt wieder ins Gleichgewicht kommt.«

Er tritt an mich heran, zieht mich in seine Arme und küsst meine Lippen. »Sedna, habe ich dir heute schon gesagt, wie sehr ich dich liebe?«

»Nicht dass ich wüsste! Die für Sten sind mit Blaubeeren und deine mit Krabben. Wie er es mag.«

»Danke.«

»Sten hat vergessen, wie schön diese Welt ist. Er tut Dinge, die unserer Erde schaden, und das nur für Macht und Geld. Erinnere ihn daran, wie schön Mutter Erde ist – wenn wir sie nur lassen.«

Sachte fällt die Haustür hinter mir ins Schloss, als ich in die klare, eisige Luft trete. Jetzt werden die Sünden der Menschheit gesühnt. Denn ich bin Sedna.

Der Tag schleicht sich dahin. Nach und nach löst sich die Nacht auf, zerfasert an den Rändern und das Licht erobert unsere Welt, wenn auch nur für einige Stunden. Ich suche Rezepte in der Apotheke, bediene Kunden, verschreibe Hustensaft und gebe Penicillin raus, säubere und verbinde einen tiefen Schnitt, lausche den Herztönen einer Schwangeren. Die Stunden tröpfeln und mir fällt es schwer, mich zu konzentrieren.

Sten und Angaangaq. Die Rache. Jetzt habe ich alle Fäden in der Hand. Ich, Sedna, die Mutter des Meeres.

Wieder sehe ich über das Wasser, das sich unter dem blauen

Himmel spiegelt, und versuche, etwas zu erkennen, aber nichts ist zu sehen. Ich bin zu weit weg, auch wenn ich mittendrin bin.

Als es Zeit ist, die Apotheke und Krankenstube abzuschließen, ziehe ich meinen Anorak über und schlüpfe in die dicken Stiefel.

Gleich werde ich nach Hause kommen und gleich … Das Telefon klingelt.

»Sedna? Ich bin's Angaangaq …« Seine Stimme bricht, verebbt in einem heiseren Krächzen.

Ich falle auf den Stuhl, der neben der Tür steht. »Angaangaq? Was ist los?«

»Etwas Schreckliches ist passiert … Heute … Ich wollte das doch nicht.«

Sein Atem geht schwer. Ich unterbreche ihn, als er aufschluchzt. Alarmiert.

»Was wolltest du denn nicht? Was ist los?«

»Sten, er ist tot …«

»Sten? Angaangaq, nun rede schon.«

»Wir sind raus, Heilbutt, Kaviar und Rotbarsch fangen. Das Wetter war gut. Wir haben sogar einen Sturmvogel gesehen. Ich wollte mit ihm reden, ihn überzeugen. Wir haben die Muffins gegessen, gestritten, und ich habe Worte gesagt, die ich so nicht meinte … Und dann sind wir rausgepaddelt. Er vorweg, schneller … Plötzlich hat er so gezuckt und konnte nicht mehr atmen und sein Kajak hat sich gewendet. Er kam unter das Wasser, doch ich war so weit weg … Bis ich bei ihm war, war es zu spät. Ich konnte nichts mehr tun. Dabei war er doch mein Freund und der beste Kajak-Fahrer. Warum konnte ich ihm nicht helfen …?«

Mein Herz hämmert. Schweißperlen auf meiner Stirn. Ich öffne den Anorak. »Angaangaq, wo bist du?«

»Zu Hause, es hat gedauert. Die Polizei war am Hafen.«

»Ja, alles wird gut. Sei ganz ruhig. Ich komme jetzt.«

»Sedna, ich versteh das nicht. Wie soll alles gut werden? Sten war jung und gesund … Wir haben noch gelacht, dann gestritten … Was hat er denn von mir gedacht? Als ich nicht für ihn da war …«

»Bleib zu Hause, ich bin gleich da.«

Ich werfe die Tür hinter mir ins Schloss. Schnee knirscht unter meinen Sohlen. Es ist vorbei. Sten ist fort. Die Haare der Frau des Meeres sind wieder gekämmt. Ich habe meinen Auftrag erfüllt. Unsere Welt ist gerettet. Bis zum nächsten Mal.

An diesem Abend ist unser Schweigen so dunkel wie die Nacht vor den Fenstern. Bei so viel Hass in meinem Herzen ist kein Platz für die Trauer. Aber Angaangaq weint, ich halte ihn in meinen Stümpfen. Weiß er denn nicht, dass unsere Welt nun wieder ins Gleichgewicht kommen wird? Versteht er das alles nicht? Meine Tränen mischen sich mit seinen, doch meine sind Tränen des Glücks. Als ich mit den Fingerstümpfen durch die Haare streiche, sind sie glatt.

Wochen später stehen wir mit Stens Familie am Grab. Es war eine stille Beerdigung. Nur wir sind eingeladen, weil Sten und Angaangaq schon seit dem Laufstall Freunde waren und Angaangaq bei Sten gewesen ist, als es geschah. Stens Mutter drückt Angaangaq an sich, als ob er ihren Sohn ersetzen könnte. Sonst ist nur die Pastorin da. Die Zeremonie in der Kirche ist kurz und schlicht, so wie Sten es gewollt hätte.

»Er hatte sich nicht gewünscht, so früh aus dem Leben gerissen zu werden!«, flüstere ich, als ich mit der Hoffnung unter dem Herzen am Grab stehe. Auf den weiß lackierten Sarg werfe ich eine einzelne rote Rose, die sich abhebt wie Blutspuren im Schnee. Rot ist meine Lieblingsfarbe. Über mir segelt der Sturmvogel, Schwingen so breit, als könnte er die Welt umarmen. Und ich schäme mich nicht, dass ich hier an Stens Grab stehe, während der Triumph aus jeder Pore sickert. Mein Haar flattert im Wind, breitet sich aus wie die Flügel des Sturmvogels.

Hintergrundfakten zur Geschichte

Grönland hat nur 56.000 Einwohner, ist aber sechsmal so groß wie Deutschland und zu 80 Prozent von Eis bedeckt. Seit 1814 gehört es zum Königreich Dänemark. 2009 wurde dem Land die Selbstverwaltung gewährt. Dänische Subventionen machen etwa ein Drittel des Bruttoinlandsprodukts aus. Um echte Unabhängigkeit zu erlangen, versucht man, Einnahmen unter anderem durch den Abbau von Bodenschätzen zu generieren. Niemand kann die ökologischen Folgen des Bergbaus auf einem der letzten weitgehend unberührten Flecken der Erde beurteilen.* Ebenso baut man den Tourismus und die Landwirtschaft aus und optimiert Grönlands umfangreichen Fischereisektor. Doch der Klimawandel bedroht die traditionelle Lebensweise und begünstigt so den Bergbau. Minik Rosing, Geologe an der Universität Kopenhagen, sagt, dass alles darauf hindeute, »dass sich die Situation verschlimmert, anstatt sich zu verbessern«.**

Die Göttin Sedna aus der Mythologie der Inuit dagegen sorgt für Ausgleich und Balance. Sie ist die »Alte der Meere«, »Königin der Meere« und die »Mutter aller Meeresgeschöpfe«. Sie bestimmt, was und wie gefangen werden darf.

Sedna ist eine »Beobachter-Göttin«, die alles über die Vergehen der Menschen weiß, die sich als Verunreinigungen in ihrem Haar niederschlagen. Voller Zorn hält sie dann die Beutetiere in ihrem Haus auf dem Meeresgrund zurück. Um das Gleichgewicht wieder herzustellen, begeben sich die Schamanen auf eine Seelenreise und kämmen Sednas langes schwarzes Haar. Das beruhigt die Göttin und sie erlaubt den Menschen, sich wieder vom Reichtum des Meeres zu ernähren.***

---

* https://www.dw.com/de/der-kampf-um-gr%C3%B6nlands-bodensch%C3%A4tze/a-57145542

** https://www.spektrum.de/news/wie-kommt-groenland-mit-dem-klimawandel-zurecht/1418782

*** https://de.wikipedia.org/wiki/Sedna_(Göttin)

WAS WIR WERDEN …

Es wird immer deutlicher, wie existenziell bedrohlich die rücksichtslose Ausbeutung unseres Planeten ist. Schon jetzt stoßen wir mehr CO2 in die Luft aus, als unsere Wälder und Ozeane verkraften können. Drei Erden bräuchte allein Deutschland für den jährlichen Eigenbedarf. Deshalb müssen wir über den Kollaps reden und handeln, um ihn aufzuhalten. Und gerade die Science-Fiction hat schon frühere Generationen vor fatalen Entwicklungen gewarnt. Unser Anthologie-Beitrag »Götterdämmerung« wirft ein Schlaglicht auf den Überlebenskampf einer Gruppe von Menschen in Berlin, die mit den Folgen des Raubbaus fertig werden muss. Was bedeutet der Klimawandel für unsere menschliche Zivilisation?

– Alex Thomas

Die Stärke der Literatur ist die Vision. In diesem Buch durfte, vielmehr musste ich einen Blick in die Zukunft werfen. Selbst wenn damit die Welt nicht besser wird, wird sie auch nicht schlechter. Kann das ein Formel-1-Pilot von seinem Beruf auch sagen?

– Günter Neuwirth

GÖTTERDÄMMERUNG

Von Alex Thomas

Als meine Mutter starb, war sie bereits viele Monate lang tot gewesen. Ich erinnere mich nicht mehr an den Tag, an dem sie aufhörte, ein menschliches Wesen zu sein, doch ich erinnere mich noch genau an den Morgen, an dem ihr Körper aufhörte zu atmen. Es war der Tag, an dem sich mein Leben ein für alle Mal änderte.

Damals stand mein zwölfter Geburtstag bevor. Es war Winter und ein schreckliches Unwetter wütete tagelang über der Fabrik und der Stadt. Ein Schneesturm, der die Menschen in ihren Häusern gefangen hielt und einen gewaltigen Baukran in die Glaskuppel des Reichstagsgebäudes stürzen ließ. Damals sagten die Erwachsenen, der Klimawandel sei an allem schuld. Er sei für die extremen Wetterwechsel verantwortlich, für die Eiseskälte im Winter und die Hitzedürre im Sommer. Der Klimawandel zerstöre die Nahrungsgrundlagen und die Infrastruktur. Sie redeten vom Eingriff des Menschen in die Atmosphäre und von Wettermanipulation. Andere sprachen von gentechnisch veränderten Pflanzen und Tieren, vom Fluch des Lebens aus den Re-Source-Laboren. Auch deshalb gebe es viele Missernten und Krankheiten. Der Hunger im Land nahm zu. Früher habe es Butter, Brot und Fleisch im Überfluss gegeben, früher, als es noch Tag und Nacht gegeben habe, als die Welt noch in Ordnung gewesen sei. Früher, das war viele Jahre bevor ich geboren wurde.

Mich faszinierten diese alten Geschichten. Nie hatte ich etwas anderes als das Zwielicht des Tages und die Rationierung von Lebensmitteln erlebt, nie mit eigenen Augen einen strahlend blauen Himmel oder eine sternenklare Nacht mit

Vollmond gesehen. Die Sterne und der Mond waren für mich ein Mythos. Meine Kindheit kannte nur die bleiernen Himmel des Winters mit seinen Eisstürmen und das staubbedeckte, undurchdringliche Firmament des Sommers. Die Welt war wüst und leer. Eis und Wind hatten die Fruchtbarkeit weggetragen. Aber das war okay. Das Leben im Werk versorgte uns mit Nahrung und Energie. Die Fabrik war ein Hort des Lebens.

Wie mein Vater mir einmal halb nüchtern versicherte, war ich im Jahr des eisigen Todes zur Welt gekommen. Frostklirrend und bitterkalt sei der Tod wie eine verheerende Seuche von Osten her über das Land gezogen und habe die Menschen des Nordens auf ein Drittel dezimiert. Nach dem großen Sterben habe es jedoch wieder Brot für alle gegeben. Und Arbeit im Überfluss.

Mit knapp zwölf Jahren hatte ich bei Weitem nicht alles verstanden, was die Erwachsenen sagten oder was sie bewegte. Wenn es um die Fabrik ging, sprachen sie ohnehin nur unter sich, und wenn sie einmal nicht unter sich sein konnten, dann benutzten sie ihre Erwachsenensprache und Gesten, die mir als Kind seltsam erschienen. Dennoch deutete ich einige ihrer Worte und Zeichen, und eines Tages begriff ich, dass meine Mutter nicht wegen meines versoffenen Vaters, sondern wegen ihrer Arbeit in der Fabrik erkrankt war. Irgendein Gift – gegen das mein Vater und andere offensichtlich immun waren – hatte ihre Nerven und schließlich ihre Seele zerstört. Und niemanden schien es wirklich zu kümmern, dass sie mit leiser Beharrlichkeit Tag für Tag ein Stückchen starb.

Mutter ließ endgültig los, als der Sturm über das Land hereinbrach. In den frühen Morgenstunden. Es war ein stiller Tod. Vater, der neben ihr in dem großen Bett lag, bemerkte es nicht einmal. Ich fand sie kurz vor dem Frühstück, mit offenen Augen und offenem Mund, als wollte sie etwas zum Abschied sagen.

Als ich Vater rief, stand er da, wie erstarrt. Dann telefonierte er mit *dem Büro*, um seine Instruktionen zu erhalten.

»*Das Büro* sagt, der Sturm wird noch einige Tage andauern, und so lange ist alles bis auf die Noteinsätze blockiert«, erklärte mein Vater. »Aber wir können sie nicht so lange in der Wohnung behalten.«

Mit diesen Worten schloss er Mutters blicklose Augen, diese Augen, die einmal so voller Leben und Liebe gewesen waren. Anschließend kleidete er sie in ihre besten Wintersachen, das warme, dunkelblaue Kleid mit den Blüten, den schwarzen Wollmantel, der bis zu den Knien reichte, und die gebraucht gekauften eleganten Stiefel, die seit Monaten ungenutzt im Schrank gestanden hatten. Mutter sah aus, als würde sie jeden Moment aufstehen, ihre Handtasche nehmen und zum Gottesdienst gehen. In Wahrheit hatte sie die Kirche seit über einem Jahr nicht mehr betreten, weil ihr, wie sie mir einmal anvertraut hatte, der Glauben abhandengekommen war. Vielleicht hatte dies mit dem Pfarrer zu tun, denn ich hatte meine Mutter und diesen seltsamen, dünnlippigen Mann im schwarzen Anzug einige Male bei hitzigen Gesprächen zwischen dem Pfarrhaus und der Sakristei erwischt. Der Pfarrer hatte gewirkt wie ein Tier, das man in die Enge getrieben hatte.

»Ich weiß, was ich gesehen habe.«

»Hören Sie, Elisabeth, ich habe Ihnen doch gesagt, es ist eine große Verantwortung.«

»Aber …«

Flüstern.

»Die Entscheidung ist niemandem leichtgefallen.«

»Gütiger Gott …«

Meine Mutter und der Pfarrer teilten ein Geheimnis. Ein dunkles Geheimnis, von dem mein Vater nichts wusste. Aus Angst hatte ich es dabei belassen und nie danach gefragt.

Nachdem Mutter angekleidet war, trug Vater sie vorsichtig vom Schlafzimmer zum Balkon. Dort bettete er sie auf eine der beiden Liegen, und so sah ich, während der eisige Wind über das Fabrikgelände heulte, wie ihr kleiner, zierlicher Körper in kürzester Zeit unter einer dicken Schneedecke verschwand. Niemals werde ich das Bild dieses weißen Grabes vergessen.

Am Tag nach Mutters Tod – es war der zweite Tag des Sturms – lag der Schnee so hoch, dass der Balkon samt seiner bizarren Bürde in der weißen gefrorenen Masse verschwunden war. Die Lichter der Stadt wirkten in der Ferne wie der nächtliche Sternenhimmel, von dem ich immer wieder einmal gehört hatte. Vater mied das Wohnzimmer mit dem Blick durch die gläserne Tür, zog sich ins Schlafzimmer zurück und betete. Er betete um Vergebung. Ich wusste nicht, wofür.

Am dritten Tag des Sturms fiel der Strom in der Stadt aus, dort, wo die anderen lebten. Nicht aber in der Fabrik mit unseren Wohnheimen, die bewacht auf einem Hügel hinter festungsähnlichen Mauern und Zäunen lag. Über meine im Schnee begrabene Mutter hinweg sah ich die Lichter der Stadt erlöschen. Erst im Osten, danach im Westen. Als bliese der eiskalte, heulende Wind ein Meer aus Kerzen aus.

Vater kehrte täglich für eine Stunde aus seiner Klausur zurück. Ohne ein Wort. Ohne einen Blick Richtung Balkon, geschweige denn auf die Stadt. Er ging in die Küche und kochte aus dem Bestand unserer Nahrungsmittelrationen eine schmackhafte Suppe. Dazu gab es salzige Kekse und Trockenobst. Und ein Gebet vor jeder Mahlzeit. Danach zog er sich wieder in das Schlafzimmer zurück, kniete sich vor das Bett, in dem Mutter gestorben war, starrte auf das skelettartige Kruzifix an der Wand und betete und betete.

In der vierten Nacht des Sturms sah ich die Lichter. Sie kamen aus allen Richtungen der Stadt auf die Fabrik zu. Schnelle Lichter und langsamere. Autoscheinwerfer und Taschenlampen. Alles Menschen, die die Verzweiflung trotz des gefährlichen Unwetters aus ihren Häusern getrieben hatte.

Ich nahm erste Schüsse wahr, und dann sah ich, wie die Hölle losbrach. Hunderte von Lichtkegeln flackerten in der Dunkelheit. Auf der Erde und am Himmel. Die Menschen aus der Stadt kämpften um ihr Leben, ihre zahlreichen winzigen Lichtschneisen wirkten in der Finsternis so unendlich verloren und boten ein leichtes Ziel. Ich war viel zu weit entfernt, um ihre zornigen und verzweifelten Schreie zu hören, doch das Rattern der Rotoren hoch oben in der Luft und die Maschinengewehrsalven von den Wehrtürmen und der Brüstung drangen an meine Ohren. Da begriff ich, wie isoliert wir Fabrikmenschen vom Rest der Welt lebten, und erinnerte mich an etwas, das einer der Erwachsenen mal gesagt hatte: Die Apokalypse habe er sich anders vorgestellt.

Vater schwieg zu alledem. Er stellte sich taub und blind, kniete nur vor dem Bett, weinte und betete, als änderten seine Tränen und Gebete den Lauf der Welt.

Am fünften Tag öffnete die Fabrik ihre gewaltigen Tore, denn der Sturm und das Schneien hatten nachgelassen. Es war der Tag der Stille, der Tag, an dem Vater das Beten einstellte und auf Anweisung des *Büros* mit den anderen Arbeitern und einem Sicherheitstrupp das Gelände verließ, um die Gefallenen auf dem Vorplatz und entlang der Straße einzusammeln.

Drei Tage lang wartete ich auf ihn.

Drei Tage lang war ich mit meiner toten Mutter allein.

Am Tag nach Vaters Rückkehr kamen die Männer vom *Büro*. Sie befreiten Mutter von der dicken Schneedecke, packten ihren steif gefrorenen Leib in einen schwarzen Plastiksack und trugen sie auf einer Kunststoffliege davon. Ich hörte noch, wie einer von ihnen auf dem Gang sagte: »Auch Mütter müssen sterben.«

Vater sagte nichts. Kein Wort. Sah den Männern aber nach, als befreiten sie ihn von einer quälenden Last. Von diesem Tag an stellte er das Trinken ein. Und das Beten. Über Mutter sprachen wir nie mehr, weder über ihr Leben noch ihren Tod. Auch betrat Vater nie wieder die Kirche, obwohl der Pfarrer mehrmals nach ihm fragte, von der *Macht der Verantwortung* sprach, von göttlichen und weltlichen Regeln. Für mich machten zu jenem Zeitpunkt weder göttliche noch weltliche Regeln einen Sinn. Ich hatte gelernt, dass alles Leben für jeden einmal endete. Für den einen früher, für den anderen später. Und dass es für die Menschen in der Stadt gänzlich andere Regeln gab.

Nach Mutters Tod arbeitete Vater wie besessen. Tag für Tag. Jahr für Jahr. Ich ging mit 14 auf das fabrikeigene Internat und sah ihn nur noch selten. Einmal pro Woche besuchte ich Mutters Grab auf dem nahe gelegenen Friedhof. Die Urnengräber mit den grauen Grabsteinen sahen alle gleich aus, erinnerten mich an Soldatengräber, die ich einmal in einem Bildband gesehen hatte. Keine Blumen. Kaum Vegetation. Trotzdem war der Fabrikfriedhof eine wunderschöne Ruhestätte mit Blick auf die Stadt. Ich schaute auf die wiederhergestellte Reichstagskuppel in der Ferne, deren Glas den bleiernen Himmel und das abendliche Leuchten der Fabrik reflektierte. Seltsam, obwohl ich nie auch nur einen einzigen Umweltwächter auf dem Friedhofsgelände sah – höchstens vereinzelt ein paar alte Leute mit Plastikblumen in der Hand –, wirkte doch alles sehr beschaulich und gepflegt.

Eines Tages, ich wollte mich gerade auf den Heimweg machen, sprach mich einer dieser alten Menschen an. Eine Frau mit tiefen, rauen Knitterfalten im Gesicht und einer Nase, die in der Kälte wie ein rot glühender Haken zwischen ihren Wangen hervorstach. In der Hand trug sie eine blaue Kunststoffblume mit rotem Rand.

»Du also bist Elisabeths Kind.« Ihre Stimme klang so spröde und trocken, wie ihre Haut aussah. Ihr gebeugter Rücken schien einen unsichtbaren Zentnersack Kartoffeln zu tragen. Aber die blassblauen Augen waren hellwach und zeigten Anteilnahme.

»Ja.« Ich nickte. *Elisabeth*. Seit Jahren hatte ich den Namen meiner Mutter nicht mehr gehört.

Die alte Frau legte die Blume auf Mutters Grab, vor das Trauerlicht, das ich wie jede Woche neu entzündet hatte. Für mich war Mutters Grab ihr Wohnort und der Friedhof eine stille Stadt.

»Deine Mutter war ein zutiefst einsames Geschöpf«, sagte die Alte.

Ich weiß nicht, wieso, doch ich fühlte mich in diesem Augenblick wie ein Gefangener. »Ich weiß«, war alles, was über meine Lippen kam. Dabei wusste ich nicht annähernd, was die Frau meinte. Ihre tief liegenden, klugen Augen musterten mich von der Seite.

»Wo arbeitest du? Ich meine, wo arbeitest du in der Fabrik?«

»Ich lerne noch. Ich mache eine Ausbildung zum Ingenieur.«

»Ah ja … zum Ingenieur.« Als ich nichts entgegnete, fuhr sie nachdenklich fort: »Ich arbeitete vor meinem Ruhestand bei den Großen Kesseln, war für die Hygiene und den Desinfektionsprozess verantwortlich. Wie deine Mutter.«

Ich hatte natürlich von den Großen Kesseln gehört. Dort zu arbeiten, kam einer Auszeichnung gleich. Das Wohl aller hing davon ab. Selbst das Wohl der Direktorin und das des Kanzlers. Selbst der Pfarrer schenkte der Kesselhalle mit den Arbeitern besondere Aufmerksamkeit. Als Ingenieur hoffte ich, eines Tages die Techniker zu überwachen, die für die Instandhaltung der Kessel zuständig waren. Es würde eine große Ehre sein. Und eine große Verantwortung.

Die Alte sah mich abwartend an. Worauf auch immer sie hinauswollte, ich begriff es nicht. Und das erfüllte mich mit Scham. »Mein Vater arbeitet bei den Großen Kesseln. Er ist dort Meister«, erklärte ich.

»Ich weiß«, sagte die gebeugte Alte mit Blick auf Mutters Grab.

Ihre Gegenwart bereitete mir ein immer größeres Unbehagen. »Ich muss jetzt leider gehen. Es war nett, Sie kennengelernt zu haben, Frau …«

Wehmütig schüttelte sie den Kopf. »Mein Name tut nichts zur Sache.« Auf dürren, wackligen Beinen ging sie davon. Es war das erste und einzige Mal, dass ich sie auf dem Friedhof gesehen habe.

Die Jahre vergingen. Ich arbeitete hoch oben über der Stadt in der technischen Zentrale, und ich war glücklich. Mutters Grab besuchte ich einmal im Monat. Der Ort war nach wie vor wunderschön.

Dann erkrankte Vater und sie brachten ihn auf die Krankenstation. Ich besuchte ihn mehrmals. Auch an dem Tag, an dem er starb. Die Schwestern stellten seine verwirrte Seele mit Medikamenten ruhig, doch manchmal raunte er im Schlaf, murmelte von seltsamen Dingen, erklärte, die Stadt sei unser Ackerland, unsere Plantage, und die Großen Kessel seien ein dem Teufel geweihter Ort. Gott habe uns schon vor langer Zeit verlassen. In der Stunde seines Todes schien sein Geist noch einmal klar zu sein und er flüsterte mir mit letzter Kraft das Ungeheuerliche ins Ohr.

Nach der Beisetzung meines Vaters meldete ich mich für ein paar Tage krank. Ich brauchte diese Zeit, um über seine Worte nachzudenken und mit mir selbst ins Reine zu kommen.

Am Abend des dritten Tages klingelte der Pfarrer an meiner Tür. Wir unterhielten uns. Jedoch nicht, wie sich ein Priester und ein Gläubiger unterhielten, sondern wie zwei Menschen, die ein unglaubliches Geheimnis miteinander verband. Jetzt erkannte ich auch in seinen Augen diesen Blick, diese innere Ödnis, die ich schon bei meiner Mutter, meinem Vater, einigen Männern vom *Büro* und der alten Frau auf dem Friedhof beobachtet hatte. Und doch war in seinen schwarzbraunen Augen noch etwas anderes: eine Ruhe, als wäre er gleichzeitig von den irdischen Leiden und Begrenzungen befreit. Wer sich Gott anvertraue, werde erlöst, sagte er. Das waren die Worte eines Eingeweihten. Von da an ging ich wieder zur Kirche.

Viele schreckliche Winter sind seither über die Fabrik und die Stadt gezogen. Noch immer gehe ich gerne zur Arbeit, vor allem seit ich weiß, wie wichtig meine Aufgabe als leitender Ingenieur der Großen Kesselhalle ist. Es war meine Idee, dort einen wöchentlichen Gottesdienst einzuführen. Das schweißt uns Wissende zusammen und stärkt die Moral.

An meinen freien Tagen besuche ich nach wie vor das Grab meiner Eltern, auch wenn ich nun weiß, dass es wie all die anderen Gräber leer ist. Und manchmal spüre ich dort den Blick eines anderen Eingeweihten und die Einsicht in die Notwendigkeit in dem tiefen Bewusstsein, dass kein Mensch – und schon gar kein Gott – daran etwas ändern wird.

Und dann beneide ich die Unwissenden.

Hintergrundfakten zur Geschichte

»Götterdämmerung« spielt in einem Deutschland, das nach zahlreichen Dürren, Epidemien und Klimakriegen auf einen Bruchteil seiner Bevölkerung zusammengeschrumpft ist. Der Planet Erde ist wüst und leer. Wo einst vielfältiges Leben herrschte, bedecken Trümmer und kahle Felder das Land. Die einstigen Städte sind tabu, denn sie gelten als verseucht – und dort leben die anderen. Nur in den Fabriken herrscht noch Ordnung, denn dort regelt das Gesetz des Büros das Überleben der letzten »freien« Menschen gegen Kälte, Hunger und Durst.

DIE ALTE RASSEL, SEINE GUTE PUMPE

Von Günter Neuwirth

Guido hielt Maulaffen feil. Was hätte er in den letzten zehn Jahren auch anderes tun sollen? Von frühmorgens bis spätabends hockte er in seinem Tankstellenhäuschen und bewachte die in den Boden gegrabenen Behälter. Stefano hatte schon vor Langem gesagt, Guido spinne, es kämen keine Kunden mehr, die Tanklaster kämen nicht mehr, das Erdöl sei aus, der Mais sei verfault und aus der Restkohle fraktioniere seit Ewigkeiten keiner mehr flüssigen Treibstoff, nicht einmal abfackeln könne Guido seine Scheißtankstelle, alles rostiges Eisen hier. Danach war Stefano in die Hauptstadt zu den Rattenfängern gegangen. In der Hauptstadt lebten wenigstens noch Ratten.

Gelogen hatte er nie, sein Jugendfreund Stefano, er war ein guter Mensch, nicht sehr klug vielleicht, nur selten grob, niemals grausam. Guido vermisste ihn. Überhaupt vermisste er die Menschen.

Warum Guido Großvaters Tankstelle nicht den Rücken kehrte und auch zu den Rattenfängern in die Hauptstadt ging, war einfach erklärt, aber schwer zu verstehen. Guido hatte sich das Essen abgewöhnt. So einfach war es. Ratte schmeckte ohnedies scheußlich und erzeugte üblen Mundgeruch. Von den Dämpfen nicht zu reden. Das war nach wie vor Guidos Meinung. Dafür hatte Stefano kein Verständnis aufgebracht.

Er sterbe, er verhungere wie die Vielen, hatte Stefano entsetzt ausgerufen.

Wohl, das gehe, er esse schon seit sieben Monaten nicht mehr, und sei er tot, sei er gestorben, sei er verhungert wie die Vielen, hatte Guido erwidert.

Da war Stefano fortgegangen. Zehn Jahre war es her.

Wer nicht esse, könne keine Liebe erfahren, und wer keine Liebe erfahre, sei ein Hundsfott und brauche gar nicht erst zu leben, hatte Stefano gerufen und mit der Faust gedroht.

Der gute Stefano.

Darüber hatte Guido lange nachgedacht. Er hatte nie Liebe erfahren. Also mit einer echten Menschenfrau. Mit den letzten Hühnern auf Bauer Lodovicos Hof hatten sie als Halbwüchsige manche Experimente gewagt, aber die Hühner waren gestorben. An der Milbenseuche wie die Vielen, nicht an ihren tollpatschigen Versuchen. Stefano wollte einmal im Leben Liebe erfahren, deswegen war er fortgegangen. Und wegen der Ratten.

Guido schaute in den Himmel, das tat er oft. Würde heute noch eine Sturzflut niederbrechen? Er kannte die Wolken gut, unterhielt sich tagein, tagaus mit ihnen. War ihm ja sonst niemand geblieben. Nein, sagten die Wolken, heute würde keine Sturzflut kommen, nächstes Jahr vielleicht.

Der Großvater hatte Guido und Stefano erzählt – sie waren damals Knirpse gewesen, hatten kaum mit der Nase an den Tresen gereicht –, dass das hier in seiner Jugend eine echte Tankstelle gewesen sei, mit funktionierenden Zapfsäulen, mit echten Menschen, die echte Autos gefahren und echtes Benzin getankt hätten. Viele auch Diesel.

Da hatten sie den Großvater gefragt, was denn der Unterschied zwischen Benzin und Diesel gewesen sei.

Das hatte der Großvater nicht mehr gewusst, denn seinerzeit sei dies völlig egal gewesen, es habe beides gegeben. Auch Bienen. Und Regenwürmer. Und Mastschweine. Und Mais sowieso, entlang der gesamten Autobahn habe der Mais meterhoch in Reih und Glied gestanden.

Danach waren die Milbenseuche, die Sieben Großen Sturzfluten und die Hungerkönige gekommen, und da waren die Vielen gestorben.

Guido und Stefano hatten später Blutsbrüderschaft geschlossen, indem sie ihre Infusionen getauscht hatten. Sie waren unzertrennlich gewesen. Bis Großvaters im Boden vergrabene Nahrungsvorräte aufgebraucht gewesen waren, Guido sich das Essen abgewöhnt hatte und Stefano in die Hauptstadt gegangen war. War er überhaupt dort angelangt?

Eine Staubwolke kam in Guidos Sicht. Eine Windhose in dieser Jahreszeit? Schwer vorstellbar. Die Staubwolke zeigte nicht die übliche Gestalt einer Windhose. Er zauste seinen Bart. Die Staubwolke näherte sich. Guido trat vor das Häuschen und stemmte die Hände in die Hüften. Kundschaft vielleicht? Seit langer Zeit wieder einmal Kundschaft. Ja, da blitzten die polierten Windschutzscheiben im Licht der Mittagssonne.

Guido grunzte vor Lachen. Drei Autos! Drei echte Autos!

Der Wagentross reduzierte das Tempo.

Guido schnäuzte sich in den Ärmel seiner Jacke, legte schnell einen Scheitel und putzte die Schuhspitzen an der Hose. Echte Kundschaft. Die drei Autos hielten vor den verrosteten Zapfsäulen. Meine Güte, lachte Guido in sich hinein, was für ein Anblick, drei sandfarbene Autos, nagelneu, getönte Scheiben, aufgepumpte Reifen, keine Rostflecken, echte, schöne Autos, meine Güte, was für ein herrlicher Anblick, dass ihm noch vergönnt war, solche Autos zu sehen. Ein Mann öffnete das Fenster des ersten Wagens. Ob es an dieser Tankstelle noch Treibstoff zu kaufen gebe, fragte er knapp und forsch.

Ob der edle Herr wohl auch bezahlen könne, fragte Guido zurück.

Der Geschäftssinn lag ihm im Blut, ein unleugbarer Erbteil seines Großvaters, des letzten echten Tankstellenpächters. Der Vater hingegen war ein Taugenichts gewesen, hatte immer nur chemische Experimente im Kopf gehabt, so lange, bis er sich mit seinen selbst gemixten Psychoreaktoren den Verstand aus dem Leib gescheucht hatte und auf Nimmerwiedersehen nackt in die Sturzflut gelaufen war.

Welche Währung er denn annehme, fragte der Mann.

Och, auf die Währung komme es nicht an, Hauptsache, es sei Geld, sagte Guido.

Der Mann öffnete die Tür und stieg breit lächelnd aus dem Auto. Nun, in diesem Falle werde man sich bestimmt einigen, meinte er.

Wie Guido jetzt sah, war der Mann ein echter Capitano. Er machte ein paar Kniebeugen, ja, die steifen Glieder nach langer Fahrt. Die Türen der anderen Autos öffneten sich ebenso. Guido zählte acht Männer in kakifarbenen Monturen, mit Flitzbögen und Panzerfäusten bewaffnet. Die Männer schauten sich genau um und nahmen Aufstellung, ganz Militär und teuflisch gut frisiert.

Also, Maestro, was nun mit dem Treibstoff sei, fragte der Capitano.

Erst müsse er pumpen, aber pumpen könne er nur, wenn er Geld sehe, sagte Guido.

Wohlan, guter Mann, er solle nur hören, da sei das Geld, echtes Geld aus der Hauptstadt, sagte der Capitano und klimperte mit seinem Beutel.

Nun denn, er wolle sehen, ob die Alte Rassel noch etwas hergebe, lange sei sie nicht in Betrieb gewesen, die Alte Rassel, wenig Kundschaft gebe es dieser Tage, alle wollten nur überleben und essen, niemand mehr Auto fahren. Woher denn die schönen Autos seien, und gleich drei auf einen Schlag, und echte Reifen noch dazu, dergleichen sehe man selten dieser Tage, sagte Guido, trat an die hintere Zapfsäule, steckte den Kurbelzapfen in die Öse und kurbelte.

Quietschend setzte sich die Alte Rassel in Gang und tief im Boden rumorte es.

Der Herr müsse schnell einen Kanister holen, jeden Moment könne der kostbare Saft hervortropfen, viel sei nicht da, schade wäre es, einen Tropfen zu verlieren, der koste doppelt, sagte Guido.

Der Capitano gab Handzeichen und einer seiner Männer holte drei Kanister vom Dachträger.

Hohoho, übertreiben solle man nicht, drei Kanister, so viel Treibstoff könne er nicht abgeben, schließlich seien die Zeiten hart und das Öl sei lange aus und der Mais sei längst verfault, man müsse für später immer etwas aufheben, rief Guido.

Der Capitano trat an Guido heran und klopfte ihm freundschaftlich auf die Schulter. Nein, nein, Maestro, die drei Kanister müsse er füllen, schließlich sei der Weg in die Hauptstadt weit und die ebenso schöne wie berühmte Nackttänzerin Josefina Panettiera komme von ihrer Auslandstournee zurück und wolle bei Sonnenuntergang in ihrem Haus zu Abend essen, sagte der Capitano.

Nackttänzerin Panettiera, habe er nie gehört, sei das am Ende eine echte Frau, fragte Guido verdattert.

Der Capitano lächelte versonnen.

Wenn er die drei Kanister zu einem fairen Preis fülle, würde die berühmte Nackttänzerin ihm, dem Tankwart, ein

Autogramm schenken, das könne er dann unter den Kopfpolster legen und von ihr träumen, das würden viele Männer so machen, und sie träumten gut und schön, sagte der Capitano.

Guido ließ die Kurbel aus. Er habe bislang nur eine einzige Frau gesehen, die alte Mutter von Bauer Lodovico, aber das sei ein dürrer Reisigbesen gewesen, hässlich und zahnlos, und sie habe immerzu geflucht und mit Steinen nach ihnen, den jungen Burschen, geworfen.

Er solle einschlagen, die Kanister füllen und die Panettiera werde ihm ein Autogramm schenken, erklärte der Capitano.

Teufel auch, er wisse nicht, was ein Autogramm sei, aber wenn eine echte Frau, die berühmt und eine Tänzerin noch dazu sei, es ihm schenke, das Autogramm, wolle er den Handel eingehen, rief Guido.

Die Männer schlugen ein und der Capitano stieg in das mittlere Auto, blieb eine Weile darin und öffnete schließlich feierlich die Tür. Die berühmte Nackttänzerin Josefina Panettiera gewähre nun dem wackeren Tankwart die Gnade eines Autogramms, er solle sittsam vortreten und sich des Lebens erfreuen, rief er.

Na, da ließ sich Guido nicht zweimal bitten, strich sich noch einmal durch das struppige Haar, kämmte mit den Fingern den gröbsten Schmutz aus dem Bart und nahm stramm Haltung an.

Und da erschien sie, die berühmte Nackttänzerin. Sie hievte ihre drapierten Fettpölsterchen, ihre drallen Arme, ihr kapitales Doppelkinn, die wulstigen Beine und den bombastischen Busen an das helle Licht der Mittagssonne. Oh wie schön sie war in ihrem luftigen Kleid, oh wie lebendig, oh wie gut sie duftete, oh welch ein Liebreiz im glühenden Sommer auf der öden Flur. Guido schnappte nach Luft, er wankte, der Capitano musste ihn gar stützen. Und die wunderbare Josefina Panettiera nahm einen Stift zur Hand und schrieb auf ein Taschenplakat ihren Namen, reichte es dem Capitano, der es seinerseits an Guido leitete. Benommen nahm dieser das Taschenplakat in Empfang, erschnupperte daran den Duft holder Weiblichkeit und drückte es an sein Herz. Und kaum hatte er sich versehen, war die Panettiera wieder hinter den getönten Scheiben des Autos verschwunden.

Jetzt aber hurtig an die Pumpe, rief der Capitano Guido zu.

Und Guido betätigte die Alte Rassel und pumpte brackigen Treibstoff hervor, frischen gab es seit vielen Hitzesommern weit und breit nicht mehr. Woher denn auch? Nach und nach füllte Guido die drei Kanister, randvoll sogar, er ließ sich nicht lumpen. Schließlich zog Guido den Kurbelzapfen aus der Öse, die Alte Rassel verstummte. Da sei der Treibstoff, damit könnten der Herr und seine Männer leicht im Auto die wunderbare Josefina Panettiera in die Hauptstadt fahren, so eine schöne Frau aber auch, er sei noch ganz benommen von dem köstlichen Anblick, sagte er.

Der Capitano winkte seinen Männern, die die Kanister packten und fortschleppten.

Was denn die reizende Josefina esse, dass sie gar so liebliche Formen aufweise, fragte Guido den Capitano mit gesenkter Stimme, noch immer ganz und gar aus dem Häuschen ob der wundersamen Begegnung.

Der Capitano seufzte tief. Ja, das Essen, das Essen, das sei immer schwierig, die Genfabrik in der Hauptstadt sei ziemlich heruntergewirtschaftet, all die ganzen Postzoa und Postplantae, die man noch vor ein paar Jahren mit den Lebensmittelkarten gekriegt habe, würden im Nährschleim kaum mehr erzeugt, teuer sei das Essen geworden, teuer und rar, er, der wackere Tankwart, könne sich hier draußen in der Einöde gar nicht vorstellen, wie schwer und kostspielig das Leben in der Hauptstadt geworden sei.

Guido runzelte die Stirn. Hohoho, jetzt aber keine Ausflüchte, der Herr habe das kostbare Benzin für seine schönen Autos erhalten, er, Guido, habe sein Wort gehalten und gepumpt, jetzt müsse wohl das Geld aus dem Beutel, sagte er ein wenig beunruhigt.

Der Capitano schaute sich um und sah nichts als weites, ödes Land, Sand und trockene Luft. Die Soldaten nahmen Aufstellung, ihre Flitzbögen gespannt. Ein bisschen Verständnis müsse er schon aufbringen, die Zeiten seien hart, Benzin sei selten, Tankstellen, die noch über etwas Treibstoff in den Tanks verfügten, seien rar, da müsse man den Tatsachen in die Augen sehen, er, der Tankwart, sei alleine und unbewaffnet und sie seien eine ganze Kompanie, er müsse verstehen, die Welt sei schlecht und die Menschen seien noch viel schlechter, führte der Capitano aus.

Ihr Schelme, ihr Halsabschneider, einem einfachen Tankwart das letzte Benzin stehlen zu wollen, dabei hätten sie Geld und Autos und eine berühmte Nackttänzerin noch dazu, das könne er nicht verstehen, rief Guido aufgebracht.

Sie würden ihm hinter dem Tankstellenhäuschen einen schönen Grabhügel aus Steinen errichten, er solle jetzt noch einmal das Taschenplakat mit dem Bildnis der Panettiera küssen, dann heiße es Abschied nehmen von dieser hässlichen Welt, sagte der Capitano.

Da zog Guido das duftende Bild aus der Tasche, besah die lieblichen Gesichtszüge der berühmten Nackttänzerin Josefina Panettiera und hauchte ein Küsschen darauf.

Braver Mann, sagte der Capitano, zog seine Pistole aus der Tasche und schoss Guido dreimal in die Brust.

Guido stand da und starrte träumerisch auf das Bild der Panettiera.

Teufel auch, warum der verwahrloste Lumpensack nicht umfalle, fragte der Capitano seine Männer und schoss noch einmal, diesmal von der Seite durch die Schläfe in den Kopf des Tankwarts. Der räudige Hund falle nicht um, ja, er blute nicht einmal, rief der Capitano aufgebracht.

Er gab seinen Männern ein Handzeichen, woraufhin alle ihre Flitzbögen abschossen. Guido steckte das Bild der Josefina Panettiera wieder in die Tasche seiner Latzhose und zupfte die Pfeile aus seinem trockenen Fleisch.

Ach, ach, hätte der Herr Capitano sich nur an den Handel gehalten und ein paar Münzen bezahlt, egal welcher Währung, er, Guido, hätte das Geld genommen und sich des Tages gefreut, so schöne Autos aber auch und eine echte Frau, ein wunderbarer Tag wäre es geworden, jetzt aber sei alles verdorben, die gute Laune, das freundliche Gespräch, die aufregende Sekunde im Anblick der berühmten Nackttänzerin, jetzt nehme alles einen bösen Lauf, sagte Guido.

Er seufzte tief und schlug der Reihe nach mit dem Kurbelzapfen die Soldaten zu Boden, und die, die fortlaufen wollten, fing er mit dem Lasso ein und schlug sie hernach, nur der Capitano stand unbehelligt neben der Zapfsäule und starrte Guido mit weit aufgerissenem Mund an. Guido schüttelte den ausgestreckten Zeigefinger an der rechten Hand. Pfui Deixel, man solle nie die Menschen belügen und betrügen, das sei nicht rechtens, und selbst die harten Zeiten seien keine Ausrede für schlechtes Benehmen, tadelte er den Capitano.

Der Capitano hob in seiner Verzweiflung erneut die Pistole und schoss sämtliche Kugeln in Guidos Körper.

Warum er nicht blute, warum er nicht sterbe wie die Vielen, fragte der Capitano.

Guido winkte ab. Das Sterben werde falsch eingeschätzt, denn wer seit über zehn Jahren nicht esse und noch immer lebe, dem könne man mit simplen Waffen nichts anhaben, er sei ein Gespenst, unverwundbar und unsterblich, doch auch sei er ein Mensch und freue sich des Lebens, sagte er und zog dem Capitano den stählernen Kurbelzapfen über den Scheitel.

Die Tür eines Autos flog auf und die Panettiera guckte heraus. Was das denn werden solle, verflixt noch mal, er könne doch nicht all ihre Begleiter so einfach niederschlagen, keifte die Nackttänzerin.

Guido zuckte entschuldigend mit den Schultern. Er habe den Streit nicht angefangen, er habe ihn nur zu Ende gebracht.

Die Panettiera sprang trotz ihrer gewaltigen Leibesfülle behände aus dem Wagen, stapfte auf Guido zu und stemmte die Fäuste in ihre kolossalen Hüften. Ja, sie wisse, der Capitano sei ein Gauner gewesen, einer, der betrogen, gelogen, gemordet und heimlich Zucker genascht habe, aber wie solle sie jetzt in die Hauptstadt zurückkehren, sie könne kein Auto lenken, niemand habe es ihr jemals beigebracht.

Guido gaffte die wunderbare Frau närrisch verliebt an. So eine liebreizende Person und so eine schöne Stimme und so ein köstlicher Duft. Er biss verlegen auf seinen Lippen herum. Wenn sie, die wunderbare Josefina, hier bei ihm bleibe, hier in seiner Tankstelle, dann werde er für sie sehr gut sorgen, das verspreche er ihr hoch und heilig, sagte er.

Die Panettiera schaute sich skeptisch um. Hier gebe es doch nur rostiges Eisen, Staub und Hitze, sie sei ein Luxusgeschöpf und stelle sehr hohe Ansprüche, und sie esse ausschließlich Schokotörtchen und Kürbiskuchen.

Zum einen könne man die drei schmucken Autos verkaufen, davon würde man eine Menge Schokotörtchen und Kürbiskuchen bezahlen können, zum zweiten würde er, Guido, hier tüchtig sauber machen und zum dritten würde er sie auf Händen durch das Leben tragen, wenn sie, die wunderbare Panettiera, bei ihm bleibe und mit ihm nach Sonnenuntergang nackt hinter dem Häuschen tanze, worauf sie sich als berufliche Nackttänzerin gewiss gut verstehe, sagte Guido.

Ach, er sei doch auch nur ein Esel, der das Maul zu voll nehme, zweifelte die Panettiera an seinen Worten.

Guido zuckte mit den Schultern und begann, der Reihe nach die niedergeschlagenen Soldaten heranzuschleifen und auf einen Haufen vor der Alten Rassel zu werfen. Wie sie wolle, sie könne ja gerne wieder fahren und sich in der Hauptstadt von Gangstern und Ganoven ausnützen lassen, anstatt ein ruhiges und bequemes Leben zu führen, sie brauche nur Ja zu sagen, dann könne sie hierbleiben, so sie nicht zu sehr mit ihm keife, ein bisschen vertrage er wohl, ein bisschen sei auch gut für ihn, aber nicht den lieben langen Tag, und nackt brauche sie auch nicht mehr für die vielen Schurken tanzen, sondern nur mehr für ihn, sagte Guido.

Die Panettiera seufzte tief aus der wunderbaren Fülle ihres liebreizenden Busens. Aber waschen müsse er sich, mindestens einmal im Monat müsse er sich gründlich waschen, forderte sie.

Gerne, Josefina, gleich nachdem er die Bande weggeräumt habe, werde er sich waschen, er habe zwar kein Wasser, aber im Sand könne man sich auch ganz gut sauber machen, er wisse das aus langer, langer Erfahrung, versprach Guido.

Wo er die Kerle hinräumen wolle, fragte Josefina.

Guido steckte den Kopf des Capitano in eine Öffnung neben der Zapfsäule und setzte wieder den Kurbelzapfen in die Öse. Die Dummköpfe kämen in den Tank, sie müsse nämlich wissen, die Alte Rassel, seine gute Pumpe, spiele viele Stücke. Wenn sie, die Panettiera, die Männer der Reihe nach in die Öffnung schöbe und er die Kurbel drehte, würden die traurigen Gestalten durch das Räderwerk gezogen, ausgequetscht, ihr körpereigener Kohlenstoff würde fraktioniert und raffiniert und sie würden als halbwegs guter Treibstoff in den Tank tropfen, erklärte er.

Die Panettiera zog beeindruckt die Augenbrauen hoch. Ob er selbst diese Maschine gebaut habe, fragte sie.

Och, in den letzten Jahren habe er viel Zeit gehabt, hier draußen sei in der Regel nicht viel zu tun, da habe er die Pumpe gebaut, sie solle nur tüchtig zupacken und die Männer in die Öffnung schieben, er werde die Kurbel drehen, erläuterte Guido.

Wenn er glaube, sie würde sich mit diesen Mistkerlen die Hände schmutzig machen, wenn er denke, dass sie hierherkäme, um sich den Rücken krumm zu schuften, wenn er meine, er könne hier die Befehle erteilen, dann habe er sich aber gründlich getäuscht, immerhin sei sie die Panettiera, eine berühmte Nackttänzerin und keine Hausmagd, sie sei ein Luxusgeschöpf, kein Putzlappen, schimpfte die Panettiera.

Guido lächelte selig. Jetzt konnte das Leben gut werden. Sehr, sehr gut. Wenn das der gute Stefano erlebt hätte! Er stemmte sich in die Kurbel, die Pumpe setzte sich wieder quietschend in Bewegung, hurtig knackte und knirschte der unbedachte Capitano, als die Alte Rassel ihn in ihr Räderwerk zog. Guido konnte die Augen gar nicht von seiner Josefina wenden. So ein guter Tag!

Hintergrundfakten zur Geschichte

Die Kurzgeschichte »Die Alte Rassel, seine gute Pumpe« ist eine schweißtreibende Dystopie im Kleid einer skurrilen Klamotte, literarisch ebenso minderwertig wie unlogisch, durchtränkt von surrealer Übertreibung und schlüpfrigem Unterton. Und genau aus diesem Grund ist der Text eine solide, bestens recherchierte und zukunftsweisende Abhandlung zu folgenden Themenblöcken:

Unfähigkeit der Politik, die einfachsten wissenschaftlichen Prozesse zu verstehen beziehungsweise verstehen zu wollen.

Spirituelle Abhängigkeit der Menschen vom Credo der fossilen Kraftstoffe.

Hybris der Menschen, für kurzfristige Bequemlichkeit den ganzen Planeten in eine Hitzehölle zu verwandeln.

Fresssucht der Menschen, die sich in extremem Kahlfraß der Biosphäre auswirkt.

Allgemein Bosheit, Dummheit und Selbstsucht der Menschheit.

Die Hintergrundfakten, die zu dieser Geschichte geführt haben, sind die täglich gelieferten schlechten Nachrichten in Presse, Funk und Internet.

Günter Neuwirth, Juni 2021

AUFBRUCH INS WELTALL

Da mir Themen wie Umwelt- und Tierschutz extrem am Herzen liegen und ich mich seit Jahren ehrenamtlich für Organisationen wie WWF, SOS Kinderdorf und Planet Life einsetze, freue ich mich, auch mit meiner Kurzgeschichte einen Beitrag leisten zu können. Ich wünsche mir, dass sie ein kleiner Augenöffner ist und dass jeder, der sie liest, kurz innehält und darüber nachdenkt, was er selbst tun kann, damit wir, unsere Kinder und unsere Enkelkinder noch lange auf unserer wunderschönen Erde leben können.

– Janet Zentel

Wasser ist und muss ein Allgemeingut sein und bleiben. Jeder sollte Zugriff darauf haben.

– Ursula Schmid-Spreer

(UN-)KONTROLLIERTE ZUKUNFT

Von Janet Zentel

Wir schreiben das Jahr 2059

An Tagen wie heute fehlen mir die unbeschwerten Spaziergänge mit meiner Kimba schmerzlich. Wie sehr habe ich es geliebt, mit ihr durch die Natur zu streifen, sie dabei zu beobachten, wie sie durch das Gras rannte und sich darin wälzte, während ich mir die warmen Sonnenstrahlen ins Gesicht scheinen ließ. Sonne. Diese wohlige Wärme, die mir sofort gute Laune ins Gesicht zaubert. Jetzt scheint keine Sonne und ich habe keine gute Laune. Manchmal schlägt das Heimweh zu und packt mich, als hätte es die ganze Zeit in einer Ecke auf mich gelauert. Wir konnten Kimba beim Umzug nicht mitnehmen. Für Hunde sei hier momentan kein Platz, hieß es. Meine Augen füllen sich mit Tränen. Noch immer schmerzt es mich, dass wir sie zurücklassen mussten. Jetzt begleitet uns Flixi – ein Robohund. Ich werde nicht warm mit ihr und tue mir sehr schwer damit, sie als Familienmitglied anzusehen und sie zu füttern, als würde sie dies wirklich benötigen. Doch füge ich mich, denn für Marisa ist sie wichtig und sie liebt dieses Blechtier. Schließlich soll es das Kind für soziale Aspekte sensibilisieren.

An meinem Handgelenk vibriert es. Das Display auf meiner Haut zeigt mir an, dass ich mich heute zu wenig bewegt habe. Mein Blick streift das Laufband in der Ecke. Grundausstattung in unserem neuen Zuhause. Tatsächlich habe ich heute Morgen vergessen, meine Runde darauf zu rennen. Hat es wirklich eine Zeit gegeben, in der ich mir einen Personal Coach gewünscht habe und traurig war, weil ich ihn mir nicht leisten konnte? Nun kümmert sich Janus X – so wird der Chip unter meiner Hand genannt – um meine Gesundheit und auch sonst um alles. Diese ganze Kontrolle treibt mich in den Wahnsinn. Dabei sollte ich dankbar sein. Schließlich haben wir die Möglichkeit bekommen hierherzuziehen. Wir haben immer genug zu essen und werden medizinisch so gut versorgt wie noch nie. Hier ist alles darauf ausgelegt, dass der Mensch hat, was er braucht, um ein gesundes Leben zu führen. Nicht mehr und nicht weniger. Alles wird genau getrackt. Jeder einzelne Schritt, den ich gehe, wird festgehalten.

Ich weiß, dass es sein muss und dass es richtig ist. Wir dürfen es nie wieder so weit kommen lassen. Wir müssen auf unsere Ressourcen achten und unseren Planeten schützen. Mein schlechtes Gewissen übermannt mich. Ich war früher nicht gerade ein Vorzeigebeispiel für Nachhaltigkeit. Während viele Freunde schon vegan waren und versucht haben, ihren ökologischen Fußabdruck zu verkleinern, sind wir noch in den Urlaub geflogen, haben Steaks gegrillt und uns keine Gedanken über unseren Plastikmüll gemacht. Niemals hätte ich gedacht, dass diese Bedrohung wirklich so real werden würde.

Schon wieder vibriert mein Tracker und erinnert mich daran, dass ich heute um 16 Uhr ein Gespräch mit Temi habe. Sie ist Marisas Klassenlehrerin, wobei ich mir schwertue, sie wirklich als solche zu bezeichnen. Temi steht für »Teach me« und sie ist ein Chatbot, der Marisas Fähigkeiten und Schwierigkeiten analysiert. Menschliche Lehrer gibt es hier an der Schule nicht. Jetzt muss ich mich mit irgendwelchen vorprogrammierten Robotern herumschlagen. Marisa geht wie alle Kinder hier online in den Unterricht. Wenn ich unsere Online-Identitäten betrachte, bin ich zwiegespalten. Ein Abbild unserer selbst in einer rein digitalen Welt. Was waren das für Zeiten, als Kinder einfach in die Schule gegangen sind. Manchmal wünsche ich mir, Marisa hätte das auch kennengelernt. Gelernt, was eine Klassengemeinschaft ist und was echte Lehrer sind, die sie auf ihrem Weg unterstützen und ihr auf menschlicher Ebene begegnen. Menschen mit Gefühlen, keine Maschinen mit programmierter Pseudoeinfühlsamkeit. Die Roboter um uns herum zeigen zwar Emotionen, aber sie haben keine. Nüchtern betrachtet sind sie nicht mehr als ein Haufen Blech. Während ich ganz automatisch die Terminerinnerung auf meinem Handgelenk bestätige, streift mein Blick das Bild im Flur.

Eine Blumenwiese, voll mit gelben Farbtupfern, so weit das Auge reicht. Es ist eine Aufnahme aus dem letzten Sommer, den wir zu Hause verbracht haben. Mir fällt ein, wie gerne ich als Kind Löwenzahn gepflückt und Ketten daraus gebastelt habe.

Marisa wird nie Löwenzahnketten basteln. Hier wächst kein Löwenzahn. Mir kommt es oft so vor, als würden wir in einem dieser IKEA-Einrichtungshäuser leben, die es früher überall gab. Alles ist zweckmäßig und hübsch anzusehen, aber ohne echtes Leben. Früher – wie das klingt. Dabei ist es gerade mal sieben Jahre her.

Wieder reißt mich der Sensor meines Armimplantats aus meinen trüben Gedanken. Das geht den ganzen Tag so. Anfangs hat es mich fast um den Verstand gebracht und ich habe mich gefühlt wie eine Kuh auf der Weide, die eine nervige Glocke um den Hals gebunden bekam, ohne Möglichkeit, diese wieder loszuwerden. Mittlerweile nehme ich das Vibrieren kaum noch wahr und reagiere auf die meisten Anweisungen völlig mechanisch. So lese ich gerade, dass Marisa auf dem Nachhauseweg ist. Sie hat ihre Freundin Amalia besucht. Durch den GPS-Tracker brauche ich mir keine Sorgen zu machen, denn ich weiß jederzeit, wo Marisa ist. Sie kennt es gar nicht anders und fühlt sich daher auch nicht überwacht. Ansonsten sind es täglich die gleichen Dinge, an die mich mein Implantat erinnert. Mir kommt es so vor, als wenn ich selbst langsam, aber sicher zum Roboter werden würde. Mein Janus X will wissen, was ich heute zum Mittagessen möchte. Ich muss etwas aus der grünen Kategorie wählen, da mein Eisenwert mal wieder im Keller ist. Wahrscheinlich sollte ich mich glücklich schätzen, mir keine Gedanken machen zu müssen, was ich kochen soll, damit ich gesund bleibe. Wir haben keine Wahl. Ich habe keinen Kochlöffel mehr geschwungen, seit wir hier angekommen sind. Wir haben nicht einmal einen Herd oder einen Kühlschrank. Das Essen wird geliefert. Genau das, was jeder benötigt, und zwar in Kapselform mit einem Algengetränk. Immerhin können wir verschiedene Geschmacksrichtungen wählen. Ich drücke auf Rot, ohne mir anzuschauen, was genau die Kapsel enthält.

Habe ich früher oft darüber geflucht, wenn ich stundenlang Essen gekocht habe und Marisa dann doch nur Nudeln ohne Soße essen wollte, vermisse ich es heute tatsächlich. Ich vermisse dieses Unkontrollierte. Ich vermisse das Gefühl, mir Gedanken über alltägliche Dinge zu machen. Gleichzeitig weiß ich, dass dies der richtige Weg ist. Wir dürfen diese Fehler nicht noch einmal machen und müssen darauf achten, was mit unseren Ressourcen geschieht. So bekommt jeder genau das, was er zum Leben braucht, und ist trotzdem gesünder als jemals zuvor. Hier gibt es keine Hungersnot. Unsere Nachbarin wird nächste Woche 112 Jahre alt, das war früher ein Wunder und ist jetzt Normalität.

Massentierhaltung gibt es hier nicht. Fleisch wurde längst durch irgendwelche Züchtungen im Reagenzglas ersetzt, und es müssen auch keine Wälder gerodet werden, da alles mittlerweile zum Schutz des Planeten künstlich hergestellt und zu Kapseln verarbeitet wird. Obwohl ich tief in mir weiß, dass es richtig ist, vermisse ich die Restaurantbesuche. Ich vermisse es, zu essen, was mir schmeckt. Das Essen als geselligen Anlass und nicht nur als Mittel zum Zweck.

Es wäre schön, wenn sich die Welt ohne uns Menschen eines Tages so sehr erholt hätte, dass ich meiner Tochter zeigen könnte, wo sie geboren wurde und wo ich aufgewachsen bin. Und Timo ... Meine Brust sticht schmerzlich und eine Träne sucht sich ihren Weg voll Sehnsucht und Schmerz. Ob Marisa eines Tages ihren Vater wiedersehen wird? Wie fast alle Männer musste er zurückbleiben. Sich selbst überlassen, in unserem ehemaligen gemeinsamen Zuhause, wo Leben so gut wie unmöglich geworden ist. Leben. Ob er noch lebt? Wie jeden Tag versuche ich, diese Gedanken wegzuschieben und mich auf das Hier und Jetzt zu konzentrieren. Ich muss funktionieren. Für Marisa.

Ein ohrenbetäubender Knall reißt mich aus meinen Tagträumen und unsanft stoße ich vor Schreck gegen die Tischkante. Kurz denke ich noch: Eigentlich ist dieser Tisch überflüssig, wo wir doch sowieso nur eine Kapsel in uns hineinwerfen, als im nächsten Moment eine Sirene aufheult, deren Lautstärke an Körperverletzung grenzt und mein Trommelfell fast zum Platzen bringt.

Mein Handgelenk vibriert und ich schaue auf meinen Tracker. Ein Wort leuchtet in bedrohlichem Rot auf: »Panikraum! Panikraum!«, blinkt es mir entgegen. Panik ist genau das, was sich augenblicklich in jeder Faser meines Körpers ausbreitet. Siedeheiß durchströmt es mich. Ich weiß, was das bedeutet. Erst vor fünf Wochen haben wir wieder an der jährlichen Weltrettungssystemübung teilgenommen.

Die pure Angst packt mich und haut ihre Krallen in mein Fleisch, wie eine Löwin, die ihre Beute fest im Griff hat und gleich zum Todesbiss ansetzen will. Marisa! Sie ist noch da draußen!

Ich stürze zur Haustür und reiße mit vollem Schwung an der Klinke, sie lässt sich nicht öffnen. Das Sicherheitssystem hat sie verriegelt. Ich renne zum Fenster, doch sehe mit weit aufgerissenen Augen, dass hier bereits die Eisenwand hochgefahren wurde. Ich schreie, hämmere wie wild dagegen und versuche, die Wand aufzustemmen. Ein Fingernagel bricht ab und Blut vermischt sich mit meinen verzweifelten Tränen. Ich untersuche das ganze Haus, alles ist mittlerweile verriegelt. Ich bin eingesperrt. »Marisa!«, schreie ich den Namen meiner Tochter immer und immer wieder aus vollem Hals.

Ich will zu ihr! Wie verrückt drücke ich auf meinem Implantat herum. Keine Reaktion. Nichts passiert. Die LED-Anzeige bleibt dunkel. Tot. Das kann nicht sein. Habe ich den Wartungstermin verpasst? Was zur Hölle ist passiert? Was, wenn unsere neue heile Welt schon wieder zerstört wurde?

Oh Gott, ist Marisa etwas passiert?

Ich muss mich beruhigen, um einen klaren Gedanken zu fassen. Hier komme ich nicht raus, das steht fest. Der Panikraum! Der Tracker hat angezeigt, dass ich mich in den Panikraum begeben soll. Es fühlt sich an, als würde ich meine Tochter aufgeben. Dennoch begebe ich mich wie in Trance in den

Raum unter der Erde und schließe wie bei der Übung gelernt die Verbindungstür zum restlichen Haus. Verzweiflung übermannt mich einmal mehr, legt sich um mich und umschließt mich wie ein gnadenloser Mantel aus Eis. Ich bin wie schockgefrostet.

Das Einzige, an was ich denken kann, ist Marisa.

Sie war auf dem Nachhauseweg, als der Alarm losging.

Wie viel Uhr ist es? Bestimmt ist es längst dunkel.

Hier im Panikraum funktioniert alles mit LED-Leuchten und es gibt eine Grundversorgung an Wasser und Kapseln, die für mehrere Tage reicht. Ich nehme mir eine der Flaschen aus dem Metallregal und trinke einen Schluck.

Jetzt, wo ich mit meinen Sorgen und Ängsten in diesem sterilen Raum alleine bin, wird mir schlagartig bewusst, wie »zerbrechlich« auch dieses vermeintlich »sichere« Zuhause ist. Ich will einfach nur, dass es meiner Tochter gut geht. Dass sie hier in Sicherheit aufwachsen kann und glücklich ist.

Sammelplätze. Es gibt Sammelplätze, für Notfälle, wenn man draußen unterwegs ist. Das wurde uns in den Übungen gezeigt. Aber weiß Marisa, wo diese Sammelplätze sind?

Sie ist doch erst neun. Und was, wenn sie gar nicht in der Lage ist, einen solchen Platz aufzusuchen? Was, wenn da draußen gerade die Welt mit meiner Tochter untergeht, während ich hier im geschützten Käfig sitze?

Ein vertrautes Gefühl kribbelt wie tausend Ameisen durch mein Handgelenk. Noch nie war ich so froh, das Vibrieren meines Trackers zu spüren: »Fehlalarm! Fehlalarm!«, blinkt es mir in großen grünen Buchstaben entgegen. Im nächsten Moment vernehme ich ein lautes Klicken, mit dem die Sicherheitstür entriegelt wird.

Sofort stürze ich Richtung Haustür. Die Eisenwände vor den Fenstern schieben sich nach oben und mattes Licht fällt von draußen herein.

Als ich die Tür öffne, steht sie schon vor mir. Meine über alles geliebte Tochter. Instinktiv nehme ich einen tiefen Atemzug, bevor ich meiner Tochter durch die Luftschleuse entgegenlaufe. Schnell ziehe ich sie hinein, in die schützenden Wände unseres Zuhauses, drücke sie an mich und nehme ihr vorsichtig den Helm ihres Raumanzugs ab. Sanft küsse ich sie auf den Kopf. In mir die traurige Gewissheit, dass auch dieser Planet nicht unzerstörbar ist.

Hintergrundfakten zur Geschichte

Die gemeinnützige Organisation Club of Rome schätzt, dass es im Jahr 2052 für den Menschen auf der Erde sehr schwierig werden wird zu überleben, wenn wir nicht endlich handeln.

In meiner Kurzgeschichte habe ich diese Thematik als Grundlage gewählt, und zwar davon ausgehend, dass wir Menschen bis dahin leider nicht wirklich gelernt haben, nachhaltiger zu leben.

Die Geschichte spielt 30 Jahre in der Zukunft auf einem fremden Planeten. Auf der Erde war kein Überleben für die Menschheit mehr möglich. Nur Ausgewählten (Reichen,

Frauen mit Kindern und dergleichen) wurde es ermöglicht, auf einen fremden Planeten umzusiedeln.

Ich bin davon überzeugt, dass ein Leben auf fremden Planeten in naher Zukunft für uns Menschen möglich sein wird. Visionär Elon Musk arbeitet bereits mit einem Team an »Space X« und hat den Plan, den Mars und andere Planeten bewohnbar zu machen.

Mit der Kurzgeschichte wollte ich andeuten, wie nah diese Realität schon ist und dass es zwar vielleicht »Ausweichplaneten« gibt, aber unsere Erde mit ihrem Ökosystem einzigartig ist und wir sie schmerzlich vermissen werden.

Für mich stellt die Flucht keine Lösung dar, wenn wir Menschen nicht respektvoll und im Einklang miteinander und mit der Natur leben.

Wenn wir nicht dazulernen, werden wir auch den »neuen« Planeten zerstören. Wenn wir nicht lernen, endlich nachhaltig mit unseren Ressourcen umzugehen, werden wir diese bald nicht mehr »frei« zur Verfügung haben.

Die Nahrungsmittelindustrie ändert sich gerade stark.

Massentierhaltung wird es in Zukunft hoffentlich nicht mehr geben, der Schritt zu Essen aus Kapseln, um den Hunger in der Welt zu bekämpfen, ist möglich. Forscher gehen davon aus, dass das Essen der Zukunft zu großen Anteilen aus Insekten und Algen bestehen wird.

Außerdem wollte ich aufzeigen, wie unser Leben in Zukunft weiter »digitaler« und »kontrollierter« wird.

Viele Kinder gehen schon heute nur noch mit GPS-Armbanduhr aus dem Haus. Wir sind alle online unterwegs, alles wird im Hintergrund mitgetrackt (digitaler Fußabdruck) und Künstliche Intelligenz ist auf dem Vormarsch. Mit der Geschichte wollte ich die Sonnen- und Schattenseiten dieser Entwicklung für den einzelnen Menschen zeichnen.

Das Leben der Kinder wird sich in Zukunft stark vom Leben, wie wir es kennen, unterscheiden.

Hoffentlich auf unserem wunderschönen Planeten.

DAS MONDGEHEIMNIS

Von Ursula Schmid-Spreer

Juli 1969

Sie saßen begeistert vor dem Fernseher und verfolgten die Mondlandung.

»Da«, schrie er gebannt, »da landet Armstrong, wow, ist das aufregend!«

»Ein Meilenstein«, antwortete seine Frau, »und das im Jahr 1969!«

Ein paar Tage später führte er einige Telefonate, beim Abendbrot ließ er die Bombe platzen.

»Ich habe heute ein Mondgrundstück gekauft.«

2069

»Wir werden großen Ärger bekommen, mein lieber Surin.«

»Es ist halt so, wie es ist.« Liebevoll strich er seiner Frau über den schon gewölbten Bauch. Thunder soll nicht alleine aufwachsen.«

»Aber die Regierung …«, warf Madita ein.

Surin stieß die Luft aus. »Jeder weiß doch, dass es selbst nach einer Sterilisation noch zu einem Schuss kommen kann. Und das ist eben jetzt passiert. Mach dir keine Gedanken, freu dich lieber auf unsere kleine Prinzessin.«

Er umarmte seine Frau herzlich. »Du musst trinken. Ich verzichte heute auf meine Ration Wasser, nimm du sie.«

Madita nahm sie dankbar entgegen. Es war schlimm genug, dass das Essen rationiert wurde. Nachdem ihre Schwangerschaft bekannt geworden war, hatten sie auch die tägliche Wasserration gekürzt. Es sollte wohl eine Strafe sein, denn wer ein zweites Kind bekam, musste sich vor der Regierung rechtfertigen. Wurde doch überall die Ein-Kind-Politik betrieben.

Es war ein strahlender Sommertag, als Madita ein Mädchen zur Welt brachte.

»Du bist jetzt ein großer Bruder«, meinte Surin lächelnd zu seinem 14-jährigen Sohn. »Es ist Zeit, dir unsere privaten Unterlagen zu zeigen.« Er deutete auf seinen Sekretär. Wie von Geisterhand öffnete sich eine Schublade und er nahm einen Ordner heraus. »Da ist alles drin, was wichtig ist. Und da wird auch die Geburtsurkunde deiner Schwester hineinkommen.« Thunder nickte.

»Wenn mal was ist, ein Griff und du hast alles beisammen. Und ich verrate dir ein Geheimnis.«

Der Junge fühlte sich sehr erwachsen und freute sich, dass ihn sein Vater ins Vertrauen gezogen hatte.

»Wollen wir nun mein Schwesterlein abholen?«

Surin lächelte erneut.

Die Kleine schlief friedlich in einer Schale, die ihre Mutter auf dem Schoß hielt. Surin führte das Luftkissenfahrzeug umsichtig durch den starken Verkehr. Im Rückspiegel sah er seine Frau selig lächeln. Sein Sohn saß neben ihm, man sah ihm an, dass er glücklich war. Das Letzte, was Surin wahrnahm, waren der entsetzte Blick seines Sohnes und der Schrei seiner Frau. Ein lauter Knall, dann umfing ihn Schwärze.

Etwas kitzelte ihn in der Nase. Er nieste. Was war passiert? Er richtete sich auf, wurde aber von einer älteren Frau wieder zurück in die Kissen gedrückt. Sein Mund war trocken, er leckte sich mit der Zunge über die Lippen. Ein Schwamm fuhr über seinen Mund. Gierig sog er das Nass auf. »Was …?« Sein Blick schweifte zum Nachbarbett. Erleichtert erkannte er die Gesichtszüge seines Vaters, bevor er wieder wegdämmerte.

Als er erneut aufwachte, war das Bett neben ihm leer. »Mama! Papa!«, rief er laut. Sofort ging die Tür auf und eine Frau in Uniform kam auf ihn zu.

»Du musst jetzt sehr stark sein, Thunder. Deine Eltern und deine Schwester haben den Unfall nicht überlebt. Es wird gleich ein Herr von der Regierung kommen und alles Weitere mit dir besprechen.«

Gnädige Dunkelheit ließ Thunder vergessen.

»Er kommt zu sich«, hörte er eine breiige Stimme. Er wollte nicht aufwachen, er wollte nie wieder aufwachen. Hatte er nur geträumt, dass seine Eltern tot waren? Er hatte seinen Vater doch gesehen! Auch seine Schwester sollte tot sein? Warum war er noch am Leben?

Er schlug die Augen auf und wusste, dass er nun erwachsen war. Von jetzt auf gleich war er kein Kind, kein Jugendlicher mehr. Er würde sich um sich selbst kümmern müssen.

»Tut uns leid«, hörte Thunder, »aber die Verletzungen deiner Familie waren einfach zu schwer. Wir konnten nichts für sie tun, wir kümmern uns jetzt um dich.«

Eine andere Person meinte: »Du bekommst eine staatliche Erziehung durch unser Militär. Sobald du körperlich stabil bist, holen wir dich ab.« Er tätschelte ihm wohlwollend die Schulter. Warum war ihm diese Berührung so unangenehm?

Thunder schloss die Augen, überließ sich seinen Träumen. Wie aus weiter Ferne hörte er den einen Mann sagen: »Wasserration drosseln, wenn er schläft, muss er nicht trinken.«

Thunder wollte weiterschlafen. Er hatte wild geträumt. Immer wieder war ihm sein Vater erschienen, der aus dem Schreibtisch den Umschlag holte, sich umdrehte und dann mit dem Finger auf etwas deutete.

»Er wacht auf«, drang an seine Ohren, »und ist so weit stabil.« Er öffnete die Augen, sah ein Gesicht, das ihn freundlich anschaute. An der Tür stand ein Mann in der Uniform der Regierung. Die Schwester half ihm, sich aufzusetzen, richtete ein paar Schuhe her, holte einen Bademantel.

»Wir werden ein paar Schritte gehen«, sagte sie.

Thunder fügte sich. Es würde sich schon eine Gelegenheit finden, in der er nach seiner Familie fragen konnte.

Die Gelegenheit ergab sich nicht, denn der Uniformierte ließ sie nicht aus den Augen. Die Schwester stützte ihn, sie hatte die Lippen fest aufeinandergepresst. Auch am nächsten Tag musste er seine Runde im Park drehen. Am Ende der Woche sagte der Uniformierte zu ihm: »Du bist gesund, komm mit!«

Dann ging alles sehr schnell. Thunder wurde nach Hause gefahren.

»Du hast genau acht Minuten, um persönliche Dinge zusammenzupacken. Also beeil dich.«

Thunder zögerte keine Sekunde, spurtete ins Haus, schnappte sich seinen Tornister und eilte in das Arbeitszimmer seines Vaters. Sein Blick ging zur Perlmuttdose, deren Geheimnis ihm sein Vater anvertraut hatte. Als er den Deckel etwas zur Seite drehte, öffnete sich ein Fach im Schreibtisch. Schnell ergriff er den Ordner und warf ihn mitsamt der Dose in den Tornister. Eilig ging er in sein Zimmer, stopfte einige Kleidungsstücke hinein, legte das Foto seiner Eltern obenauf. Schon hörte er, wie der Mann von der Regierung nach ihm rief.

»Bin ja schon da«, schrie er zurück. Im Wagen atmete er tief durch. »Wo bringen Sie mich hin?«

»Keine Fragen.« Den Rest der Fahrt wurde geschwiegen.

Thunder dachte, dass sie nie ankommen würden. Er hatte jegliches Zeitgefühl verloren. Endlich hielten sie im Nirgendwo. Mit der Freundlichkeit des Regierungsmenschen war es nun endgültig vorbei. In kurzen, stakkatoartigen Befehlen wurde er angeschrien.

»Aussteigen! In die Reihe einordnen! Maul halten! In Bewegung setzen.« Thunder stolperte mehr, als dass er ging. Der Junge vor ihm reichte ihm den Arm, sodass er sich gerade noch fangen konnte. Sie wurden an einer Ausgabestelle vorbeigeschleust. Man gab ihm eine Art Uniform, ein Handtuch und ein Desinfektionsmittel in die Hand. Bei der nächsten Station wurde er auf einen Stuhl gedrückt, seine Füße musste er in ein Gefäß stellen, eine blecherne Stimme nannte eine Zahl. Nach zehn Minuten durfte er seine Füße herausnehmen. Ein 3-D-Drucker hatte innerhalb kürzester Zeit Stiefel maßgerecht angepasst. Ehe er sich versah, fand er sich in einem Zimmer mit zwei anderen Jungen wieder. Auch der Junge, der ihm den Arm gereicht hatte, war in dem Raum. Ein gebellter Befehl: »Antreten in 30 Minuten auf dem Exerzierplatz!«

Der Junge sagte: »Ich bin Clem und du?«

»Thunder«, stotterte er.

Clem bugsierte ihn in eine Ecke und meinte: »Oben oder unten?«

Thunder war wie gelähmt, er hielt den Tornister wie einen Schutzschild vor sich.

»Das ist deins, hier kannst du dein Zeug reintun.« Clem deutete auf ein Fach, das in die Wand eingelassen war. Er wirkte sehr freundlich. Als Thunder zögerte, meinte er: »Ich bin schon eine Weile hier, weiß, wie das so läuft.«

Die Tage vergingen in gleichmäßiger Routine, sodass Thunder nicht viel zum Nachdenken kam. Immer wieder wurden sie in Kugeln gesperrt, mit Masken und Sauerstoff versehen und im Kreis gedreht. Nach drei Wochen hatte er das erste Mal einen Nachmittag frei. Er wusste nicht, in welcher Gegend er sich befand. Nach der gemeinsamen Abendmahlzeit waren er und seine Zimmerkameraden immer sehr müde. Zum Reden hatten sie keine große Lust, sie wollten nur noch schlafen.

Was sollte er mit dem freien Nachmittag anfangen?

Clem zupfte ihn am Ärmel. »Ich habe auch frei, komm mit!«

Sie gingen durch Gestrüpp, irgendwann ließ sich Clem unter einen Baum fallen. Aus einer Art Beutel zog er eine Flasche, nahm einen Schluck und reichte sie Thunder. »Langsam, nur ein paar Schlucke.«

Gierig trank er. Wasser war kostbar und streng rationiert.

»Wo hast du das her?«

»Geklaut, was sonst?«

Die beiden lachten. Thunder hatte das Gefühl, einen Freund gefunden zu haben. »Hast du Angehörige?«

»Nein«, antwortete Clem, »meinen Vater kenne ich nicht, meine Mutter ist gestorben.«

»Meine auch.« Thunder wurde traurig, als er an seine Familie dachte. »Wir hatten einen Unfall, mein Vater hat meine Mutter und meine Schwester aus dem Krankenhaus abgeholt, da ist es passiert.«

»Was? Du hattest eine Schwester? Zwei Kinder, das ist doch streng verboten!«

Auf den fragenden Blick Thunders hin sprach er weiter. »Du bist ja wirklich noch ein Kind, dass du das nicht weißt. Es gibt zu viele Menschen auf der Erde und wir haben kein Essen und vor allen Dingen fast kein Wasser mehr. Hast du nicht mitbekommen, dass die Ozeane ausgetrocknet sind? Der große Kollaps steht kurz bevor, deshalb müssen wir auf andere Planeten ausweichen.«

Seine Mutter hatte ein zweites Kind bekommen, obwohl es nicht erlaubt war. In diesem Moment wurde Thunder klar, dass der vermeintliche Unfall seiner Familie kein Unfall gewesen sein konnte. Hatte man nachgeholfen? War seine Familie tatsächlich umgebracht worden? War er selbst ein bedauerlicher Kollateralschaden, weil er überlebt hatte?

»Sag mal«, meinte Clem, »warum hütest du diesen Schlüssel wie deinen Augapfel?«

Thunder sah sich um, scannte mit seinen Blicken die Umgebung ab. In der Ferne patrouillierten zwei Männer, doch sie waren zu weit weg, um von dem Gespräch etwas mitzubekommen. Trotzdem behielt er den Exerzierplatz vorsichtshalber im Auge.

»In dem Safe, den man uns gegeben hat, sind meine privaten Unterlagen drin. Ich habe alles eingepackt, was ich in den acht Minuten, die man mir gab, erwischen konnte.« Thunder lachte gekünstelt.

Clem sah ihn neugierig an.

»Du wirst lachen, aber ich habe, seitdem ich hier bin, nicht mehr reingesehen. Du weißt ja selbst, wie müde wir abends immer sind.«

Clem nickte, betrachtete den Schlüssel intensiv, den Thunder vor der Brust hielt. »Bist du nicht neugierig, was du da eingepackt hast? Sind es Papiere?«

Im selben Moment ertönte ein schrilles Signal. Stimmengewirr, Fußgetrappel. Befehle wurden gerufen. Ehe man sich versah, waren jede Menge Menschen auf dem Platz. Ein weiteres gellendes Hupen war zu hören. Das Zeichen, dass sich alle, auch die, die freihatten, unverzüglich zu melden hatten. Clem setzte sich in Bewegung, Thunder folgte ihm eilig.

»Wäre auch zu schön gewesen, mal einen Nachmittag freizuhaben«, murrte Clem.

»Signal rot«, hörten sie und jemand rief das Wort »Kollaps«.

»Was bedeutet das alles?« Thunder reihte sich automatisch hinter Clem ein.

»Es ist bereits fünf nach zwölf«, rief ihr Vorgesetzter. »Die letzten Wasserreserven sind am Versiegen. Macht euch bereit, die Raumsonde startet. Abtreten.«

»Ihr seid in der zweiten Runde.« Die beiden wurden nach hinten geschickt.

»Das ist gut, dann haben wir noch etwas Zeit«, sagte Clem. »Du kannst dein Fach öffnen. Komm.« Er lief los.

»Jetzt mach schon auf!«

Thunders Finger bewegten sich langsam zu dem Schloss. Vorsichtig steckte er den Schlüssel in die Öffnung.

Mit einem Klick öffnete sich das Türchen. Konnte er Clem wirklich vertrauen? Er holte den Ordner hervor, wollte ihn öffnen, aber es ging nicht.

»Was ist das denn für ein Scheiß?«, rief Clem. »Du hast mich verarscht!«

»Was bist du so ungeduldig?« Thunder schüttelte den Kopf.

Ein erneutes Signal ließ sie zusammenzucken.

»Wir müssen los!«

Schnell warf Thunder den Ordner in den Safe, steckte den Schlüssel in das Schloss, drehte um und hakte ihn in die Kette ein, die er um den Hals trug.

General Maik Meras hielt die Hände hinter dem Rücken verschränkt, ging auf und ab. Die Lippen hatte er zusammengepresst. Sein erster Stabsoffizier Tim Hammond verfolgte jede seiner Bewegungen. Abrupt blieb der General stehen und deutete mit dem Finger auf ein Schriftstück.

»Wo ist das Originaldokument?«

Hammond presste die Lippen aufeinander, um nicht laut aufzulachen. General Meras war ein stattlicher Mann, breite Schultern, ein markiges Gesicht. Jeder hatte Respekt vor ihm, bis ... ja, bis ... er seinen Mund aufmachte. Seine Stimme war piepsig, überschlug sich oft. Nichts hatte geholfen: kein Stimmtraining, keine Hypnose, kein Raum der Holografie, auch kein *third life* im Netz.

Hammond zuckte mit den Schultern.

»Das ist unverantwortlich! Wer hat den Auftrag erteilt, diese Familie zu eliminieren?«

Der Stabsoffizier stand auf und antwortete mit fester Stimme: »Die Unterschrift ist unleserlich. Es lässt sich nicht mehr nachvollziehen, wer den Befehl dazu gegeben hat.«

»Wir brauchen dieses Original. Wie kann man jemanden umbringen lassen, ohne vorher Informationen zu haben?«

Der General schnaubte.

»Der Sohn hat überlebt«, sagte Hammond.

»Wo ist er?«

»In der dritten Kompanie. Er wird überwacht.«

Die beiden Männer schwiegen. Jeder vertiefte sich in ein Schriftstück.

General Meras knetete die Finger und knackte damit. Er nahm das Schreiben auf und überflog die Zeilen wohl zum hundertsten Mal. Schwarz auf weiß stand es hier. Es war eine Verkaufsurkunde. Das Dokument war zwar schon 100 Jahre alt, aber es bewies eindeutig, dass einer Familie Raven ein großes Grundstück auf dem Mond gehörte. Untersuchungen hatten ergeben, dass es gerade auf diesem Flurstück besonders große Wasservorkommen gab. Er musste in den Besitz des Originaldokumentes kommen. Dann wäre er endlich am Ziel all seiner Träume. Sollte dieser Kollaps tatsächlich eintreten, wäre er der Herrscher über alle Wasservorkommen der menschlichen Zivilisation. Keiner würde es wagen, über ihn zu schmunzeln. Keiner würde ihn mehr auslachen. Er war sich seiner piepsigen Stimme durchaus bewusst und auch der Spötteleien hinter seinem Rücken.

Zur gleichen Zeit verfolgte ein Mann aufmerksam das Geschehen hinter einer Glasscheibe. Er war gut getarnt, verschmolz mit der Dunkelheit.

Es klopfte. Respektvoll trat ein junger Mann vor den General, salutierte und begann, leise zu berichten.

Es war ein ständiges Kommen und Gehen, Flugkörper fegten über den Himmel, landeten und hoben ab. Thunder und seine Einheit waren für den nächsten Tag abkommandiert, die Reise zum Mond anzutreten. Tiefe Atemgeräusche zeugten davon, dass seine Kameraden schliefen. Thunder war unruhig, er fand keinen Schlaf. So stand er auf, ging zur Toilette. Erschrak. Ein Gesicht, schemenhaft, war zu erkennen. Wer war das? Eilig flüchtete er in sein Bett zurück und zog sich die Decke über den Kopf. Schlaf wollte sich nicht einstellen. Er döste nur, war wohl doch etwas eingenickt, als jemand sich an seinem Hals zu schaffen machte. Mit einem Satz richtete er sich auf, schlug die Hand weg. Ein Gerangel entstand. Es war stockdunkel im Zimmer. Thunder wehrte sich mit dem Mut des Verzweifelten. Niemand sollte seinen Schlüssel bekommen. Niemand! Er hörte einen dumpfen Aufprall. Dann war alles still, sehr still. Er wurde hochgezogen, eine Stimme flüsterte ihm ins Ohr.

»Komm, mein Liebling, komm!«

Er kannte die Stimme; eine Hand legte sich auf seinen Mund.

»Du?«, flüsterte er. Und noch einmal: »Du?«

»Wir müssen weg. Hast du die Unterlagen bei dir?«

Thunder nickte, klippte den Schlüssel ab, öffnete seinen privaten Safe und holte den Ordner heraus. Dann deutete er auf Clem, der niedergeschlagen am Boden lag. »Was ist mit ihm?«

»Er hat dich verraten. Er hat sich nur mit dir angefreundet, weil er an die Papiere wollte. Ich habe ihn und den General beobachtet.«

»Aber …«

»Psst, komm jetzt. Wir müssen weg.«

»Ich dachte, du bist tot, Papa.«

»Ich wurde gerettet«, antwortete Surin schlicht. »Ich erzähle alles später. Beeil dich!«

Thunder warf den Ordner und das Perlmuttkästchen in eine Tasche. Die beiden Mitbewohner gaben vor zu schlafen. Es war wohl besser, wenn sie von nichts wussten.

Langsam kam Clem zu sich. Was war geschehen? General Meras hatte eindeutig Order gegeben, ihm den Schlüssel zu bringen. Das Überraschungsmoment war auf seiner Seite gewesen, als er versucht hatte, Thunder die Kette abzunehmen. Wer hatte ihn außer Gefecht gesetzt? Er rieb sich die schmerzende Stelle und hörte, wie das Fenster durch einen Windstoß klapperte. Dann überließ er sich dem Schmerz.

Vorsichtig stieg Thunder durch das Fenster und ließ sich von seinem Vater über die Brüstung ziehen. Er lief und lief hinter ihm her, seine Beine spürte er längst nicht mehr. Irgendwann hörte er Stimmen, Arme griffen nach ihm, jemand hielt ihm eine Wasserflasche an die Lippen. Er trank gierig.

»Willkommen, lieber Thunder.«

»Wo bin ich? Habe ich es doch nicht geträumt, ich wollte es ja nicht glauben. Papa, du bist es wirklich. Du bist nicht tot.«

Surin nahm seinen Sohn in den Arm und wiegte ihn zärtlich vor und zurück. Langsam begann er zu sprechen: »Unsere Vorfahren haben ein Mondgrundstück gekauft. Das hatte ich dir gesagt. Damals steckte die Erforschung des Mondes noch in den Kinderschuhen.«

»Und keiner hat gedacht, dass ein Grundstück auf dem Mond einmal wertvoll sein könnte«, schloss Thunder.

Sein Vater verzog das Gesicht und nickte bedächtig.

»Unsere Regierung verkündet den großen Kollaps, sie machen der Bevölkerung Angst. Angeblich gibt es keine Wasservorkommen mehr.«

»Das stimmt aber nicht«, vernahm Thunder eine Stimme. Ein Schatten löste sich von der Wand.

»Ich bin Yoal und ich führe diese Gruppe hier an. Wir kämpfen gegen die Regierung und ihre Machenschaften.«

»Und mein Vater hat sich euch angeschlossen?« Es war mehr eine Feststellung als eine Frage. »Jetzt wird mir auch klar, warum wir diesen Unfall hatten.« In Thunders Gedächtnis tauchte kurz der Zusammenstoß auf.

»Ja, wir mussten eliminiert werden. Es ging nicht um das zweite Kind, sie wollten an unser Grundstück auf dem Mond kommen. Du weißt, wenn es keine Angehörigen mehr gibt, erbt automatisch die Regierung. Auf dem Mond wurden große Wasservorkommen festgestellt. Um Rechte anzumelden, brauchte die Regierung aber die Originalurkunde.«

»Eine Schwachstelle in einem Amt«, brachte Yoal sich ein. »So sind sie überhaupt erst draufgekommen, dass vor 100 Jahren einer aus eurer Familie ein großes, ein sehr großes Mondgrundstück gekauft hat.«

»Bisher gehörte der Mond niemandem«, ergänzte Surin.

»Mir wurde gesagt, dass du, Papa, den Unfall auch nicht überlebt hättest und die Regierung sich jetzt um mich kümmern würde.«

»Meine Freunde haben mir geholfen. Du, mein Sohn, warst einfach noch zu schwer verletzt, als dass wir dich hätten mitnehmen können. Aber wir hatten dich die ganze Zeit über im Auge.«

Surin schaute Thunder liebevoll an.

»Dann gibt es den großen Kollaps doch, wenn sie an unser Wasser kommen wollen?«

»Die Menschen auf der Erde haben Raubbau betrieben. Es gibt natürlich noch Wasser, aber nicht besonders viel …«

»Was ist mit dem Austrocknen der Ozeane?«, unterbrach Thunder. »Das haben sie uns gesagt.«

»Die Ozeane sind nicht ausgetrocknet, verstehst du, mein Junge. Sie wollen die Kontrolle über das restliche Wasser haben. Es ist ein wertvolles Gut.«

»Und die Menschen sollen dafür viel Geld bezahlen. Wer die Macht über das Wasser hat, hat auch die Macht über die Menschen«, erklärte Yoal. »Deshalb ist unsere Arbeit im Untergrund so wichtig. Wasser ist ein Allgemeingut und muss es bleiben. Jeder sollte Zugriff darauf haben.«

Surin nahm das Perlmuttkästchen aus der Tasche und betätigte den Mechanismus. Die Schnalle an dem Ordner ging wie von Geisterhand auf.

»Hier ist die Originalurkunde. Ein sehr großes Stück vom Mond gehört unserer Familie.«

»Ich verstehe es immer noch nicht. Warum wollen die unser Grundstück auf dem Mond?«, rief Thunder erregt.

Ruhig antwortete sein Vater: »Je mehr Macht die Regierung über alle bekannten Wasservorkommen hat, auch auf dem Mond, desto mehr können sie das Volk beherrschen. Unser Grundstück auf dem Mond ist riesig. Die anderen Parzellen sind dagegen winzig, die konnten sie leicht aufkaufen.«

»Du musst immer im Kopf behalten«, meinte Yoal, »dass die Ressourcen auf der Erde sich dem Ende zuneigen. Man muss andere Planeten und Himmelskörper erforschen. Der Mond ist uns am nächsten. Und die Besitzer der Urkunden pochen natürlich auf ihr Recht, als Erste ausfliegen zu dürfen, sollte es tatsächlich zum großen Kollaps kommen und die Wasservorkommen auf der Erde versiegen.«

»Unser Vorfahre hat aus einer Laune heraus und vielleicht auch aus Spaß das Mondgrundstück gekauft. Er konnte ja nicht wissen, dass es einmal so wertvoll sein würde.« Surin lächelte.

»Deshalb ist unsere Arbeit so wichtig. Wir müssen die Bevölkerung aufklären, mit den natürlich vorhandenen Beständen sparsam umzugehen. Wasser muss ein Allgemeingut bleiben. Und du, lieber Thunder, bist jetzt ein Teil von uns.«

Drei Handpaare streckten sich aus.

Drei Handpaare umschlossen sich fest.

Drei Gesichter lächelten, zeigten Entschlossenheit.

Thunder sah seinen Vater und Yoal fest an.

»Ich bin stolz, dabei sein zu dürfen! Wasser soll und muss ein Allgemeingut bleiben.«

»Dafür kämpfen wir«, sagten die drei gemeinsam.

Hintergrundfakten zur Geschichte

Als ich mich unter die Dusche begab, stellte ich fest, dass es etwas dauerte, bis das Wasser für mich angenehm wurde. Ich möchte nicht wissen, wie viele ungenutzte Liter in die Rinne geflossen sind.

Mit Blick auf mein Fensterbrett fiel mir auf, dass einige der Pflanzen bei warmen Witterungsverhältnissen die Köpfe hängen ließen. Mit dem nutzlos abgelaufenen Wasser hätte ich meine Pflanzen gießen können, schoss es mir durch den Kopf.

Was wäre, wenn es kein Wasser mehr gäbe?

Was wäre, wenn ein einziger Mensch Herr über alle Wasservorkommen der Welt wäre? Ein schreckliches Szenario!

Ban Ki-moon, der ehemalige Generalsekretär der Vereinten Nationen, hat es drastisch ausgedrückt – er nannte sogar eine Jahreszahl: Bis 2030 sei es durchaus möglich, dass jeder zweite Mensch keinen ausreichenden Zugang zu Wasser habe.

Ab 2040 würde das Süßwasser knapp.

Die Erde hat im Laufe der Zeit viel Wasser verloren. Man schätzt, dass es heute etwa ein Viertel weniger Wasser auf der Welt gibt als in der Frühzeit des Planeten.

Wasser ist ein ganz besonderer Rohstoff. Es ist die Grundlage allen Lebens. Wir haben uns das Wasser nutzbar gemacht. Die Bevölkerung, die Industrie und das Gewerbe nutzen es als Trink- und Brauchwasser.

Man muss sich die Frage stellen, warum das Wasser immer knapper wird. Wasserknappheit herrscht weltweit. Die Weltbevölkerung wächst, unser Lebensstandard steigt, wir haben alle ein verändertes Konsumverhalten, das zu gesteigertem Wasserverbrauch führt.

In vielen Ländern kann die Bevölkerung bereits heute nur unzureichend mit Trinkwasser versorgt werden. Oft fehlt es an Geld und Know-how, um das Wasser in Kläranlagen zu reinigen. Auch die Entsalzung des Meerwassers spielt eine große Rolle. Die Industrienationen verbrauchen wesentlich mehr Wasser als Entwicklungsländer.

Wer die Macht über das Wasser hat, hat auch die Macht über die Menschen – das darf niemals geschehen. Wasser muss für alle zugänglich sein, ohne wirtschaftliche Interessen Einzelner.

NEUES LEBEN AUF DER ERDE

Wenn man seit Jahrzehnten verfolgt, welche Klimaziele mühsam vereinbart und nicht eingehalten werden, sich immer wieder Industrie und Politik gegen jede noch so vernünftige Regelung sperren, weil das zu teuer sei, fragt man sich: Haben die alle keine Kinder und Enkel oder sind ihnen die einfach egal? Darum wollte ich einen kleinen Beitrag leisten, aufzuzeigen, dass es nicht mehr lange so weitergehen wird wie jetzt.

– Veronika A. Grager

Wir brauchen schnelle und effiziente Lösungen, die ganze Welt betreffend, denn es ist bereits eine Minute nach zwölf. Die Regierungen aller Länder müssen *an einem Strang ziehen, damit eine Veränderung noch möglich ist, mit Gesetzen und Regelungen, die weltweit Gültigkeit haben müssen.*

– Jennifer B. Wind

DEEP STATION ONE

Von Veronika A. Grager

Elli sprang aus dem Bett. Heute war es endlich so weit! Sie würden in ihr neues Heim übersiedeln. Vor den Fenstern ihrer behelfsmäßigen Baracke regnete es wieder mal Cats and Dogs. Viel musste sie nicht einpacken. Die wenigen Möbel und persönlichen Dinge, die sie mitnehmen durfte, waren gemeinsam mit denen ihres Vaters Tom und ihres Bruders Leon bereits in einem wasserdichten Container verpackt und standen zur Abholung bereit. Sie blickte auf ihren Minicomputer am Handgelenk. Es war der 3. Mai 2053. 6 Uhr früh. Endlich. Das große Abenteuer konnte beginnen!

2025 hatte eine schwere Dürre England heimgesucht, danach waren sintflutartige Regenfälle niedergegangen, sodass weite Landstriche überschwemmt wurden. An den Polen schmolz das Eis immer schneller und in Russlands Taiga tauten die Permafrostböden auf, dazu brannte seit Jahren der Torf. Der Regenwald in Brasilien wurde weiter abgeholzt, er war gerade noch ein Wäldchen. Das südamerikanische Pantanal, eines der größten Binnenland-Feuchtgebiete der Erde, ehemals Heimat vieler einzigartiger Tiere und Pflanzen, trocknete zunehmend aus, Brände wüteten und ließen nur Asche zurück. Dadurch bildeten sich trotz steigender Temperaturen dort keine Regenwolken mehr, die der Regenwald dringend gebraucht hätte. Der CO_2-Gehalt der Erdatmosphäre stieg weiter und mit ihm die Temperatur. Immer größere Waldflächen brannten, viele Küstengebiete und kleine Inselstaaten standen bereits dauerhaft unter Wasser. Die Zahl der Flüchtlinge mehrte sich jeden Tag.

Elli war 14 Jahre alt und engagierte sich für die Fridays-for-Future-Bewegung. Ihr Vater Tom unterstützte sie. Mum regte sich auf, dass sie die Schule schwänzte und demonstrieren ging.

»Wer soll sich für die Zukunft unserer Generation einsetzen, wenn nicht wir?«, fragte Elli.

»Überlass das den Erwachsenen!«, schrie ihre Mutter genervt.

»Aber die tun doch seit Jahren, was sag ich, seit Jahrzehnten nichts!«, feuerte sie zurück.

»Ach, und du wirst die Welt retten, ja? Dein Vater hat dir schon wieder Flausen ins Hirn gesetzt! Der soll mal heimkommen!«

Ja, sie würde ihm wieder die Hölle heißmachen, weil er mit seinen Freunden abstrusen Ideen nachhing und sie Pläne schmiedeten, was sie machen würden, wenn das Wasser weiter stieg.

»Dad macht sich wenigstens Gedanken, während du so tust, als wäre gar nichts. Das Einzige, was dich interessiert, ist Shopping. Dabei sitzen wir seit einem halben Jahr in diesem Loch, weil unser Haus halb unter Wasser steht. Und wenn es so weitergeht, müssen wir hier demnächst wieder weg.«

»Bist du fertig mit Drama? Dann mach endlich deine Hausaufgaben.«

»Mum, siehst du nicht, dass Leon und ich überhaupt keine Zukunft haben werden, wenn wir nicht alles in unserer Macht Stehende in Bewegung setzen, damit wir überleben können?«

»Jaja, Dad, Leon und du, ihr rettet die Welt!« Ellis Mutter lächelte zynisch.

»Da irrst du dich, Mum. Wir retten *uns*, wenn wir können.«

Diese Unterhaltung lag Jahre zurück. Ellis Mutter Rachel war nicht zu überzeugen gewesen, dass man nicht nur zusehen konnte, wie die Welt aus den Fugen geriet, sondern zumindest irgendwelche Pläne für den Notfall brauchte.

Ellis Vater hatte mit der Zeit viele Wissenschaftler, Techniker, Baumeister und andere Leute, die sich mit diesen Themen beschäftigten, um sich geschart. Währenddessen versanken Städte ganz oder teilweise im Meer. Unwetter und Stürme wurden häufiger und stärker, in anderen Regionen der Welt breiteten sich Wüsten und Steppen aus. Die Menschen, die ihre Heimat verlassen mussten, weil man dort nicht länger leben konnte, strömten in alle Gebiete, die zu dieser Zeit etwas bessere Bedingungen aufwiesen. Nur um von dort ein paar Jahre später wieder weiterzuziehen. Wobei sie nirgends willkommen waren. Unruhen und Kriege brachen aus. Die Welt wurde zunehmend zu einem Tollhaus.

Der Krisenstab um Tom, Elli und Leon Wright kam nach jahrelangen Beobachtungen und Planungen zu einer Sitzung zusammen.

»Wo, liebe Freunde, können uns weder Erderwärmung noch Stürme oder Trockenheit etwas anhaben?«, fragte Tom.

»Auf einem hohen Berg?«

»Zu viel Wind!«

»Im Norden. Dort wird es Jahrzehnte dauern, bis es so heiß ist, dass man es nicht mehr aushält.«

»Und wovon soll man dort leben?«

»Das ist überhaupt die entscheidende Frage!«

So riefen die Teilnehmer durcheinander.

Tom hob die Hand, Stille senkte sich über die Versammlung. »Ihr werdet mich jetzt für verrückt erklären«, begann er.

»Verrückter als bisher?«, meinte einer aus dem Forum.

»Wieso? Willst du auf den Mars, das Terraforming beschleunigen?«, rief Arthur.

»Nein, auf den Grund des Meeres«, entgegnete Tom.

»Was? Weißt du, wie schwierig das sein wird?«, entgegnete Ralf, einer von Toms besten Freunden.

»Ja. Wir brauchen vor allem den richtigen Ort. Flach, tief, doch nicht *zu* tief, keine Bebengegend. Dazu eine drucksichere Anlage, wir benötigen Strom, eine Wasseraufbereitung, eine Klimaanlage, einen Unterseehafen, von dem aus wir an die Oberfläche gelangen können. Und dazu eine Reihe von Unterseebooten für verschiedene Zwecke: erst Exploration, danach den Bau der Anlage, Boote für die Instandhaltung und solche, die man zum Einkaufen und Besuchen unserer schwimmenden Gärten verwenden kann.«

In dem betroffenen Schweigen der Runde entrollte Tom eine riesige Leinwand. Darauf ein Plan dessen, was er sich vorstellte.

»Schwimmende Gärten! So ein Wahnsinn«, murmelte irgendwer.

»Mein Gott, der meint das ernst«, ein anderer.

»Mann, wie willst du denn das finanzieren?«, fragte jemand.

»Darüber hat sich Elli Gedanken gemacht. Elli, bitte.«

Elli stand auf. »Wir werden einen Club gründen. Leute, die sich beteiligen möchten, werden einen erklecklichen Batzen Geld erlegen müssen. Und sich dazu verpflichten, gewisse Aufgaben zu übernehmen. Wer sich mit Arbeit einbringt, braucht weniger Mittel. Details habe ich euch hier aufgelistet.« Sie hielt eine Broschüre in die Höhe. Das Deckblatt zierte eine kleine Ausgabe von Toms Plan.

»Und was ist ein ›erklecklicher Batzen Geld‹?«, fragte Arthur.

»Das kommt drauf an, welche Größe dein Haus im Dorf haben soll. Wir beginnen irgendwo bei 100 Millionen Pfund. Pro Person versteht sich. Nach oben weit offen. Denn möglicherweise solltet ihr Familienvergrößerungen und Sonderwünsche mit einplanen.« Elli grinste in die Runde. Dass diese Eröffnung für offene Münder sorgen würde, damit hatte sie gerechnet. Den Tumult, der ihren Worten folgte, hatte sie nicht erwartet.

Nachdem sich alle ein wenig beruhigt hatten, stellte Arthur die Frage: »Ihr wisst schon, dass das ein sehr elitärer Club wäre. Was ist mit den Leuten, die sich das nicht leisten können?«

»Das haben meine Kinder und ich oft und immer wieder diskutiert«, antwortete Tom. »Es muss uns allen klar sein, dass wir nicht zehn Milliarden Menschen retten können. Das gilt im Übrigen genauso für alle Pläne, Menschen auf dem Mars anzusiedeln.«

Im Saal wurde es wieder unruhig. Tom machte eine beschwichtigende Handbewegung. »Was wir planen, wird – falls wir es umsetzen können – ein Prototyp sein. Ihr alle wisst, Prototypen sind immer teuer. Alles ist neu, neue Werkzeuge müssen gebaut werden, neue Techniken zum Einsatz kommen. Und alles Neue muss sorgfältig getestet werden. Das verschlingt eine Menge Geld. Nur wenn die Anlage gut und sicher ist, werden vielleicht mehr Menschen so leben wollen. Und mit der Zahl der Nachbauten sinken die Kosten.«

»Nicht dass wir an Fertigungsstraßen denken«, ergriff Leon das Wort. »Wir haben bereits viel Know-how patentieren lassen, das in einiger Zeit etwas einbringen wird. Wie viel, hängt vom Erfolg unseres Modells ab.«

»So, liebe Freunde. Jetzt habt ihr eine Menge zu bedenken. Überlegt euch, ob ihr mitmachen wollt. Ihr könnt euch auch für eine zweite Deep Station voranmelden. Besprecht es mit euren Partnern. Leider ist meine Frau nicht gerade ein Fan meiner Ideen. Ich bin jedoch überzeugt, dass sie ihre Meinung ändern wird, wenn sie sieht, wie es nächstes oder übernächstes Jahr auf der Erde zugehen wird.«

Diesem Meeting waren Jahre der Exploration des Meeresgrundes in vielversprechenden Regionen gefolgt. Letztendlich hatte sich ein Areal in der Nähe einer seit Jahrzehnten aufgegebenen Ölbohrinsel gefunden. Diese würde sich ideal dafür eignen, die nächsten Jahre als Basislager für alle Arbeiter an der Unterwasseranlage zu dienen. Die Insel war stabil im Meeresgrund verankert, die Mannschaftsunterkünfte waren zwar verdreckt, jedoch gut erhalten, und es gab einen Helikopterlandeplatz sowie mehrere Möglichkeiten, mit Schiffen anzulegen.

Die Kosten für all das hatte Ellis Vater allein getragen, was seine nicht gerade geringen Mittel ziemlich restlos aufgezehrt hatte. Mum war darüber so in Wut geraten, dass sie ihre Sachen gepackt hatte und verschwunden war. »Bevor der Irre auch noch mein Geld zum Fenster rauswirft!«

Elli und Leon waren nicht bereit gewesen, mit Rachel zu gehen, was sie sehr verbittert hatte. Elli vermutete, dass sie zu ihrer Familie in Irland zurückgekehrt war. Alle Versuche, sie zu kontaktieren, waren erfolglos geblieben. Und irgendwann hatte Elli aufgegeben. Sie hörten nie wieder von ihr.

Der Milliardärsclub, wie er teils spöttisch, teils neidvoll im Volksmund genannt wurde, war auf 50 Familien angewachsen. Und hier sollte nach allgemeinem Beschluss die Grenze liegen. Immerhin war ihr Projekt bisher einmalig auf der Welt. Wenn es klappte, könnten sie die Patente auf einige ihrer Erfindungen verkaufen und so frisches Geld für den weiteren Ausbau oder nötige Anpassungen bekommen.

Denn es war einiges an neuen Technologien notwendig. Die Stromerzeugung lief über ein Strömungskraftwerk, das sich den Flow zwischen England und Frankreich zunutze machte. Der riesige Turbinenpark war direkt auf dem Meeresboden verankert. Mit dem Strom wurde eine Anlage betrieben, die Wasserstoff und Sauerstoff lieferte, indem sie Wasser in seine Komponenten trennte. Wasserstoff war die Grundlage für den Betrieb der ganzen Anlage und der Brennstoff für die U-Boote. Davon konnten sie einige für einen Apfel und ein Ei von Russland und kleineren Ländern kaufen, die ihre alten Kriegsschiffe ausmusterten. Um Kosten zu sparen, kauften sie eine Werft, die ihre Schiffe mit eigenem Personal entkernte und umbaute. Zudem erwarben sie ein paar alte Containerschiffe, die zunächst für den Bau der Unterwassersiedlung und den Transport von Zubehör gedacht waren. Später sollten sie zu schwimmenden Gärten umfunktioniert werden, zur Ergänzung der Tiefseegewächshäuser. In erster Linie für den Anbau von Obst und Gemüse sowie als Orte der Ruhe und Erholung, die Lagerkoller verhindern sollten.

Die Klimaanlage des Dorfes basierte auf einem ausgeklügelten System, das nicht nur für saubere Luft sorgte, sondern zusätzlich den Wärmehaushalt und die Luftfeuchtigkeit regulierte. Das war insbesondere bei den Räumen mit Außenwänden nicht einfach, weil sich hier trotz doppelter Wände und Isolierung immer wieder Kondenswasser bildete. Mit den Problemen wuchsen im Laufe der Jahre die Lösungen. Praktisch war ebenfalls, dass die Technik des 3-D-Druckens so weit ausgereift war, dass sie eine Menge Dinge, die es so noch gar nicht gab, einfach nach ihren Plänen drucken konnten. Das sparte Arbeit, Zeit und Geld.

Sorge bereitete der Gesellschaft, dass an der Baustelle immer wieder Schiffe und U-Boote auftauchten, die alles mit Argusaugen beobachteten und sogar filmten, was sie da trieben. Waren es Freunde, die ihre Idee gut fanden und herausfinden wollten, wie man so eine Unterwasserwelt baute? Oder waren es Feinde, die bereits jetzt über Sabotageplänen brüteten?

Immerhin konnte ihnen niemand vorwerfen, dass sie sich in einem rechtsfreien Raum bewegten. Sie hatten die Bohrinsel legal erworben, ebenso die Nutzung des Meeresbodens, der offiziell zu England gehörte, auf 100 Jahre. Mit der Option, diese auf ein weiteres Jahrhundert zu verlängern. Durch die geografische Lage waren alle späteren Einwohner Bürger von Großbritannien, egal, woher sie stammten. Und hier war die Liste lang. Die meisten kamen aus den USA und Großbritannien. Es waren sogar Bewohner aus Katar, Saudi-Arabien, der Sahelzone, Australien und kleineren europäischen Ländern dabei. Das Dorf war offiziell eine Insel mit eigener Verwaltung. Darüber hatte Elli geschmunzelt, denn eine Siedlung auf dem Meeresboden als Insel zu bezeichnen, konnte wohl nur irgendwelchen Bürokraten einfallen.

Die Container waren geladen, die Schiffe unterwegs und die Passagiere entweder mit ihren eigenen Unterseebooten oder Jachten zur Bohrinsel ausgelaufen. Elli, Leon und Tom starteten mit dem Hubschrauber, der später auf der Landeplattform der Insel geparkt bleiben würde. Das war ein gewisses Risiko, das sie insofern minimieren wollten, indem sie nicht nur den Treibstofftank abnahmen und sicher bunkerten, wenn der Hubschrauber nicht gebraucht wurde, sondern zusätzlich einen komplizierten Starter integriert hatten, der nur funktionierte, wenn zwei Komponenten, die sich am Meeresgrund befanden, an der richtigen Stelle eingeschoben wurden. So hätten sie den Heli zur Verfügung, falls etwa ein medizinischer Notfall den Flug in eines der wenigen Krankenhäuser, die am Festland noch betrieben wurden, notwendig machen würde. Damit das Fluggerät nicht dauernd Wind und Wetter ausgesetzt war, hatten sie ein stabiles Gehäuse errichtet, das separat gesichert war. Für die Landung konnte die Abdeckung nach einer Seite abgefahren werden. Zudem löste jede unangemeldete Annäherung einen Alarm in der Siedlung aus.

Als Tom die Bohrinsel anflog, merkte er, dass der Hangar geschlossen war. Er funkte die Leitstelle an. »Was ist los? Wieso ist die Plattform nicht frei?«

»Das verstehe ich nicht«, meldete sich der Sicherheitsdienst. »Wir haben sie vor zehn Minuten geöffnet!«

»Tatsache ist, jetzt ist sie zu.«

»Ich kümmere mich gleich darum.«

Es geschah nichts.

»Was zum Teufel …?«, fragte Tom. »Kann nicht sein, dass das nicht funktioniert!«

Nach weiteren fünf Minuten war die Plattform immer noch nicht frei. Tom funkte, dass er auf einem der Schiffe landen würde, das ebenfalls für die Landung eines Helikopters ausgerüstet war.

Wütend stürmte Tom zur Treppe, die vom Anlegeplatz auf die Plattform mit der Steuerungskabine führte. Elli rannte hinter ihm her. Sie spürte ein sonderbares Gefühl im Magen. Angst?

»Leute, was ist los?«, fragte Tom.

Arthur, der leitende Ingenieur, wandte sich mit grauem Gesicht zu ihm um. »Leider ist die Landeplattform nicht unser einziges Problem. Der Aufzug funktioniert nicht. Bereits der erste Container ist stecken geblieben.«

»Das kann nicht wahr sein! Beim Test am Mittwoch hat alles einwandfrei funktioniert.«

»Ich weiß. Aber heute …« Arthur strich sich über den grauen Bart. »Ich habe fast das Gefühl, da hätte irgendwer herumgepfuscht.«

»Du meinst Sabotage?«

»Ja. Ich verrate dir auch, warum. Kleine Fehlfunktionen hatten wir oft. Aber heute scheinen die Geräte nicht nur alle gleichzeitig kaputt zu sein, sie lassen sich nicht einmal mit wenigen Handgriffen wieder funktionsfähig machen. Und das gibt mir zu denken.«

Dass die Landezone auf der Bohrinsel von der Abdeckung nicht befreit worden war, war vermutlich keine Hexerei, vor allem, wenn die Kuppel nicht gesichert war. Doch der Tiefseeexpress, der Aufzug für die Container, war eigentlich nur von einem Insider zu manipulieren.

»Elli, wir nehmen das Reparaturboot und sehen uns das mal aus der Nähe an.« Tom lief zu den Leitern, die zum Hafen der Unterseeboote führten. Elli hetzte hinterher.

»Sind unsere Tauchanzüge im Boot?«, fragte sie, sobald Tom die Luke geöffnet hatte.

»Meinen sehe ich. Deiner hängt da hinten, guck mal.«

»Okay, Luke zu und ab.«

Tom steuerte das kleine Boot zum Aufzug. Das war ein Gerüst aus Stahlstreben, die im Meeresboden verankert waren, zwischen denen die Container eingehakt wurden und langsam nach unten glitten. Am Boden angekommen, klinkte sich die Bremse aus und die Container wurden auf einer Art Gleis weggeschoben. Von dort holte sie ein Roboter und zerrte sie unter der Siedlung durch zur Lieferplattform im Unterseehafen. Die wurde angehoben, der Container in die große Halle auf einen Karren gehievt und von dort mit einer elektrischen Zugmaschine an seinen Bestimmungsort gebracht, der auf jedem Frachtstück außen draufstand.

Am Aufzug gab es keine offensichtlichen Schäden. Und doch hing hier ein Container und bewegte sich in keine Richtung.

»Dad, fahr uns rein. Vielleicht haben irgendwelche Sicherungen abgeschaltet.«

»Kaum vorstellbar. Der Lift sollte drei Container auf einmal schaffen. Jetzt hat er bereits bei einem einzigen ein Problem?«

Sobald sie im Hafen aus dem Pond kletterten, stürmte Mandy auf Tom zu.

»Gut, dass ihr hier seid. Wir haben einen Wassereinbruch auf N17.«

Elli schluckte. Ein Wassereinbruch war eine ernstere Sache als ein stecken gebliebener Lift. Die einzelnen Abschnitte des Dorfes waren um den Dorfplatz in der Mitte angelegt und gingen davon in die vier Windrichtungen ab. East, South, West, North. Wobei die einzelnen Räume mit der Kombi aus dem Buchstaben und der Nummer in der Reihe bezeichnet waren. N17, das wusste Elli, war besonders heikel. Denn dort lag die Steuerung der Klimaanlage.

»Elli, kümmere dich um den Lift und schick mir das Reparaturteam. Schnell!«

Sie sauste los und schnappte sich das Intercom aus dem Rucksack. »Reparaturteam auf N17 zu Tom!«, rief sie hinein und hastete weiter zum Technikraum, der die Liftsteuerung beherbergte. Das Licht ging automatisch an, als sie den Raum betrat. Sie öffnete den Schaltkasten und wunderte sich, dass hier alles wie immer aussah. Bis auf …

»Wie ist das möglich?«, murmelte sie. Da hatte jemand einen Plastikstreifen zwischen zwei Kontakte geschoben und damit die Funktion unterbrochen. Ein Lausbubenstreich? Nein, Kinder würden hier gar nicht reinkommen. Dafür brauchte man eine Berechtigungskarte. Die waren derzeit anonym, weil viele Menschen die Räume aufsuchen mussten. Grummelnd entfernte Elli das störende Teil und hörte befriedigt, dass der Aufzugsmotor wieder ansprang.

Elli notierte geistig: Die Zutrittskarten müssen schnellstens personalisiert werden. Nur so können wir überprüfen, wer wann Zutritt hatte.

Elli schnappte sich ihr Com. »Dad? Bist du auf Empfang?«

»Ja, Elli. Was ist los?«

»Aufzug funktioniert wieder.«

»Gut. Wir kommen hier relativ gut voran. Leider sieht es wirklich nach einem Saboteur an Bord aus. Und zweifelsfrei muss es jemand vom Team sein. Wir werden heute nichts unternehmen können, wenn alle einziehen. Spätestens morgen müssen wir allerdings eine Versammlung der Chefs einberufen.«

»Wollte ich auch gerade vorschlagen. Leon hat ein paar Ideen, das weiß ich, weil er sich bereits monatelang mit dem Problem Sicherheit beschäftigt hat.«

»Bestens. Wir werden nämlich einiges ändern müssen.«

»Geht klar, Dad. Ich kümmere mich jetzt mal um unser Gepäck und die Einrichtung.«

Am Abend saßen sie in ihrem neuen Zuhause. Alle Störungen waren beseitigt. Der Heli stand sicher verstaut in seiner Garage. Es war wohlig warm und Leon hatte den Fernseher angeschlossen, sodass sie sogar den Bericht der BBC über ihren Umzug verfolgen konnten.

Natürlich war es nicht selbstverständlich, dass sie hier unten Telefon, TV und Internet hatten. Dazu hatten sie auf der Bohrinsel einen großen Mast aufgestellt, auf dem einige Schüsseln befestigt waren, die Satellitensignale empfingen. Ein Unterseekabel leitete diese in die Verteilzentrale und von dort wurden die einzelnen Haushalte versorgt.

»Es gab ein paar kleine Störungen, größtenteils verlief jedoch alles reibungslos. Wir werden Sie weiter über dieses interessante Projekt informieren.« Mit diesen Worten beendete die Reporterin den Beitrag. »Es folgt der Wetterbericht.«

»Bin ich froh, dass wir fertig sind. Schaut euch an, was da auf uns zukommt«, sagte Leon. Ein weiteres Sturmtief braute sich zusammen.

»Und ich bin froh, dass wir die schwimmenden Gärten noch nicht bepflanzt haben. Es wäre ein Desaster, wenn gleich danach ein Sturm kommt«, erwiderte Elli.

»Ich werde erst froh sein, wenn wir den Saboteur enttarnt haben.« Tom lehnte sich zurück. »Deine Idee, Leon, über allen wichtigen Zutritten eine winzige Kamera zu installieren und das nicht groß bekannt zu geben, gefällt mir.«

»Mir gefällt es nicht, den eigenen Leuten misstrauen zu müssen. Im Moment haben wir allerdings keine andere Wahl. Gute Nacht, Dad, Leon. Ich bin müde. Außerdem möchte ich dringend mein neues Bett ausprobieren.«

Die Versammlung am nächsten Morgen um 10 Uhr brachte eine Überraschung. Der Sicherheitschef begrüßte die Anwesenden und legte gleich los. »Glückwunsch, alle haben das Einsiedeln ohne Panik trotz der kleinen Störungen bravourös bewältigt. Gratuliere, Test bestanden!«

»Wie bitte? Das waren keine Sabotageakte?«, rief Tom.

»Nein. Zu eurer Beruhigung, das war der Eignungstest. Ihr alle wisst, dass ganz andere Probleme auftauchen könnten. Wäre jemand bei diesen kleinen Störungen schon ausgetickt, hätten wir ihn hier nicht aufnehmen können.«

»Gut, dieses Mal bist du entschuldigt. In Zukunft möchte ich über solche Mätzchen vorher unterrichtet werden. Als gewählter Chef der Anlage muss ich wissen, was meine Leute tun.«

»Wenn jemand nicht aufgenommen worden wäre, was wäre geschehen?«, fragte Archie, der Leiter des Hafens.

»Diese Frage kann ich euch beantworten«, erklärte Tom. »In unseren Verträgen, die ihr ja sicher alle gelesen habt, ist für diesen Fall vorgesehen, dass der Abgewiesene seine Investitionen plus die Einlagen retour bekommt. Keine Angst, wir würden nicht pleitegehen. Wir haben viele auf der Warteliste, falls hier – aus welchen Gründen auch immer – ein Platz frei wird.«

»Was heißt ›viele‹ im Klartext?«, fragte Archie nach.

»726. Stand von vorgestern«, antwortete Elli.

»Du lieber Himmel, da könnten wir gleich 14 neue Dörfer aufbauen!« Der Sicherheitschef war wie alle anderen total von den Socken.

»Ja. Vielleicht wird das unser Hauptberuf in der Zukunft. Und jetzt lasst uns unsere Unterkünfte fertig einrichten. Danke für eure Aufmerksamkeit und viel Glück im neuen Heim.« Mit diesen Worten verabschiedete sich Tom und löste die Versammlung auf.

Sobald das Wetter sich besserte, brach ein ganzer Trupp zur Oberfläche auf. Jetzt galt es, die schwimmenden Gärten zu bepflanzen. Jedes Containerschiff hatte in seinem Ladebereich eine Menge wunderbarer Gartenerde, die sie mittels Baggerschaufeln an die Oberfläche beförderten. Außerdem eine Meerwasserentsalzungsanlage für das Gießwasser. Auf einem der Schiffe konnte jeder Bewohner seinen kleinen privaten Garten anlegen. Alle anderen beherbergten die gemeinsamen Gemüse- und Obstplantagen. Es gab für jedes Boot einen hauptverantwortlichen Gärtner. Er war auch derjenige, der bei Sturm an Bord blieb und mit dem Schiff den Liegeplatz verließ. Wenn es leckschlug oder kenterte, konnte er sich mit seinem U-Boot retten. Ansonsten war es seine Aufgabe, nach dem Abklingen des Unwetters den üblichen Liegeplatz bei der Ölbohrinsel anzusteuern oder, falls er das aus eigener Kraft nicht schaffte, eine Hilfscrew anzufordern.

Jeder schwimmende Garten hatte einen Teil mit einem bruchsicher verglasten Bereich, das Treibhaus. Dieses war mit einem Thermostat ausgerüstet, der eine Heizung oder Kühlung aktivierte. So war sichergestellt, dass heikle Pflanzen wie Tomaten oder Zitronen kleine Temperatureinbrüche überlebten und bei Hitze nicht alles verdorrte.

Alle halfen mit, die allgemeinen Gartenflächen zu bepflanzen. Die größte Freude stellte sich ein, als es an den eigenen Garten ging. Hier durften alle pflanzen, was sie wollten, auch Blumen und Bäume.

Nach einer Woche mit ungewöhnlich mildem und schönem Wetter waren alle Schiffe fertig und auf dem Privatdampfer lagen müde, aber glückliche Menschen in Liegestühlen und ließen sich von der leichten Dünung in den Schlaf wiegen.

»Wisst ihr, was mir Sorge bereitet?«, fragte Elli ihre Freunde Lissy und Paul, die mit ihr entspannten.

»Heute macht mir gar nichts Sorgen!« Paul streckte sich und hielt sein Gesicht in die Sonne.

»Na ja, was ist, wenn wir das nächste Mal hierherkommen und dein Garten ist abgeerntet oder verwüstet? Wir sind nicht so weit vom Festland entfernt, dass man unsere Schiffe nicht mit kleineren Booten erreichen könnte. Und wenn sich mal herumspricht, was es hier zu holen gibt, was dann?«

»Gott, du bist schon fast so neurotisch wie Leon, der überall Gefahren sieht.«

»Tja, so weit hergeholt ist das nicht, Lissy. Elli hat recht. Vielleicht müssen wir auf der Bohrinsel einen Wachdienst einrichten.«

»Ich werde das im nächsten Sicherheitsausschuss vorschlagen«, meinte Elli. »Jetzt genießen wir die letzten Sonnenstrahlen. Wer weiß, wann wir wieder so traumhaftes Wetter erleben?«

»Hmm, wenn wir hier so in der Sonne liegen, kann ich kaum verstehen, wieso wir je geplant haben, uns auf dem Meeresboden anzusiedeln.« Lissy hob ihr Glas und prostete ihrem Freund und Elli zu.

»Ich werde dich beim nächsten Unwetter daran erinnern, wenn die See so stürmisch ist, dass man aus den Aussichtsfenstern unserer Behausungen bei eingeschaltetem Außenlicht nur eine bewegte braune Brühe sieht.« Elli stieß mit ihren Freunden an. »Auf uns und unseren neuen Lebensabschnitt!«

Sie standen auf und umarmten einander. »Auf glückliche Zeiten!«

Hintergrundfakten zur Geschichte

Im Jahr 2019 wurde ich gebeten, bei einem Kurzgeschichtenwettbewerb, den »Global 2000« unter dem Titel »Schöne neue Umwelt« veranstaltete, in der Jury mitzuwirken.

Das war eine interessante Aufgabe, der ich mich gerne gestellt habe. Etwas fiel mir dabei auf: Die gut geschriebenen Storys enttäuschten insofern, weil die Handlungen meist ein allgemeines Gejammer über die Zustände samt Schuldzuweisungen an alle möglichen Länder, die Politik, die Industrie oder Klimawandelleugner enthielten. Es fanden sich darin kaum Gedanken dazu, was man tun könnte, weder in naher noch in ferner Zukunft, wenn sich die Folgen des heutigen Versagens einstellen würden. Das weckte in mir den Wunsch, auf jeden Fall auch positive Aspekte zu thematisieren, sollte ich jemals eine solche Geschichte schreiben.

Die Überlegung, wo man auf einer teils überfluteten Erde am sichersten überleben könnte, brachte mich auf eine überraschende Idee. Der Meeresboden hat sich mir förmlich aufgedrängt. Stürme und steigende Wasserspiegel, hohe Temperaturen und Trockenheit sind dort kein Thema, die richtigen technischen Möglichkeiten vorausgesetzt. So entstand die Story »Deep Station One«. Die von mir erwähnten technischen Voraussetzungen gibt es in Ansätzen bereits heute. In drei Jahrzehnten sind sie sicher keine Utopie mehr. Inspiriert wurde ich außerdem durch die amerikanische Unterwasserforscherin, Meeresbiologin und Taucherin Sylvia Earle. Sie leistete Bahnbrechendes in der Erforschung der Tiefsee und ist Mitbegründerin von »Deep Ocean Exploration and Research«, einem Hersteller für Meerestechnik und Entwicklung von Ausrüstungen zur Erkundung bisher unerforschter Tiefen der Ozeane. Informationen zu Sylvia Earles spannendem Leben gibt es unter www.rolex.org/de/environment/an-ocean-of-hope.

Interessanterweise entdeckte ich einen Monat nach dem Verfassen der Geschichte in »Bild der Wissenschaft«, Ausgabe Juni 2021, einen Artikel über Gewächshäuser auf dem Meeresboden. Sergio Gamberini baut hier in derzeit sechs luftgefüllten Kugeln Obst, Gemüse und Kräuter an. »Nemo's Garden« finden Sie bebildert und beschrieben unter www.nemosgarden.com/the-project.

GREEN RESET

Von Jennifer B. Wind

Bunte Korallen bieten mir ein abwechslungsreiches Farbenspiel, als ich durch das warme Wasser tauche. Ich beobachte einen Clownfisch, der immer wieder sein Gesicht aus einer Prachtanemone streckt und wieder zwischen den Tentakeln verschwindet. Wie ein Baby beim Kuckuck-Spiel. Ich gleite näher und entdecke weitere kleine Clownfische hinter der Anemone, erst wenige Millimeter groß und farblos. Die typische Färbung wird etwa eine Woche nach ihrer Geburt einsetzen. Sie sind noch nicht gegen das Gift der Tentakel geschützt und werden bald durch die Strömung weggeschwemmt werden in andere Teile des Meeres, bis sie ihre eigene Anemone finden und sich ansiedeln.

Ein Lächeln umspielt meine Lippen. Clownfische sind ein Gendermysterium. Männliche Clownfische – und alle kommen als Männchen auf die Welt – können bei Bedarf im Laufe ihres Lebens ihr Geschlecht wechseln. Ich blicke auf. Fischschwärme, wohin man sieht. Zwei Delfine tänzeln umeinander und schießen von mir weg. Wie schön es ist, sie frei und glücklich zu sehen. Delfinarien wurden vor Jahren verboten. Ich tauche weiter. Vor mir unendliches Blau. Klar. Rein. Einfach nur Wasser.

Vor Jahren bin ich an dieser Stelle auf Plastiksäcke gestoßen, die langsam dahinschwebten und aussahen wie dubiose Quallen aus einer anderen Welt. Geisternetze lagen auf dem Meeresboden. Wie oft habe ich Krabben oder Schildkröten daraus befreit? Und die letzten armseligen Korallenüberbleibsel waren nackt, kahl und farblos. Nach der Urlaubsreise fühlte ich einen ganz starken Ruf in mir, und dieser wurde täglich lauter. Irgendwann konnte ich die Stimmen nicht mehr ignorieren.

Damals war ich noch ein Kind, aber ich fühlte mich bereits erwachsen. Und ich sah, was viele nicht sahen. Freitage wurden Aktivtage statt Schultage. Mein Lebensstil wurde vegan, ohne Kompromisse. Vom Taschengeld kaufte ich Tierpatenschaften und Waldstücke. Im Urlaub sammelte ich bei meinen Tauchgängen Geisternetze aus dem Ozean und klaubte Plastikflaschen und anderen Mist von verdreckten Stränden. Zu meinen Wanderungen führte ich stets eine klappbare Kneifzange und Jutebeutel mit, um Müll mitzunehmen. Und vor allem redete ich. Mit jedem, auch mit jenen, die nichts davon hören wollten. Diejenigen, die meinten, Artensterben hätte es immer schon gegeben, genauso wie Klimawandel, und dass die Menschen nicht schuld daran seien. Wenn überhaupt seien Kühe schuld. Dass das Problem mit den Kühen ebenso menschengemacht war, verstanden diese Kritiker nicht. Dennoch sah es jahrelang danach aus, als wäre alles vergebens. Die Probleme verdichteten sich, bis sie eskalierten. Die Schule schloss ich ab und wurde Meeresbiologin. Umweltaktivistin blieb ich.

Ich drehe mich im Meer und fühle mich wie eine Astronautin im Weltall. Diese Schwerelosigkeit ist das schönste Gefühl auf der Welt. Es toppt alles. Sogar Sex. Niemals kann ich genug davon bekommen. Vom Meer. Vom Tauchen. Der Stille und der Freiheit. Aber am meisten liebe ich das Einssein mit der Natur. Nur das Wasser, die Tiere, die Pflanzen und ich. Das Ursprüngliche. Erneut tauche ich auf, um Luft zu schnappen, und sehe in der Ferne die Delfine von vorhin aus dem Wasser springen und Salti drehen. Ohne Zwang, ohne Plastikringe oder Bälle. Eine tiefe Befriedigung erfüllt mich. Ich atme lange ein, bevor ich erneut hinuntertauche. Weil ich das Ursprüngliche nicht stören möchte, verzichte ich auf Pressluftflaschen. Ich tauche nur so weit und tief, wie ich mit einem Atemzug komme. Mehr Freiheit gibt es nicht. Mehr Verbundenheit mit dem Meer auch nicht. Sanft gleite ich dahin, bis ich wieder an die Stelle komme, wo unser Segelboot liegt.

Als ich prustend auftauche, winkt mir Adam zu. In seinen Händen hält er bereits ein Handtuch. Ich klettere an der Strickleiter ins Boot. Sofort wirft er das Frotteestück über meine Schultern und umarmt mich. Es wärmt nicht nur meinen Körper, sondern auch mein Herz.

»Na? Wie war es?«, fragt er.

»Ich muss gleich alles notieren«, antworte ich. Meine Stimme überschlägt sich vor Aufregung. »Stell dir vor: Die Korallenbestände haben sich weiter erhöht. Und die schon Bestehenden sind gewachsen.«

»Grandios.« Er freut sich ehrlich mit. »Und wie sieht's mit dem Wasser aus?«

Ich ziehe die Phiole mit meiner Wasserprobe aus dem Netzbeutel, den ich bei meinen Tauchgängen rund um die Welt im Auftrag der Wissenschaft immer dabeihabe.

»Das werden wir gleich sehen, aber ich hatte meterweit klare Sicht.«

Adam nimmt das Röhrchen und geht damit unter Deck. Ich laufe ihm nach. Am Tisch mit den Instrumenten tropft er das Wasser mit einer Pipette auf die verschiedenen Analysegeräte. Den Rest lässt er durch eine kleine Maschine laufen. »Toller Sauerstoffgehalt. Wahnsinn!« Adam lächelt. Grübchen bilden sich dabei in seinen Wangen. »Kaum zu glauben, dass hier einmal eine Todeszone war.«

Ich gehe zum Mikroskop und träufle ein paar Tropfen des übrig gebliebenen Meerwassers aus dem Röhrchen auf einen Objektträger. Als ich durchschaue, wimmelt es geradezu.

»Jede Menge Phytoplankton.«

Phytoplankton ist hauptsächlich für die Sauerstoffentstehung im Meer verantwortlich. Es ist ein Wunder. Eines, das ich nicht zum ersten Mal sehe. Auf allen Plätzen unserer Rundreise sieht es so aus. Doch jedes Mal bin ich aufs Neue erstaunt über die Regeneration. Als das Meer kurz vor dem Sterben war, wurde vielen klar, dass keine Zeit mehr blieb. Über 70 Prozent des Sauerstoffs, den wir atmen, kommt aus dem Wasser.

Dabei waren sich Wissenschaftler nicht einig darüber, ob die Maßnahmen, die weltweit ergriffen wurden, notwendig und vertretbar waren. Andererseits war es fünf Minuten nach zwölf. Man hatte keine Wahl mehr. Ein drastischer Reset weltweit war die einzige Chance für die Menschheit. Alle Staaten arbeiteten auf einmal zusammen. Kriege wurden eingestellt, es gab Wichtigeres zu tun. Unser Lebensraum drohte unterzugehen. Und das geradezu apokalyptisch. Man hatte das Gefühl, Gott würde alle Plagen auf einmal auf die Welt loslassen. Also beschlossen die Regierungen, alles, was ging, quasi auf die Werkseinstellung zurückzudrehen.

Wie es häufig der Fall ist, beispielsweise in der Homöopathie, wurde alles erst schlechter, bevor es sich besserte. Genauso war es auch jetzt. Zuerst brach riesiges Chaos aus. Anscheinend wollte nicht jeder die Erde retten, solange das bedeutete, auf Annehmlichkeiten und Luxus zu verzichten. Gut kann ich mich noch daran erinnern, wie die Menschen auf die Straßen gelaufen sind, als man ihnen die Autos weggenommen hatte. So wie wir früher bei den Fridays-for-Future-Demonstrationen genau für das Gegenteil auf die

Straßen gegangen waren, krochen nun die Umweltverpester aus den Löchern und forderten ihre Rechte ein. Sie versuchten es zumindest. Pro Familie war bald nur noch ein Auto erlaubt, und dieses musste zumindest mit Hybridantrieb fahren. Lautstarke Protestmärsche waren die Folge. Danach kamen die Rationen. Der Konsum wurde geregelt. Technische Geräte etwa pro Haushalt gescannt und gelistet. Besonders der Fleischverkauf und -verzehr wurde heruntergefahren. Denn es war längst bewiesen worden, dass die Produktion von Fleisch eines der Hauptprobleme gewesen war. Also doch die Kühe. Wenn auch die Tiere selbst unschuldig waren. Städte durften keine Grünflächen mehr verbauen, Straßen zwar erneuert, aber nicht erweitert werden. Regenwälder wurden schrittweise zu Nationalparks. Man kehrte zu nachhaltiger Landwirtschaft zurück. Fotovoltaikanlagen wurden Pflicht, dafür gab es Zuschüsse vom Staat. Plastik wurde auf allen Kontinenten verboten. Genauso wie das Einleiten von giftigen Chemikalien in Gewässer mit hohen Geldstrafen geahndet wurde. Es gab viel zu tun. So viel, dass es nur mit vereinter Kraft ging. Zum Streiten blieb keine Zeit. Das war der angenehmste Nebeneffekt des *Green Reset*, wie man diese Jahre nannte. Die Natur erholte sich schneller, als man prophezeit hatte.

»Woran denkst du, Schatz?«, reißt mich Adam aus meinen Gedanken und streicht mir eine silberne Haarsträhne aus dem Gesicht.

Mit meinen Fingerspitzen betaste ich seine Knitterfältchen, die sich bereits um seine Augen bildeten. »Ich dachte an früher.«

»Du sehnst dich doch nicht zurück?«

Mein Lachen scheint ihm Antwort genug zu sein. Ich verschweige ihm, dass ich ab und zu Lust auf eine Tüte Chips habe und auf Netflix-Abende. Ein kleines Opfer für das große Ganze.

Er segelt unser Boot geschickt zum Ufer. Dort binden wir es an eine der halb im Wasser liegenden Palmen an. Der Sand ist angenehm kühl, reiner Muschelsand, der kaum Hitze aufnimmt. Es knirscht unter meinen nackten Fußsohlen, und es erinnert mich an das Geräusch, das Kartoffelchips beim Kauen machten. Eine vage Erinnerung, die Magengrummeln auslöst. Gemeinsam mit Adam laufe ich durch das Dickicht zu unserer Hütte mitten im Dschungel. Tief sauge ich die Luft ein, die feucht durch meine Nase zieht. Je tiefer wir in den Regenwald gehen, umso dunkler wird es. Es riecht blumig, fruchtig, vermischt mit einer Idee von dunkler Schokolade. Hier blühen Hoya novo-guinense, von den Einheimischen Unda Namdanga genannt. Dieser Duft der Lianenpflanze mit bordeauxroten Blüten ist immer noch einzigartig auf der Welt, wenn es auch mittlerweile große Vorkommen von ihr gibt. Nicht nur auf Papua-Neuguinea.

Ein Paradiesvogel schreit aus einem Baum. Blätter rascheln über mir. Überall hier keucht und fleucht es. Viele Arten haben sich erholt.

Auf einmal springt etwas Großes auf mich zu und reißt mich zu Boden. Ich liege unter schwarzem Fell und lache. Nia, die Pantherdame, faucht zur Begrüßung und balgt mit mir herum, während ihr Männchen Koni sich nicht bei seinem Nickerchen stören lässt.

Als wir eintreten, schallt uns ein Chor aus lallenden Zungen entgegen. Die indigenen Völker haben ihren Lebensraum zurückerhalten. Wir leben in Einklang mit der Natur und mit ihnen. Sie haben gesehen, dass wir Weißen nun die Natur respektieren und schätzen. Unsere Hütte ist nie abgeschlossen. Es ist nicht notwendig. Die Welt ist hier ein gewaltfreier

Ort. Jeder teilt mit den anderen, was er hat. Und wenn man etwas braucht, tauscht man.

Sie haben etwas zu essen mitgebracht. Gemeinsam sitzen wir auf den Palmblattmatten am Boden im Kreis. Essen und trinken, reden und lachen miteinander. Am Ende geht eine Pfeife durch, an der wir ziehen. Kurz denke ich an die Zeit der Pandemien zurück, in der so etwas undenkbar war. Das Mundstück einer Pfeife mit 20 anderen Menschen zu teilen, die von Desinfektionsmitteln noch nie gehört haben. Ich schaue auf den gewölbten Bauch von Nandini und kann die Geburt kaum abwarten. Das Kind wird unser Kind sein. Wie viele Frauen bin ich unfruchtbar. Eine Entwicklung, die damals einerseits ein Segen für die Welt war, da sich die Bevölkerung dezimierte, aber andererseits für die einzelnen Frauen auch Leid bedeutete.

Nandini hat sieben Kinder, gerne schenkt sie mir ihr achtes. Außerdem leben wir so dicht aneinander, dass alle mithelfen. Zur Kindererziehung brauche es ein ganzes Dorf, hörte ich die Leute früher sagen, und trotzdem verschanzten sie sich hinter hohen Hecken mit ihren Familien. Mein Kind wird tatsächlich von einem Dorf großgezogen werden. Nandini kommt näher und legt meine Hände auf ihren Bauch. Es dauert nicht lange und ich spüre einen Tritt. Wir lachen beide, bis uns die Tränen kommen, dann liegen wir einander in den Armen. Glück erfüllt den Raum. In meinem Bauch bildet sich eine rosa Blase und wird größer, bis sie mich komplett ausfüllt. Fast platze ich vor Freude.

Manchmal bin ich so glücklich, dass ich es mit der Angst zu tun bekomme, ich könnte in einer Matrix gefangen sein, die mir diese wunderbare Welt nur vorgaukelt. Dass alles nicht echt ist. Dass Adam nur ein Hologramm ist wie alle anderen Menschen hier und ich eigentlich alleine auf einem Raumschiff lebe, das mich glauben lässt, ich sei auf der Erde. Dann ergreift mich Panik, ich könnte jederzeit aufwachen und wieder in der eigentlichen Welt im Jahr 2022 landen.

Nach einem kleinen Tanz verabschieden sich alle von uns. Adam und ich bleiben zurück. Nia und Koni tapsen herein. Koni legt sich wie immer vor unser Bett, während Nia es sich an der Fußseite auf dem Bett gemütlich macht. Das stört Adam und mich nicht bei unserem Abendritual.

Wie jeden Tag schlafe ich danach satt ein, in jeder Hinsicht.

Ich höre das Rattern von Maschinengewehren. Das Schreien von Menschen, die aus ihren Häusern gezerrt werden. Ich sehe brennende Bäume, graue Asche auf Menschen. Oh Gott, wo bin ich? Ich kann nicht atmen. Hastig greife ich mir an den Hals, er fühlt sich an wie zugeklebt. Manisch schlage ich um mich und wache schweißgebadet auf.

Mein Puls rast und ich ringe nach Luft. Meine Haut brennt. Ich bin allein in der Matrix, draußen herrscht immer noch Krieg, Menschen gegen Menschen, Menschen gegen Tiere, Menschen gegen die Erde.

Vor meinen immer noch geschlossenen Augen blitzen Bilder auf: tote Elefanten, blutende Rhinozerosse, brennende Wälder, verkohlte Koalas, sterbende Wale, Plastik in Vogelmägen, Küken im Schredder, Affen in Käfigen, Schweine dicht an dicht, die sich gegenseitig die Schwänze abknabbern, tote Meere, vermüllte Wiesen, schlickig-gelbe Flüsse, versmogte Städte, marschierende Soldaten, Atompilze, hungernde Kinder, maskierte Gesichter, stapelweise Särge, verkrüppelte Embryos in einem Eimer, auf dem Bauch liegende Menschen an Atemgeräten, zerbombte Häuser, weinende Menschen in kleinen Schlauchbooten auf hoher See … alles Leid der Welt auf einmal. Die Bilder blitzen wie im Zeitraffer durch. Schneller, immer schneller. Es pocht in meinem Kopf. Ich ertrage es nicht.

»Aufhören!« Ich schreie und wage es gleichzeitig nicht, meine Augen zu öffnen. Wippe auf dem Bett vor und zurück, bis sich warme Hände auf meine Schultern legen.

Adam ist da. Zärtlich umarmt er mich und wiegt uns hin und her. Wärme breitet sich in meinem Körper aus. Ich spüre seine Haut auf meiner und seinen Atem in der Kuhle an meinem Hals. Mein Puls beruhigt sich. Seine sanfte Stimme singt mir ins Ohr. »… everything's alright, yes, everything's fine …«

Während er singt, streiche ich mit meinen Fingern über seinen Unterarm. Er fühlt sich echt an. Ich atme tief ein und aus. Vorsichtig öffne ich die Augen. Auf den Ästen des Baums vor dem Schlafzimmerfenster turnt ein Äffchen. Seine Knopfaugen leuchten im Dunklen. Die Unzertrennlichen schlafen mit ihren Köpfchen auf ihr Gefieder gesenkt. Die Luft, die durch das offene Fenster dringt, riecht nach Regen. Der Geruch von Erde, Holz und Früchten erfüllt den Raum.

Nia liegt am Fuß des Bettes, ich strecke meine Hand aus und streichle ihren Kopf. Sie blinzelt. Ich beuge mich vor und vergrabe mein Gesicht in ihrem Fell. Dann richte ich mich wieder auf und blicke einmal um mich herum, zuletzt in die Augen meines Mannes. Aus meinem Augenwinkel rinnt eine Träne über meine rechte Wange und benetzt meine Lippen. Ich lecke die salzige Flüssigkeit mit der Zunge ab. Mehr Tränen kommen. Keine Trauer, sondern pure Freude, unendliches Glück. Die Katastrophen und das Leid sind Vergangenheit. Das ist vorbei.

Es ist gut.

Alles beginnt von vorn. Nur anders, besser.

Hier ist alles echt.

Adam und ich leben im Paradies.
Der Planet Erde heißt nun Eden.
Und mein Name ist Eva.

NACHWORT

Haben Sie es gemerkt? Die letzte Geschichte ist gar kein Krimi.

Sie ist eine Vision. Eine Vision, wieder tauchen zu können, ohne dass Plastiksäcke im Meer schwimmen und man in Todeszonen nicht einen einzigen Fisch sieht, jenseits von verblassten Korallen. Eine Vision, dass die Abholzung der Regenwälder für unsinnige Güter, die eigentlich niemand braucht, aufhört. Eine Vision von Küchen und Restaurants ohne Kapselkaffeemaschinen und Frischhaltefolie. Ein Traum von Städten ohne Zoos, weil alle Tiere in ihren natürlichen Lebensräumen geschützt leben können. Die Fantasie, dass alle Menschen auf dieser Welt gleichberechtigt sind, egal, welche Hautfarbe sie haben, welche Sprache sie sprechen, welchem Geschlecht sie angehören, zu welchem Gott sie beten und egal, ob sie gesund oder krank sind. Eine Vorstellung von einer Welt ohne Krieg, Armut, Hunger, Durst, Korruption und Manipulation.

Es ist die Utopie einer Welt, wie sie für jeden von uns lebenswert wäre. Ich weiß nicht, ob wir dafür ganz so drastische Maßnahmen ergreifen müssen wie in meiner Geschichte, aber ich bin mir sicher, dass diese Laissez-faire-Haltung vieler für eine Änderung nicht gerade vorteilhaft ist.

Vor vielen Jahren bin ich auf eine Studie des Clubs of Rome gestoßen, der zufolge die Erde spätestens im Jahre 2052 an ihre Grenzen des Ertragbaren stoßen wird. Wichtige Ressourcen wie Erdöl werden aufgebraucht sein, Teile der Welt aufgrund der Polkappenschmelzung überflutet, viele Tierarten werden ausgestorben sein, der Müllteppich, der bereits jetzt auf dem Pazifik seine Kreise zieht, wird so groß sein wie ein Kontinent und die Bevölkerung auf unserem Planeten wird sich auf neun Milliarden Menschen beziffern.

Das war der Stand damals. Mittlerweile geht man davon aus, dass wir es mit bestimmten Maßnahmen bereits geschafft haben könnten, dass dieser Punkt erst 2070 kommen wird. Aber wäre es nicht viel schöner, wenn es gar nicht so weit kommen würde?

Das größte Problem ist in den letzten 100 Jahren entstanden. Der technische Fortschritt hat uns in anderen Belangen zurückgeworfen. Wir haben verlernt, mit der Natur und den Tieren im Einklang zu leben.

Dabei könnten wir viel von den Naturvölkern lernen, die leider immer weiter aus ihren natürlichen Lebensräumen hinausgedrängt wurden und weiterhin werden. Man sollte diesen Menschen viel mehr zuhören, anstatt Pipelines durch ihr Land zu bauen oder ihren Wald abzuholzen.

Ja, wir können nicht mehr ganz zurück zur Natur, der westliche Mensch ist bequem geworden und liebt seine technischen Spielereien, ich nehme mich da nicht aus. Und nicht jeder Mensch muss vegan leben. Aber jeder kann sich täglich im Kleinen fragen, ob er nicht doch hier oder da etwas tun kann. Glas statt Plastik, Bienenwachstücher statt Folie, Filter- statt Kapselkaffee, Kunstleder statt echtes Leder oder einfach mal ein Handy fünf Jahre lang benutzen, statt jedes Jahr ein neues zu kaufen, oder nur ein hochwertiges Kleidungsstück statt zehn billiger T-Shirts, die Kinder in Bangladesch genäht und Frauen mit giftigen Chemikalien gefärbt haben.

Ihnen fällt bestimmt noch etwas ein. Jeder kleinste Schritt zählt.

Und dann wachen wir vielleicht eines Tages auf, sehen aus dem Fenster und bemerken, es ist nicht mehr nur ein Traum, sondern unsere neue Wirklichkeit.

Vielen Dank!
Ihre Jennifer B. Wind

DANKSAGUNG

Zuerst möchte ich mich von ganzem Herzen bei meinen wunderbaren Kolleginnen und Kollegen bedanken, die ich – manche davon seit vielen Jahren – sehr schätze: Dieter Aurass, Raoul Biltgen, Katja Brandis, Veronika A. Grager, Anne Grießer, Petra K. Gungl, Reinhard Kleindl, Regine Kölpin, Beatrix Kramlovsky, Uwe Laub, Mari März, Günter Neuwirth, Regina Schleheck, Claudia Schmid, Ursula Schmid-Spreer, Ingrid Schmitz, Alex Thomas, Heidi Troi, Eva Maria Nielsen, Fenna Williams, Barbara Wimmer und Janet Zentel. Ohne euch wäre das Buch gar nicht entstanden. Ich bin froh, dass ihr alle dabeigeblieben seid, auch wenn es zwischendurch so aussah, als würde es dieses Buch nie geben.

Deshalb gleich an zweiter Stelle vielen Dank an Armin Gmeiner und den Gmeiner-Verlag, der sofort zugesagt hat, diese Anthologie zu machen. Danke an alle aus dem Projektleitungsteam und dem Lektorat, die sich dafür starkgemacht haben. Ich hatte damals tatsächlich Tränen in den Augen, als ich die Zusage erhielt, und das wird sicher auch der Fall sein, wenn ich das Buch zum ersten Mal in meinen Händen halten darf.

Vielen Dank an den wunderbaren Lektor Daniel Abt, der sich mit viel Sensibilität für dieses Thema, jede Menge Engagement, einem offenen Ohr für meine Ideen und voller Tatendrang in dieses Projekt gestürzt hat. Es war eine unglaublich angenehme und tolle Zusammenarbeit.

Vielen Dank an Alexander Schulz für das interessante Telefonat über die Hintergründe zum Cover und zum Marketing. Das war sehr inspirierend, mal die andere Seite zu hören und zu sehen, wie sorgfältig im Verlag ausgewählt wird.

Vielen Dank an alle anderen aus dem Gmeiner-Verlag-Team, die wie die Heinzelmännchen für Cover, Satz, Layout, Katalog, Lesekatalog, Webseite und alles andere im Hintergrund sorgen, was man immer wieder vergisst.

Vielen Dank an meine Freund*innen und Familienmitglieder, die immer an mich glauben und mir auch für dieses Projekt die Daumen gedrückt haben.

Für ihre große Inspiration und Vorbildwirkung, was den Kampf um unsere Umwelt und gegen den Klimawandel, die Ausbeutung der Natur und der Naturvölker angeht, möchte ich mich bei den großen und kleinen Helden unserer Zeit bedanken, nicht nur bei allen Prominenten, die sich für gute Zwecke einsetzen, sondern auch bei jenen, die aktiv bei Fridays for Future, Greenpeace, WWF, Rewild, Global 2000, Sea Shepard, Wildlife Conservation Society und wie sie alle heißen mitarbeiten und auch in anderer Hinsicht aktiv sind, wenn es beispielsweise um den Kampf gegen den Hunger oder die Krankheiten in der Dritten Welt oder um Kinderarbeit, Genitalbeschneidung, Gleichberechtigung oder Menschenrechte geht. All diese Themen brauchen Unterstützer*innen.

Danke an alle Buchhändler*innen, Redakteur*innen und Veranstalter*innen, die diese Anthologie unterstützen und noch unterstützen werden.

Zu guter Letzt möchte ich mich bei allen Leser*innen bedanken, die sich für dieses Thema interessieren und deshalb zu diesem Buch gegriffen haben.

Ich hoffe, wir lesen oder sehen uns einmal.

Alles Liebe
Jennifer B. Wind ©November 2021

DIE AUTORINNEN UND AUTOREN

Katja Brandis, Jahrgang 1970, begann schon als Kind, Geschichten zu schreiben. Nach Zwischenstationen als Lektorin und Journalistin schaffte sie es, ihren Traum wahr zu machen und von ihrer Arbeit als Autorin zu leben. Bekannt ist sie durch ihre Jugendromane wie »Ruf der Tiefe«, »White Zone« oder »Khyona« und ihre Bestsellerreihen »Woodwalkers« und »Seawalkers« (ab 10). Sie lebt mit Mann, Sohn und drei Katzen in der Nähe von München.

Petra K. Gungl lebt und schreibt in Wien. Die Juristin arbeitete im medizinischen Bereich, aber auch am Wiener Straflandesgericht – kein Wunder also, dass ihre Romane »Diabolische List«, »Diabolisches Spiel« und »Tannenglühen« mörderisch spannend sind. Ihre zweite Leidenschaft gehört dem Kung Fu, was unweigerlich zu einer romantischen Komödie (»Kung Fu Mama« unter dem Pseudonym Petra Liebkind) führte. Weitere Infos zur Autorin unter www.petrakgungl.com.

Uwe Laub wurde 1971 geboren, arbeitete zunächst als Börsenhändler, danach mehrere Jahre im Pharma-Außendienst, bevor er sich 2010 selbstständig machte. Heute hat er eine erwachsene Tochter und lebt mit seiner Frau und seinem Labrador »Marley« in München und Fort Myers/USA. 2013 erschien Laubs Debütroman »BLOW OUT« im Ullstein Verlag. Sein zweiter Roman »STURM« wurde 2018 im Heyne Verlag veröffentlich, kletterte auf Platz 14 der SPIEGEL-

Bestsellerliste, wurde von der ZDF-heute-Redaktion als einer von zehn lesenswerten Romanen für 2018 ausgewählt und für den Deutschen Phantastikpreis 2019 in der Kategorie »Bester deutscher Roman« nominiert. 2020 erschien »LEBEN«, 2021 »DÜRRE« (beide Heyne). Mehr auf www.uwelaub.de.

Claudia Schmid lebte in Passau, bevor sie sich ihren Traum erfüllte und an der Mannheimer Universität Germanistik studierte. Seit 30 Jahren wohnt sie in der Metropolregion Rhein-Neckar zwischen Mannheim und Heidelberg und schreibt Kriminelles, Historisches, Reiseberichte, Hörspiele und Theaterstücke. Neben mehreren Büchern hat die Ehren-Kriminalkommissarin der Polizei Mannheim-Heidelberg über fünf Dutzend Kurzgeschichten veröffentlicht. Die mehrfach ausgezeichnete Autorin ist auch als Redakteurin von »kriminetz.de« sowie als Kommunikationstrainerin tätig und übernimmt mit Vorliebe kleine Rollen in Fernsehkrimis. www.claudiaschmid.de.

Fenna Williams studierte Kreatives Schreiben in Seattle, London und Cambridge und schreibt seitdem Drehbücher, Kurzgeschichten, Kriminalromane und Reiseessays. Unter dem Namen Auerbach & Auerbach verfasst sie die bekannte Krimiserie um die Haushüterin Pippa Bolle. Fenna Williams hat internationale Auszeichnungen für Drehbuch und Kurzgeschichten erhalten, gibt Schreibkurse und coacht mit viel Verve und Einfühlungsvermögen KollegInnen sämtlicher Genres. Sie liebt einsame Inseln aller Längen- und Breitengrade, auf denen und über die sie schreibt, und pflegt dabei vier Passionen: Schreiben, Shakespeare, Single-Malt-Whisky und den Wunsch, diese Dinge immer wieder zu verbinden.

Anne Grießer, geboren im Odenwald, studierte Bibliothekswesen, Ethnologie und Germanistik, bevor sie auf die »schiefe Bahn« geriet. Nach einigen Ausflügen ins seriöse Berufsleben (Bibliothekarin, Redakteurin) schreibt sie heute hauptsächlich über Mord und Totschlag. Als Autorin (Kurzgeschichte, Roman, Theater und Sachbuch), Dozentin und Krimi-Entertainerin schwingt sie in Freiburg die Feder und so manches blutige Theaterrequisit.
Zuletzt erschien der Roman »6 Fremde und ein Dackel« (gemeinsam mit Gina Greifenstein und Barbara Saladin). www.anne-griesser.de

Ingrid Schmitz wurde 1955 in Düsseldorf geboren. Dort arbeitete sie als Speditionskauffrau bei einer kanadischen Reederei und im sowjetischen Außenhandel. Seit 2000 ist sie hauptberufliche Autorin. Ihre Laufbahn begann mit Kurzkrimis und der Herausgabe von (kulinarischen) Anthologien. Bisher sind über 60 Kriminalkurzgeschichten und 17 Anthologien von ihr erschienen. Auch als Biografin und Ghostwriterin hat sie sich betätigt.

2006 entdeckte sie das Romanschreiben für sich und erfand die private Ermittlerin Mia Magaloff, deren Fälle sie in letzter Zeit auf die ostfriesische Insel Spiekeroog führen.

Im Juni 2021 erschien ihr erster Jerry-Cotton-Kriminalroman, Folge 3.339, und im Jahr 2022 und 2023 werden weitere folgen. Ob sie 2051 immer noch schreiben wird, weiß sie nicht. Ingrid Schmitz ist Mitglied bei den »Mörderischen Schwestern«, im »Syndikat« und in der »International Association of Crimewriters«. www.krimischmitz.de

Dieter Aurass ist Jahrgang 1955 und in Frankfurt am Main geboren. Nach dem Abitur ging er zur Polizei und war

41 Jahre lang Beamter beim Bundeskriminalamt und bei der Bundespolizei. Seit 2016 schreibt er Kriminalromane, Thriller, Krimi-Kurzgeschichten und lustige Krimi-Gedichte. Inzwischen hat er 19 Romane geschrieben, von denen bis heute 15 veröffentlicht wurden … Die restlichen folgen in Kürze.

Schreiben ist für ihn die tollste Möglichkeit, seine Fantasien auszuleben und gleichzeitig die Menschen für Themen zu sensibilisieren, die ihnen ansonsten nur schwer nahezubringen sind.

Regina Schleheck hat sich in der Phantastik wie im Krimi einen Namen gemacht. Mit dem Glauser für einen Kurzkrimi und dem Deutschen Phantastik Preis für ein Science-Fiction-Hörspiel erhielt sie die begehrtesten Auszeichnungen beider Genres – neben vielen anderen. Anfang 2021 wurde sie wieder für den Kurzkrimi-Glauser nominiert.

Die 1959 geborene hauptberufliche Oberstudienrätin, daneben Referentin, Herausgeberin, Lektorin und fünffache Mutter, lebt und lehrt in Leverkusen und hat seit 2002 Hunderte Kurzgeschichten, Hörspiele, Romane, andere Prosa und Lyrik veröffentlicht. www.regina-schleheck.de

Mari März wurde 1972 als Marion Mergen in Berlin-Köpenick geboren. 23 Jahre arbeitete sie im öffentlichen Dienst, unter anderem bei der CDU/CSU-Fraktion im Deutschen Bundestag für namhafte Politiker wie Friedrich Merz und Dagmar Wöhrl.

2013 entschied sie sich für die Selbstständigkeit und gründete ihr Unternehmen DIE TEXTWERKSTATT »korrekt getippt«. Seither verfasst sie Werbetexte, Sachbücher sowie Fachartikel, ist als Lektorin tätig und publiziert seit 2014 ihre

Werke vornehmlich im Self-Publishing. Die Autorin lebt heute am nördlichen Stadtrand der Metropole.

Raoul Biltgen, geboren 1974 in Luxemburg, lebt in Wien. Sein erster erlernter Beruf ist der des Schauspielers. Nach mehreren Jahren auf der Bühne zog es ihn vermehrt auch hinter den Vorhang, wo er als Dramaturg und Produzent arbeitet. Sein zweiter Beruf ist Psychotherapeut. Als solcher ist er bei der Männerberatung Wien, am Institut für Forensische Therapie und in einer österreichischen Justizanstalt tätig. Sein dritter Beruf ist Schriftsteller. Neben bisher knapp 50 Theaterstücken, die in Österreich, Deutschland und Luxemburg, aber auch in Ungarn, Rumänien, China oder Mexiko zu sehen waren, verfasste er mehrere Romane und zahlreiche Kurzgeschichten, darunter viele Kurzkrimis. Nach vier Nominierungen für den Glauser (2014, 2017, 2020: Kurzkrimi, 2018: Roman) wurde ihm mit der fünften Nominierung 2021 der Preis in der Kategorie Kurzkrimi verliehen. www.raoulbiltgen.com

Jennifer B. Wind ist in der Steiermark geboren und aufgewachsen. Sie lebt mit ihrer Familie südlich von Wien. Die ehemalige Flugbegleiterin mit Klavier-, Gesangs-, Drehbuch- und Schauspielausbildung schreibt für alle Altersklassen Romane, Drehbücher, Songtexte, Theaterstücke und Kurztexte. Zahlreiche Kurzgeschichten, Rätselkrimis, Rezensionen und Gedichte wurden in Literaturzeitschriften, Zeitungen, Anthologien und Magazinen veröffentlicht, einige Texte wurden mit Preisen ausgezeichnet. Ihr Debüt-Thriller »Als Gott schlief« (erschienen im Gmeiner-Verlag 2014) wurde zum Bestseller und war für den Wiener Nachwuchskrimipreis nominiert. Der Nachfolger war Hugendubel-Bestseller. »Die Maske der Gewalt«, stand mehrere Wochen auf der BILD-Bestseller-Liste, »Die Maske der Schuld« war für den Fine Crime Award 2020 nominiert. Sie ist auch als Herausgeberin, Jurorin bei Literaturpreisen und Coach für Nachwuchsautor*innen bei »Tatort Schreibtisch« und im »Bookerfly Club« aktiv. Jennifer B. Wind ist unter anderem Mitglied im »Syndikat«, bei den »Mörderischen Schwestern«, AIEP und den »Writers For Future«. Beim Umweltfilmprojekt »Planet Life« ist sie Drehbuchautorin. In ihrer Freizeit malt sie, macht Yoga, taucht und setzt sich aktiv für Umwelt- und Tierschutz ein.

Mehr unter www.jennifer-b-wind.com.

Barbara Wimmer ist preisgekrönte Netzjournalistin, Buchautorin und Vortragende. Sie wurde in Linz geboren und zog zum Studieren nach Wien. Nach dem Publizistik-Studium begann sie, als Journalistin bei einer Tageszeitung zu arbeiten. Sie schreibt seit mehr als 15 Jahren über Technik-Themen wie IT-Sicherheit, Netzpolitik und Datenschutz. Wimmer hat sich zum Ziel gesetzt, Zukunftsthemen literarisch spannend zu verarbeiten. 2020 erschien ihr erster Kriminalroman »Tödlicher Crash« (Gmeiner-Verlag), 2019 brachte sie die Anthologie »Smart Lies: Alles smart?« (edition mono) heraus. 2021 erschien mit »Hilfe, ich habe meine Privatsphäre aufgegeben!« (mitp Verlag) auch einen Ratgeber über die vernetzte Welt von ihr.
Website: https://barbara-wimmer.net

Reinhard Kleindl stammt aus Graz und studierte dort Physik. Er veröffentlichte als Jugendlicher erste Kurzgeschichten und arbeitete nach dem Studium als Wissenschaftsjournalist und Klettertrainer. 2006 kam er mit dem Trendsport

Slackline in Kontakt und übte ihn einige Jahre professionell aus. Er nahm erfolgreich an Wettkämpfen teil und erreichte mit Aktionen an den Victoriafällen, auf den Drei Zinnen und auf dem Tower 185 in Frankfurt globale Aufmerksamkeit.

2014 erschien sein erster Roman bei Haymon, 2018 der Thriller »Stein« bei Goldmann. 2021 folgte der Thriller »Die Gottesmaschine« bei Lübbe. Für »Die Klamm« gewann er 2020 den Fine Crime Award. Manche seiner Romane wurden unter Pseudonym veröffentlicht. Nebenbei schreibt er für den Wissenschaftsfonds FWF erklärende Artikel über Grundlagenforschung, häufig aus dem Bereich IT und Datenschutz.

Regine Kölpin, geboren 1964 in Oberhausen (Nordrhein-Westfalen), lebt seit ihrer Kindheit in Friesland an der Nordsee. Sie hat für namhafte Verlage zahlreiche Romane und Kurztexte publiziert und ist auch als Herausgeberin tätig. Regine Kölpin wurde mehrfach ausgezeichnet, zum Beispiel mit dem ersten Platz beim E.G.O.N. 2009 und dem Bronzenen Homer 2020 (mit Gitta Edelmann). 2010 erhielt sie das Krimistipendium »Tatort Töwerland« und 2011 wurde sie zur Starken Frau Frieslands gewählt. Mit ihrem Mann Frank Kölpin wohnt sie in einem kleinen idyllischen Dorf an der Küste. Dort konzipieren sie gemeinsam Musik- und Bühnenprojekte und genießen ihr Großfamiliendasein mit fünf erwachsenen Kindern und mehreren Enkeln oder lassen sich auf ihren Reisen mit dem Wohnmobil zu Neuem inspirieren.

Mehr unter www.regine-koelpin.de.

Heidi Troi lebt mit ihrer Familie in Brixen, wo sie auch am Theaterpädagogischen Zentrum als Theaterpädagogin arbeitet. Mit »Feuertaufe« feierte sie 2020 ihr Debüt als Krimiautorin, beinahe zeitgleich wurde auch ihr erstes Kinderbuch

»Lola reicht's« veröffentlicht. Sie ist Mitglied der »Mörderischen Schwestern« und des »Syndikats« und auch bei der Autorengruppe »Die Mord(s)lustigen« aktiv.

Beatrix Kramlovsky ist Schriftstellerin, bildende Künstlerin und vehemente Europäerin. Sie erhielt viele nationale und internationale Preise und Kunststipendien, ihre Lebensthemen sind gewaltsamer Tod, Heimatbegriff und Ausgrenzung jeglicher Art. Sie verfasste viele Short Stories (übersetzt ins Englische, Französische und weitere Sprachen), Reiseprosa (auch in den USA publiziert), Krimis und Romane. Ihre letzten beiden Romane sind 2018 (»Die Lichtsammlerin«) und 2020 (»Fanny oder das weiße Land«) im Hanser Verlag erschienen.

Mehr auf www.kramlovsky.at und www.hanser-literaturverlage.de.

Eva Maria Nielsen ist eine deutsche Autorin, die in Kopenhagen lebt. Bei ihr dreht sich alles um Geschichten, ihre eigenen und die anderer Autoren, die sie im Lektorat, Autorencoaching und mit Schreibtipps unterstützt. Eva Maria hat zweimal Grönland besucht und fühlt sich dem Land sehr verbunden. Als Religionswissenschaftlerin hat sie sich unter anderem mit der Mythologie des Landes beschäftigt.

Alex Thomas ist das Alter Ego eines Autorenehepaares. Alex arbeitet seit über drei Jahrzehnten in der Buchbranche. Thomas war viele Jahre Professor für Künstliche Intelligenz an einer Londoner Universität. Ihre Romane um die rebellische Nonne Catherine Bell begeistern die Fans von Vatikan- und Mystery-Thrillern. Mit ihrer Reihe um die ISA-Ermittlerin Paula Tennant erforschen sie die Welt der Serienverbrechen. Beide reizt der Grenzbereich von Wissenschaft, Religion und Menschheitsgeschichte, von Gut und Böse, Leben und Tod.

Günter Neuwirth, geboren 1966, wuchs in Wien auf. Nach einer Ausbildung zum Ingenieur und dem Studium der Philosophie und Germanistik zog es ihn für mehrere Jahre nach Graz. Heute wohnt er am Waldrand der steirischen Koralpe. Der Autor ist als Informationsarchitekt an der Technischen Universität Graz berufstätig. Günter Neuwirth ist Autodidakt am Piano und trat während des Studiums in Wiener Jazzclubs auf. Eine Schaffensphase führte ihn als Solokabarettist auf zahlreiche Kleinkunstbühnen. Seit 2008 publiziert er Romane, vornehmlich im Bereich Krimi. www.guenterneuwirth.at

Janet Zentel (Janet Olivia Binder) lebt mit ihrer Familie in einem kleinen Dorf im Schwarzwald. Ihren ersten Roman »Wolkenblick« veröffentlichte sie erfolgreich bei der Münchner Verlagsgruppe. Es folgten mehrere Auftragsarbeiten als Ghostwriterin, Kinderbücher und Thriller-Kurzgeschichten sowie der Schreibratgeber »Die Autorenformel«. Ihre Faszination für unsere Welt hat sie in ihrem Weltreisebuch »Mit Quietscheente um die Welt« festgehalten. Sie schreibt mit großer Begeisterung Drehbücher für die Umweltfilme bei Planet Life, arbeitet seit vielen Jahren als Schreibcoach und gründete 2020 den »Bookerfly Club«, in dem sie täglich Hunderte Schreibbegeisterte auf ihrem Weg zum eigenen Buch begleitet. Sie ist außerdem Initiatorin des Umsetzungskongresses für Autor*innen und Inhaberin der »Online-Buchmesse«.

Mehr über Janet Zentel unter www.janetzentel.de.

Ursula Schmid-Spreer ist (Mit-)Herausgeberin von über 25 Anthologien. Mehrere ihrer zahlreichen Kurzgeschichten wurden vertont und eine fürs Theater adaptiert. Neben Kurzgeschichten schreibt sie auch Kriminalromane. So hat sie Irland bereits zwei mörderisch-kulinarische Krimis gewidmet und fünf Nürnberg-Krimis geschrieben. Ihre Arbeiten wurden unter anderem mit dem Publikumspreis der Akademie für Autoren in Berlin und dem zweiten Preis beim »Totentanz« in Wien ausgezeichnet.

Sie ist Mitglied bei den »Mörderischen Schwestern« und beim Bundesverband junger Autoren, sie arbeitet beim Online-Newsletter »The Tempest« mit und organisiert Seminare sowie das Nürnberger Autorentreffen.

Veronika Anna Grager, geboren im Nachkriegs-Wien, wuchs dort auf einem Bauernhof auf. Nach der Matura arbeitete sie unter anderem als Chemikerin und in einer EDV. Danach war sie zwei Jahrzehnte Assistentin der Geschäftsleitung und zuletzt sieben Jahre im Aufsichtsrat der österreichischen Tochterfirma eines amerikanischen Konzerns.

In einem Alter, in dem sich andere im sonnigen Süden ein Häuschen am Meer zulegen, hat sie angefangen, das zu werden, was sie immer schon sein wollte: Schriftstellerin. Und das relativ erfolgreich.

Sie finden sie unter www.grager.at.

Alle Bücher von Jennifer B. Wind:

Als Gott schlief
ISBN 978-3-8392-1717-7

Von Zimtsternen und Zimtzicken
ISBN 978-3-8392-1955-3

Wer mordet schon in Niederösterreich
ISBN 978-3-8392-1964-5